ERIK KELLEN

NIMMERHERZ

ROTER SCHNEE WIRD FALLEN

Coverbild von
CreationWarrior

Karten-Illustration von
Daniela Reuter

Auflage 2

ISBN: 978-1505200072

www.erik-kellen.de

Verlag
Wild Way Books

Lektorat
Betty Platz

Coverbild
CreationWarrior | www.creationwarrior.net

Karten-Illustration
Daniela Reuter | www.daniela-reuter.de

Umschlaggestaltung und Buchsatz
Stephanie Haase | www.eap-media.de

Korrektorat (in neuer deutscher Rechtschreibung)
Lorena Weber

Bibliografische Informationen der Deutschen Nationalbibliothek: Die Deutsche Nationalbibliothek verzeichnet diese Publikation in der Deutschen Nationalbibliografie; detaillierte bibliografische Daten sind im Internet über dnb.d-nb.de abrufbar.

Für Marny.

Die vier Königreiche

Skargerrak
Wulan
Quell
Kark

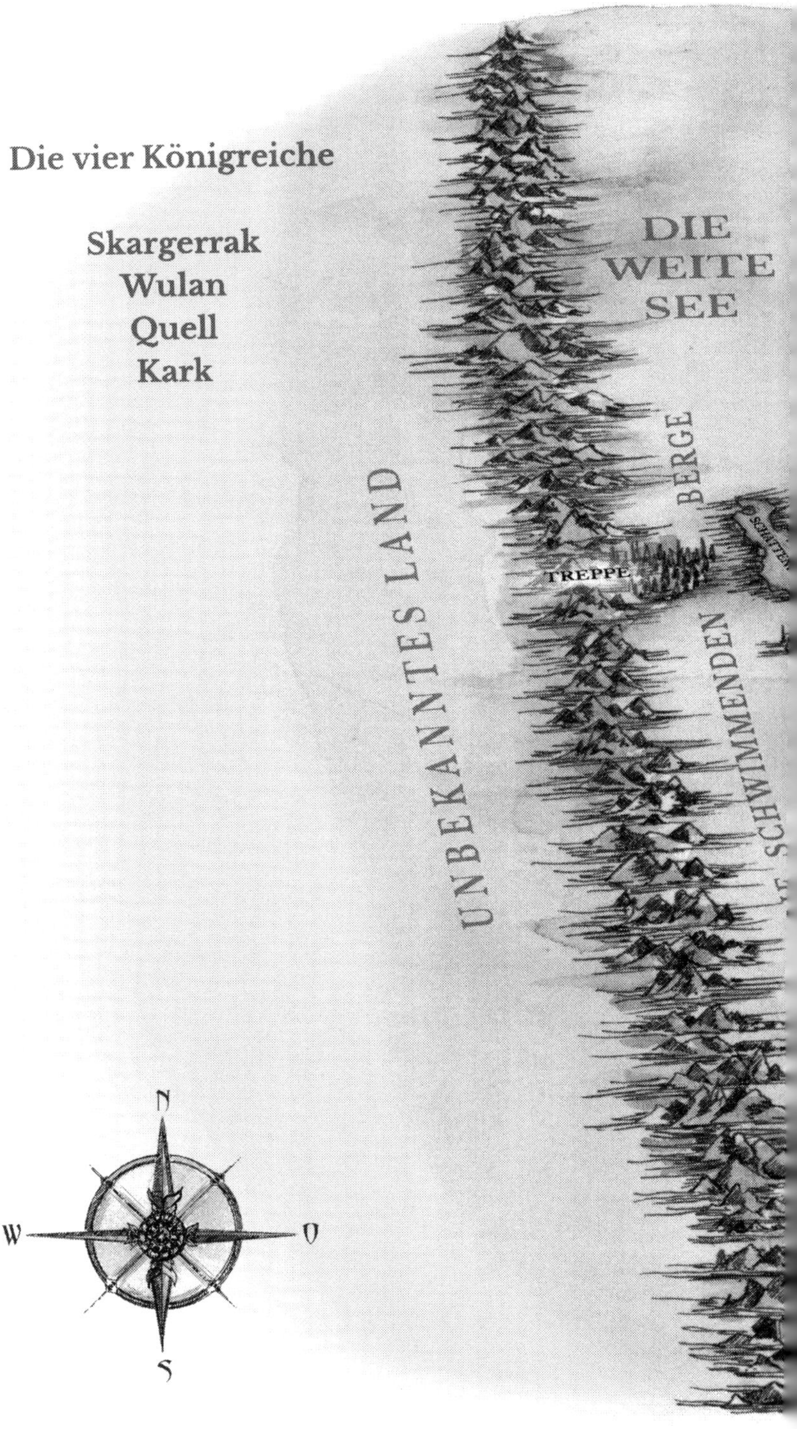

Festung Eisschild
SCHERBENMEER
SKARGERRAK
Festung Grimmhorn
Scale
SKARGERRAK
WULAN
EBENE DER WINDE
GRASLANDE
GEISTERHÖHEN
DIE WEISSE SCHULTER
Castalis
NORDQUELL
KARK
DIE WÄCHTER VON QUELL
INNER-MEER
Aquamarin
WÜSTE AVENDURAN
Landgut Allrante
MIDQUELL
Weißschaumfluss
Weißschaumfluss
Ravari
Die Stufe
Orakel von Tarnis
Lurium
SÜDQUELL
Patros
TERRA
DIE WEITE SEE

Buch I

Roter Schnee wird fallen.

1

Es heißt, die Gebete der Menschen seien das Blut der Götter.

– Sprichwort, altes Königreich Idaan –

Asha

Hast du Angst?«

»Warum fragst du, Schneeflöckchen?« Prinz Asha stupste die Nase seiner kleinen Schwester.

»Ich jedenfalls hätte ganz fürchterliche Furcht. Dort draußen, völlig allein!«, antwortete sie, das Näschen kraus gezogen, weil sie es mochte, wenn er sie so nannte.

Donner rollte, Regen schlug gegen die hohen Fenster. Die Götter kämpften, peitschten wilde, gezackte Blitze in die Nacht. Das Feuer im Kamin brannte knisternd nieder und tauchte das Turmzimmer in rote Unruhe und stumme Schatten.

»Hast du denn jetzt auch Angst?«, fragte Asha. Der Prinz strich die große Decke glatt, auf denen die Umrisse jener Küstenlinien verwebt waren, die jedermann als den *Eiszahn* bezeichnete und setzte sich auf die Bettkante. Tahni, blond und schön wie ein vollkommener Sommer, drückte ihr Kuscheltier an sich, einen Schneebären mit blauen Ohren und langen schwarzblauen Krallen. Sie zog eine Schnute, als wolle sie an etwas ganz Bestimmtes nicht denken, nur klappte das wieder einmal nicht.

»Zwölf Tage wirst du fort sein«, quengelte sie. »Wer wird mir vorlesen, wenn du zwischen den *Wispernden Stämmen* wanderst?« Es gefiel ihr gar nicht, dass ihr Bruder dorthin gehen musste. Für Tahni war dieses Ritual böse, denn viele kamen nicht mehr aus den Wäldern zurück, gingen verloren auf der Suche nach ihrem *Seelentier*. Doch so war es Sitte, seit Generationen.

Der Prinz lachte wie ein Bösewicht aus ihren geliebten Märchen, das mochte sie noch viel mehr. Er verstrubbelte ihr die Haare, so wie er es immer tat, wenn er seine Schwester verzaubern wollte. Oder Stimmen von Figuren aus den vielen Büchern nachahmte, die sich auf jedem erdenklichen freien Flecken wie schiefe Türme in ihrem Zimmer stapelten.

Am Ende las er ihr vor, überspielte das eigene Unbehagen. Bis ihre Augen erst weit und aufgeregt, dann langsam müde und schließlich vom Schlaf übermannt wurden. Er küsste ihre glatte Stirn, leise legte er das Buch beiseite und verließ das Zimmer.

Noch immer hörte man den Regen, den Donner, das Ringen der mächtigen *Steinkönige* mit den *Wolkendrachen*.

Asha ging durch die düsteren Gänge der Grimmburg, die im Sommer dem König und seinen engsten Getreuen als Jagd- und Vergnügungsschloss diente. Ein gewaltiger Bau aus Fichtenstämmen und grauem Fels, hineingebaut in die endlosen Berge und Wälder, die dunkel und dicht wie das Fell eines Bären waren. Unweit der Festung, an einem langgezogenen

Fjord, dessen Wasser schwarz wie Teer war, lagen die Werften des Reiches. Ashas Vater wollte in einigen Wochen seine neue Prunkbarke einweihen, auf die er schon seit über zwei Jahren ungeduldig wartete.

In diesem Teil der Burg waren kaum Diener unterwegs, denn sie alle fürchteten sich. Ein Unheil sei aus den Stämmen gekrochen, der Duft des Harzes sei wie Gift, weil die Bäume nicht bei Vollmond hätten gefällt werden dürfen. Die Baumgeister seien deshalb in die Königin gefahren und ließen sie nun nicht mehr schlafen. Eine Strafe, die jeden ereilen würde, der sich in ihrer Nähe aufhielt.

Der Prinz nahm eine Fackel aus der Halterung, ging tiefer in das Labyrinth des Nordflügels, wo Staub und Dreck den dem Boden bedeckten, Spinnweben zwischen den gerundeten Balken hingen und die Stille klamm und feucht war. Doch ihn störte dies nicht, so wie es ihn belustigte, dass man selbst ihn zu meiden begann, den Thronfolger von Skargerrak und Erben der Hornkrone. Die Menschen hier waren abergläubisch, keiner, der nicht ein Amulett gegen böse Geister und Untote bei sich trug. Natürlich hatten sie Angst, wer wollte es ihnen verdenken?

Asha erreichte den Flur, der verlassen dalag. Dummköpfe hatten vor Monaten all ihren Mut zusammengenommen und Fratzen in die beiden Stützbalken der Tür geritzt, vermutlich eine Mutprobe. Grobe Gesichter, die verzerrt und mit herausgestreckten Zungen auf die Tür starrten, als solle das, was dort drin war, auch dort drin bleiben. Der Prinz ärgerte sich, dass seinem Befehl, die Schandtaten zu entfernen, noch immer nicht nachgekommen worden war.

Er klopfte zwei Mal kräftig, dann trat er ein.

Das quadratische Zimmer erinnerte ihn an eine Höhle. Eisblaue Teppiche auf dem Boden und Wandbilder von verzauberten Landschaften und Tieren, die allesamt wie lauernd hinter Bäumen halb verborgen waren. Es waren wilde Zeichnungen, mit kräftigen Strichen und ausschließlich in Grau, Schwarz und Blau gehalten. Das Licht ließ die Motive lebendig werden, denn immer brannten dutzende Kerzen, bei Tag und bei Nacht. Die Fenster waren verhangen mit schwerem Samt, als dürfe die Sonne diesen Raum nicht erkunden, nicht finden.

Eine Staffelei stand in der Mitte des Zimmers, der Rahmen mit Kohle verschmiert. Leinwände lagen herum, Farben, Pinsel, wie eben noch benutzt. Das Bett war in der Form eines Schiffes gebaut, mit einem Steven, den ein Wolfskopf zierte und der grimmig jeden Besucher zu warnen schien.

Ähnlich wie in Tahnis Zimmer waren auch hier Bücher zu hunderten vorhanden. Säuberlich in Regalen aufgereiht, aber auch auf Tischen gestapelt und aufgeschlagen auf dem Boden liegend.

»Prinz Asha«, flüsterte Ezra, die letzte Dienerin der Königin, eine gebeugte, alte Frau. Ihr weißes Haar, das eine pechschwarze Strähne zierte, war ordentlich zu zwei dicken Zöpfen geflochten. Das Gesicht freundlich und offen, so wie es Asha nie anders gesehen hatte. Ihr Mund schenkte ein Lächeln, so dass die vielen Falten des Lebens Linien bildeten. Der Prinz trat unbekümmert näher.

»Wie geht es ihr heute, Ezra?«

Die alte Frau schaute auf das Tablett und die Teller, die wie so oft kaum angerührt worden waren. Die Dienerin schüttelte ratlos den Kopf. »Ach, Herr, mögen die *Steinkönige* sie doch endlich schlafen lassen. Kein Herz vermag solche Last zu tragen. Ich bete, doch …« Ezra brach den Satz ab, verlor sich selbst in Gedanken. Hörten ihr die Götter überhaupt zu, schien sie sich zu fragen. Dann hob sie kämpferisch das Haupt. »Sie wartet schon den ganzen Tag auf Euch. Geht nur und lasst meine Zweifel nicht die Euren werden.« Damit verließ sie das Gemach.

Das zweite Zimmer wurde von einem offenen Feuer beleuchtet, welches, von gemauerten Steinen gezähmt, seine Flammenfinger nur zaghaft emporreckte. Ashas Mutter saß auf einem einfachen Stuhl am Rande, die blassen Hände in den Schoß gelegt, die Falten des Rocks umklammernd. Ihr schwarzes Haar war grau geworden wie der Nebel, der durch die Wälder und Moore irrte, das Gesicht eine versteinerte Maske, wie sie die Veteranen in den Schankstuben hatten. Tiefe Gräben, gefüllt mit Schuld, Leere und Zweifel.

Nur ihre Augen waren noch lebendig, hell, grasgrün spiegelten sie jene Kraft wider, die sie einst in sich getragen hatte. Eine Frau wie ein Lied aus dem Norden, geballt, ungezähmt und wild. Nun aber war der Wind fort, grub nur noch Kerben in das Land. Stunde um Stunde, Tag für Tag. Es machte ihn traurig, seine Mutter so zu sehen.

»Es freut mich, dass du vor deinem großen Tag gekommen bist«, murmelte sie, ohne den Blick vom Feuer zu nehmen.

Prinz Asha legte seine Hände über die ihren, drückte sie sanft, auch wenn sie kalt waren wie Eis.

»Ich werde das größte und stärkste *Seelentier* finden.« Er sagte es so, wie er fest daran glaubte. Alles würde damit gut werden, sich zum Besseren ändern. Die Frau, die ihn geboren hatte, sah auf. Ein Anblick wie eine Landschaft – weit und verloren. Ihr Atem war viel zu langsam, als mühe er sich ab.

»Sag mir Asha, wieso sollte ein Tier dein Seelengefährte werden, wenn du es zuvor jagst und dann tötest? Das Leben, Asha, und erst recht die Freundschaft, nimmt keinen solchen Weg.« Der Prinz sah seine Mutter verstört an, rückte ein wenig von ihr ab.

»Aber so ist es seit Anbeginn, Mutter. Ich stelle die Götter nicht in Frage!« *Auch wenn sie mir kaum etwas bedeuten*, fügte er in Gedanken hinzu. *Vielleicht war sie wirklich nicht mehr ganz bei Sinnen.*

Seine Mutter stand auf, wankte einen Moment, dann fasste sie sich und ging erstaunlich kraftvoll in das große Zimmer. Der Prinz folgte ihr. Vor dem Schreibtisch blieb sie stehen, wühlte in ihren Entwürfen und zog ein Blatt hervor. Der Prinz betrachtete es stirnrunzelnd. Es zeigte ein seltsames Gewirr aus mythischen Wesen, die ineinander verschlungen waren. Es war das einzige Werk seiner Mutter, das nicht das Gesicht des Nordens widerspiegelte, sondern ein fremdes, weit entferntes Land. Asha glaubte so etwas wie eine Grabplatte in einem hohen, sonnendurchfluteten Raum zu erkennen, gänzlich aus Stein und darauf, in tief gemeißelten Reliefs, fremde Tiere, die ganz anders anmuteten als die seiner Heimat. Es waren Schlangen mit breiten Köpfen, Vögel mit langen Hälsen und Echsen groß wie Eishaie. Doch dazwischen dominierte ein Wesen alle anderen. Ein ungewöhnliches Tier mit einer Mähne, die aus Flammen zu bestehen schien. Seine starren Augen blickten geradewegs in Ashas unruhige Brust, so glaubte er. *Wann hatte Inai dieses Bild gemalt?* Eigentlich war es mehr eine Skizze, mit Kohle und Inbrunst auf das Papier geworfen wie nach einem wirren Fiebertraum.

»Du musst auf dein Herz hören, mein Sohn. Nicht auf das, was andere dir einzuflüstern versuchen.« Sie wandte sich von dem Bild ab, ließ es achtlos liegen. Irgendetwas begann in ihm zu schimmern, ein kleines Licht brach in einen bisher ungesehenen Winkel seiner selbst. Verwirrt blickte der Prinz seine Mutter an, die jetzt ihre Augen fest auf ihn gerichtet hatte.

»Hüte dich, Asha!«, wisperte sie. »In diesen Mauern ist Argwohn ein Schatten, Verrat wendig wie der Wind und der Tod nur ein Spiel.«

Der Prinz küsste sie zärtlich erst auf die Hände, dann auf die Wange. »Ich werde daran denken, Mutter«, versprach er.

Lange blieb er noch bei ihr sitzen, drängte die warnenden Worte beiseite, wie es für einen Sohn üblich war.

Mit fatalen Folgen.

Zehn Männer waren sie, aber noch keine Winterkrieger. Trommeln schlugen dumpfe Klänge, die über den gepflasterten Burghof dröhnten. Alle waren versammelt, um dem Auszug der Helden beizuwohnen. Die hohen Mauern aus Holz und Stein warfen lange Schatten zu ihren Füßen. Der Geruch der geteerten Stämme, von der Sonne erwärmt, lag beißend in der Luft. Dutzende Krähen saßen stumm auf den Zinnen der Wachtürme.

Die Clanführer waren da, Freie und Unfreie, hunderte Bedienstete, Krieger. Der König stand, prunkvoll gewandet, auf einem Schild und konnte kaum das Gleichgewicht halten, so betrunken war er. Der verschmutzte Schnauzbart schrie die jungen Recken lallend an: »Sie mögen finden!« Mehr brachte er nicht zustande.

Prinz Asha stand ganz außen. Er war der letzte in der Reihe von all den heldenhaften Männern, die auszogen, um Ehre zu erlangen. Asha erkannte Trotz und Angst in den Gesichtern. Er machte ihnen keinen Vorwurf.

Neben ihm bleckte Varrik grinsend die Zähne. Sohn des Hauses Starksegel. Ganz in teures Tuch gewandet, als würde er mit seinen Getreuen in die Stadt zum Feiern gehen. Ein gutaussehender junger Mann mit dem blutroten Haar seines Clans, der erst den Frauen den Kopf verdrehte und dann ihre Liebe mit Gelächter erdolchte. Er schien sich sogar zu amüsieren angesichts der schweren Aufgabe, die ihnen bevorstand. Seine geschwungenen Lippen, über die er beständig mit der Zunge fuhr, schienen immer ein wenig zwischen Schmollen und Spott zu wechseln. Jetzt zeigten sie offenen Missmut über die angespannten Gesichter der anderen. Ein Lachen steckte dem jungen Starksegel in der Kehle, Asha spürte es. Varrik blickte hinüber zu seiner Schwester, Lyria, die ganz vorn in der Reihe der Adligen stand. Sie warf ihrem Bruder eine Kusshand zu, sehr innig, doch mit eisigem Blick.

Der Prinz hatte sich von Tahni bereits verabschiedet, denn sie weigerte sich mit kindlicher Logik an diesem barbarischen Brauch teilzunehmen. Für sie war es ein Frevel ein wundervolles Tier zu töten, damit es dazu verdammt wurde, einen Mann zu einem Winterkrieger zu machen. Es mochte daran liegen, dass sie ihren Stoffbären mehr liebte als ihren Vater.

Endlich marschierten sie in den Tortunnel, durch den der Wind heulte und an ihren Kleidern zerrte. Asha trug einen langen, baumwollenen Umhang, gewachst und mit grünen und grauen Tupfern gesprenkelt, so wie ihn die Jäger trugen. Eine schwarze, enge Hose, darüber einen Kilt mit dem Wappen des Hauses Grimmhorn – einem Weißstreifenhirsch, dessen Geweih sich zu einer Krone verband. Hohe Schaftstiefel, die gefettet waren. Einen Medizinbeutel am Gürtel und eine Feldflasche mit stärkendem Tee. Eine warme Decke hatte er zusammengerollt mit Riemen über den Schultern befestigt.

Asha drängte es, hoch zu den Fenstern seiner Mutter zu sehen, aber sie würden verhangen sein. Er wagte dennoch einen kurzen Blick zurück. Alles, was er erkennen konnte, war, wie der schwere Samt leichte Wellen schlug, als wäre er eben zurückgefallen.

Die dunkle Linie der Natur war wie eine Mauer aus lebendiger Finsternis. Eine dichte Baumreihe vor ihnen markierte die letzte Grenze. Hunderte Tannen und Fichten, die ihre Arme in alle Richtungen streckten. Unweit dahinter begannen die *Wispernden Stämme – Seelentierland*!

»Ein jeder Nordmann ist beseelt, ein jeder Krieger findet seine Bestimmung! Geht und werdet Winterkrieger. So sei es … eben!«, nuschelte die metverdünnte Stimme des Königs über den letzten Wall.

Die Krieger auf den Wehrgängen schlugen ihre Waffen gegen die Schilde und riefen die Götter an. Das Dröhnen hallte in die Herzen der Suchenden. Von nun an musste jeder allein dort draußen sein Schicksal finden.

Asha ging seinen Weg und mit einem Mal wusste er nicht mehr, wohin dieser überhaupt führen sollte. Ein Schauder lief ihm durch die Waden, ließ ihn gar straucheln. Varrik zwinkerte ihm zu, lässig ausschreitend. Der Harzgeruch des Waldes schlug dem Prinzen entgegen, hart und voller Willkür.

Zwölf Tage. Plötzlich waren sie eine Ewigkeit.

Die Stille war allgegenwärtig, wartend. Tau tropfte von den nassen Blättern auf den moosigen Boden. Kein Tier huschte davon, nichts schien lebendig oder von einer Seele erfüllt.

Prinz Asha stand da, seltsam verloren, die Hand an der Rinde einer großen Eiche und bat um Beistand. Die Baumgeister aber hörten ihm nicht zu, schwiegen.

Er wusste, das erste, das er tun musste, war, sich um Nahrung zu kümmern und einen Platz für die Nacht zu finden. Morgen dann konnte die Prüfung beginnen. Am besten tat er dies, bevor die Dunkelheit den Wald in ein schwarzes Verlies verwandelte. Schon jetzt drang kaum Sonnenlicht durch die dichten Kronen. Asha grüßte den Baum zum Abschied und machte sich auf.

Gewaltig war der Wald, ein atmendes Lebewesen, das unaufhörlich Geräusche machte. Denn alles, das lebt, will weiterleben und so begegnete dem Prinzen das Gehölz wie ein grünes Meer, das nur unter seiner Oberfläche offenbarte, was es wirklich war.

Das Gelände wurde schwieriger. Steile Hänge mahnten den Wanderer zur Vorsicht. Tiefe Schluchten taten sich unvermutet auf und zerteilten den Wald mit gefährlich tiefen Kerben. Felsquader, so riesig, dass sie von weit größeren Mächten bewegt worden sein mussten, lagen verstreut übereinander. Sie lockten mit ihren zahllosen Spalten auf unheimliche Pfade. Wasserfälle rauschten in der Ferne, Samen und Blüten trieben durch die schräg einfallenden Lichtlanzen. Gigantische Bäume, von wilden Stürmen niedergestreckt, lagen wie Tote, bildeten Tunnel oder Brücken. Der Duft des Lebens stach in alle Richtungen, ungezähmt und stark.

Die Sonne verschwand hinter grauen Wolken und Asha erkannte an den Hügeln der Waldameisen, dass er nach Westen ging, denn die Tiere bauten ihre Behausungen immer an der Südseite von Bäumen. Auch sammelte er Beeren und grub Knollen der Itawurzel aus, die gern neben Erlen zu finden waren. Sie schmeckten zwar modrig und bitter, aber dafür lieferten sie viel Energie.

Und immer wieder schaute Asha hinter sich. Eine Regel, die ihm sein Lehrer beigebracht hatte: *Wenn du auf die Pirsch gehst, Prinz, schaue immer wieder zurück, denn du bist nicht der einzige Jäger im Wald, vergiss das nie!*

Stunden vergingen und das Licht wechselte zunehmend zu einem dunklen Blau. Asha fühlte sich allein, irgendwie von der Welt abgetrennt. Die Grimmburg war aus seinen Gedanken verschwunden und er fragte sich, warum er nicht öfter diese wunderbare Einsamkeit suchte. Immer wieder blieb er stehen und horchte, betrachtete Büsche und Dickichte aus den Augenwinkeln, jederzeit damit rechnend, dass andere Augen ihn ebenfalls daraus beobachteten.

Verborgen unter üppigen Farnen fand er einen kleinen Felsüberhang, der eben genug trockenen Platz bot, um seine Decke auszubreiten. Ein schmaler Bach gurgelte zwischen moosigen Steinen und Asha löschte seinen Durst.

Er sammelte einige tote Äste, von Stürmen zu Boden gezwungen, vom Alter gefallen. Einige Streifen zerfaserter Birkenrinde aus seinem Beutel dienten als Zunder. Mit dem Messer schlug er Funken aus dem Flammenstein und schon bald brannte ein kleines Feuer. Das Holz würde nicht die ganze Nacht reichen, das wusste Asha, aber es war ihm wichtig, nicht völlig schutzlos zu sein. Es war ein Zeichen an den Wald und seine Bewohner: *Ich bin hier!*

Lange starrte er auf die kleinen, züngelnden Flammen, in seine Decke gehüllt. Doch das unstete Licht warf nur einen kleinen Kreis in die Unermesslichkeit der Welt. Gleich dahinter wartete die Schwärze, die Ungewissheit, Zähne und Krallen.

»Ich habe keinen Hader mit euch«, sprach der Prinz in die Stille aus Dunkelheit. »Ich wünsche mir, dass ihr es ebenso haltet.« Dennoch bekam Asha kaum ein Auge zu. Ringsum wisperte, knarrte und reckte sich der Wald in seinem eigenen Schlaf. Was er dabei wohl träumen mochte?

Der nächste Morgen wurde geboren, das Licht wurde heller, Nebelschwaden trieben, die Luft war kraftvoll und süß. Als der Prinz aus dem Bach trank, erstarrte er. Der Abdruck einer Pfote, doppelt so groß wie seine eigene Hand, war am schlammigen Uferrand deutlich zu sehen. Noch frisch, denn die tiefen Kerben, welche die langen Krallen hinterlassen hatten, waren noch nicht fortgespült worden. Asha fuhr herum.

Nichts.

Sein Herz wummerte.

Das konnte nur ein Bär gewesen sein, so dicht an seinem Lager, dass …? Er schöpfte schnell kaltes Wasser in sein Gesicht, griff nach dem Messer. Da sah er sich in der Spiegelung des Baches: ein ängstlich verzerrtes Gesicht und eine Klinge. Endlose Sekunden starrte er darauf, unfähig zu erkennen, wer da eigentlich zurückblickte. Die schmale, silbern schimmernde Schneide, sie war wie ein Riss neben ihm. Sie gehörte dort nicht hin, weil sie dazu diente, den Lebensfaden eines

Seelentieres zu zertrennen. Mit einem plötzlichen Ekel stieß er das Messer in den Bach. Es blieb zwischen den glatten Kieseln stecken und teilte den Strom. Als die schnellen, kurzen Wellen endlich sein Antlitz fortwischten, kehrte die Ruhe in sein Herz zurück.

Zwei Tage lief er ohne Ziel. Er deutete Spuren, fand schmale, verborgene Wildpfade, doch kein *Seelentier* zeigte sich ihm.

Obwohl er dem Bach folgte, damit er frisches Trinkwasser hatte, versickerte dieser alsbald unter einem Felsen. Zunehmend wurde dem Prinzen bewusst, warum er hier war. Und im gleichen Maße dieser so einfachen Erkenntnis entfernte sich das Leben von ihm. Eine lethargische Frustration begann ihn zu begleiten. Er wusste schlichtweg nicht mehr, warum er überhaupt hier war. Die Worte seiner Mutter waren in seinem Kopf, wollten nicht mehr gehen: »Sag mir Asha, wieso sollte ein Tier dein Seelengefährte werden, wenn du es zuvor jagst und dann tötest? Das Leben, Asha, und erst recht die Freundschaft, nimmt keinen solchen Weg.«

Der Prinz roch die satte, dunkle Erde, das Grün der Blätter, sogar das Licht.

Am fünften Tag ohne eine einzige Begegnung, nahm er endlich die Feldflasche mit dem Tee von seinem Gürtel ab und trank. Ezra hatte ihn zubereitet. Asha hockte in einer Senke, die von grauen, hellen Felsen durchbrochen war. Zumindest griff der Wind nicht dort hinein, der immer heftiger in den Baumkronen rauschte. Doch der Stein vor ihm begann mit einem Mal zu reden, öffnete sein Steinmaul und sprach. Die eben noch senkrecht stehenden Stämme kippten seitlich zu Boden. Erde schwebte von unten nach oben. Jede Richtung hatte ihren eigenen, falschen Weg.

Asha wollte lachen, wusste aber nicht mehr wie, stattdessen brabbelte er ein altes Gedicht, das er nicht mal mochte. Es handelte von einem blauen Mond und den Lichtern am Ende der Tage. Er hatte es nie verstanden.

Der Prinz sah den grauen Rücken eines Hasen, die Fußabdrücke eines Elchs, hörte das leise Trippeln einer Maus. Schwankend stand er auf, sein Atem wurde so hastig wie eine Flucht. Die Sinne schwanden ihm und als er seine Hand ausstreckte, war da nur noch ein fingerloser Stumpf. Er schaffte gerade noch drei Schritte, bevor er zu Boden stürzte, das Gesicht in Laub und Geäst vergraben, den Duft des Waldes in der Kehle.

So blieb er liegen, ohne Erinnerung.

Er spürte den Wald unter sich, das Rauschen seines Blutes in den tauben Ohren, ein vergessenes Lied auf den Lippen.

Asha erwachte mit tosenden Schmerzen. Ein glühendes Band zog sich von seinem Fuß durch sein Bein bis in die Haare. Es war dunkel, viel zu dunkel. Ein beißender Geruch von Fell war anwesend, seine Zunge, zu einem Klumpen geschwollen, versuchte Worte zu bilden. Kälte griff nach ihm, Nässe drang ihm in die Muskeln. Endlich schaffte er es, sich aufzusetzen. Alles war viel zu laut. Aus seinem linken Fuß ragte ein Holzsplitter, blutig wie eine Klinge. Wieder wollte er lachen, so vollkommen unsinnig erschien ihm der Anblick. Endlich nahm er Helligkeit wahr, die aus einem Spalt zu ihm drang. Mühsam hob der Prinz den Kopf. Ein zerfranstes Loch war dort zu sehen. Er war in eine Höhle gestürzt, viele Schritte tief gefallen und hatte seinen Fuß dabei aufgespießt. Erde rieselte an den Rändern des Lochs herab. Heller Sonnenschein brach schräg durch die Öffnung mitten auf seinen blutverschmierten Stiefel.

Ein paar Mal holte Asha tief Luft, dann sackte er wieder zu Boden, atmete feinen Staub in das Licht, spürte Schwindel im Kopf und war gleichzeitig unendlich müde.

In der Nacht erwachte er, fror, zog die Knie an die Brust und riss den keilförmigen Splitter heraus, dass es ihm die Sinne nahm. Fest nahm er das nasse Ding in die Hand, schloss seine Finger darum, als müsse er sich an etwas festhalten. Er roch das Holz und sein eigenes Blut. Die Welt schwieg, die Höhle deckte ihn zu. Auf seinen Lippen riss die Haut. Er wollte nur noch eines – schlafen.

Wölfe, so sagte man, konnten die Wolken ziehen hören. Ihr Heulen war älter als die schneebedeckten Gipfel der Berge. *Wer wusste schon solche Dinge?*

Dann kam das Fieber.

Grausige Bilder suchten ihn heim. Feuer, das seine Haut und Haare verbrannte. Eis von solcher Kälte, dass ihm sogar die Gedanken erfroren. Erde und Wurzeln krochen in seinen Hals, in die Knochen und höhlten ihn aus. Schrecklich, derlei Dinge zu empfinden und darüber nicht wahnsinnig zu werden.

Einmal fand er sich in einem lichten Moment schlürfend an einer Mulde wieder, die voller Regenwasser war. Er schaffte es, ein wenig Weidenrinde aus seinem Medizinbeutel zu wühlen. Die Bitterkeit ließ ihn würgen. Er schrie auf, lallte Flüche gegen die Felswände, riss sich die Fingernägel auf, als er versuchte sich aus der Höhle durch den Stein zu graben. Und immer wieder wurde er ohnmächtig, schwebte in der Zeit wie ein Blatt auf einem Fluss. Tage, Wochen, vielleicht Jahre.

Eine Stimme hallte durch die Nebelwand seiner Sinne. Der Prinz, nur noch ein Lumpen von Mensch, erkannte einen Namen darin. Lauter wurden die Rufe, flehend in ihrem Drängen. Er wollte antworten, doch er hatte verlernt, Worte zu bilden. Kraftlos hob er eine Hand, wollte das Rufen zu sich winken, doch reichte es nur zu einem kehligen Grunzen. So sank der Arm zurück in den Staub, der sein Grab werden würde.

Da packte ihn etwas, salzige Tropfen fielen auf seine Lider.

»Oh, Bruder! Ich habe dich gefunden, mein Asha, lebe, mein Licht, bitte, sei nicht tot …« Küsse bedeckten seine Lippen, warme, weiche Hände umklammerten sein Gesicht. Mühsam hob er den Blick. Tahni war über ihm, rief den anderen zu, sie habe den Prinzen gefunden, schnell, bei den Göttern, schnell.

Ihm wurde Wasser in den Mund geträufelt, wodurch er husten musste. Andere Stimmen kamen, doch er hörte nur seine kleine Schwester, die lachend und weinend zugleich sich an ihn klammerte. Er verließ den Weg zur Königin der Totenbarke. Jetzt kannte er den Rückweg, denn dort war jemand, der auf ihn wartete. Sein Schnneflöckchen.

Die Wipfel über ihm schwankten. Männer schnauften. Varrik beugte sich über ihn, den Mund zu einem spöttischen Grinsen verzogen.

»Hast Glück gehabt, Prinz.« Oh, wie er diesen Titel zu hassen schien, nur mühsam presste er ihn hinaus in die Welt. »Dein Schwesterchen hat die ganze Burg in Aufregung versetzt, drohte, bettelte, flennte wie eine Memme. Ohne sie hätte niemand nach dir gesucht.«

Asha knurrte widerwillig.

»Doch deine Heimkehr kein Triumph. Gescheitert bist du!« Jetzt lächelte Varrik. »Kein *Seelentier*, sondern alleine die Schmach, von einem Kind gerettet worden zu sein.«

Der Prinz schloss die Augen. Tränen rannen ihm über die Wangen. Bittere Tränen.

Den Splitter hielt er fest in der Hand.

Nur langsam schritt die Genesung voran. Ashas Vater kam nicht ein einziges Mal an sein Krankenlager. Es hieß, er sei zu erschüttert von der Schande seines Sohnes. Tahni hingegen wich nicht von seiner Seite. Was dem Prinzen umso mehr verdeutlichte, in welcher Lage er sich befand. Und auch, wenn die Wut darüber wuchs, so brachte er es nicht übers Herz, sie fortzuschicken. Immerhin, er verdankte ihr sein Leben. *Doch was war das noch wert?*

In Schwermütigkeit gehüllt tauchten die Tage dahin, diese endlosen Tage ohne Aussicht auf ein Erwachen. Es war kein böser Traum, sondern grausame Wahrheit. Er hatte versagt. Kein *Seelentier*, das nun für ihn stand, stattdessen war er durch den Wald getaumelt und in ein Loch gestürzt. Liegen lassen hätten sie ihn sollen, bis seine Knochen vermodert wären oder die Tiere des Waldes seine Anwesenheit auf Erden getilgt hätten. Jetzt war er lebendig begraben. Ohne Ehre.

In der Nacht stand er am Fenster, die Hände schmerzhaft auf das raue Holz gestützt, damit er überhaupt noch etwas fühlte, und starrte zu den Sternen, die bedeutungslos schimmerten über dem weiten Meer des Waldes. Das Haar war ihm lästig, er hatte nicht verdient es weiterhin lang zu tragen, so schnitt Asha mit einem Messer eine Strähne ab, ein Opfer für die *Steinkönige*. Achtlos warf er sie in die Dunkelheit, sog den klaren Duft der Nacht ein und ließ den Kopf hängen.

So sehr er sich auch bemühte, seine Kraft wollte nicht zurückkehren, alle Jugendlichkeit war in dieser Höhle versickert. Geblieben war ein Mann – kein Winterkrieger – der keinen Platz mehr hatte.

Ruhelos wanderte Asha, des Schlafes beraubt, durch die Gänge. Schon bald mieden die Diener auch diesen Teil der Burg, überzeugt davon, dass der Fluch der Baumgeister nun auch ihn ereilt hatte. Flink waren die Zungen der Tuschler und brauchten nicht lang, bis sie den Thron seines Vaters erreichten. Doch noch schwieg dieser, auch wenn das Schweigen schwerer wog als der berüchtigte Zorn des Königs.

An manchen Tagen raffte sich der Prinz dazu auf, wenigstens frische Luft zu schnappen. Asha verschwand dann durch eines der kleinen, geheimen Tore, verließ die drückende Stimmung der Festung und ging am Rand des Waldes entlang hinunter zum Fjord.

Missmutig starrte er die Bäume an, noch immer darüber rätselnd, was er falsch gemacht haben könnte. Fröhlich zwitscherten die Vögel, huschte das Wild durchs Gehölz, als wollte es ihn verhöhnen. Doch nicht einmal eine Faust konnte er vor Wut darüber ballen.

Er ging die befestigten Wege der Köhler, damit er nicht wieder in irgendeine Grube stürzte. Die Holzbohlen der schmalen Straße waren verwittert. Von Seewind und Regen grau geworden.

Weit unten lagen die Werften des Königs. Die beeindruckenden Langschiffe schaukelten sanft in der Dünung. Hammerschläge und gebellte Rufe der Schiffszimmerer hallten zwischen den beiden keilförmigen Bergflanken, die den Fjord einschlossen wie ein schwarz schimmerndes Juwel. Grauweiße, zerklüftete Riesen, die mit ihren schneebedeckten Gipfeln bis in das Reich der *Wolkendrachen* aufragten. Der Geruch und Rauch von Teer trieb bis hinauf zu Asha.

Auf einem Plateau, das früher als Ausguck benutzt worden

war, setzte sich der Prinz auf einen mit Runen behauenen Felsen. Gleich neben dem Turm, auf dem noch immer ein drei Mann langes, gebogenes Horn zwischen zwei Balken hing. Sein dumpfer, durch Berge und Wälder hallender Ton hatte in früheren Zeiten, als die Clans noch nicht unter einem Banner vereint gewesen waren, die Männer von Grimmhorn vor ihren Feinden gewarnt.

Diese Zeiten ruhten noch nicht lange im Nebel der Geschichte.

In der Mitte des Fjords tauchte eine silbrig graue Rückenflosse auf, dann eine sprühende Gischtfontäne und für einen kurzen Moment der Leib eines Linderwals. Träumerisch sah Asha dem Wesen nach, als dessen Fluke im Fjord versank und wünschte sich, er könne ihm folgen und alles hinter sich lassen.

»Es wäre ein einzigartiges *Seelentier*, nicht wahr?«

Der Prinz fuhr herum. Dort stand mit einem Korb voller Blumen, wehendem Haar und bleichem Gesicht – Lyria. Sie blickte nicht ihn an, sondern auf das Wasser.

»Es ist verboten, sie zu jagen", gab Asha zurück. Er fühlte sich gestört, wollte allein sein. Lyria ignorierte seinen barschen Ton, trat näher. Ein Hauch von Blütenduft schwebte ihm in die Nase.

»Sind Träume denn auch verboten, Prinz?« Sie schritt an ihm vorbei, lehnte sich an die Brüstung und ihr tiefrot gefärbtes Haar zog wehende Schlieren aus Blut in den Himmel. Das Sonnenlicht schälte ihre Figur aus dem weißen Kleid, weiche

Sinnlichkeit. Asha brummte unbestimmt. Diese Frau war wie ein Sturm weit draußen auf dem Meer, schnell und gefährlich. Leider auch wunderbar anzusehen, wie alles Schreckliche, das oft die Angewohnheit hatte, die Menschen in seinen Bann zu ziehen.

»Träume werden zu Wünschen und man sollte vorsichtig damit sein, was man sich wünscht«, erwiderte Asha.

»Ist dies ein gut gemeinter Wink auf meine Anwesenheit am Hofe des Königs?« Lyria drehte sich zu ihm um. Ihr Kleid aus feinsten Leinen war tief geschnitten und von einem breiten roten Gürtel tailliert, der die Farbe ihrer Haare aufnahm. Ihre grauen Augen fixierten den Prinzen. Seit dem Tag, da Ashas Mutter offiziell von den Heilern aufgesucht worden war, scharten sich die Adligen wie Eishaie um den König, als würde Blut im trüben Wasser treiben. Die Familie Starksegel bildete da keine Ausnahme. Sie und ihr Bruder Varrik waren schon seit Monaten hier, auch wenn dieser für die Prüfung zum Winterkrieger gekommen war. Asha verachtete die Politik, denn sie bestand aus jenen Dingen, für die er einfach nicht gemacht war: Lügen und Intrigen. Seine Mutter hatte ihn oft davor gewarnt. So fiel seine Antwort wenig diplomatisch aus.

»Was du willst oder nicht, ist mir egal, Lyria. Nur lasse mich da heraus.«

Die junge Frau war nicht im Mindesten beleidigt und Asha musste sich zwingen, ihr ins Gesicht zu sehen, als sie näher kam. Sie beugte sich vor und stellte den Blumenkorb auf die Erde. Der Prinz flehte innerlich, sie möge doch endlich gehen.

»Es enttäuscht mich, Prinz Asha, dass du deine Blindheit in verteidigende, schroffe Worte hüllst.« Sie blieb vor ihm stehen, betrachtete seine Knie, die unter dem Kilt hervorlugten und schmunzelte. Ihre Lippen glänzten. »Deine Mutter ist seit langer Zeit krank, es gibt nur dich und deine zierliche Schwester, die übrig bleiben, sollte das Reich einmal einen neuen König brauchen.«

Wenigstens hatte sie seine Mutter als krank bezeichnet und nicht als verflucht.

»Mein Vater ist stark wie eine Eiche! Er wird uns alle um Jahre überleben, glaube mir.« Jetzt musste der Prinz lächeln, Lyria verstand es, mit ihm wie mit einem Krieger zu reden, obwohl er kein *Seelentier* gefunden hatte. Sie warf eine widerspenstige Strähne zurück, lachte und setzte sich zu ihm. Ein dunkles, geschmeidiges Lachen. Asha starrte auf den Fjord, denn das geschlitzte Kleid gab nun einen ihrer Schenkel frei, der weiß wie Elfenbein war.

»Wahrlich eine Eiche, die dort auf dem Schild schwankte. Deine Zuversicht ehrt dich.« Ihre Stimme war noch immer belustigt, doch hörte Asha den spöttischen Unterton. So langsam fragte er sich, ob ihre Begegnung zufällig gewesen war. Vielleicht lag es an seiner Stimmung oder daran, dass Lyria ihn durcheinander brachte, aber es stand ihm nicht der Sinn nach solcher Art Unterhaltung. Er erhob sich von dem Felsen, reckte sich mit ausgebreiteten Armen, als wolle er sagen: *Die Dinge sind, wie sie sind.* Unten in der Werft hatten sie offenbar eine Pause eingelegt, es war still geworden in der Bucht. Mit einem Mal war sie hinter ihm. Asha roch ihren klaren Atem, der etwas von jenem Wind hatte, der den Winter im Norden ankündigte. Ein Schauder rieselte über seine Schultern.

»Sollte ich heute sterben und die Götter würden mir vor meinem Tod nur einen Wunsch gewähren«, wisperte sie an sein Ohr, »mein einziges Verlangen bestünde darin, *dich* auf dem Thron zu sehen.«

Ashas Herz trommelte. Langsam wandte er sich Lyria zu, die so groß wie er war, und suchte in den wolfsgrauen Augen nach … er wusste nicht wonach. Sie hatte soeben die Maske fallen lassen, geschickt zwar, aber selbst er begriff, worauf dieser Wunsch, dieses Verlangen hinauslief. Vieles konnte man über die Tochter aus dem Clan Starksegel sagen und auf das meiste davon würde er einen Dreck geben, doch eines glaubte er: Sie war ehrgeizig und es wurde gemunkelt, sie habe magisches Wissen über dunkle Künste. Lyrias Nasenflügel bebten, ihr Mund war leicht geöffnet. Nichts schien in diesem Augenblick wichtiger zu sein, als ihre Lippen zu schmecken. Mit einem Zittern beugte der Prinz sich vor.

»Asha!« Der Ruf weckte ihn auf. Lyrias Augen blitzten. Sie kam noch näher.

»ASHA!« Die Stimme riss ihn endgültig aus dem Moment. Verwirrt schaute der Prinz sich um, entdeckte seine kleine Schwester, die blondmähnig und mit den dünnen Armen winkend den Hang hinauf stakste. Tahni strahlte, als sie das Plateau endlich erreichte. Ihr Atem flog wie ein Vögelchen.

»Ich suche dich schon seit Stunden«, erklärte sie.

»Du hast dir Sorgen gemacht?« Eben wollte er die Anwesenheit Lyrias erklären, da fiel ihm auf, dass Tahnis Gesicht noch immer strahlte und nicht versteinert war und ihre Augen auch keine brennenden Pfeile verschossen. Die beiden hassten sich still, aber innig. Als Asha hinter sich blickte, war die junge Frau fort. Auch auf dem Weg war sie nicht mehr zu sehen. *Gefährlich und schnell!*

»Hier riecht es komisch«, maulte seine Schwester, kletterte die schmale Brüstung hinauf und reichte ihm eine Hand, damit sie balancieren konnte. Sie schnupperte. »Nach Blumen! Du wirst doch in Zukunft nicht Blümchen pflücken und durch Wiesen streifen, oder?« Sie grinste schelmisch, doch Asha wusste, dass sie es ernst meinte. Wie sehr Tahni doch ihrer Mutter ähnelte. Sie wollte nur, dass er wieder der alte Asha wurde.

Sie sollte Königin werden, nicht ich, dachte der Prinz.

Die Nächte waren drückend schwül geworden. Eine Seltenheit so hoch im Norden. Keine Wolke zog am Himmel und der Mond tupfte die Kronen des Waldes mit silbernen Flecken. Eine sonderbare Stille lag über dem Land, kroch durch jede Ritze der Burg. Wieder ein Zeichen für all jene, die glaubten, dieser Ort, nein, die königliche Familie sei bei den mächtigen Göttern in Ungnade gefallen.

Asha konnte nicht schlafen. Er saß auf dem breiten Sims des Fensters, das weit geöffnet war, ließ die Beine in die

Tiefe baumeln und versuchte, sich einzureden, dass es das ungewöhnliche Wetter war, das ihn wach hielt. Die Luft war schwer von Harz und Hitze.

Er blickte hinunter auf die Häuser und Wehrgänge, die wenigen Lichter der Nachtfeuer und erhellten Fenster. Grimmhorn war groß und aus der Vogelperspektive ein Gewirr aus Giebeln, Straßen, Palisaden, Gärten und Mauern – ein verwirrendes Muster in der Dunkelheit, das der Welt entrückt wirkte, kannte man den selben Ausblick bei Tage.

Kurz vor Einbruch der Nacht war eine Delegation der Throngarde eingetroffen. Asha konnte im Zwielicht die Färbung ihrer Haare nicht erkennen, aber die Wappen auf den Wagen trugen das Siegel der Hauptstadt Scale.

Seit einiger Zeit traf man Vorbereitungen für das große Treffen der Könige. Dieses Mal würden sie alle nach Quell reisen, dem mächtigen Nachbarn im Süden. Laut Utred, einem altgedienten Koch der Familie, waren dort die Flüsse aus Gold, die Paläste blau wie das Meer und die Frauen so atemberaubend schön, dass sie das Herz eines Mannes in ewiges Feuer verwandeln konnten. Allerdings musste man bedenken, dass Utred bei der Zubereitung seiner Speisen gern ein paar Krüge Selbstgebrannten zu sich nahm.

»Kann ich dich sprechen?« Tahnis weiche Stimme drang von der Tür her zu ihm.

»Ich werde nicht springen, falls du das denkst«, gab Asha eine Spur zu sarkastisch zurück. Er hatte ein schlechtes Gewissen, denn seit er aus den *Wispernden Stämmen* zurück war, hatte er sich kaum um sie gekümmert. Nicht so, wie ein guter großer Bruder es tun sollte. Er glaubte, sie sei erwachsener dadurch geworden. Das missfiel ihm. Mit einer Drehung schwang er die Beine in den Raum, setzte die nackten Füße auf den Dielen ab. Er trug lediglich einen leichten Kilt, das Haar zu einem Zopf gebunden, auch wenn es Sitte war, dieses offen und stolz zu tragen. Doch sein Stolz war anderswo, irgendwo dort draußen. Er sah sie da stehen, klein und dürr, im weiten Nachthemd.

»Tut mir leid, Schneeflöckchen«, er lächelte, ging auf sie zu und verwuschelte ihr die blonden Haare. Sie musste ihre noch nicht färben, erst nach dem ersten Blutmond – sie wurde bald erst dreizehn.

Ihre Reaktion war verhalten, was Asha stutzig machte. *War sie ihm in so kurzer Zeit entwachsen?*

»Hast du den Splitter noch?« Er wusste sofort, was sie damit meinte. Dieses verfluchte Stück Holz, das sich durch seinen Fuß gebohrt hatte und noch immer darin steckte, auch wenn die Wunde längst verheilt war. Er holte es von seinem Nachttisch, hielt es einen Moment fest, dann warf er es Tahni zu.

Im Lichte einer Kerze betrachtete seine Schwester das krumme längliche Objekt. Das getrocknete Blut ihres Bruders daran, zu einem dunklen Braun geworden. Mit gerunzelter Stirn besah sie sich die Spitze, tippte mit der Fingerkuppe drauf.

»Was tust du da, Tahni?« Der Prinz setzte sich auf die Bettkante, lehnte den Kopf gegen einen der gedrechselten Pfosten, die mit springenden Hirschen verziert waren. Plötzlich war er schrecklich müde.

Ein Seufzer der Erleichterung entfuhr ihm. *Jetzt freute er sich schon über Müdigkeit! Er würde sie ohne zu zögern seiner Mutter schenken.*

Statt einer Antwort stieß seine Schwester einen leisen Pfiff aus. Asha hob das Haupt, als eine dunkle Gestalt das Zimmer betrat. In einer Hand trug sie einen Beutel, die andere hatte sie zum Mund geführt, um auf den Nägeln kauen zu können. Ihr Kopf, unter einer Kapuze verborgen, war geneigt, aber nicht so tief, wie man es erwarten sollte. Die Frau trug einen langen Kittel, der an vielen Stellen ausgebessert worden war. Immerhin war er sauber.

»Das ist Jura, sie ist Magd in der Küche«, stellte Tahni die verschüchterte Frau vor.

Asha schwieg.

Seine Schwester winkte Jura zu sich heran und bat um den Beutel. »Danke, Jura. Du kannst jetzt wieder gehen«, gebot Tahni, ganz wie einst ihre Mutter. Das Mädchen tat einen unbeholfenen Knicks und verschwand so lautlos, wie es gekommen war.

Derweil hatte Tahni den Inhalt des Beutels auf den Boden gekippt. Der Prinz zog die Brauen in die Höhe. Es waren seine Stiefel. Jene, die er getragen hatte als … und auch die lederne Feldflasche fiel heraus. *Was hatte das zu bedeuten?*

Die Stiefel stanken nach Abfall, süßlich und stechend. Ohne Scheu nahm Tahni den blutverschmierten Stiefel und drehte ihn herum, um sich die Sohle zu besehen. Asha kniete sich zu ihr.

»Wonach suchst du?«, fragte er mit rauer Stimme. Ein komisches Gefühl bemächtigte sich seiner. Mit dem Daumen rieb sie über den Riss, der entstanden war, als der Splitter die Sohle gedrungen hatte. Sie bedeutete ihm, eine Kerze zu holen.

»Jura hat die Sachen im Küchenabfall für die Wildschweine entdeckt. Und die fressen bekanntlich alles.«

Als Asha die Flamme nah an die kreuzförmigen Kerbungen der Unterseite hielt, welche einen besseren Halt auf glattem Untergrund gewährleisten sollten und den schmalen Schlitz darin, sackten Tahnis Schultern herab.

»Verdammt!«, murmelte sie.

»Was, Tahni, verflucht noch eins. Was?«

»Siehst du das?« Sie deutete auf die leicht zerfranste Stelle. Asha sah genauer hin. Sie war schmal und länglich. Doch dann fiel ihm an den jeweiligen Enden etwas auf. Der Riss war dort hauchdünn, während er sich zur Mitte hin nach außen wölbte. Ohne Zweifel war dort der Splitter eingedrungen, doch …

»Jemand hat mit einem Messer durch deinen Stiefel und den Fuß gestochen! Es war eine zweischneidige Klinge, deshalb die feinen, sauberen Schnittmale an den Rändern der Sohle. Dann zog dir derjenige den Stiefel wieder an und stieß den Splitter durch die vorbereitete Stelle. Siehst du das Holz?«

Sie nahm Asha das vermaledeite Ding aus der Hand. Es war in etwa so lang wie ein Dolch. »Es hat keine scharfe Spitze.«

Tahni stieß das dünne Ende gegen die Sohle des anderen Stiefels – nichts.

»Ich bin tief gefallen, Schneeflöckchen, mehr Druck und …«

Sie reichte es ihm zurück und der Prinz rammte mit aller Kraft den Splitter dagegen – nichts. Fassungslos starrte Asha auf den blutigen Splitter in seiner Hand.

Tahni zog den Zapfen aus der Feldflasche, in der der Tee gewesen war, und roch an der Öffnung. Auch diese reichte sie dem Prinzen und er tat es ihr nach. *Und?*, fragten ihre Augen

»Zimt, ein bisschen Apfel …« Er roch nochmals, zuckte mit den Schultern.

»Da ist etwas Bitteres, riechst du es nicht?«

Erneut versuchte es Asha, schloss die Augen dabei und da war es! Eine leicht bittere Note, die unter den anderen schwebte, als wolle sie sich dort verstecken.

»Ab welchem Moment sind deine Erinnerungen dunkel?«

Asha überlegte. Der Marsch, ein Platz für die Nacht, Wasser suchen, der endlose, stille Wald, das Gefühl, beobachtet zu werden … Am fünften Tag erst hatte er einen Schluck von dem Tee genommen. Er hatte das stärkende Getränk aufsparen wollen. Alles danach war nur noch undurchdringlicher, albtraumhafter Nebel. Sein Herz schlug schneller und schneller.

Tahni flüsterte: »Sie haben dir Gift in den Proviant getan und gewartet, bis du wie ein Welpe durchs Unterholz gestolpert bist. Dann haben sie dich in eine Grube geworfen, mit einem Messer den Stiefel durchstochen und einen abgebrochenen Ast hindurch gerammt, damit es nach einem Unfall aussieht. Das Fieber mag auch geplant gewesen sein, aber eigentlich wollten sie nur eines.«

»Mich außer Gefecht setzen.« Der Prinz strich über die Narbe auf seinem Spann.

»Genau! Es müssen zwei gewesen sein. Einer allein hätte dich in dem dichten Wald nicht weit tragen können. Dann ließen sie dich in die Bärenhöhle hinab, mit den Füßen voran. Sterben solltest du nämlich nicht, Bruder, dafür hatten sie nicht den Mut oder die Anweisung.«

Asha begriff.

»Ich sollte kein *Seelentier* finden«, hauchte der Prinz. Seine Gedanken überschlugen sich. Das dämliche Grinsen von Varrik. Seine Bemerkungen, als sie ihn gerettet hatten.

»Mehr noch!« Tahni biss sich auf die Unterlippe. »Du sollst kein König werden.«

Asha erhob sich, den Splitter fest in der Faust.

Die immer lauter werdenden Gerüchte, seine Mutter sei eine Verfluchte, Lyria Starksegel, die seit Monaten vor seinem Vater herumstolzierte wie eine verbotene Frucht, und die dann etwas von Wünschen faselte, als wollte sie ihm, Asha, ein letztes Angebot machen, bevor das Räderwerk endgültig in Gang gesetzt würde.

Doch warum? Skargerrak war stark, der König traf keine Entscheidungen, die dem Reich schadeten. Etwas passte nicht zusammen. Doch vielleicht war jemand einfach nur der Ansicht, der Grimmhorn-Clan sei des Thrones nicht länger würdig. Denn wenn auch den Prinzen der Fluch ereilte, war es dann nicht besser, einen Schlussstrich zu ziehen? Oder ging es in eine ganz andere Richtung? Prinz Asha wurde schwindelig, als der Gedanke klar und deutlich aus dem Schatten trat.

Mit wilder Geste streife er sich eine Weste über, steckte ein Messer in die hintere Schlaufe seines Gürtels.

Tahni sah ihn an. Traurig. Sie wusste, was sie zu tun hatte.

Asha verließ wortlos das Zimmer.

Eine Gestalt, mit schwarzer Kleidung und einer Kapuze über dem Kopf, stand in der Dunkelheit eines Quergangs, als Asha wie ein Wind vorüberschritt, mit Wut in den Schultern.

Die Frau lächelte.

Er wusste um die Wege neben den Wegen, jene Gänge, die man nur kennen konnte, wenn man auf Grimmhorn jeden Sommer seiner Kindheit verbracht hatte. Lediglich ein paar Wachen standen in den düsteren Fluren, von denen zahllose Türen zu zahllosen Zimmern mit noch mehr Türen führten. Ein Labyrinth der Eingeweihten.

Jene Männer, die zu spät erkannten, wer da im Anmarsch war, stieß der Prinz beiseite. Andere gewahrten rechtzeitig die Gefahr und drückten sich an die Wände.

Asha schritt durch einige Räume, Badehäuser, Saunen, Ankleidezimmer, in denen Frauen abrupt aufhörten zu kichern, bis er endlich vor der geheimen Schlafzimmertür seines Vaters stand. Grob stieß er die Flügel auf, einen zornigen Satz auf der Zunge. Doch dieser verließ nie seinen Mund.

Er stand da und glotzte.

Das Zimmer war ein einziges Chaos. Gobeline hingen, halb zerrissen, von den Wänden. Möbel waren umgestoßen, Weinlachen auf dem Boden glänzten nass im Kerzenlicht, die auf jedem verfügbaren Platz glimmten. Hunderte. Es war stickig und heiß. Kaum genug Luft, um Atem zu holen. Teppiche, Decken, Felle und Kleidung lagen verstreut. Und in dem riesigen Bett, dessen Baldachin fast bis zur Matratze durchhing, konnte Asha die blassen Arschbacken seines Vaters auf- und niedergrunzen sehen. Was immer er hatte sagen wollen, es prallte gegen eine Mauer von albtraumhafter Realität.

Ekel stieg ihm in die Kehle.

Ein tiefes Brummen kam von dem König, ein spitzer Schrei von dem Körper darunter. Dann rollte sich der Lenker von Skargerrak herum, schnaufte mit geschlossenen Augen. Die junge, nackte Frau bemerkte Asha, schien aber nichts dabei zu empfinden. Ihre Augen waren blutunterlaufen, ihre Haut voller Flecken, die von grobschlächtigen Händen herrühren mochten. Mit schweren Lidern schaute sie Asha an. Fast schon gelangweilt boxte sie ihren Ellbogen in die Seite des Königs.

»Unersättliches Biest, du«, schmatzte Gorm seine Antwort, wälzte sich herum und bemerkte endlich die Anwesenheit seines Sohnes. Einen Moment lang erkannte Asha Angst in seinen Augen. Dann, wie auf Befehl, trat gespielter Zorn an dessen Stelle.

»Ahhhh, der verlorene Sohn«, höhnte der König. Mit einiger

Mühe gelang es ihm, aus dem Bett zu kommen. Er machte sich nicht die Mühe, sich zu bedecken, griff nach einem Becher Wein, stieß ihn zu Boden, lachte und nahm stattdessen die ganze Karaffe. Schlürfend trank er, dass die Flüssigkeit über seinen Bart rann. »Hab′ dich gar nicht erkannt! Dachte, du färbst dein Haar nicht mehr, so wie die Weiber vor dem Blutmond!«

Ashas Wut verwandelte sich in Abscheu. Das Mädchen aber hatte noch genug Verstand, die Worte zu deuten, bedeckte sich mit einer eindurchtränkten Tischdecke und verließ eilends das Zimmer.

Der Prinz war leer, da waren keine Worte mehr in ihm. Sein Kopf schwirrte.

»Du bist eine Schande, Vater«, brachte er endlich einen Satz hervor, den jemand anderes gesprochen zu haben schien. Der König warf die Karaffe nach ihm, Asha duckte sich.

»Schande?«, brüllte Gorm. »*Du* bist die *Schande*!« Er rülpste laut. »Deine ganze verfluchte Sippe ist eine Schande!« Der König nahm ein Methorn, lugte hinein und trank, ließ sich auf einen Stuhl fallen, der noch nicht umgekippt war.

»Was hast du vor, Vater? Das Reich in den Wahnsinn führen?« Asha trat näher. Sein Rücken juckte, dort wo das Messer war. Lyrias Worte gellten in seinem Ohr. *Deine Mutter ist seit langer Zeit krank, es gibt nur dich und deine zierliche Schwester, die übrig bleiben, sollte das Reich einmal einen neuen König brauchen.*

Gorm Grimmhorn schnaubte. Wankend stand er auf, sah

sich suchend um und dann pisste er einfach gegen eine Säule.

»Ich bin klar und bei Verstand, *Sohn*. Es ist mein Reich! Ich bestimme den Kurs, niemand sonst.«

»Du findest nicht einmal mehr einen Nachttopf, du versoffener Fettwanst!«

Langsam drehte sich der Mann herum, den Asha niemals wieder Vater nennen würde. Seine feiste Wampe glänzte. Die alte Wunde am Bein stank nach Eiter. Gorm war vor einigen Wochen betrunken genug gewesen, seinen Schenkel mit der Tischkante zu verwechseln. Im Überschwang hatte er sein Bratenmesser ins eigene Fleisch gerammt, statt wie sonst in den Tisch, wenn er ein Gelage für beendet erklärte.

»Was habe ich denn von den Göttern bekommen, hä? Eine stille, schwachsinnige Frau, einen Sohn, der in einen Kaninchenbau fällt und kein *Seelentier* findet und eine Tochter ohne Hüften! Ha! Verflucht ist Euer Blut, sage ich!«

Asha trat noch einen Schritt näher.

»Mutter ist nicht …«, er brachte das Wort nicht hervor, dachte es lautlos *verflucht*. Seine Kiefer spannten sich zu Tauen.

Gorm lachte abermals, sein Fett wackelte.

»*Eine Verfluchte*, die seit Jahren die Beine nicht mehr breit macht! Ich habe keine Familie, ich habe …«

Der Schlag kam ganz von selbst. Blut spritze aus der oberen Lippe des Königs. Ashas Herz schrie.

Mit einem ängstlichen, überraschten Ausdruck starrte der König seinen Sohn an, dessen geballte Faust, das Blut daran.

Ein bösartiges Funklen fuhr durch die Augen des Herrschers.

»Varrik hat einen Wolf erlegt, hat ein mächtiges *Seelentier* zur Burg gebracht, *dich* mussten sie auf einer Bahre nach Hause schleppen! Aus den Schenkeln deiner Mutter kommt nur nutzloser Dreck! Sie …«

Asha riss das Messer aus dem Gürtel als ein hohes Quiecken erklang, die Türen aufschwangen und etwas zu Boden schepperte. Gorm wich zurück, die Arme erhoben, brüllte er nach Hilfe. Asha hörte undeutlich das Wort: Verrat. Die Dielen erbebten unter Stiefeltritten, jemand riss Asha das Messer aus der Hand, er bekam einen heftigen Stoß in die Rippen, keuchte, sackte zusammen, während um ihn herum alles verschwamm.

Und bei all dem wusste er, dass sein Leben gerade an den Klippen seines Stolzes zerschellten.

Der König kam auf ihn zu, plötzlich bedeckt, das Kinn heroisch nach vorn geschoben. »Ich könnte dich töten lassen. Versuchter Königsmord!« Die gelben Zähne mahlten vor Freude.

Asha neigte den Kopf. Es war seine Entscheidung gewesen. Er löste einen Arm aus der Umklammerung der Wachen, legte die Hand auf das Geburtsamulett, das um seinen Hals hing und riss es ab.

»Ich zerschneide hiermit das ewige Band an das Haus Grimmhorn«, rief er. »Ab heute hat mein Blut keine Farbe mehr.«

Man ließ ihn aufstehen. Die Gesichter der umstehenden Männer und Frauen waren geschockt, andere verwirrt, wieder andere konnten keinen Hehl aus ihrer Freude machen. Gorm aber kochte vor Zorn, denn damit hatte sich Asha vor Zeugen von ihm losgesagt. Die Blutbande war zerrissen und zumindest für den Augenblick war der Prinz ein freier Mann.

Das Medallion aus Hirschknochen, mit den geschnitzten Insignien des Hauses Grimmhorn lag in seiner Hand. Er warf es ins Feuer. Ein letztes Mal trafen sich die Augen von Vater und Sohn. Hass würde von nun an zwischen ihnen sein.

Asha machte sich los, die Wachen gehorchten. Man geleitete ihn hinaus durch jene Türen, die Jedermann kannte, damit Jedermann ihn sehen konnte.

»Und wag es ja nicht irgendetwas mitzunehmen, das *mir* gehört!«, brüllte der König hinter ihm her.

Durch ein Spalier von Bediensteten und Gästen wurde Asha der Gemächer verwiesen.

Unweit der Haupthalle stand Varrik mit einer Miene wie ein Trauerkloß. Der schmierige Kerl war angezogen, als wäre er zu einem Fest eingeladen. Er und seine Kumpane, allen voran Orlok Bleichwasser, würden sicher auf diesen Tag anstoßen wollen.

»Wenn es etwas gibt, das ich tun kann …« Lyria stand neben ihm, das Nachthemd mit einer Hand zuhaltend. Sie wirkte versteinert.

»Komm doch her und sieh was passiert!«, flüsterte der Prinz und Varriks Lippen wurden hart. Der Moment ging vorbei. Ein anderes Mal.

Der Prinz nutzte die verkündete Freiheit, änderte den Kurs

und steuerte den Flügel seiner Mutter an. Gemurmel entstand hinter ihm. Die Wachen waren sich uneins darüber, wer ihm – ja, was denn, dem Prinzen? – in die verfluchten Gänge folgen sollte. Asha schritt weiter, es kümmerte ihn nicht mehr. Und so erreichte er ohne jede Bewachung die Gemächer seiner Mutter. Diesmal klopfte er nicht an.

Ezra erschrak, als er plötzlich mitten in dem Raum stand.

»Der Tee, er war von dir!«

Die Dienerin machte große Augen. Ehrliche Verwirrung darin.

»Utred hat ihn zubereitet, nach meinem Rezept«, stammelte sie.

»Geh, bitte!«, mehr sagte der Prinz nicht. Die Dienerin verbeugte sich tief, so wie es üblich war, ohne Blickkontakt. Der Prinz atmete die Luft der Farben, der vielen Leinwände und Bilder ein.

»Es wartet dort auf dem Tisch«, sagte die Stimme seiner Mutter, die hinter der Staffelei erklang.

Er ging zum Schreibtisch. Eine Kette lag dort auf einem weißen Blatt Papier. Es war ein runder Schild aus Eis, gebunden an ein Band aus Silbergliedern, auf dessen Oberfläche die Hiebe einer Pranke eingekerbt waren. Die Farbe des Schildes war Blau, eine aus sich selbst schimmernde Glut, wie sie nur das endlose, eisige Ende der Welt ausstrahlen konnte. Er strich darüber, es war kalt. Er wusste, dass es ihr Clan-Amulett war. Sie hatte es für ihn aufbewahrt und sie würde nicht mit ihm kommen.

Asha fand keine Worte des Abschieds in sich. Er kam sich vor wie ein Unwetter, das alle um ihn herum treffen würde, ob sie nun wollten oder nicht. Es war kein Sinn darin zu finden.

»Denke nicht an mich, Sohn, mein einziger Sohn.«

Da sah er aus ihrer Hand einen Pinsel zu Boden fallen. Asha rannte zu ihr, kniete neben der Staffelei nieder und umfasste die kalten Hände.

»Komm mit mir, Mutter. Dies ist nicht länger …«

Sie entzog ihm die blassen Finger. Das zweite Band an diesem Tag zerriss.

»Nein, eine Königin bleibt eine Königin.« Ein tiefer Grabesatem entsprang ihrer Brust. »Es heißt, die Gebete der Menschen seien das Blut der Götter, Asha. Vergiss das niemals, hörst du?« Ihre traurigen Augen waren in die Ferne gerichtet. Der Prinz küsste sie.

»Folge deinem vorbestimmten Pfad. Er wartet auf dich!«

Das Herz schwer wie Stein, verließ er das Zimmer.

Er stopfte einen kleinen Schild in die Satteltaschen. Asha hatte ihn selbst gebaut als er jung gewesen war. Ein Schild für den Nahkampf, der damals nur Gegner aus Tannenzweigen und Farnen abgewehrt hatte. Es war die einzige Sentimentalität, die er mitnahm.

Sein roter Umhang, der mit einer Kordel verbunden über den Schultern lag, war ein Geschenk seiner Mutter gewesen. Die silberne Schnalle daran war mit einer Schneeflocke verziert. Auch den Wanderstab aus Nachtholz nahm er mit, den er vom Eichenfaust-Clan als Dank für die Rettung eines Jungen aus einem Felsspalt erhalten hatte. Alles andere ließ er zurück.

Windohr scheute kurz, als der Prinz zurückkam und den Riemen des Sattels festzog. Er tätschelte beruhigend den Hals des Pferdes. Kein Grund, mit den Hufen zu scharren. Doch es war nicht das Zaumzeug oder die späte Stunde, es war ein kleines Mädchen, das sich unter dessen Bauch im Stroh versteckt hatte.

»Ich bin soweit«, erklärte Tahni. Einen Rucksack neben sich aus dem Versteck ziehend, die Augen voller Tatendrang. Die Burg war hell erleuchtet. Diener rannten plappernd umher, Wächter riefen nach Dienern.

Asha nickte. Wenigstens hatte er sie nicht mit Gewalt holen müssen. Er hievte das dürre Kind über den Rist, breitete eine schwere Decke darüber und ritt durch Burg Grimmhorn Richtung Nordtor.

»Halt!« Einer der Torwächter hob seinen Speer, der andere eine Lampe. Beide zuckten zusammen, als sie sahen, wer da passieren wollte.

»Wir müssen sichergehen, dass kein … kein *Eigentum* des Königs die Burg verlässt.«

Asha ließ *Windohr* schnauben und die Vorderhufe nervös aufschlagen.

»Ihr beide wisst, wie unsere nordischen Geschichten meistens ausgehen?«

»Hä?«, war die unwissende Antwort des einen. Sein Helm saß schief.

»Sie gehen immer schlecht aus!« Der Prinz reckte sich im Sattel zu ganzer vergangener Größe empor. Tahni begann unter der Decke zu zappeln. Ein leises Keuchen war zu hören.

»Was war das denn?« fragte der Wächter. Sein Speer zuckte vor. Seine Augen wurden misstrauisch.

Windohr machte einen Schritt nach vorn und schüttelte energisch den Pferdekopf. Die beiden Torwächter wichen aus. Ashas freie Hand lag auf Tahnis Rücken, der sich ängstlich hob und senkte. *Und wag es ja nicht, irgendetwas mitzunehmen, das **mir** gehört …*

Der verstoßene Prinz von Grimmhorn zog sein Schwert. Der Ton der Klinge glitt wie ein tödliches Versprechen in die Nacht.

»Kommt und findet es heraus!«

Die beiden steckten die Helme zusammen und entschieden, dass ihr Sold es nicht wert war, auf diese Weise zu sterben.

So durfte der Prinz passieren.

Es ging in den hohen Norden. Zu den eisigen Gletschern.

2

Wenn die Götter dir einen Wunsch erfüllen, bedenke, dass ein Begehren viele Pfade haben kann.

– *Volksmund, Königreich Quell* –

Ribanna

Als Prinzessin hatte man es gut. Ausschlafen gehörte dazu und weiche Hausschuhe, die am Bett warteten. Rosenblätter, die in Schalen klaren Wassers trieben. Das Bad von edlen Salzen trübe, aber samtig für die Haut. Im Winter drang Wärme durch den Fußboden und im Sommer drehten sich hölzerne Ventilatoren an den Decken. Sanfte Harfenklänge brachten marmorne Büsten zum Lächeln. Kerzen und Räucherwerk bewirkten – wenn der launenhafte Wind den Mief der Stadt zum Schloss hinauftrug – dass die königliche Nase unbehelligt blieb und seidige Laken schmeichelten lauschigen Träumen.

All das gehörte einfach dazu, wenn man einen bedeutenden Namen trug.

Ribanna Tavurin bekam nichts davon mit.

Sie sog die salzige Luft des *Innermeeres* ein, reckte die Arme über den Kopf, stellte sich auf die Zehenspitzen, holte tief Luft, sah die unzähligen Fischerboote heimkehren und sprang von der Klippe, nahe des Kais.

Dabba, ihr Leibwächter, stand in Verkleidung dabei, wenn die zweite Prinzessin von Quell nach ordinären Münzen im Hafenbecken tauchte, ohne Sänfte, einen Sonnenschirm oder wenigstens ein paar Sandalen. War denn das so schwer?

Als der Hüne dazu auserkoren wurde, Ribanna zu beschützen, hatten sich die anderen Wächter köstlich amüsiert. Ausgerechnet er musste sich um den Wildfang der Familie Tavurin kümmern. *Hätte er nicht Aurelia haben können oder Lucille?* Die hockten auf Gartenpartys herum, gingen gemessenen Schrittes im Park spazieren, seinetwegen auch stundenlanges Einkaufen in der Stadt. *Aber nein, er bekam Ribanna.* Die zeltete im Garten, wollte plötzlich Bogenschießen lernen und fragte ihm tausend Löcher in den Bauch. Zum Glück würde sich das bald ändern, auch wenn Dabba sie ein klein wenig vermissen würde, diese ständige Aufregung.

Derweil tauchte Ri zwischen den Säulen hinab, die den Kai und die Pier stützten. Sie wusste, dass Dabba oben mitzählen würde. Um zu vermeiden, dass der arme Kerl ihr nachspringen musste, hatten sie sich darauf geeinigt, nie länger als zwei Minuten ihren jeweiligen Status – sie Prinzessin, er Leibwächter – zu vergessen. Meistens hielt sie sich daran.

Sie winkte einem Kraken zu, der verdutzt das Weite suchte, und ließ ihre Hand durch den sandigen Untergrund fahren. *Nein, die hatte sie schon, die auch.* Alte Münzen aus vergangenen Epochen zu finden, war das liebste ihrer etwa zweihundert Hobbys. Nichts brachte Ribanna mehr zum Aufblühen, als sich von diesem Ort fortzuwünschen, ein Leben als Abenteurerin zu führen und das enge Korsett des Hofes zu zerschneiden, wenn auch nur in Tagräumen.

Ein Korallenhai zog eine enge Schleife um sie, seine dunklen Augen musterten die vermeintliche Beute, doch Ri steckte ihm die Zunge heraus und wedelte ihn fort, worauf das Tier irritiert von dannen zog, leicht beleidigt, wie sie fand.

Plötzlich sah sie in dem glasklaren Wasser den Rand einer weiteren Münze funkeln. Unter einem schweren Stein versteckte sich das Ding. Ri hielt sich daran fest, zog und drückte. Sie merkte, wie ihr allmählich die Brust enger wurde. *War sie schon über der Zeit? Nur noch einen Moment, bitte.*

Doch das vermaledeite Objekt der Begierde lag nicht einfach unter dem Stein, es steckte *in* dem Stein. Ri spürte, wie ihr Herz sich verlangsamte. Frustriert stieß sie sich vom Boden ab und ließ sich nach oben treiben. Sie lachte, als sie Dabba dabei erwischte, wie er bereits die Tunika über den Kopf zog.

»Ich brauche ein Seil, Dabba«, Ri spuckte etwas Meerwasser aus und rieb sich Salz aus den Augen. Der Leibwächter sah sie verständnislos an, halb zornig, halb ergeben, da er sowieso gegen eine Wand reden würde. So sah er sich um, brummte vor sich hin und suchte ein Seil. Ri legte sich auf den Rücken, hielt sich an einer der Säulen fest und paddelte währenddessen ein wenig mit den Beinen herum. Die Sonne warf abertausende Glitzerpunkte auf das ruhige Wasser. Dort hinten lief ein Händlerschiff aus Wulan ein, die Segel so grün wie ihre Graslande. Hier an diesem Kai war viel weniger los, weil es der abgetrennte Teil für die königlichen Schiffe war. Dabba erlaubte es nicht, dass Ri dort tauchen durfte, wo sicherlich hunderte toller Münzen am Meeresgrund ruhten. Denn die vielen Matrosen und Kapitäne warfen bei ihrer Ankunft in Quell dieses kleine Opfer gerne ins Hafenbecken. Sie baten um Glück und gute Geschäfte oder um eine hübsche Frau für die Nacht, wer wusste das schon. Das eine Ende eines Taus klatschte neben ihr ins Wasser.

»Dann ist aber Schluss für heute, Herrin. Sie haben noch eine Audienz bei der Königin.«

Ri frotzelte ein »Jaja« und war schon wieder unter den Wellen.

Klitschnass stand sie kurz darauf neben Dabba, der das Seil einholte. Seine mächtigen Arme spannten sich nicht einmal, obwohl der Stein recht groß war.

»Bei der Sonne, Dabba, was isst du denn zum Frühstück?« Ri lachte und schlug ihm spielerisch auf die Schulter. Es war, als würde man einen Stier puffen. Sie sah ein klitzekleines Lächeln in der Wange des Leibwächters zucken und freute sich darüber. Endlich hob er den Stein über die Kaimauer. Ein dicker Brocken war das mit den ganzen alten Muscheln und Seepocken.

Ja, das würde ein ganz fantastischer Tag werden.

Wie immer ließ Ri die Dienerinnen warten, welche die undankbare Aufgabe hatten, sie anzukleiden. Das ständige

Zupfen, Fummeln und Frisieren brachte die unruhige Prinzessin an den Rand des Wahnsinns, vor allem, weil es da nichts zu zupfen und zu fummeln und schon gar nichts zu frisieren gab. Ri hatte sich schon vor Monaten die Haare abgeschnitten, die störten nur beim Tauchen und beim Bogenschießen war es geradezu gefährlich, eine Strähne in die Sehne zu bekommen.

Mit schweren Seufzern ließ sie dennoch die Prozedur über sich ergehen. Am Ende stand da eine junge Frau im Spiegel, die nichts mit der Ri gemein hatte, die sie selbst in sich sah.

Mit missmutig verzogenen Lippen ging Ri die langen kuppelhaften Flure des Schlosses entlang. Die Sandalen drückten und sie glaubte, darin mehr wie eine Ente zu watscheln.

Über eine halbe Stunde ließ man sie vor den Räumen ihrer Mutter schmoren – eine dringende Besprechung – ja, sicher. Endlich durfte sie eintreten, durch hohe Türen, deren braunes Holz mit Bronzetieren geschmückt war.

Überall heller, sandfarbener Marmor, anmutige Statuen und Büsten in Alkoven und Nischen. Große, bogenförmige Fenster rückten golddurchwirkte Wandbehänge ins rechte Licht. Blumen, Obstschalen, Süßigkeiten auf Eis gekühlt. Ri bekam spontan Hunger. Und in all der Pracht, auf einem Sofa lesend, saß ihre Mutter. Ein enormer Wälzer ruhte auf einem schrägen Holzgestell. Die Bilder bunt und die Schrift blau.

Sidora Tavurin vermochte durch bloße Anwesenheit zu beeindrucken. Das weizenblonde Haar zu filigranen Wirbeln hochgesteckt, in denen Orchideen samt Stiel eingeflochten waren. Das Kleid, ein seidener Tribut an ihre Macht und Schönheit. Manchmal hatte Ri das Gefühl, ihre Mutter sei schon perfekt frisiert auf die Welt gekommen. Hohe Wangenknochen, volle Lippen, tiefgründige braune Augen. In ihrer Nähe wurde alles ein wenig kleiner, hässlicher.

Ri nahm sich eine Birne, warf sie kurz hoch, streckte den Arm durch und ließ sie von ihrem Bizeps wieder hochfedern, wo sie die Frucht wieder auffing und genussvoll hineinbiss, als würde sie irgendwo an einer Straßenecke stehen.

»Hallo, Mutter«, nuschelte sie, wohl wissend, dass Sidora diese Anrede nicht besonders mochte.

Die Königinmutter blätterte mit einem Stab, an dessen Spitze ein Kautschukball saß, die nächste Seite um, damit die Tinte nicht die hoheitlichen Finger berühren konnte. Ein kurzer Blick zur Seite, ein erkennendes Nicken. In aller Ruhe las Sidora die Seite zu Ende, legte den Stab beiseite und lächelte.

»Ribanna, Liebes«, die Königin stand nicht auf, sie erhob sich. Die Seide ihres meerblauen Kleides raschelte sanft. Lächelnd betrachtete sie ihre zweite Tochter, Erbin des Hauses Tavurin. Ri hatte sich mit einer Hand auf den Tisch gestützt und beäugte die Schale mit Konfekt.

»Wie alt bist du jetzt?«, segelte die Frage in den riesigen Raum.

Ri begriff, von woher der Wind wieder einmal wehte. Einmal pro Monat stellte ihre Mutter diese Frage. Niemand war so vergesslich, schon gar nicht Sidora. Die Frage bedeutete nichts anderes als: *Wir müssen reden, Kind.*

Ri legte die abgeknabberte Birne beiseite und nahm sich ein Stück Konfekt.

»Achtzehn Jahre, sieben Monate, vierundzwanzig Tage … und ungefähr sechzehn Stunden.«

»Hmm«, machte ihre Mutter.

Sie machte immer *Hmm*, wenn sie langsam Anlauf nahm.

»Eine Frau bist du geworden.« Sidora stellte sich vor ihre Zweitjüngste und musterte das Ergebnis der achtzehn Jahre, sieben Monate, vierundzwanzig Tage … und ungefähr sechzehn Stunden.

»Ein wundervolles Kleid hat meine Dienerin dir da ausgewählt.«

Ri steckte in einem hautengen, knielangen Kleid aus Leinen, das in verwirrenden Mustern die Farben des Himmels von Sonnenaufgang bis Sonnenuntergang widerspiegelte. Es zwickte und man konnte darin nur schleichen, nicht laufen und tauchen schon mal gar nicht. Trotzdem war es ganz hübsch, da gab es nichts zu rütteln.

Die beiden Frauen waren groß. Ri war die einzige in der Familie, die ihrer Mutter direkt in die Augen sehen konnte. Schlank wie ein Pfeilschaft, mit breiten Schultern vom vielen Schwimmen und einer etwas zu schmalen Hüfte. Ihre Mutter piekte einen der mit silberner Farbe bemalten Fingernägel in Ris flachen Bauch, der zum Leidwesen des ganzen Hofstabes wenig gebärfreudig anmutete.

»Haltung, Ribanna. Den Rücken gerade, das Kinn hoch. Du bist eine Tavurin, vergiss das niemals.«

Ri stand da wie ein Pfahl, mit einer Frisur, die sogar einen Igel hätte blass werden lassen. Doch dazu gab ihre Mutter keinen Kommentar ab. Es war Sitte in Quell, dass die Frauen Perücken trugen. Ausgefallene und kunstvolle Gebilde, wen interessierte es da, wie es darunter ausschaute? Ri ganz bestimmt nicht.

»Was machen die Male?« Ri seufzte innerlich. Diese verdammten Male. Seit eine der vielen Dienerinnen die beiden Flecken auf ihren Schulterblättern entdeckt hatte, war ihre Mutter ganz aus dem Häuschen. Das war jetzt viele, viele Jahre her und seitdem wunderte sie sich, wieso es dabei blieb. Für alle anderen waren es ungewöhnliche Muttermale, doch für Sidora waren sie mehr als das. Die Dienerin von einst hatte Ri nie wieder gesehen.

Sie drehte sich recht staksig. Das Kleid war extra rückenfrei geschnitten, damit man auch sehen konnte, welche Besonderheit dort in der Haut verborgen war.

Mit kühlen Fingern strich die Königin über die beiden weißlichen Flecken, die kreisrund und von hauchdünnen, roten und blauen Adern durchzogen, mitten auf den Schulterblättern prangten. Ri bewunderte derweil einen der Wandbehänge und freute sich darauf, diesen Brocken aus dem Hafenbecken zu knacken. Sie wollte wissen, was für eine Münze dort drin steckte.

»Hmm«, machte die Königin wieder, offensichtlich ratlos in dieser speziellen Angelegenheit. Ri konnte nicht mehr zählen, wie viele Zauberer, Heiler, Astronomen, Quacksalber und

Heilige auf ihren Rücken gestarrt hatten, jeder mit einer anderen Meinung dazu. Auch von denen war niemand je wieder gekommen. Ris Mutter war jedoch mehr als nur stolz darauf, ein Kind mit diesen Malen zur Welt gebracht zu haben. Das mochte der Grund dafür sein, dass die Königin in ihrer sonst so strengen Erziehung die Zügel lockerer ließ als bei ihren anderen Töchtern. Neid herrschte deswegen nicht, jedenfalls nicht, dass Ri davon wüsste. Eher das Gegenteil war der Fall. Denn solange die Male nichts anderes waren als das was sie waren, Flecken eben, schienen sie eher ein bemitleidenswerter Zustand zu sein, auf den man nicht eifersüchtig sein musste.

Es war ein Makel. Wie groß zu sein, aber mit krummen Beinen, schöne Augen, die schielten, ein bezauberndes Gesicht, die Zähne jedoch … nun ja, das konnte ewig so weitergehen. Was übrig blieb, war der Makel.

»Letztendlich wissen wir zu wenig darüber«, resümierte ihre Mutter. »Wir verdecken sie, wenn der Botschafter aus Wulan hier eintrifft.«

Ha! Ri hätte es ahnen müssen, als sie heute Morgen das grüne Segel gesehen hatte. Es war viel zu früh dran für das Treffen der Könige.

»Oh nein, Mutter.« Sie rückte von der Königin ab. »Nicht schon wieder so ein Fleischbeschauer, der prüfen soll, ob ich für irgendein prinzliches Äffchen tauge. Bitte!«

Der Blick ihrer Mutter wurde unbarmherzig. »Wie alt bist du jetzt?«, wiederholte sie und Ri ließ die Schultern hängen. »Quell braucht Verbündete, neue Ressourcen, Handel in

Waren und Wissenschaft. Ich kann dich nicht ewig in diesen Mauern verstecken. Dein Vater verliert allmählich seine Geduld.«

Ri blickte aus den Fenstern. Sie sah das Meer, frei und mit Wellen, die hingehen konnten, wohin sie wollten.

Zum ersten Mal fühlte sie sich eingesperrt.

Die Vorfreude auf das Geheimnis der Münze war ihr gründlich vergangen. Ri wollte laufen, doch das enge Kleid ließ es nicht zu – eingesperrt. So zog sie wenigstens die Sandalen aus und trippelte mehr, als dass sie ging, zurück zu ihren Gemächern. Mit Schwung warf sie die Schuhe gegen eine Säule. Ein frustriertes 'Ahhhhrrrr' entwich ihrer Kehle.

»Reg dich ab, Schwesterchen. So schlimm ist es gar nicht.« Ri ging um die große Säule herum und entdeckte Lucille, die vor der offenen Terrasse stand und auf die Stadt hinuntersah. Ihre zwei Jahre jüngere Schwester trug eine schwarze Perücke mit rosafarbenen Blüten und silbernen Spangen darin. Die Hände hatte sie hinter dem Rücken verschränkt. Ein weiter, violetter Umhang lag um ihre schmalen Schultern, wie immer, wenn sie in die Stadt einkaufen ging.

»Du kennst dein Äffchen ja schon seit Jahren. Mir schicken sie immer nur diese Gaffer, die sehen wollen, ob es sich auch lohnt«, schnauzte Ri und ließ sich in einen Stuhl fallen.

Lucille lachte ein verhaltenes Lachen. Wie sehr die dritte Tochter des Königs von Tavurin sogar jetzt, obwohl allein mit ihr, ihre Stimmung unter Kontrolle hielt. Ri schnappte sich einen Apfel, biss aber nicht hinein, sondern betrachtete seine blassgrüne Struktur.

»Tut mir leid, Luci, das wollte ich nicht sagen.«

Ihre Schwester winkte lächelnd ab. Nie grollte sie jemandem. So war sie einfach. Wie ein hübsches Lämmchen.

»Antonius ist kein Äffchen, Ri. Er wird bald der Nachfolger seines Vaters«, sagte sie stolz.

Und er hat verschlagene Augen, dachte Ri.

Lucille setzte sich neben sie. Sie hatte ein stilles Gesicht, sie war nie aufsässig gewesen oder auf Bäume geklettert, hatte Tischmanieren und den ganzen Rest, den man können musste, um eine gute Prinzessin zu sein. Plötzlich bereute es Ri, dass sie so schroff gewesen war, denn Lucille würde in einigen Monaten heiraten. Beim Treffen der Könige würde sie die Frau von Antonius Zural, dem Sohn des Befehlshabers der südlichen Streitkräfte und Fürst von Südquell werden. Doch so schlimm konnte es nicht werden. Die beiden hatten schon Händchen gehalten, als Ri noch nicht einmal schwimmen gelernt hatte.

»Weißt du noch, wie du diesem Fettsack aus Kark einen Pfeil hinterhergeschossen hast?« Lucille kicherte in die Hand, so wie es sich gehörte. Ri biss in den Apfel und prustete, dass der Saft dabei spritzte.

»Verdammt, ist der gelaufen. Ich habe einen von Vaters geliebten Marmorschwänen getroffen, dabei hatte ich mitten auf seinen dicken Arsch gezielt.« Ri seufzte träumerisch.

»Danach habe ich bessere Pfeile geschnitzt. Die müssen sehr gerade sein, weißt du.«

»Ri, die Lehrer sagen, dass du uns alle überraschen könntest, doch träumst du ständig vor dich hin. Weißt du, Vater, er ist sehr verärgert über dich.« Lucille sah sie mit ihren Rehaugen an. Kein Wunder, dass Antonius dahinschmolz.

»Soll er doch. Er sieht mich nicht mal an, wenn ich zugegen bin. Er interessiert sich nur dafür, an wen er mich verschachern kann.«

Lucille legte ihre warmen Hände auf Ribannas. »Seit er beim Orakel von Tarnis war, ist er besorgt, das weißt du. Das Reich braucht Verbündete, keine Feinde, die man mit Pfeil und Bogen fortjagt.«

Ri stand auf und zog das Kleid, das ihr die Luft abschnürte, recht undamenhaft aus. »Das Orakel kann mich mal!«

»Du bist so wunderschön. Ich wünschte, ich wäre so groß wie du und hätte deine Beine.« Mit den Fingern fuhr Lucille über die Male. »Darum beneide ich dich allerdings nicht.«

Ri streifte ein einfaches Hemd über.

»Manchmal möchte ich sie rausschneiden, Luci. Dann habe ich es satt, will auf mein Pferd steigen, losreiten und niemals wieder kommen.« Sie nahm die zarten Hände ihrer Schwester, die sie erschrocken anblickte. »Aber ich bin eine Prinzessin, nicht wahr? Und Prinzessinnen tun so etwas nicht.«

Ri bewohnte eine der Terrassen, die in die flache Seite des

Tafelbergs getrieben worden waren. Das befestigte Schloss des Königs lag südlich der Hauptstadt, unweit des *Innermeeres*, wie man die riesige Bucht nannte, die zur *Weiten See* hin von unzähligen gigantischen Felssäulen bewacht wurde. Manchmal, an ganz klaren Tagen, konnte man die Köpfe der steinernen Krieger sehen, wie sie in der Sonne schwarze Schatten bildeten.

Fünf Räume waren ausschließlich der Prinzessin vorbehalten, bald jeder davon von der Größe eines kleinen Saals. Die hohen Decken wurden von marmornen Pilastern getragen, auf denen allerlei Geschichten verewigt waren. Die Mantarochen waren Ri die liebsten, denn man bekam sie nur selten zu Gesicht und es rankten sich düstere Legenden um sie.

Ihr Schlafgemach aber war eine wüste Mischung aus Feldlager und Werkstatt. In einer Ecke stand eine aus gepresstem Stroh gemachte Zielscheibe für Bogenschützen, immerhin gut fünfzig Schritt entfernt. Schoss man aus der Badewanne, waren es gar neunzig Schritt.

Hammer und Stichel lagen herum, Balken aus Treibholz, in denen Messer und Wurfpfeile steckten. Dahinter waren tiefe Löcher in der feinen Wand. Mit der Genauigkeit hatte es Ri noch nicht so.

Auch gab es Vergrößerungsgläser, Werkzeug für Ausgrabungen – denn Ri kraxelte zu gern in alten Tempeln herum – sowie eine Schaufel, die neben dem Bett lehnte. Und natürlich gab es allerlei Zeugs, das man zum Tauchen benutzen konnte.

Draußen auf der Terrasse, die wie ein großer Garten angelegt war, mit Schwimmbecken und Bäumen, Palmen und Brunnen, stand ein vom Wetter gezeichnetes Zelt, in dem Ri so manche Nacht schlief. Eine Öllampe hing vor dem Eingang und ein Fernrohr war für Sternenbeobachtungen nützlich.

In dieser Nacht war der Klang ihres Meißels auf Stein zu hören. Im Schein einiger Kerzen schlug Ri nach und nach die Münze aus dem muschelbesetzten Brocken. In den Büschen zirpten die Zikaden. Spät wurde es, bis Ri es endlich schaffte. Verwundert stellte sie fest, dass es sogar zwei Münzen waren, die dicht aufeinander lagen. Verkrustet war das Silber, wenn es denn Silber war. Ri legte das wertvolle Fundstück widerwillig in eine Glaswanne mit Zitronensäure und anderen Substanzen. Sie würde einige Tage warten müssen, bis die Säure die Kruste der Zeit auf dem Metall zersetzen würde. Das ärgerte sie zwar, aber so blieb ihr das Geheimnis noch ein wenig länger erhalten.

Mit einem Löwengähnen fiel sie ins Bett.

Die Perücke juckte.

Alles in Ri sträubte sich dagegen, diesen königlichen Fatzke aus Wulan zu empfangen, damit er sie begutachten konnte. Sie hatte gehört, der Kerl habe sogar Zeichner mitgebracht, damit er ein Porträt mit nach Hause nehmen konnte. Schließlich wollte der Prinz nicht die Katze im Sack kaufen.

Das einzig Gute an diesem Morgen war, dass sie dermaßen aufgetakelt dasaß, dass die ursprüngliche Ri darunter kaum zu erkennen war. Das gab ihr einen gewissen Schutz.

Dienerinnen huschten umher, der Empfangssaal duftete nach Zitrusfrüchten, was sie schmerzlich daran erinnerte, dass sie lieber nach ihren Münzen geschaut hätte. Sie saß in einem hochlehnigen, prunkvollen Stuhl und durfte sich möglichst nicht bewegen, damit das Gesamtbild nicht aus den Fugen geriet. Und wie immer zwickte es dort, da piekte es und überhaupt war Stillsitzen nicht Ris beste Disziplin.

Die Brunnen plätscherten, eine Brise vom Meer ließ die farbenfrohen Vorhänge bauschen, Vögel zwitscherten vergnügt im Garten, die Büsten starrten leblos auf die Prinzessin und schienen sich über sie zu amüsieren. Eine lange Tafel war aufgebaut worden, mit Köstlichkeiten überladen, die sowieso keiner anrühren würde. Die armen Köche, die das wahrscheinlich die ganze Nacht zubereitet hatten, taten ihr aufrichtig leid. Ri räusperte sich leise.

Ein wenig war sie enttäuscht, als anstatt des Botschafters sein Sekretär ihr die Aufwartung machte. Ein schmalschultriger Mann, mindestens einen Kopf kleiner als sie, mit Öl im Haar, doch sonst recht ansehnlich. Das gebräunte Gesicht war scharf geschnitten, etwas zu arrogant für einen Boten, aber man hatte sie vorgewarnt, dass ein fast schon besessener Stolz die Menschen aus Wulan kennzeichnete. Der Sekretär war in einen bunten Wust aus Seide gehüllt, der mit Pferden bestickt war. Farbenprächtig und kunstvoll. Er verbeugte sich galant. Seine Lippen umspielte ein wohlwollendes Lächeln. Offenbar war er zufrieden mit dem Anblick. Wie wunderbar.

»Prinzessin Ribanna, es ehrt mich zutiefst, dass Sie mich empfangen.« Der junge Mann richtete sich wieder auf, schob einen Fuß versetzt vor den anderen. Er trug Reiterstiefel. »Ich muss Ihnen leider mitteilen, dass der Vertreter des Hofes zu Wulan Ihnen heute keine Aufwartung machen kann. Die Schiffsreise hat ihn doch mehr mitgenommen, als erwartet. So schickt er mich an seiner statt, damit ich jede Ihrer Fragen beantworten darf, die Sie zu Wulan und dessen Prinzen haben mögen.« Wieder eine Verbeugung.

Ri musste sich arg zusammennehmen, um nicht in lauten Jubel auszubrechen. Ein kurzes Flanieren durch den Garten, ein bisschen Unterhaltung und sie würde sich mit Kopfschmerzen oder dergleichen zurückziehen, tief besorgt über die angeschlagene Gesundheit des Abgesandten.

Huldvoll hob sie die schmuckschwere Hand und erhob sich.

Bei den Meeren, war das Kleid eng.

Ri stellte die Fragen, die man von einer Prinzessin erwarten konnte. Dennoch ließ sie unterschwellig durchsickern, dass sie enttäuscht darüber war, dass man sie mit der Vertretung des Botschafters abgespeist hatte. Der junge Mann, der eifrig alles beantwortete, überschwänglich und immer lächelnd, schien diesen Tadel aber komplett zu überhören. Ri fand das gar nicht komisch. So wandelten sie durch den Garten, bis sie es nicht mehr aushielt und schreien wollte.

Mit letzter königlicher Würde komplementierte sie den Sekretär hinaus, die Mittagshitze setze ihr zu. Ein säuerlicher Gesichtsausdruck war die Folge. Ri erkannte unterdrückte

Wut darüber, dass man dem Mann nicht mehr Zeit einräumte, damit er sein Land und seinen Prinzen in allen Facetten lobpreisen konnte. Das war der Moment, an dem die Prinzessin einen Schritt zurück wich und Ri auf den Plan trat.

»Hören Sie, …«

»Jarock.«

»Hören Sie, Jarock. Das Treffen war für den Botschafter arrangiert, nicht für einen seiner Diener.«

Der junge Mann hielt entrüstet die Luft an.

»Ich bin die Prinzessin von Quell und nicht die kleine Schwester irgendeines Fürsten. Wenn der Abgesandte sich wieder in der Lage sieht, einer neuerlichen Begegnung standzuhalten, so teilen Sie mir es frühzeitig mit, ja?« Jetzt war Ri doch ein bisschen stolz auf sich.

»Sonst was?«, fragte Jarock. Seine Stimme nahm tatsächlich einen bedrohlichen Tonfall an.

Eine Frechheit. Ri wandte sich ab, würdigte den Mann keines Blickes mehr. »Sonst lernt er das ganze Ausmaß meines königlichen Blutes kennen!« Damit entschwand sie.

Immer wieder schüttelte Ri den Kopf über die heutige Begegnung, während sie mit einer Zange die Münzen aus dem Säurebad holte. Was für ein Debakel. Niemals würde sie einen Mann heiraten, dessen Stimmungsschwankungen schlimmer waren als das Wetter am Meer. Wenn der Prinz ebenso war, dann gute Nacht. Und diesen Botschafter würde sie das nächste Mal warten lassen – mindestens einen ganzen Tag!

Mit einem weichen Tuch tupfte sie die Oberfläche ab, dann nahm sie einen feiner gewebten Stoff und polierte das Silber mit einer Mischung aus Asche, Mehl und Zwiebelsaft.

Endlich!

Vorsichtig legte sie das Objekt unter das Vergrößerungsglas und ruckte zurück. *Wuhhhh! Was war denn das?*

Nur flach in den Rand waren Reliefs eingeritzt. Verschlungene Tiere, die ganz anders anmuteten als die ihrer Heimat. In der Mitte des Silbers aber war eine Art Wappen, das aussah, als würden viele gebogene Klingen auseinander und wieder ineinander fächern. Sie ragten aus einem Schild heraus. Ein ungewöhnliches Tier mit langen Reißzähnen und riesenhaften Pranken war darin. Die starren Augen des Tieres blickten Ri geradewegs in ihre unruhige Brust, so glaubte sie. Und dann erkannte sie, dass diese Windungen hohl waren. Sie setzte ein weiteres Vergrößerungsglas davor. Ja, es war Glas, musste Glas sein und durchlief die gesamte Münze.

Wie Adern, dachte Ri.

Die andere Münze war das genaue Gegenteil, die Spiegelung der ersten. Doch darauf waren andere Tiere zu sehen. Sie schnappte sich Pergament, Feder und Tinte, begann die Zeichnungen darauf zu übertragen.

Noch lang saß die Prinzessin an ihrem Werktisch, bis ihr Blick müde wurde und nur noch verschwommen die Dinge zeigte. Der Tag steckte ihr in den Knochen. So ging sie hinaus in den Garten, zog sich aus und tappte die Treppe hinunter ins Schwimmbecken, wo sie sich auf dem Rücken treiben ließ, die Brüste vom kühlen Wasser umfangen, vom Wind geküsst.

Warum, fragte sie sich, *war niemals die Liebe zu ihr gekommen? Nur ein Schatten war diese, lebte in Büchern und Geschichten.*

Ri sah hinauf zu den Sternen. *Einer davon*, so wünschte sie sich, *möge ihr mitten ins Herz fallen, zu Boden werfen, damit sie nur einmal die Wucht dessen spüren konnte, was andere das Leben nannten. Nur ein einziges Mal.*

3

Dunkel ist des Menschen Herz. Viel dunkler als eine sternenlose Nacht.

– Inschrift, Königreich Idaan –

Asha

Die Dunkelheit hatte sich angeschlichen. Der Wald, zu beiden Seiten des Weges, war zu undurchdringlichen Wänden verschmolzen, hinter denen die nächtlichen Jäger allmählich erwachten.

Windohr schnaubte wachsam, wackelte immer wieder mit den Ohren. Asha drehte sich im Sattel, schaute hinter sich. Seine Schwester war eingeschlafen, ihr Kopf nickte im Takt zu den Pferdehufen. Der Prinz zog die Zügel an und Tahni hob müde den Kopf, rieb sich die Augen.

»Wo sind wir?«, murmelte sie.

»Noch nicht weit genug, aber selbst *Windohr* kann nicht ewig zwei Menschen tragen. Wir müssen bald Rast machen.« Seine Schwester gähnte.

Der Himmel hatte sich wie ein schwarzes, glitzerndes Laken über das Land gelegt. Ein voller Mond und die Sterne gaben genug Licht für Pferd und Reiter. Asha kannte den Weg, ebenso *Windohr*. Doch er wollte nicht riskieren, dass sein getreues Ross zu lahmen begann. Es war noch weit bis zum letzten Fjord von Skargerrak.

Wäre Winter gewesen, dann ...

»Mein Bauch tut weh«, beklagte sich Tahni.

»Du musst etwas essen! Ich suche einen Lagerplatz.«

Ihr Hinterkopf sank wieder gegen seine Brust.

Je weiter es nach Norden ging, desto wilder wurde das Land. Der Winter in dieser Gegend zeigte den Menschen ihre Grenzen auf, nur wenige siedelten deshalb in dieser rauen Wildnis. Es gab ein paar königliche Gästehäuser, die hauptsächlich für Botenreiter gedacht waren, doch auch diese mied der Prinz. Erst wenn sie das Gebiet des Eichenfaust-Clans erreichten, würde er sich halbwegs sicher fühlen. Aber die Grenze zu diesem Clan lag in den Wäldern und niemand vermochte zu sagen, wo genau. Solange würden sie sich noch auf Bleichwasser-Clanland befinden, das mit Grimmhorn befreundet war und dieser Umstand erschien Asha wie eine Einladung zur Rache. Wenn sein Vater aus seinem Rausch erwachte und wenn er merkte, dass auch Tahni nicht mehr auf der Burg war, so würde er nach Blut verlangen. Auch wenn es das seiner eigenen Familie war. Mit Verzweiflung dachte der Prinz an seine Mutter. Doch ihr Wink war eindeutig gewesen. Gehe nach Norden. Gehe zum Clan Eisschild. Deshalb hatte das Amulett dort auf dem Tisch gelegen.

Während seine Schwester schlief, kaute der Prinz Kräuter, die ihn wachhielten.

Die Tage waren erfüllt von Furcht. Sie benutzten Wildwechsel, nicht die ausgebauten Wege und Straßen. Doch hinter jeder Biegung, hinter jedem Berg vermutete Asha einen Überfall. Das Knarren der Bäume im Wind, das Rascheln von Tieren, der Ruf eines Uhus – all das zerrte an seinen Nerven. Oft mussten sie absteigen und das Pferd führen, denn die Wege wurden zu steil, die Felsen rutschig. Eine lichtlose Klamm durchquerten sie mit erhobenen Köpfen, wartend, dass Steine auf sie niederprasseln würden. Der helle Riss im Himmel, kein Schein von Hoffnung, sondern Bedrohung!

In einer wolkenverhangenen Nacht hockte Tahni auf seinen gekreuzten Beinen, den Kopf gegen seine Brust gelehnt. Ein kleines Feuer züngelte zwischen den Bäumen, denn seine Schwester zitterte wie Espenlaub und zur Grenze war es nicht mehr weit, hoffte Asha. Sie kaute auf dem letzten Kanten trockenen Brotes herum. Er bewunderte sie für ihre Stärke. Sie litt, aber sie gab es nicht zu. *Windohr* war ganz in der Nähe angebunden. Der Wallach würde es sicher anzeigen, wenn Gefahr drohen würde.

»Vater hasst uns!«

»Nenne ihn nicht mehr so.«

»Gorm hasst uns.«

»Gorm hasst alles, außer Gorm«, gab Asha zurück.

»Was wird aus Mutter werden?«, fragte Tahni und zog die Wolldecke fester um sich.

Asha starrte in die Flammen. *Was sollte er sagen?*

»Das wissen nur die Götter. Aber glaube mir, Inui weiß sich zu helfen!« Es klang wie eine Lüge. Tahni nickte und biss in einen verschrumpelten Apfel. Asha überließ ihr die Vorräte, er brauchte sie nicht. Die Kräuter, die Ezra ihm mitgegeben hatte, hielten die Augen wach, nicht den Magen. Seine Schwester legte sich hin. Sie war noch dünner geworden.

»Erzähl' mir vom Anfang der Welt, bitte«, flüsterte sie mit schläfrigen Lidern. »So, wie Mutter es getan hat.« Tahni mochte es, wenn man die Geschichte auf ein Weise aufsagte, in der niemand die Schuld und jeder die Schuld trug. Es war gefährlich, sie auf diese Art zu erzählen. Denn es zeigte den Göttern, dass man sie schmähte.

Asha streichelte seiner kleinen Schwester durchs Haar, blickte in den Wald, der seit der Prüfung einen Schritt, nein, eine ganze Welt, neben ihm zu existieren schien. Ein Freund, der dabei zugesehen hatte, wie der Prinz gefallen war. Ohne ihm eine helfende Hand zu reichen … Er schluckte.

»Einst war da nur der Himmel und alles dahinter schwarz und leer«, begann er leise. »Da erschufen mächtige Wesen Wolken aus Staub und Nebel, Licht und Zeit. Aus ihren goldenen Kronen schmolzen sie die Sonne und den Mond formten sie aus einer dunklen Perle, die in einer glänzenden Schale ruhte.«

Er strich die Decke um ihre schmalen Schultern glatt. Ihre Atemzüge wurden langsamer. »Dann kamen die Zornigen, die dunklen Götter, auf unsere Welt. Sie neideten den anderen ihre vollkommene Schöpfung. Und da schnitten sie aus Bosheit ein Loch in die Herzen der Menschen, auf das sie nie vollständig sein mögen. So kam der Neid in die Welt, die Gier und das Blut. Bis heute kämpfen diese thronenden Wesen. Die einen, um zu beschützen, die anderen, um zu vernichten. Und wenn der Himmel grollt und Blitze zucken, kämpfen sie miteinander.«

Tahni war eingeschlafen.

Windohr aber hob ein Vorderbein ohne es aufzusetzen. Seine großen Augen blickten Asha an. *Hörst du es nicht?*, sagten sie.

Der Prinz war schnell. Er drückte Tahni eine Hand vor den Mund, hob sie hoch wie einen Zweig. Seine Schwester wachte auf, aber sie ließ es geschehen und er setzte sie auf *Windohrs* Rücken. Tahnis panischer Blick traf ihn, doch er legte einen Finger vor die Lippen. *Bitte! Für mich!* Sie nickte stumm, aber Tränen rannen. Asha ging zurück und wühlte hektisch in den Satteltaschen, doch sein kleiner Schild war nicht da, stattdessen lugte der Kopf eines Stofftiers daraus hervor. Ein Knacken hinter seinem Rücken ließ ihn herumwirbeln.

Ein Mann trat in das Licht des Feuers, eine große Axt lag locker in seiner Faust. Er war bewaffnet bis an die Zähne. Asha kannte ihn nicht, das Haar war unter einem Hörnerhelm verborgen.

»Der König sagte: Nichts, was ihm gehört!« Der Mann deutete auf Tahni. *Windohr* stand ganz still.

»Die Farbe ist frei, das solltest du wissen«, gab Asha zurück und lockerte den Dolch aus seiner hinteren Gürtelschlaufe. Der Fremde grunzte vernehmlich. Ein zweiter Schatten trat durch die Bäume und legte seine dreckige Hand an *Windohrs* Halfter. Sein Helm hatte vier gebogene Widderhörner.

»Mag sein, aber nicht hier, nicht heute.« Die Axt schnellte in eine Angriffsposition.

Der Prinz sah Tahni an, die stocksteif im Sattel verharrte. Rings um das Feuer raschelte der Wald. Da waren noch mehr! Der Prinz lachte, breitete die Arme wie zur Kapitulation aus.

»Es ist immer gut zu wissen, wer ein König oder ein Drecksack ist! Denn nur einer von beiden bricht die Clangesetze!« Ashas rechter Arm schnellte vor. Noch ehe seine Worte verhallt waren, griff sich der Krieger an die Kehle. *Windohr* stieg wiehernd in die Höhe, riss sich los, strampelte mit den Vorderhufen, ein lautes Tong hallte, dann sackte der zweite Kerl mit eingedelltem Helm zu Boden. Ein weiterer gepanzerter Schatten sprang dem Prinzen aus dem Dickicht entgegen. Er hob knurrend ein riesiges Schwert über den Kopf. Doch mitten im Lauf riss der Winterkrieger die Augen auf, fiel und landete mit dem Gesicht voran im Feuer. Ein Pfeil ragte aus seinem Nacken. Die Flammen loderten auf, begannen nach Haut und Haar zu stinken.

Ein von zotteligen Fellen bedecktes Brüllen brach von rechts durch die Büsche der Lichtung. Asha schwang sein Schwert herum, parierte den Hieb, ließ sich auf die Knie fallen. *Windohr* schrie wiehernd. Der Prinz schlug die Klinge in einem Bogen nach den Beinen vor ihm. Metall knirschte, Jaulen erfüllte die Nacht. Warmes Blut spritzte ihm ins Gesicht.

Dann war alles vorbei, so schnell und so unwirklich wie es begonnen hatte. Asha wischte sich das klebrige Zeug von den Lippen.

»Tahni«, brüllte er. »Tahni, wo bist du?«

Ein fünfter Mann betrat den nur noch glimmenden Kreis des Feuers. Er hatte keine Waffe, beide Handflächen waren nach oben gedreht.

»Willkommen, Prinz Asha!«

Asha sah an dem Mann vorbei, ein Sturm kreiste in seinem Körper. Da lief Tahni auf ihn zu, schluchzend warf sie sich in seine tauben Arme. Der Prinz hielt sie so fest er konnte.

»Willkommen, wo?« Zu mehr reichte es nicht mehr. Der Krieger nahm den Helm ab, aus dem blaue Haare fielen und ließ dann die Hände sinken, als wären hundert Bogenschützen an dieser einen Geste befestigt gewesen.

»Unter dem Schutz des Hauses Eisschild!«

Der Gletscher gleißte in der Ferne in Weiß und Kobaltblau. Der Wind war böig, klagte in den Klüften, die sich in breiten Spalten über das Eis zogen.

Kein Weg führte dorthin, wohin er zu führen schien. Sie folgten den Kriegern. Tatsächlich waren gut dreißig Bogenschützen unter ihnen. Tahni, eingehüllt in viele Decken, war auffallend still. Asha war müde, ausgezehrt und froh um jede Abkürzung, jede windstille Klippe. Dennoch hielt er ihre Hand in seiner. Er konnte nicht anders. Ließe er sie los … sie würde entschwinden.

Neben ihm stapfte ein Mann, groß und breit wie ein Bär. Moos war sein Name. Er grinste immer wieder Tahni an, wohl um sie aufzumuntern. Doch der Tod schlug tiefe Narben.

»Woher habt ihr gewusst, dass wir dort sein würden?«, fragte Asha.

Moos kratzte sich am Bart, der sein Kinn wie ein wildes, rötliches Gebüsch umrankte. »Wir haben einen Botenvogel von Burg Grimmhorn erhalten. Von deiner Mutter.«

Tahni sah auf, ihre Augen glänzten, mühsam hielt sie die Tränen zurück. Tapfere kleine Schneeflocke.

»Es geht ihr gut, aber sie war um Eure Sicherheit besorgt. Also hat Vaka uns losgeschickt. Gut, dass ihr die Grenze schon überschritten hattet. Der Eichenfaust-Clan hat sich sozusagen mal kurz zur Seite gedreht, als wir ihr Gebiet durchquerten. Nett von denen, oder?« Er lachte dröhnend.

Tahni drückte Ashas Hand.

»Hat meine Mutter noch mehr geschrieben?«

Moos zuckte mit den Schultern.

»Da musst du deine Tante fragen, Prinz. Ich bin nur hier, damit der alte Grimmhorn noch wütender wird.« Erneut bellte er ein Lachen. »Und um kleine Prinzessinnen zum Kichern zu bringen.« Moos zog eine Grimasse und wirklich, da zuckten die Mundwinkel von Tahni für einen kleinen Moment.

Sie wird schon wieder, dachte Asha. *Etwas Zeit und Sicherheit und sie wird diese Nacht vergessen.*

Vaka. Die Schwester seiner Mutter. Nur einmal hatte er sie gesehen, das war über zehn Jahre her. Vaka bedeutete soviel wie *die Wache.* Und welcher Name würde besser passen für ein Clanoberhaupt, das den Norden des Reiches mit seinem

Schild aus Eis beschützte.

Bald lag der Gletscher zu ihrer Linken. Die Berge, durch die er sich wand, waren hoch und schneebedeckt. Tief hängende Wolken fauchten Kristallschwaden über die Gipfel. Es war mehr ein Trampelpfad auf dem sie höher und höher gelangten. Jeder Fehltritt würde den Tod bedeuten, dennoch bewegten sich die Männer sicher. *Windohr* trottete mit seinem berüchtigten Gleichmut hintendrein.

Asha nahm Tahni auf die Schultern, auch wenn er selbst kaum noch Kraft in sich hatte. Irgendetwas bedrückte seine Schwester, das spürte er.

Die Luft würde dünner und immer kälter.

»Du grübelst doch, Schneeflöckchen. Ich kann es in meinen Muskeln fühlen.«

»Deinen Schild, ich habe deinen Schild zurückgelassen. Ich musste doch unbedingt *TipTap* mitnehmen. Also nahm ich den Schild aus der Satteltasche und versteckte ihn im Stroh von *Windohrs* Box. Es tut mir leid, Asha.« Sie weinte bitterlich. Wahrscheinlich dachte sie, mit dem Schild wäre im Wald alles anders gekommen. Es war eine kindliche Art, die Dinge zu sehen. Aber Tahni war genau das, ein Kind. Natürlich war ihr Stofftier wichtiger gewesen als sein Schild.

»Also wäre ich in solch einer Situation gewesen, ich hätte auch lieber *TipTap* mitgenommen. Außerdem ist der Schild ziemlich schwer, *Windohr* würde es dir danken, wenn er könnte. Und wer will schon einen Schild mit dem hässlichen Wappen von Grimmhorn darauf? Ich jedenfalls nicht.« Asha kitzelte Tahni, die erleichtert auflachte. »Alles ist gut, kleines Schneeflöcken.«

Alles ist gut.

Schweigend wanderten sie durch schmale Täler – von Findlingen übersäht. Die Hänge wurden von den Bogenschützen gesichert. Es war ein Irrgarten aus Schluchten und moosbewachsenen Felsen.

Sie gingen weiter bergan, als sie durch einen engen Grat kamen, der hoch oben von Granitblöcken gesäumt war. Asha erkannte, dass diese im Notfall die Schlucht versperren würden. Eine Biegung noch und sie kamen zu einer Treppe, die in eine Felswand geschlagen worden war. Als sie die letzte Kurve genommen hatten, blieb dem Prinzen der Mund offen stehen. Plötzlich war da ein unendlicher Himmel, flankiert von gigantischen, hufeisenförmigen Klippen, die einen See einrahmten, der von weit oben gespeist wurde und dessen klares, blaues Gletscherwasser in Kaskaden bis zu seinen Füßen reichte.

Asha stieg die letzten Stufen hinauf, stand neben einem plätschernden Teich, den Wanderstab fest in der Faust und war ergriffen. Sein roter Umhang bauschte sich in den Fallwinden, die durch die Felsformation wirbelten. Und dort am Horizont, nur eine Silhouette im Dunst des Sprühnebels, ragte die Festung Eisschild empor. Asha gab Tahni einen dicken Kuss, die, wie er, nur staunend schauen konnte.

Sie hatten es geschafft. Jetzt waren sie in Sicherheit.

Es ging in den Berg hinein. Sie tauchten in die Finsternis einer Höhle, die wie ein offenes Maul in der Felswand gähnte. Drinnen entzündeten einige Männer Fackeln. Asha sah, das nicht weniger als zwanzig weitere Tunnel weiter in den Berg hineinführten. Einen kurzen Moment diskutierte man, ob man den beiden die Augen verbinden solle, doch der Anführer, jener, der den Prinzen willkommen geheißen hatte, lachte nur darüber. Asha und seine Schwester seien schließlich Familie.

Eine Markierung konnte der Prinz nicht ausmachen. Sie nahmen einfach einen der Tunnelgänge zur Rechten. Asha führte *Windohr*, denn niemanden sonst ließ dieser an sein Halfter. Da die grob behauene Decke zu niedrig war, musste Tahni wieder laufen. Als sie stolperte, nahm er sie auf den Arm, so wie er es früher getan hatte.

Nach etwa einer halben Stunde, genau vermochte es Asha nicht zu deuten, wechselten die Tunnelwände von Fels zu Eis. Das Blau des Eises war bezaubernd, geradezu magisch und das Feuer der Fackeln spiegelte sich darin. Unzählige Abzweigungen führten vom Weg ab, doch mit traumwandlerischer Sicherheit wussten die Männer, welche sie nehmen mussten. Auch hier suchte der Prinz nach verborgenen Zeichen und wieder fand er keine.

Anscheinend verlief ein Teil des Gletschers in den Berg hinein, so erklärte es sich der Prinz, denn die Tunnel schienen viele Schritte in jede Richtung zu reichen. Sie erreichten einen breiten, niedrigen Raum, in dessen Eis Stufen geschlagen worden waren.

Es kostete Asha einige Mühe *Windohr* dazu zu bringen, seine Hufe auf die rutschige Treppe zu setzen. Moos war so nett, ein wenig von hinten zu schieben. So ging es.

Der Prinz war am Ende seiner Kräfte angelangt. Er glaubte, er könne mindestens eine Woche durchschlafen, sobald man ihn endlich in die Nähe eines Bettes lassen würde.

Steinerne Säulen flankierten ganz plötzlich das Eis, gingen über in dunklen, nassen Fels. Runen waren darauf gemeißelt und Pranken von riesigen Tieren. In der Decke waren die Spitzen von Falltoren zu erkennen. Endlos schienen sie höher in den Berg zu gehen. Die Luft wurde wärmer, duftete angenehm nach Essen. Ashas Magen knurrte laut. Tahni hatte die Arme um seinen Hals geschlungen. Jetzt schlug sie die Augen auf und schaute verdutzt.

Eine weite Halle tat sich auf. Blauer Marmor bildete den Boden, von feinen roten Adern durchzogen, die einen gigantischen Schild mit fünf langen Krallenspuren darauf bildeten. Das Gewölbe wurde von hohen, eisenummantelten Baumstämmen getragen. Die Wärme drang durch Ashas geschundene Sohlen. Er setzte Tahni ab, damit sie es auch fühlen konnte. Die meisten Männer seiner Eskorte verschwanden in den endlosen Fluren, die am Anfang der Halle waren. Der Prinz wusste, dass die Festung Eisschild in die Flanke des Berges gebaut worden war. Doch niemals hätte er mit solchen Ausmaßen gerechnet.

Das Licht kam von schimmernden Stalaktiten, die von der Decke hingen. Ein sanfter, ruhiger Schein, der die Seele beruhigte. Eine innere Stimme sagte ihm, dass er zu Hause war. Der Geburtsort seiner Mutter. Hier hatte das Blut seiner Familie ihren Anfang genommen. Gorm zählte nicht länger, er war ein Splitter, den man sich aus dem Fuß reißen musste. Eine Narbe, die bald verblassen würde.

Eine Frau von hoher Gestalt kam auf die beiden zu. Ihr Gang war energisch, wiegend und kraftvoll. Das lange Haar war blau gefärbt, Runen waren auf ihre Wangen tätowiert. Sie trug eine braune Hose und darüber den Kilt eines Kriegers. Auch hier war der Schild aus Eis symbolisch darauf gewebt. Die Stiefel waren kreuzförmig mit weißen Bändern verschnürt. Axt und Dolch für den Nahkampf hingen an ihrem Gürtel. Das Gesicht aber glich so sehr dem ihrer Mutter, dass Tahni zu weinen begann. Asha presste die Kiefer zusammen. Tiefliegende Augen, geheimnisumwölkt, klar. Die Nase energisch, Kinn und Stirn kämpferisch, so trat Vaka Eisschild vor sie. Einen unendlich langen Moment sah sie Asha an. Dann ihre Nichte. Sie ging in die Knie, hob den Kopf der Kleinen an. Ein Schniefen hopste aus Tahnis Nase.

»Hier wird dir nichts mehr geschehen. Deine Mutter lebt in diesen Mauern. Von nun an wird ein Schild vor dir sein, Kleine. Tausende, wenn es nötig sein sollte.« Vaka nahm die schlaffe Hand, die andere hielt noch immer Asha fest.

»Möchtest du baden?«, fragte Vaka.

Tahni nickte schüchtern. Eine Dienerin erschien mit einem

freundlichen Lächeln. Nur ungern trennte sich die eine Hand von der anderen, doch die Aussicht auf ein heißes Bad und etwas zu essen war verdammt verführerisch. Asha war froh darüber und rieb sich die Sehnen. Er werde gleich nachkommen, versprach er und werde ihr vorlesen. Vaka erhob sich, ihr Blick wurde musternd.

»Breite Schultern hast du bekommen« stellte sie fest. Sie fasste eine Strähne seines schwarzen Haars. »Wir werden es bleichen müssen, bevor wir es färben können.« Mehr sagte die Herrin des Eisschild-Clans nicht. Stattdessen nahm sie Asha in die Arme. Zum ersten Mal seit vielen Tagen fühlte der Prinz keine Angst mehr. Der Drang, hinter sich zu blicken, löste sich auf, wie Nebel in der Sonne.

»In der Satteltasche meines Pferdes ist ein Stofftier, ein Schneebär mit schwarzblauen Krallen und langen Ohren. Bring ihn ihr, bitte. Ohne ihn kann sie nicht einschlafen.« Asha löste sich. Vaka verstand, rief eine Kriegerin herbei und gab Anweisungen.

»Du bist wahrlich der Sohn meiner Schwester. Ich habe eben nicht die Bitte eines Prinzen gehört, sondern die Worte eines Königs.«

Die ersten Tage waren wie Treibsand. Nach und nach sickerte das Erlebte tiefer, sammelte sich, warf Dünen in die Seele. In jeder Sekunde versank Asha darin, wurde verschluckt, ausgespuckt und wieder emporgehoben.

Der Prinz verbrachte seine Nächte in einem Sessel, der neben Tahnis Bett stand. So nah, dass sie seine Hand greifen konnte. Aus dem Süden waren beunruhigende Nachrichten gekommen. Der König hatte die Ehe zu Ashas Mutter ganz offiziell als einen *Blutfluch* benannt. Die Farben seien zerrissen, hätten nie existiert, das Haus Grimmhorn habe somit keine erblichen Nachkommen mehr.

Damit war Asha kein Prinz mehr und Tahni vor den Göttern als nicht existent erklärt worden. Eine neue Verbindung sollte nun die Farbe des Hauses stärken. Es wunderte ihn nicht, als der Name Starksegel fiel. Lyria Starksegel.

»Gorm weiß, wo du bist«, sagte Vaka eines Abends. Sie standen draußen auf einem Sims, so breit wie eine Straße, der Gletscher unter ihnen war wie eine endlose Ader zwischen Meer und Bergen. Manchmal grollte er, schob seinen Leib zum Ufer des Schwarzfingerfjords, bis Teile von seiner Zunge brachen und in die Ewigkeit der *Weiten See* trieben, um dort irgendwann zu sterben.

»Hat er etwas verlangt?«

»Dein Haar! Möglichst mit deinem Kopf daran.«

»Was war deine Antwort?«

»Das die Farbe frei ist und somit auch dein Blut keine besitzt. Das ist Gesetz.« Vaka trat an den Rand der Klippe. »Du solltest dich entscheiden, bald.«

Asha wusste, worauf sie hinaus wollte. Noch trug er die Haare schwarz, ein Flüchtling, nirgendwo zugehörig.

»Die meisten Häuser stehen zu Grimmhorn, Asha. Sie

werden seinem Weg folgen. In ein paar Monaten ist das Treffen der Könige in Quell. Gorm will, dass der Norden dort als ein geschlossenes Reich erscheint. So auch das Haus Eisschild.«

»Wir sollten nicht hier sein«, überlegte der Prinz. »Meine und Tahnis Anwesenheit wird dich an einen Abgrund ohne Brücke führen.«

»Ich habe täglich den Abgrund vor Augen.« Vaka stieß einen losen Stein in die Tiefe. Man konnte ihn fallen hören. Weit fallen.

»Der Eichenfaust-Clan ist neutral, tendiert aber in unsere Richtung.«

»Zwei Häuser gegen den König. Das wäre Selbstmord und das weißt du!« Asha rieb sich die Stirn mit Daumen und Zeigefinger. *Wie hatte es nur soweit kommen können?*

»Wenn Lyria einen Sohn zur Welt bringt, wird Gorm dich jagen, um jeden Preis.«

»Und mit blauen Haaren wäre dieser Preis geringer?« Asha zwang sich optimistisch zu klingen, aber es gelang ihm nicht. Der *Blutfluch* war ausgesprochen, nicht einmal der König konnte diesen wieder zurücknehmen. Tahni würde als Bastard aufwachsen. Als Heimatlose. Gejagte.

»Diese Festung ist uneinnehmbar! Was willst du tun? Dich hier verkriechen und warten? … Auf was?«

Asha wusste es nicht, er wusste gar nichts mehr. Seine Brust war eng wie ein Verlies, der Atem darin stickig. Seine Tante blickte zum Gipfel, der über dem Gletscher thronte, ein sich vor dem Himmel abhebender Zacken schwarzen Gesteins.

»Wenn wir nur die Ro´Ar befragen könnten. Doch sogar diese Verbindung scheint zerrissen«, murmelte seine Tante.

Asha trat neben sie. Unheimlich wirkte die Landschaft, eine Kulisse von Kälte und Tod. »Was meinst du damit?« Ein Funke begann in seinem Kopf zu glühen.

»Die Ro´Ar leben hier seit dem Anbeginn der Clans, sagen die Legenden. Gefährliche Wesen. Stark und mächtig. Seit Jahrhunderten bewachen sie diesen Gletscher und auch die Menschen, die hier leben.« Vaka kniete sich nieder, nahm einen Stein auf und drehte ihn in ihrer Hand, als wolle sie das Land selbst zum Sprechen bringen. »Zu jedem Treffen der Könige begleiten sie uns, um zu zeigen, welch mächtige Verbündete das Haus Eisschild und auch Skargerrak hat. Lange haben wir nichts von den Ro´Ar gehört. Vor Monaten ging Hulat als unsere *Clanzunge* zu ihnen. Seitdem gilt er als verschollen. Zwei weitere Männer, die dort hinauf gegangen sind, kehrten nicht mehr zurück.« Vaka erhob sich. »Ich sage dir, Asha, auf dem Gipfel braut sich etwas zusammen.«

Es war eine spontane Eingebung, eine dumme zwar, aber immerhin tat er etwas.

»Das ist sehr mutig von dir, aber ich will nicht, dass du dort hinauf gehst.« Tahni sah ihn an, als wolle sie Ketten um ihn legen.

Asha hatte jede Menge Geduld, doch dieses Mal war sie

aufgebraucht. Er musste es tun, am besten jetzt sofort.

»Ich werde gehen!«, entschied er.

»Nein!«

»Es ist beschlossen!«

»Nein!« Ihre kindliche Beharrlichkeit hatte etwas, das an den Nerven zerrte. »Du wirst dabei sterben.«

»Sagt wer?«

»Ich!«

Er nahm ihre Haare und ließ ihre Locken um seine Finger kreisen. Das unschuldige Blond der Kindheit.

»Niemals«, lächelte der Prinz.

Die Steigeisen waren klobig, aber sie würden ihren Zweck erfüllen.

Drei Männer, drei Tote, das war die bittere Quote. Sie waren hinauf gegangen und nicht mehr herunter gekommen. Was ihnen dort oben zugestoßen war, das wussten nur der Wind und die Wolken.

Sie standen an der Seite des Gletschers, etwa in dessen Mitte. Über ihnen ragte die Festung in den Himmel. Eine hunderte Schritt hohe, glatte Felswand, in der ebenso viele schmale Fenster in die Nacht leuchteten. Ungesehen waren sie durch die Tunnel hierher gelangt. Es waren noch gut zweitausend Schritte bis zum Gipfel. Eine Strecke voller Spalten und Risse, Böen und Kälte, Glätte und …

»Ich weiß nicht«, meinte Moos und half Asha, die Schnallen

um seine Stiefel festzuzurren. »Ob das womöglich die bescheuertste Idee ist, von der ich je gehört habe. Und dennoch knote ich dir gerade diese Dinger an die Stiefel.«

Die beiden waren schnell Freunde geworden. Moos bewunderte Asha für seine Herkunft und der Prinz den jungen Mann für seine gutmütige Stärke. Moos hatte ihm die Festung gezeigt, jeden Winkel. Er gab einen Dreck darauf, was zwischen den *Wispernden Stämmen* geschehen war. Wer wisse schon, warum manche Dinge so und andere eben anders waren. Das war Moos. Asha musste ihn einfach mögen.

»Was habe ich schon zu verlieren?«

»Dein Leben, Prinz.«

»Ich bin kein Prinz mehr!«

»Trotzdem. Das sind die Ro´Ar, Prinz.« Moos begutachtete sein Werk. Er nickte, mehr nicht.

»Moos, hör auf zu unken. Ich brauche jetzt einen Freund und kein Orakel.«

»Ich werde auf Tahni achtgeben!« Moos schaute auf das Eis, als traue er ihm nicht, nicht dieses Mal.

»Das erspart mir eine Bitte«, grinste Asha und nahm die beiden Stöcke, deren Spitzen aus Eisen waren und auch einen Haken besaßen. Er begutachtete das Brett, das man auf verschiedene Längen ausfahren konnte und das Asha hinter sich herziehen würde. Die beiden Männer umarmten sich kurz und Asha glaubte, eine Träne habe sich in Moos buschigen Bart verirrt. Er sog die kalte Luft ein, lockerte die Schultern und grunzte kämpferisch. Es war Zeit.

Der ehemalige Prinz setzte seinen Fuß auf den Gletscher. Die Zacken unter seinen Stiefeln gruben sich in das makellose Eis. Er schaute empor und fühlte sich unendlich winzig.

Der Wind aus den Bergen kam als leises, unheilvolles Zischen, zog und zerrte an der Kapuze. Die Klüfte auf dem Weg waren scharfschattige Hindernisse, sie ragten aus dem milchigen Blau hervor wie eingefallene Brücken.

Asha ging voran. Das Eis unter ihm akzeptierte ihn widerwillig, knirschte bis in sein klammes Herz. Die zu beiden Seiten aufragenden Berge waren pechschwarz, schienen sich über ihn zu beugen. Ein Land, das jeden Fehler bestrafte.

Nach nicht einmal der Hälfte schnaufte Asha wie eine alte Frau. Der Rotz gefror ihm in der Nase, die er kaum noch spürte, trotz des Schals. Die Kälte war bis in seine Handschuhe gekrochen, machte die Beine schwer und ohne die Steigeisen wäre er schon tot, das wusste er. Doch er schleppte sich weiter.

Oben waren die Spalten gefährlicher. Bisher hatte der Prinz ihnen geschickt ausweichen können, auch wenn das zusätzlichen Weg bedeutet hatte. Aber nun zogen sich die Klüfte fast über die ganze Breite des Gletschers oder überschnitten sich, so dass ein Umweg keinen Sinn machte. Der Wind wurde stärker und ohne Schneebrille wäre so manches Loch unsichtbar für ihn gewesen.

Wieder und wieder hob er die vom den Steigeisen schweren Füße an, grub die Stollenspitzen ins Eis, stemmte sich mit den Stöcken voran. Durch den Schal vor seinem Mund dampfte sein Atem keuchend.

Der Spalt vor ihm war gute vier Schritt breit und zog sich wie ein gezackter Riss durch den Gletscher. Tief ging es hinab, wo das Auge nichts mehr erblicken konnte, nur schwarze Kälte. Mit tauben Händen schob der Prinz das gut eingefettete Brett auseinander, ließ es einrasten und schob es so vorsichtig wie möglich über den Spalt. Sollte ihm das wertvolle Hilfsmittel dort hineinfallen, war sein Abenteuer vorbei. Also kniete er sich auf das Ende und führte so die schmale Brücke auf die andere Seite, bis er sicher war, dass sie halten würde.

Das Herz donnerte ihm laut in den Ohren. Mit den Steigeisen hatte er kaum ein Gefühl für Gleichgewicht, sie waren wie etwas Fremdes an ihm. Die Arme weit ausgebreitet, tat er einen Schritt und wartete. Es hielt. Auf beiden Seiten. Oft war das Eis von tückischem Schnee bedeckt, darunter konnte ein Loch gähnen, eine brüchige Kante sein, hundertfacher Tod. Noch einmal nahm Asha den Gipfel ins Visier. *Wenn du dein Schicksal ändern willst, dann zögere nicht!*

Das Brett knarrte, bog sich leicht durch. Das Eis darunter knirschte und Splitter lösten sich, fielen in das bodenlose Nichts. Fuß um Fuß setzte der Prinz über den Abgrund. Eine Böe fasste in seine Kleidung, sein Umhang wirbelte herum, schlug ihm vor die Augen. Einen grausamen Moment glaubte er, er falle bereits, doch dann verebbte der Wind und das Tuch gab die Sicht wieder frei. *Das darfst du Tahni niemals erzählen*, dachte er erleichtert. Drei hastige Schritte, zehn Gebete und gefühlte tausend Herzschläge später erreichte Asha endlich die andere Seite. Mit zittrigen Knien sank er auf das Eis, froh noch am Leben zu sein. Er holte das Brett wieder ein, schob es zusammen und schleppte es wieder hinter sich her, obwohl es sich anfühlte, als wäre ein Schiff daran befestigt.

Vier Mal noch musste er diese Tortur durchmachen. Beim fünften Spalt war es ihm bereits egal, ob er abstürzte. Die Kälte hatte seine Angst eingefroren.

Höher. Der Atem pfiff, die Brust rasselte, es schien, als habe Asha lediglich noch einen kleinen, brennenden Punkt in sich. Der Rest war vor der Kälte und den Strapazen zurückgewichen. Mit letzter Kraft schaffte er es an den Rand des Gletschers, dort, wo dieser sich in das lange Tal zum Fjord wälzte, das er in die Berge geschliffen hatte. Zwei riesige Eisklippen, geformt wie Mondsicheln, bildeten einen Durchgang genau auf dessen Scheitelpunkt. Der eigentliche Gipfel wuchs weiter zur Rechten, von niedrigen Wolken gnädig verborgen.

Der Prinz hielt an. Mit fahrigen Bewegungen löste er das Seil, hockte sich gegen die Flanke der einen Sichel und brauchte einige Zeit, bis er sein Gesicht wieder spürte. Der Wind war hier oben zu einem Flüstern verstummt. Mühsam kam er auf die Beine und wandte sich dem zu, was hinter den Klippen war. Ein Anblick von mythenhafter Kraft durchfuhr ihn.

Vom Mondlicht beschienen, erstreckte sich ein gigantischer Kessel vor ihm. Beinahe kreisrund und von hohen Rändern umlaufen, auf denen der Schnee wie Zuckerguss saß. Im Innern aber war ein alter Wald, dessen grüne Lebhaftigkeit im völligen Gegensatz zur Landschaft des Gletschers stand.

Knorrige Urwaldriesen, deren verdrehte Wurzeln in dicke Stämme übergingen, als hätte sich das Leben aus der Erde herausgedreht. Feiner, dunstiger Nebel waberte zwischen den Bäumen, deren Kronen wie wildes Haar anmuteten. Hausgroße Eisblöcke lagen, teilweise ineinander verkantet, wie die Würfel von Riesen, liegen gelassen nach einem schicksalhaften Wurf. Asha glaubte seinen Augen nicht zu trauen.

Nass war der Schal nun, so dass er ihn abnahm und die klare Frische von Baum und Schnee, Erde und Wachstum bemerkte. Unwirklich kam sie ihm vor, an einem solchen Ort. Hier oben war es viel wärmer als unten bei der Festung. Er sah Dampfsäulen über den Blättern der Baumkronen aufsteigen. Unterirdische, heiße Quellen. Hier mussten sie ihren Ursprung haben. Auch die Festung nutzte diese Wärme, das Wasser, welches unter dem Gletscher dem Fjord entgegenlief.

Der Prinz schnallte die Steigeisen ab. Seine Finger kribbelten und es tat weh, sie zu bewegen. Mit einem Stock, den er als Stütze benutzte, ging er in das weite Rund, staunend wie ein Kind. *Das solltest du Tahni auf jeden Fall erzählen*, gemahnte er sich und versuchte die Eindrücke in sein Herz zu bannen.

Asha entdeckte den Toten erst, als er über ihn stolperte.

Der Mann lag auf dem Bauch. In seiner Kleidung, die auffallend sommerlich war, klaffte ein fingergroßes Loch am Rücken, direkt zwischen den seitlichen Rippen. Das blaue Haar lag wirr, die Hände hatten sich in die Erde gekrallt, als habe er sich noch eine Weile vorwärtsgezogen. *In die Sicherheit der ersten Bäume?* Vorsichtig drehte er den Toten herum. Ein gemaltes Zeichen verlief auf dem asketischen Gesicht von der Stirn über die rechte Braue bis hinunter auf die eingefallene Wange. Es sah aus wie eine gebogene Kralle und dennoch wie ein Schriftzeichen.

Die Kleidung des Mannes wirkte wie die eines Gelehrten: Schlicht, dunkelblau, mit feinen Borten. Die Augen waren geschlossen, er war erst später an der Verletzung gestorben, hatte vielleicht noch Zeit gehabt, zu den Göttern zu beten und war dann auf die Totenbarke gestiegen.

Er ließ den Mann dort liegen, er würde sich später darum kümmern.

Mit neuer Wachsamkeit ging er auf die Bäume zu, tauchte ein in die Welt aus Schatten, Eis und Dunst.

Die Stille machte Asha nervös. Er achtete darauf, wohin er trat und versuchte gleichzeitig die Umgebung abzusuchen. *Doch wonach suchte er? Spuren?* Noch nie in seinem Leben hatte er einen Ro´Ar gesehen. Die magischen Tiere hatten ihren eigenen Willen und zeigten sich nur selten.

Damals hatte das Treffen der Könige in Skargerrak stattgefunden. Zehn Jahre war das her. Asha war aufgeregt gewesen. Er hatte sich auf die vielen unterschiedlichen Menschen gefreut, die Gerüche und Sprachen. Doch nicht einmal am Festbankett hatte er teilnehmen dürfen. Eine Schmach, die er nicht vergessen hatte.

Die Ro´Ar waren wandelnde Magie auf Erden. Jedes Königreich hatte angeblich solche Tiere, doch keines war so mächtig und gefährlich wie die des Nordens. In Quell gab es Legenden über geflügelte Wesen, der junge Prinz hatte gelacht darüber. In Wulan sollte es angeblich Pferde aus Holz und Gras geben, doch sah man sie nie. Die Ro´Ar allerdings waren das Zeichen an den Rest der Welt: Leg dich nicht mit dem Norden an, sonst kommen Zähne und Klauen von den Gletschern herab.

Asha konnte kaum etwas erkennen, so sehr verschleierte der Dampf die Sicht. Es gab keinen Pfad, keinen Weg, so musste er über Felsen klettern, Eisblöcke umrunden oder geduckt unter ihnen hindurch kriechen. Einige dieser blau schimmernden Eisklötze wiesen tiefe Kerben auf, als hätten sich mächtige Kiefer daran zu schaffen gemacht. Es wäre ihm nicht aufgefallen, hätte er sich nicht den Kopf daran gestoßen. Sich die schmerzende Stelle reibend, blickte er zornig auf das Eis und sah es. Dieselben Zeichen, die der Tote auf dem Gesicht getragen hatte, waren tief im Eis zu erkennen. Nicht auf die Oberfläche geritzt, sondern innen, als wäre das Eis um das Zeichen gewachsen. Er stand da und versuchte mutig zu sein.

Plötzlich knackte etwas hinter ihm. Der Prinz fuhr herum und griff zum Dolch. Blinzelnd blickte er in den Dunst, in dem helle und dunkle Schatten trieben. Mit einem Mal begannen es in seinem Kopf zu summen und ein wilde, archaische Präsenz fegte ihm in den Nacken. Das Herz sprang ihm fast durch die Rippen. Ganz langsam, die Waffe senkend, wandte er sich um und hielt den Atem an vor Schreck. Der Anblick trieb grelle Panik durch seine Adern.

Ein Ro´Ar stand keine Armlänge vor ihm. Das gewaltige Haupt gesenkt, um den kleinen Menschen ansehen zu können. Und was waren das für Augen! Wie Bergkristalle leuchteten sie blau und weiß und schwarz, in den Farben des Nordens. Eine lange Mähne reichte bis hinab zur Brust, die breit wie der Bug eines Langeschiffes war. Mächtige Schulterblätter hoben das weiße Fell seitlich des Kopfes an. Die Pranken waren groß wie Schilde und die schwarzen Krallen, gebogene Dolche, glühten von innen heraus so blau wie das Haar der Krieger von Eisschild. Doch Ashas Blick hing an den Reißzähnen, die unheilvoll im Mondlicht glitzerten. Aus Eis waren sie, wie Spiralen verdreht und die oberen Zähne ragten weit über die unteren. Der Prinz glaubte, würde dieses Wesen das Maul aufsperren, es könne aufrecht ein Kind darin stehen.

Ein heller Eisdorn ragte aus der Brust, ebenfalls bläulich schimmernd. Das Fell war verwirrend, schien aus Schnee als auch aus Haar zu sein. Seine Zeichnung war die eines Schneeleoparden. Fleckig, doch anstatt der schwarzen Tupfer, das allgegenwärtige Blau, nur heller und weniger scharf umrandet.

Asha schluckte heftig.

Der Kopf kam näher, schnupperte. Schwarz und mit der typischen rosanen Y-Rune auf der Nase. Ein Schaudern schien durch das ganze Tier zu laufen. Asha wagte es nicht, sich zu bewegen, gar zu atmen. Kein Fauchen oder Knurren. Doch die Raubkatze brauchte solcherlei Gebaren nicht, denn der Prinz war bis in die Fußsohlen vor Ehrfurcht wie gelähmt.

Kein Wunder, dass dem hohen Norden ganz besonderer Respekt entgegengebracht wurde. Ein Ro´Ar auf dem Schlachtfeld würde verheerend sein für die Moral der Gegenseite. Nun wusste Asha, warum dem Eisschild-Clan von jedem mit Bedacht begegnet wurde, denn wer wusste schon, wer zu diesen magischen Mächten eine Zunge hatte.

Das war der Tote gewesen, nicht wahr? Hulat war der Sprecher zwischen Clan und Ro´Ar gewesen. Nur lag der jetzt ohne Leben zwischen den Bäumen. Der Prinz wollte sich nicht ausmalen, was das zu bedeuten hatte. *Aber wo waren die beiden, die ihm nachgefolgt waren?*

Um ihn herum begann die Luft zu knistern. Asha wollte nicht zur Seite blicken, doch er tat es – kein guter Einfall. In dem Nebel der heißen Quellen, zwischen den dunklen Silhouetten der Bäume und weißen Kanten der Eisfelsen, waren Augen – hunderte. Körperlos und stumm drangen sie in ihn, durch Kleidung und Haut, seine Adern entlang, bis hinab zu den Knochen. Sie forschten in seiner Seele, seinem innersten Ich.

Erinnerungen brannten sich in seine Seele und aus ihr hinaus. Sie verwandelten Ashas ganzes Leben in hundertfache Fäden schillernder Farben, von der Geburt bis zu diesem Augenblick. Die Sprache der Ro´Ar. Sie bestand aus Vergangenheit, Gegenwart und ...

Da erhob sich ein infernalisches Brüllen. Der Ro´Ar vor ihm

riss das Maul auf, die Zahnreihen schienen zu funkeln. Das Tier kam näher, Asha wich nicht zurück, schloss die Augen. Sein Herz trommelte die Lieder des Landes. Schneller und immer schneller sang es, bis es nicht mehr konnte. Dunkelheit umkreiste ihn, wisperte in seinen Ohren, flutete in seine Gedanken. Da endlich ließ der Prinz los und fiel bis zu den Sternen, die ihn lichterloh umfingen.

Die neue Zunge der Ro´Ar.

Inui Eisschild

Der Sturm brüllte die Nacht an.
Er ließ ihr Haar wehen wie zerfetzte Banner.
Das Gewand, zerrissen von Kummer, besudelt mit Blut.
Wankend und leise singend, Stufe um Stufe hinauf.
Das Lied fegte der Wind ihr von den Lippen.
Es würde auf ewig verstummen.
Die Augen weit, voller Tränen und Gram.
Der Mut war ihr einziger Begleiter.
Die Totenbarke aus Nebel stieg hell über den Wald.
Mit mondvollen Segeln und wartend.
Ein letzter Schritt, eine letzte Träne
für ihren einzigen Sohn.
So fiel die Herrin und Mutter.
Den König verfluchend.

Die Türme von Grimmhorn hinab.

Asha

Moos fand ihn. Kochend heißer Branntwein rann Asha durch die Kehle, dass er nicht wusste, was er zuerst wollte, sterben oder leben. Er fing mit Husten an.

»Das Zeug bringt dich auf die Beine, Prinz. Trink!«

Asha spuckte die Hälfte in den Schnee. Aber es half. Sein ganzer Körper wurde von einer Welle aus kribbliger Wärme erfasst.

»Wo bin ich?« Asha stöhnte.

»Am südlichsten Eingang zu den Tunneln. Ein Wachposten hat dich gesehen, wie du vom Gletscher kamst.«

Der Prinz schüttelte den Kopf. Der Gletscher, die Ro´Ar – der Tote. Doch wie er zurückgekommen war, daran erinnerte er sich nicht. Moos half ihm auf die Beine.

»Du warst zwei Tage fort, Prinz!«

Asha konnte es nicht glauben. *Was, bei den Geistern des Nordens, war dort oben mit ihm geschehen?*

»Meine Schwester?«

»Ich habe Tahni versucht zu beruhigen. Sie schläft endlich.« Moos´ Stimme wurde ernster. »Vaka will dringend mit dir sprechen. Schaffst du das?«

Asha reichte dem Freund seine Hand.

»Was ist das?«, fragte Moos. Asha hatte nicht gemerkt, dass

er etwas festgehalten hatte. Wie den Splitter damals. Es war der abgebrochene Pfeilschaft, der in dem Toten gesteckt hatte, die Spitze schwarz von Hulats Blut.

Noch ein wenig wackelig in den Knien folgte er Moos durch die vorgelagerten Tunnel und schließlich durch die Flure und Gänge der Festung. Die Wände waren weiß getüncht, so dass sie ihre Beengtheit abgemildert hatten und das Bewusstsein, in einem Berg zu sein, kaum auffiel. Geschickt wurde das Licht durch Spiegel ins Innere der Burg geleitet. Sogar das wenige Mond- und Sternenlicht erzeugte ein Gefühl von Nachtstimmung. Das war wichtig für den Rhythmus der Menschen.

Durch einen schmalen Seitengang gelangten sie schließlich vor eine Tür aus dicken Eichenbohlen. Ein Schild war kunstvoll darauf eingebrannt. Moos verabschiedete sich. Er wolle nach Tahni sehen.

Asha klopfte an, trat ein und war überrascht. Der Raum war das kleine Abbild der Haupthalle. Blauer Marmor bedeckte den Boden. Eisenummantelte, entrindete Bäume reichten bis zur Decke, die wesentlich niedriger, aber nicht minder beeindruckend war. Kohlenbecken warfen rötliche, orange Lichtteiche in die Halle. Einige wuchtige Tische aus groben Balken standen versetzt zu den Feuern. In der Mitte war ein Ring aus Steinen, das Feuer darin fast erloschen. Seine Tante stand, den Blick ins letzte Glühen gerichtet, davor. Die Hände hatte sie auf die Mauer gelegt, als fehle ihr die Kraft, aufrecht zu stehen. Ein zusammengerollter, schmaler Brief lag neben ihr. Von einem Botenvogel.

Mutter! Das war Ashas erster Gedanke. Er näherte sich mit langsamen Schritten, wollte das Unvermeidliche hinauszögern. Die Herrin aus dem Hause Eisschild ließ den Kopf hängen. Ihr blaues Haar wirkte schwarz im Licht der Flammen. Er legte ihr eine Hand auf die Schulter, tonnenschwer.

»Was ist passiert?«, flüsterte Asha.

Seine Tante richtete sich auf. Sie war eine schöne Frau mit der Ausstrahlung einer Herrscherin – wie seine Mutter. Sie nahm den Brief und ballte die Faust.

»Deine Mutter, meine Schwester ... Sie reist nun zu den Ahnen.« Vaka holte tief Luft, zittrig, aufgewühlt und zornig. »Sie haben sie von den Türmen Grimmhorns getrieben. Ich habe Inui berichtet, dass du wohlbehalten hier eingetroffen bist. Der Brief muss abgefangen worden sein. Das bedeutet, dass Ezra vermutlich ebenfalls nicht mehr lebt.« Sie wandte sich ab. »Oh, dieser Schandfleck von einem Mann!«

Asha fühlte nur Leere in sich.

»Wie, ich meine ...« Er stotterte wie ein Kind, Himmel. Die Worte zerbrachen. Vaka sah ihn an. Ihre Augen waren schmal wie eine Messerklinge.

»Sie haben sie getäuscht, Asha! Gorm warf ihr deinen Schild zu Füßen, bespritzt mit Ochsenblut und Kerben von Schwerthieben darin wie von einem Kampf. Er erzählte, sie hätten dich in den Wäldern erwischt, den Verräter gerichtet! Sogar eine Strähne deines Haares zeigten sie ihr. Der König lachte über deinen Tod, als wäre es eine Lust für ihn gewesen. Deine Mutter hat den Schild an ihre Brust gepresst und keine Träne vergossen, keinen Laut von sich gegeben! Doch in der Nacht stieg sie auf den Turm … und warf sich in den Sturm.«

Asha wankte, griff haltsuchend nach dem Tisch. Eines aber stieg klarer aus seinen dumpfen Gedanken als alles andere.

»Tahni. Sie darf niemals davon erfahren, hörst du, Vaka. Niemals.« Er erzählte, wie es dazu gekommen war, dass sein Schild zurück geblieben war. Seine Tante schlug die Hand vor den Mund, weinte stumm, nickte. *Oh, ihr blinden, grausamen Götter. Wieso habt ihr das zugelassen? Wie könnt ihr einem Kind solch eine Last in die Seele füllen?*

Der Prinz verschloss seine Wut in eine eiserne Truhe und legte den Schlüssel neben sein Herz.

»Die Zeit wird kommen«, sprach er tödlich ruhig.

»Was soll das bedeuten, Asha?«

»Es bedeutet, dass die Ro`Ar eine neue *Clanzunge* erwählt haben. Mich!« Asha, der ehemalige Erbe von Grimmhorn, verzog den Mund zu einem Grinsen, das Winterkrieger in die Flucht geschlagen hätte.

Vaka riss die Augen auf. Sie reichten sich die Hände zu einem Pakt.

Ja, die Zeit würde kommen.

Die Vorbereitungen zum Treffen der Könige verwandelte die Festung in geschäftiges, aber geordnetes Treiben. Drei Schiffe mussten ausgerüstet, eine Besatzung gewählt und die Bewachung der des Clangebietes neu organisiert werden.

Die Nachricht über die neue *Clanzunge* hatte alle in Hochstimmung versetzt, hatten doch einige schon geglaubt, die Ro´Ar seien fortgegangen. Dass ausgerechnet der "verfluchte" Prinz der Auserwählte war, zeigte den Menschen, dass es mit den Flüchen dann doch nicht so weit her war. Das Schicksal ging seinen eigenen Weg.

Jede Frau, jeder Mann und jedes Kind waren angehalten, über den Tod Inuis zu schweigen. Und ein jeder hielt sich daran.

Tahni aber war wie ausgewechselt seit Asha, trotz ihrer Bitte zu bleiben, den gefährlichen Weg zu den Ro´Ar auf sich genommen hatte. *Clanzunge* hin, *Clanzunge* her.

Sie wurde zu einem stillen, nachdenklichen Mädchen, das oft die Einsamkeit suchte. Sie freundete sich mit einem jungen Mann namens Rakal an, der für die Schlittenhunde zuständig war. Dort verbrachte Tahni bald Tag und Nacht. Asha bekam sie kaum noch zu Gesicht. Einerseits war er froh, nicht mehr neben ihrem Bett im Sessel schlafen zu müssen, sondern endlich ein eigenes Zimmer zu haben – doch die Innigkeit zwischen ihnen war auf seltsame Art verloren gegangen. Ein Schnitt, der den Prinzen sehr schmerzte.

Dafür lernte Asha ganz neue Seiten von der Festung Eisschild kennen. Die Beziehung zu seiner Tante war durch den Tod seiner Mutter in ein neues Licht getreten. Eine Bande, die etwas von wildem Trotz und Innigkeit hatte. Letztendlich hielten sich beide aneinander fest, um im Wind der Ereignisse nicht zu fallen.

Eines Morgens führte Vaka ihn in einen gesicherten Raum, in dem ein rundes Loch im Boden klaffte. Es war der Zugang zu einer steinernen Wendeltreppe, die tief hinunter führte. Daneben verlief eine Art Rinne oder Rampe, breit genug für Fässer, Kisten und andere Dinge. Als Asha von der letzten Stufe trat, sah er, warum das so war. Eine gigantische Höhle tat sich auf, die Wände aus Fels und Eis. Eine Bucht war darin und in der Bucht ankerten die Schiffe von Eisschild. Dutzende waren es. Groß, elegant, die breiten Planken mit blauen Runen versehen. Jeder Bug war mit geschnitzten Gallionsfiguren verziert. Ein springender Ro´Ar, die Pranken weit nach vorn gereckt, die Krallen fürchterlich anzusehen. Es gab keine erkennbaren Masten, dafür Schilde aus Eis, auf die Runenzeichen geritzt waren, welche die Bordwände schützten. Asha staunte wie ein Kind.

Drei von ihnen wurden beladen. Letzte Ausbesserungen wurden gemacht. Die Männer und Frauen lachten bei der Arbeit, scherzten und freuten sich auf das Treffen der Könige.

Seine Tante und er redeten oft über Politik. Das Haus Eisschild war seit Jahrhunderten das Bindeglied zwischen den Clans. Alte Feindschaften gärten unter dicken Staubschichten. Es hatte Zeiten gegeben, da die Nordmänner sich bis aufs Blut bekämpft hatten. Gründe dafür hatte es genug gegeben und oft reichte ein falsches Wort, das den Stolz verletzte.

Und während der Norden sich in den Schatten der weiten Wälder bekriegte, begann das Königreich Quell in der Sonne des Südens in ganzer Pracht zu erstrahlen.

Der erste Clanführer, der dieses sinnlose Treiben beendete, war ein Grimmhorn gewesen. So stellte bis heute dieses Haus den König. Mochten auch viele eine andere Sicht haben, so war doch allen klar, dass nur Einigkeit das Reich vor dem Zerfall retten konnte.

»So sehr ich diesem Fettsack auch einen Hammer ins Gesicht rammen möchte«, sprach Vaka und trank einen Schluck Wein. »So sehr weiß ich doch, dass wir dennoch an seiner Seite stehen müssen.«

»Das Treffen der Könige darf keine Schwäche auf unsere Häuser werfen«, fasste Asha die wütende Aussage zusammen.

»Richtig. Gorm ist ein Irrer, auch wenn er nicht immer so war. Aber er hat die meisten Clans hinter sich. Nicht nur Quell würde sich lächelnd zurücklehnen, sollte es zum offenen Kampf um die Hornkrone kommen. Da sind auch noch Wulan und Kark. Beide Reiche sind zwar klein und haben nicht die Stärke, dem Norden gefährlich zu werden, doch gemeinsam …« Sie ließ den Rest unausgesprochen, starrte verdrossen auf den Tisch, der eine wunderschöne Maserung hatte.

»Wir werden also gute Miene zum bösen König machen.«

»Der *Blutfluch* ist viel Lärm um nichts, das wissen alle. Jeder darf sich eine neue Farbe wählen, wenn denn ein Haus bereit ist, diese zu akzeptieren. Nun aber bist du nicht nur Mitglied meines Hauses und meines Blutes, nein, du bist die *Clanzunge* der Ro´Ar! Damit ist Rache keine Option mehr für Gorm.« Sie lachte auf. »Ah, wie ich es genießen werde, wenn er das erfährt.«

»Da ist noch etwas, Tante.« Asha legte den abgebrochenen Pfeil zwischen sie beide. »Die letzte *Clanzunge*, Hulat, er ist nicht einfach auf dem Gletscher ausgerutscht und hat sich den Kopf aufgeschlagen. Er wurde hinterrücks erschossen.«

Seine Tante nahm das Tatwerkzeug in die Hand und begutachtete es. »Es ist ein Pfeil aus dem Haus Eisschild. Die Ro´Ar müssen ihn mir … nun, jedenfalls war es Mord.«

»Es sind ihm zwei Männer nachgegangen, sie wollten ihn suchen und sie wollten versuchen, mit den Ro´Ar zu sprechen. Was ist aus denen geworden?«

»Die wird niemand je wiedersehen, Tante. Das waren die beiden, die Hulat auf dem Gewissen haben. Die Ro´Ar, sie können in deinen Geist eindringen, deine Erinnerungen sehen und ebenso geben sie ihre Erinnerungen an dich. Nur so kann ich es erklären.«

»Also Verrat? Dann ist selbst diese Festung nicht vollkommen sicher?«, spuckte Vaka aus. Der Gedanke ließ sie schaudern. »Doch haben wir niemanden aufgenommen in den letzten Jahren außer dich und Tahni.«

»Wir müssen, du musst, wachsam sein, Herrin von Eisschild. Da sind Dinge in Gang gesetzt worden. Der vergiftete Tee, damit ich kein *Seelentier* finde, die Wachen, die so schnell im Zimmer waren, als ich Gorm zur Rechenschaft ziehen wollte. Der Überfall im Wald, der blutige Schild für Mutter. Jemand will mit allen ihm zur Verfügung stehenden Mitteln unsere Blutlinie ausmerzen.«

»Wir werden wachsam sein, Asha. Niemand legt sich mit

dem Eisschild-Clan an und kommt ungeschoren davon, das schwöre ich beim Tod meiner Schwester.«

Der Herbst kam. Die Kälte nahm zu, wenn das auf dem Gletscher überhaupt noch möglich war. Die Winde kamen jetzt aus dem ewigen Eis und würden die Segel füllen, wenn sie Richtung Quell aufbrachen.

Aus der Hauptstadt war die Bitte des Kronrates gekommen, lediglich zwei Ro´Ar zum Treffen nach Quell mitzubringen. Man wolle König Tavurin nicht bedrohen, sondern neue Handelsverträge besprechen. Vaka warf die Botschaft ins Feuer, dennoch würden sie den Befehl aus Scale befolgen.

Tahni war nun dreizehn Jahre alt. Eine richtige kleine Lady war sie geworden. Bildhübsch und schweigsam. Ihre stille Zurückgezogenheit trug nicht gerade dazu bei, den Ruf der Familie aufzulockern. Dafür war Asha zuständig, der zunehmend viele Bewunderer unter den Männern und Frauen von Eisschild gewann.

Seit einiger Zeit wurde seine Schwester von drei Wölfen begleitet, die ihr nicht mehr von der Seite wichen, egal wohin sie auch ging. Eine Aura der *Dämmerung* umgab Tahni. So jedenfalls hatte Moos es genannt.

Asha las ihr nicht mehr vor, denn sie verlangte nicht mehr danach. Und was er auch tat, er konnte diese *Dämmerung* nicht erhellen. In manchen Augenblicken sah er seiner Schwester an, dass sie ebenso darunter litt wie er, doch etwas in ihr hatte sich aus ihrem gemeinsamen Kreis entfernt. Der Prinz hoffte inständig, dass ein Tag kommen würde, der diesen Kreis wieder zu schließen vermochte.

Am Abend vor ihrer Abreise ging Asha zu seiner Schwester. Die drei Wölfe begrüßten ihn, was Tahni immer ein kurzes Lächeln ins Gesicht zauberte, denn das taten die Tiere bei niemand anderen. Der Prinz zerwuschelte Ohren, klopfte auf breite Schultern und kraulte unter den Schnauzen. Auf Tahnis Bett lag die Kleidung für den Morgen, die genau wie die seine aussah. Gefütterte Seestiefel, dicke, dunkelbraune Hosen und Wams, sowie ein schwarzer Mantel mit weißem Wollbesatz, auf den vorn das typische Eisschildzeichen gestickt war. Darunter stand in weißen Runen geschrieben: *Der Schild, der niemals bricht.*

»Dieses Mal bin ich es, der nicht möchte, dass du gehst«, sagte Asha und setzte sich auf das breite Bett. Tahni zuckte zusammen. Sie hatte ihm den Rücken zugewandt und packte einige Dinge, die ihr wichtig waren, in einen Seesack.

»Tante Vaka sieht das anders. Sie möchte, dass ich neue Erfahrungen sammle, andere Menschen kennenlerne.« Ihre Stimme klang erstickt.

»Ich weiß. Ich wollte es nur erwähnen, Schneeflöckchen.« Die Hand seiner Schwester fuhr sich durchs Gesicht. *Weinte sie? Wieso das?*

»Ist alles in Ordnung, Tahni? Wenn du nicht mitkommen willst, dann rede ich mit Vaka. Du kannst bei den Schlittenhunden bleiben, wenn …«

»Nein!« Sie fuhr herum und wirklich, ihre Augen waren ein wenig gerötet. Doch sie hatte sich längst gefasst. »Ich möchte mitkommen. Ohne dich und Moos würde ich mich langweilen. Rakal kommt auch ohne mich zurecht. Und außerdem …« Sie tat einen kaum hörbaren Laut und die Wölfe standen vor ihr wie eine Mauer aus Zähnen. »… habe ich Gesellschaft.« Asha lächelte seine Schwester an, dann reichte er ihr ein Messer.

»Das wollte ich dir schenken. Ich habe es selbst gemacht.« Es war ein schmales, kurzes Messer. Beidseitig geschärft und mit einem Griff aus weißlichem Treibholz, das oft am Strand angespült wurde. Tahni fiel ihm in die Arme und nun weinte sie doch. Asha strich ihr übers Haar, das noch immer blond war. Bald würde es blau sein und sie würde sich besser zugehörig fühlen, da war sich der Prinz sicher.

Noch lange blieben sie zusammen sitzen, tranken heißen Tee und lauschten dem Heulen des Windes. Bruder und Schwester, so wie es sein sollte.

Asha stand am Heck, die Hände auf der Reling, als die Schiffe von den Ruderern in die Bucht der Höhle gesteuert wurden. Tahni war auf der *Steinfluke*, und Vaka kommandierte die *Schneewind*. Denn so bitter es klang, sollte ein Sturm eines der Schiffe in die kalte See reißen, so bliebe das Blut Eisschild noch immer bewahrt. So war Asha auf die *Mondwolke* gegangen, die von Kapitän Rugard befehligte wurde. Er war die *Clanzunge* und stand damit zwar außerhalb der Befehlskette, doch auf einem Schiff gab es nur eine Stimme, die des Kapitäns. Asha gedachte, sich nicht den Unmut dieses Mannes zuzuziehen, deshalb hielt er sich im Hintergrund.

Ein perfekt getarntes Tor öffnete sich. Ein breiter Spalt Helligkeit glitt über das schwarze Wasser, bis die Sonne es mit Farben aus Rot und Violett überzog. Asha hielt den Atem an, so berauschend war der Anblick. Die Schiffe drehten sich zum Ausgang der Höhle, Hörner erklangen und die Ruder tauchten in die Wellen des Schwarzfingerfjords.

Der Wind fing sich in seinen Haaren, lockte ihn hinaus. Asha füllte die enge Brust mit der Unendlichkeit des Meeres und mit Stolz. Vergraben waren die alten Tage, neue sollten kommen. Tahni winkte ihm und der Prinz glaubte, Wolfsheulen zu hören. Es klang nicht sehr erfreut. Lachend erwiderte er den Gruß.

So begann die Reise nach Quell.

Zum Treffen der Könige.

4

Der Wind ist das Ziel.

– Weisheit, Kloster Ventural, Königreich Idaan –

Ribanna

»Ribanna Elektra Tavurin! Was, bei den Wolken, tust du denn da?«

Ri schreckte hoch, stieß sich den Kopf am Holzrahmen über ihr und fluchte so herzhaft, dass sie damit eine Taverne voller Seeleute zum Verstummen gebracht hätte.

Mit dem Hintern voran kroch sie aus dem halb leergeräumten Bücherregal in der großen Bibliothek, einen verstaubten Band zwischen den Zähnen. Als sie endlich aufrecht stand, schaute sie in das Gesicht ihrer entsetzten Lehrerin Goliante.

Dass die Prinzessin fluchte, nun gut, das war bekannt, aber dieses Mal war selbst eine altgediente Angestellte des Hauses auf dem falschen Fuß erwischt worden. Die betagte Dame rang um Fassung.

Ri spuckte das Buch aus, fing es auf. Sie streckte die Zunge heraus und fuhr sich mit dem Unterarm darüber. Jahrhunderte alter Staub schmeckte irgendwie modrig.

»Was? Hab´ ich den Unterricht verpasst?«, fragte Ri unschuldig und klappte das Buch auf, als wolle sie damit sagen, dass sie eben hier, ganz allein für sich, gelernt hatte.

Goliante musterte Ri tadelnd. Der Rock viel zu kurz, wenn

es denn einer war, wahrscheinlich war das Oberteil zu lang. Enge, schwarze Kniehosen, wie sie die Soldaten der Infanterie unter ihren ledernen Rüstungen trugen. Und wie immer – barfuß! Eine Schande für den Vater durch und durch. Kaum zu bändigen, unbelehrbar und unbeugsam.

Auch Ri schaute auf ihr Gegenüber. Aufgetakelt mit grauer, hochtoupierter Perücke, das Kleid ein einziger Schrei nach Hilfe. Pedantisch wie ihr Vater, ohne jeden Humor und immer eine unterdrückte Verzweiflung im Gesicht, wenn sie der Tochter des Tavurin entgegentreten musste.

Genau so war es mit ihrem Vater, Ardon. Zwei Heere prallten aufeinander, nur dass Ri sich nicht an die Regeln hielt und schon seit Jahren in den Guerillakrieg übergewechselt hatte, natürlich ohne vorherige Ankündigung.

Irgendwann wurde Ri dieses Schweigen zu langweilig. Sie verbeugte sich vage, klemmte das Buch unter den Arm und verließ die Bibliothek.

»Morgen komme ich zum Unterricht, versprochen«, rief sie über die Schulter. Natürlich würde sie nicht kommen. Sollte die alte Giftschlange sie doch bei ihrem Vater verpetzen. Ri hatte schon lange aufgehört, die Politik der langen Hand, wie ihr Vater seine Arrangements nannte, verstehen zu wollen. Wegen ein paar Ballen Tuch wurde geheiratet was das Zeug hielt. Nein, das war nichts für sie. Ganz eindeutig.

Ri bummelte herum, schaute in der Küche vorbei, stibitzte ein paar Pfannkuchen, die sie in Himbeergelee tunkte und im Gehen aß, während sie zu den königlichen Ställen schlenderte, um ihre Stute zu besuchen.

Allerlei Verbeugungen der Stalljungen, Sattler und überhaupt aller Anwesenden, ignorierte Ri mit einem Lachen. Sie wusste, dass hinter ihrem Rücken Köpfe geschüttelt wurden, aber die meisten glotzten wahrscheinlich auf ihren Po.

Sarei wieherte bereits voller Vorfreude, vielleicht roch sie aber auch die Pfannkuchen. Als Ri die Box erreichte, stampfte das Pferd bereits unruhig. Sie öffnete die reich verzierte und mit Blattgold beschriftete Stalltür. Sofort senkte die Stute den Kopf und drückte ihn gegen Ris Brust.

»Ich lass‘ dich viel zu oft allein, nicht wahr?«, murmelte Ri und streichelte über den schönen Kopf des Pferdes. Ein bejahendes Wiehern war die Antwort. »Wenn es nach Vater ginge, würde er uns nach Wulan verkaufen. Dir würde es dort vermutlich gefallen – jede Menge Grasland. Aber ich würde dort ersticken, *Sarei.* Ich brauche das Meer, so wie ich mein Blut zum Leben brauche. Verstehst du das?«

Die Pfannkuchen waren Bestechung genug für wohlwollendes Schnauben.

»Morgen reiten wir aus, nur wir beide, ich verspreche es.«

Ri striegelte das Pferd, sah nach den Hufen, dem Futter, strich über die Muskeln. Sie konnte fühlen, dass sich das wunderbare Tier viel zu wenig bewegte. Eingesperrt in goldene Käfige, das waren sie. Warum durfte ein Mensch nicht frei sein, nur weil er einen ganz bestimmten Namen trug? Es erschien ihr wie eine Strafe der Götter.

Als Ri zu ihren Gemächern zurückkehrte, stand dort eine Dienerin, händeringend, das Gesicht angespannt.

»Prinzessin Ribanna, der Abgesandte aus Wulan wartet im Garten«, winselte die Frau aufgeregt. Ri zog die Brauen zusammen. Sie konnte sich nicht an eine weitere Verabredung zu einem Gespräch erinnern.

»Der echte Botschafter oder dieser kurze Kerl, der aussieht, als wäre er in Geschenkpapier gewickelt?«, fragte Ri.

»Der junge Mann, denke ich«, stammelte die Frau.

Sie beruhigte die Dienerin, schnappte sich eine Birne aus einer Schale und marschierte Richtung Terrasse.

Und da stand er.

Jarock beugte sich eben über ein paar Skizzen, die Ri dort auf dem Tisch hatte liegen lassen. Nun, Höflichkeit ging anders. Mittlerweile konnte sie diesen Schmierlappen nicht mehr ausstehen. Er war schon wieder in grelle, puffige Seide gehüllt und sein Duft konnte die Vögel aus dem Himmel fallen lassen.

»Sekretär Jarock«, sagte Ri scharf und der Mann schoss aus der Beuge zurück wie ein Katapult. Ein Grinsen verschmierte sein braunes Gesicht. Er fühlte sich nicht einmal ertappt.

»Wie geht es dem Botschafter?«

Bei den Meeren, diese Kleidung tut einem in den Augen weh, dachte Ri und biss in die Frucht.

»Abgereist«, sagte Jarock steif.

Ja! Saft lief ihr am Kinn hinunter. Mit einer einstudierten Umstülptechnik der Oberlippe saugte sie die Köstlichkeit wieder hoch. Nicht sehr damenhaft.

»Wie überaus bedauerlich«, bemerkte Ri.

Ein standhaft unterdrücktes Knurren spiegelte sich auf dem Gesicht des Mannes aus Wulan wider. Das Sonnensegel knatterte im Wind.

»Er fühlte sich nicht gerade willkommen.« Jarock plusterte sich auf.

»Dann hätte er nicht seinen Tintenfässchenträger schicken sollen, Herr Sekretär.« Ri war mit ihrer Geduld am Ende und das schien auch der bunte Kerl zu begreifen. Sein Kopf verwandelte sich in einen glühenden Kessel. Die Prinzessin fragte sich, was der ganze Aufstand sollte. Sie war es, die man beleidigt hatte. Sollte der Botschafter doch nach Hause laufen und berichten, was für eine ungehörige Göre sie war. Vielleicht blieb er dann in seinem verdammten Grasland.

»Das ist … das …« Der Sekretär kam ins Stocken.

Ri fuhr ihm dazwischen. »Jetzt hören Sie mal gut zu, kleiner Mann.« Sie baute sich vor ihm auf, anderthalb Köpfe größer als er. Jede auffindbare königliche Würde legte sich in ihre Züge. »Ein Botschafter aus Wulan kommt hier her nach Quell und will die Tochter des Tavurin sprechen. Stattdessen hat er einen schwachen Magen und wen schickt er an seiner statt, einen Sekretär! Nicht einmal eine schriftliche Entschuldigung sendet er, keine Geschenke, die seine Unhöflichkeit besänftigen. Was soll mir das sagen, Jarock?«

Mit weiten Augen starrte der Mann sie an.

»Das sagt mir, dass er besser gar nicht erst gekommen wäre!«

Sie drehte sich weg, schritt langsam zur Brüstung und sah hinaus auf das Meer. »Sie sind entlassen«, zischte Ri. Sie hörte, wie Jarock die Terrasse verließ.

Oh, das würde Ärger geben.

»Raus, und zwar alle!«, sagte König Ardon leise. Sämtliche Anwesenden waren plötzlich nur noch Statisten, die eilig die Bühne verließen. Nur eine blieb stehen – Ri.

Das Studierzimmer ihres Vaters war eine Mischung aus Kartenraum und Rückzugsort. Gemälde von erlesener Schönheit hingen gerahmt an den Wänden. Monumentale Szenen der *Steinkönige* im Kampf mit den gefährlichen *Wolkendrachen.*

Es war kühler geworden, so brannte ein Feuer in einem Kohlenbecken und wirbelte Schatten auf die vielen Bilder und Bücher, Büsten und nautischen Geräte. Der weiche Teppich unter ihren Füßen behagte ihr nicht. Immerhin hatte sie Sandalen angezogen.

Ardon Tavurin war von gedrungener Gestalt. Er hatte das Gesicht eines Falken und er konnte mit der einen Hand jemanden einladen und mit der anderen zustoßen. Das exakt geschnittene, graue Haar stand im völligen Gegensatz zu Ris Wuschelmähne. Eigentlich war der König mehr ein Kaufmann, der den immensen Reichtum Quells jeden Tag zu mehren versuchte. Ris Mutter, Sidora, war der eigentliche Kopf des Reiches. Deshalb wunderte es die Prinzessin, sich ausgerechnet von ihrem Vater eine Standpauke abzuholen.

Der König stand hinter einem reich verzierten, goldenen Arbeitstisch. Er sah noch immer hinunter auf offenbar wichtige Papiere.

»Ich verliere langsam die Geduld mit dir, Ribanna.« Er hob die Hand, um ihre möglichen Erklärungen im Keim zu ersticken. »Manchmal will ich kaum glauben, dass du meine Tochter bist.« Er seufzte.

Ich auch nicht, flüsterte Ri in ihren Gedanken.

»Gerade du, der soviel Wert auf Protokolle und Respekt legt, solltest verstehen, dass ich nicht für einen Sekretär die angehende Braut spiele.« Ri sagte es ganz sachlich, ohne jeden Unterton.

Ihr Vater sah endlich auf. Seine grauen Augen waren ohne jede Emotion. Er schien ihre Worte genauestens abzuwägen. Er nickte kaum sichtbar, ein Zeichen, dass auch er dieses Verhalten seiner Gäste für nicht angemessen hielt.

»In einigen Wochen kommt eine Delegation, die sehr wichtig für das Reich ist. Bis dahin, junge Dame, wird sich dein Gebaren ändern oder ich werde zukünftig die Entscheidungen, ohne jedes Mitspracherecht deinerseits, fällen.« Das *ich* hatte wie eine Drohung geklungen. Und das war es auch. Ri schluckte die Wut hinunter. »Ja, Vater.«

Ihr *Vater* dagegen war ein einziger Vorwurf. König Ardon überhörte es einfach.

»Du darfst dich entfernen, Ribanna.« Er saß bereits und blätterte wieder in seinen Unterlagen.

»Ich weiß es nicht, Ribanna.« Sidora Tavurin schwebte durch den Raum – eine Königin in Rot und Schwarz, mit silbernen Blüten im Haar. »Allein dein Vater hat die Worte des Orakels vernommen. Du weißt, sie sind allein nur für den König bestimmt.«

Doch Ri wäre keine gute Tochter, wenn sie nicht merkte, dass ihre Mutter etwas verheimlichte.

Die beiden saßen im Teezimmer – Sidora hatte die Diener fortgeschickt – und tranken Wein. Ri war ein wenig schwindelig davon.

»Es muss etwas sein, das ihm Angst macht. Woher dieses plötzliche Drängen auf ein Bündnis, mit wem auch immer. Und ich bin der Köder«, meinte Ri.

»*Roter Schnee wird fallen vom Haupt des Löwen.*« Die Königin sprach flüsternd in ihr Glas. Sie schaute Ri an, der die Kehle eng geworden war. »Er hat es im Schlaf gemurmelt«, fügte ihre Mutter hinzu.

Ri hatte keinen Durst mehr.

Die Katakomben hatte sie schon vor vielen Jahren entdeckt. Damals war ihr eine Muschel unter den Kleiderschrank gerutscht. Es war eine schöne Muschel gewesen, weshalb Ri sich recht energisch dem Problem der Wiederbeschaffung gewidmet hatte. Doch ihre Arme waren zu kurz gewesen, die Finger reichten nicht an das begehrte Objekt heran. Also hatte Ri überlegt und dann entschieden, dass eben der Schrank weichen müsse. Es war ein Ungetüm aus altem Holz, aber Ri hatte schon damals ein trotziges Wesen gehabt.

Sie schob und zog, benutzte Hebel, lehnte sich gegen die Wand und drückte mit den Beinen. Beharrlich wie ein Starrkopf eben. Als das Bollwerk endlich nachgab, erspähte sie eine Nische dahinter und hinter dieser Nische einen schmalen Raum, nicht größer, als aufrecht darin stehen zu können.

Da war Ris Neugier erst recht in Wallung geraten. Und eines Nachts fand sie den Geheimgang, der durch ein Gewicht auf dem Boden einer ganz bestimmten Fliese aktiviert wurde.

Im Laufe der Jahrhunderte hatte Quell oft Kriege geführt und nicht immer hatten sie auf der Seite der Gewinner gestanden. Eine Festung war auf die Ruine der vorherigen gebaut worden. So waren auch die Terrassen entstanden.

Aquamarin stand auf seiner eigenen Asche.

Ri zog sich um, steckte einen Dolch ein, schwang den Bogen um, nahm eine Blendlaterne, eine Ersatzflasche Öl und stieg hinunter in die alten Königreiche.

Es waren verwitterte Gänge, zerbröckelte Treppen, staubige Mauern mit rissigen Stürzen. Die Unterwelt der Burg war verwinkelt, ein Labyrinth der Vergangenheit. Ri hatte Markierungen angebracht, als sie vor Jahren damit begonnen hatte, diesen Teil von Quell zu erforschen.

Zum alten Archiv war es nicht weit. Ri kannte jede Biegung. Staub wirbelte vor dem Lichtschein, Schatten traten aus dem Nichts und verschwanden wieder dorthin.

Ein Drachenkopf starrte am Ende eines langen Gangs ins

Leere. Eines seiner Hörner war abgefallen. Türen gab es hier unten schon lange nicht mehr. Eine steinerne Wendeltreppe führte hinab wie in eine vergessene Mine. Und je tiefer das Gemäuer lag, desto offensichtlicher waren die Zeichen dafür, dass Quell einst die *Wolkendrachen* verehrt hatte. Für Ri aber spielten die Götter nur eine untergeordnete Rolle. Zum Fluchen hervorragend geeignet, aber sonst? Es war mehr eine Tradition, denn ein wahrhafter, gelebter Glaube.

Sie betrat den weiten, runden Raum. Ri hatte immer dafür gesorgt, dass ihre Anwesenheit möglichst keine Spuren hinterließ. Eine gewisse Gelenkigkeit war dafür von Nöten. Denn die Prinzessin ging nicht über den Boden, der ihre Füße im Staub verewigt hätte, sondern kletterte wie eine Spinne an der Mauer entlang, da viele der Quader hervorstanden oder die Fugen dazwischen sich gelöst hatten. Somit war jemand, der es gewohnt war, überall barfuß herumzutollen, der ideale Dieb.

Sie fühlte sich auch wie ein Dieb, denn sie stahl Geschichte. Außerdem fühlte Ri sich mit dieser Bezeichnung irgendwie … verwegener.

Es dauerte, bis sie das Regal mit den Aufzeichnungen über das Orakel erreicht hatte. Die Schriftrollen, die hier lagerten, waren aus Holzstäben, Pergament und Papier. Sie lagerten in unzähligen Alkoven, die wie Schächte in die Mauern getrieben worden waren. Das Papier brauchte man gar nicht erst berühren, es zerbröselte sofort in der Hand.

Als Ri das Stundenglas zum vierten Male umdrehen musste, gab sie es auf. Ihre Finger waren steif, ihre Zehen taub. Sie hatte nichts gefunden außer … sie legte den letzten Stabreim zurück, als sie zwei Worte auf der äußeren Seite wiedererkannte. Ihre Hände begannen zu zittern. Ein Krampf raste durch ihre Wade, sie hielt sich verbissen fest, doch schließlich musste sie einen Fuß aufsetzen. Ri atmete heftig durch die Nase. Sie hielt die Lampe mit den Zähnen.

Mit einer Hand stupste sie die Stäbchen weiter. Die gekordelten Fäden, die diese zusammenhielten, waren dünn wie Spinnenweben. Staub drang ihr in die Augen. Sie versuchte die Schriftzeichen zu entziffern. Die Sprache Quells hatte sich im Laufe der Zeit nur in Nuancen verändert.

Könige aus Stein … Ris Kiefer konnte die Lampe kaum noch halten. Sie biss knurrend fester in den Henkel.

… kommen … Augen von Lügnern …

Ri rutschte ab, die Blendlaterne fiel, schepperte zu Boden und fauchte alten Staub von sich. Mit unendlich müden Augen sah sie, wie das Öl auf die Steine sickerte. Der Docht entzündete es, Flammen schlugen hoch.

Oh, doppelt verdammt!

Die Prinzessin sprang. Dabei riss sie das Stäbchenartefakt mit sich. Es wirbelte in der Luft herum. Sie versuchte es mit einem Fuß aufzuhalten, umzulenken, doch es landete genau auf dem sich ausbreitenden Feuer. Einen Wimpernschlag später war es verschwunden, Asche.

Es war vorbei. Ri ließ los, kam auf dem Boden auf und trat die Flammen mit Sand und Staub aus. Jeder Tritt meißelte ihre Anwesenheit in den Boden. Es war egal. Eine seltsame Unruhe hatte sie erfasst – von den Worten waren sie gekommen.

Ris Atem hallte in der Dunkelheit, aber sie schluckte die Angst hinunter. *Also hatte das Orakel schon einmal eine Prophezeiung über Quell gesprochen? War es deshalb einst untergegangen? Und bedeutete die Weissagung für ihren Vater etwas Ähnliches? Verhielt er sich deshalb so ungewöhnlich?*

Mit den Händen voran tastend ging sie zurück. Als sie endlich, wie nach einem Marsch durch die Unterwelt, zurück in ihr Schlafzimmer gelangte, brachen die Strahlen der Morgensonne durch die Fenster.

Rot wie Blut.

Das Meer wurde kabbelig. Die Mantarochen kehrten dem *Innermeer* ihre wundervollen Rücken zu und die Prinzessin blickte ihnen sehnsüchtig nach.

Ri nahm ihre Pflichten plötzlich ernster. Dabba schien nicht zu wissen, ob ihm das gefiel, aber seine Arbeit als Leibwächter war seitdem wesentlich einfacher geworden.

Ri besuchte ihre Unterrichtsstunden, hörte sogar zu, wenn ihr etwas gesagt wurde. Goliante traute der neuen Zuhörerin zwar nicht, aber es hielt sie nicht davon ab, Ri mit Fakten zu spicken.

Der Herbst kam mit langen Schritten. Die Luft trug den kaum wahrnehmbaren Duft von salziger Ferne. Die Möwen kreischten anders und ein Albatros hatte den Pool in Ris Garten dazu auserkoren, eine Pause auf dem Weg nach

Süden einzulegen. Er watschelte in ihren Beeten herum und sie sah dabei zu.

Die Hochzeit von Lucille und Antonius wurde auf ein Datum im Winter festgelegt. Ri probierte Kleider dafür an, lächelte und starb innerlich, obwohl ihre Schwester wie eine Blüte dabei aufging.

Die Worte des Orakels, sie waren in ihren Geist gebrannt. *Roter Schnee wird fallen … Was war der rote Schnee und warum oder worauf würde er fallen?Und bei: Vom Haupt des Löwen kapitulierte sie gänzlich.*

Zwei Mal war sie kurz davor, zu ihrem Vater zu gehen, den Orakelspruch in ihrer Kehle und verlor weit vor seinen Gemächern jeden Mut.

Die Dienerinnen waren plötzlich aufmerksamer, neue kamen hinzu, andere verschwanden. Ihre Mutter zog sich zurück und Ri bemerkte, dass sie langsam in Schwermut versank.

Jeden Morgen wollte sie fortgehen und blieb bis die Sonne hinter dem Horizont verschwand. Eine unsichtbare Schwere hatte sie erfasst. Ihr Bogen lag unbenutzt auf einem Sofa, die Sehne schlaff daneben. Der Hafen war in weite Ferne gerückt. Die Münzen aus dem Stein lagerten in einer Schublade für Krimskrams und ihre Zähne mahlten all das klein. Solange bis die ganze Welt wie Staub schmeckte.

Es wurde gemunkelt, eine Delegation sei eingetroffen. Bei Nacht, ohne jedes Banner und durch verborgene Tore eingelassen. Gerüchte machten die Runde. Am Abend sollte im engen Kreis ein Empfang stattfinden. Eine kleine Gruppe Auserwählter und Ri gehörte dazu.

Das Gewand war gewagt, die Perücke eine aufgezwungene Leihgabe ihrer Mutter, also ließ sie es geschehen. Die neuen Dienerinnen flüsterten aufgeregt ob der Eleganz der Prinzessin. Sie glucksten miteinander, weil sie es für eine Wahrheit des Lebens hielten, dass Frauen nichts anderes wollten, als sich für die Männer schön zu machen. Ri presste die Kiefer aufeinander, während um sie herum ein Kunstwerk entstand, das sie mit jedem Atemzug mehr zu hassen begann.

Dabba neben ihr schwieg beharrlich, als sie die Säulengänge entlang schritten. Die Prinzessin hatte das Kinn erhoben, die Brust voraus, ihr Gang war erhaben, das Gesicht eine Maske königlicher Würde. *Roter Schnee wird fallen … Roter Schnee – es war ein Rätsel. Da musste noch mehr sein, vielleicht sollte sie ihren Vater ganz offen danach fragen?* Doch sie verwarf die Idee sofort wieder.

Die Gäste waren bereits da, sodass Ri wie Sonnenlicht in eine dunkle Gasse strahlte, als die Diener die Flügeltür öffneten, um sie einzulassen. Ein Traum aus weißer Seide, der den Saal augenblicklich veränderte.

Ihre Mutter wirkte angespannt, ihr Vater bemühte sich, seine Nervosität mit einer strengen Miene zu tarnen und die Gäste starrten mit weiten Augen die Prinzessin an.

Es wurde Sao getrunken, ein schwerer Wein, in dem Blättchen aus Gold trudelten. Es war die spezielle Art ihres Vaters, so auf den Reichtum seines Königreichs aufmerksam zu machen. Man trank von der Quelle des Reiches.

Die anderen beiden mussten die Gäste sein, die so viele Gerüchte in Umlauf gesetzt hatten. Ein hagerer Mann, der wie ein alter, schlauer Wolf wirkte. Er trug ein schlichtes Gewand aus grauer Wolle und darüber einen grünen Umhang, als sei ihm kalt. Das schmale Gesicht war voller tiefer Falten, die Augen wachsam. Neben ihm stand ein junger Adeliger, der Ri einen Schauder über den Rücken jagte. Ganz in schwarz war dieser gekleidet. Das Haar, ebenfalls schwarz und offen getragen, ließ einen kaum wahrnehmbaren Schimmer von Rot durch. Der Mann sah gut aus, ehrgeizig. Doch war es eine Attraktivität, die nicht aus sich selbst kam, sondern von außen. Die braunen Augen waren dunkle Teiche und er fuhr sich auf eine seltsame Art mit der Zunge über die Lippen. Es war eher eine Angewohnheit, keine Geste, die mit ihr zu tun hatte. Ihr Vater erhob das Wort.

»Meine Herren, dies ist meine Tochter, Ribanna Tavurin. Ribanna, dies ist Barak, ein Seher.«

Ri deutete eine Verbeugung an, die der Grauhaarige mit einem Nicken erwiderte.

»Und dies …«, der König deutete auf den jungen Mann, »ist Varrik Starksegel, Berater und die neue rechte Hand von König Grimmhorn, sowie Stabbrecher der *Steinkönige*.«

Ri machte einen Knicks, der ein wohlwollendes Lächeln hervorrief.

Ri hasste es, so aufrecht zu sitzen, als habe man einen

Kleiderbügel zwischen den Schultern. Sie führte akkurat die Gabel zum Mund, neigte leicht den Kopf und kaute bedächtig. Es fiel ihr schwer, die Fassung zu wahren, weil das Kleid zwickte, die Schuhe zu eng waren und die Perücke juckte.

Der Norden war also vor allen anderen nach Quell gekommen. Ri sah, dass ihre Mutter sich scheinbar deswegen Sorgen machte, so sehr, dass sogar Ri dies erkennen konnte. Die sonst so undurchdringliche Fassade der Königin hatte Risse bekommen. Frische Risse. Ihr Vater dagegen hatte sich ganz in seine Kaufmannskluft gehüllt. Er sprach von Holz und von Gold – im Gegenzug von guten Handelsbeziehungen und dem Austausch von Erzen, beiderseitigen Profiten und glorreichen Zeiten.

Barak sagte gar nichts, der Seher stocherte in dem dargebotenen Essen, als wolle er darin Botschaften lesen. Die Seher des Nordens waren das, was die Sternendeuter für Quell waren.

Und Varrik? Er lächelte viel, befeuchtete ständig seine geschwungenen Lippen und nickte zustimmend. Ri konnte ihn nicht einschätzen und sie wusste nicht, warum das so war. Sonst hatte sie immer eine gute Menschenkenntnis besessen, doch hier prallte sie ab wie an einem unsichtbaren Schirm.

Das Essen verlief ohne Zwischenfälle. Ri war ein wenig stolz auf sich, auch wenn sie sich am liebsten die Perücke vom Kopf gerissen und das Jucken mit einem Krug Wasser gelöscht hätte. Jedenfalls hatte sie sich benommen, wie man es von ihr erwartet hatte.

Die Gäste wurden verabschiedet. Als die Türen des kleinen

Saals sich schlossen, sackte ihre Mutter ein wenig in sich zusammen. Sie wirkte erleichtert. *Wieso?*

»Das war recht annehmbar, Ribanna«, lobte ihr Vater und nahm sein Glas Wein, als wolle er sagen, dass sie ja doch zu etwas nütze sei, wenn man nur genug drohe. Der Blick ihrer Mutter hingegen war anders. Angst war darin und der unausgesprochene Satz: *Nicht jetzt, bitte!*

Ri durfte sich endlich entfernen. Nicht ohne ein flaues Gefühl im Bauch.

Wenn es ein Besuch war, der zum Ziel hatte, Ri als künftige Ehefrau zu sondieren, so hielten sich die Nordmänner dabei an keinerlei Regeln. Diesen Seher bekam niemand mehr zu Gesicht und dieser Varrik versuchte nicht einmal, Ri unter vier Augen zu sprechen. Im Gegenteil. Der–was–auch–immer–Berater von König Grimmhorn unternahm stattdessen ausgedehnte Ausflüge, die zuweilen Tage dauerten. Immer begleitet von einigen – wie Ri erfahren hatte – sogenannten Winterkriegern, große, gefährliche Burschen, die nur so vor Waffen starrten. Da waren Schwerter, lang wie Sensen, Bögen mit Köchern voller Pfeile, Äxte, Klingen, allerlei gefährliches Zeugs in den Gürteln und Varrik, der stand da mit einem … Buch.

Als ihre Mutter zu einer plötzlichen Reise in den Süden aufbrach, wusste Ri, dass etwas nicht stimmte. Es sei eine lang geplante Unternehmung, hieß es, die keinen Aufschub dulde.

Ri kam es wie eine Flucht vor.

Die Prinzessin zog sich zurück, doch sie war von einer unter der Haut sitzenden Unruhe befallen. Sie widmete sich ihren Münzen, jedoch ohne die alte Leidenschaft. Sie übte das Bogenschießen, auch wenn sie es nicht genoss.

Jeden Tag wurde das Wetter kühler. Der Wind drehte auf Nord und färbte das Meer zu einem steinernen Grau. Es machte Ri schier wahnsinnig, dass da etwas in ihr rumorte und sie keinen Grund dafür fand. Ein Schatten hatte sich über Aquamarin gelegt und niemand wusste, woher dieser gekommen war.

Das Treffen der Könige war nicht mehr weit entfernt. Die Vorbereitungen begannen erst zaghaft, dann in zunehmender Eile. Teile des Schlosses mussten geräumt werden, damit die Delegationen angemessen untergebracht werden konnten. Vor den Stadtmauern wurden Areale abgesteckt, die für den jeweiligen Tross gedacht waren, den jedes Reich mit sich führen würde. Einen Tag hieß es, dass Wulan nicht kommen würde, an einem anderen war man sich bei Kark nicht mehr sicher. Die Speisen mussten abgestimmt werden, Rituale bedacht und bestimmte Farben geordert oder vermieden werden. Ein geschäftiges Durcheinander entstand.

Doch eines fiel Ri auf. Einige ihrer Dienerinnen trugen neuerdings Amulette der *Steinkönige*. Auf ihnen war das Zeichen eines dreigipfligen Berges über dem eine Krone thronte, dargestellt durch eine Gravur auf schwarzem Obsidian.

Und noch etwas geschah: viele Wandbehänge und Gemälde

wurden, meist über Nacht, abgenommen. Jedes Zeugnis, das die *Wolkendrachen* zeigte – in welcher Form auch immer – verschwand auf stille, klammheimliche Weise aus dem Palast, als hätte es nie existiert.

»Sie sehen aus, als wollen Sie in einen Krieg ziehen.« Die Stimme überraschte Ri. *Es war Varrik!* Mittlerweile hatte der Mann so etwas wie einen königlichen Erlass, der es ihm erlaubte, jedes noch so unbedeutende Zimmer des Schlosses ohne jede vorherige Erlaubnis zu betreten.

Ri verriss den Schuss, der Pfeil raste über die Brüstung hinaus aufs Meer. Hoffentlich waren dort keine Mantarochen mehr auf ihrem Weg in die *Weite See* gewesen. Sie ließ den Bogen sinken, senkte ärgerlich den Kopf und blieb stehen, wo sie war. Zum Glück hatte sie ein altes Hemd an, das ihre Schulterblätter bedeckte. Irgendwie hatte sie das Gefühl, es wäre überlebenswichtig, dass Varrik nichts von ihren Malen erfuhr.

Sie hörte, wie er näher kam und wurde wütend. Niemand durfte in ihre Gemächer kommen und einfach so *Hallo* sagen. *Niemand!* Sie konnte sein Grinsen förmlich riechen.

»Kein wirklich guter Schuss, oder?«, witzelte der Berater des Nordens.

Die Prinzessin erkannte, dass Varrik aus der Schwäche anderer sein Selbstbewusstsein zog. Was geschehen würde, sollte ihm jemand mit echter Stärke und Willen gegenüber treten, wäre sicherlich interessant zu beobachten.

Ri hatte auf die Puppe hinten im Garten gezielt, etwa fünfzig Schritt entfernt an einer Palme stehend. Ihr Stolz geriet in Wallung, ein Fehler, das wusste sie, aber sie konnte nicht anders. Sie drehte sich mit einem entzückenden Gesichtsausdruck zu dem Nordmann um, legte einen neuen Pfeil auf, spannte den Bogen bis ihre Arme wehtaten und ließ die Sehne los. Sie hörte den dumpfen Einschlag, satt und voll. Es war ein Treffer, sie wusste es.

Varrik schaute an ihr vorbei zum weit entfernten Ziel. Sein Gesicht verspannte sich, zwang sich aber, gelassen zu wirken. Sein Haar begann plötzlich wie eine ihrer Perücken auf Ri zu wirken. Nicht verdient, sondern erschlichen!

Der Nordmann wandte sich ab und verschwand lächelnd. Ri sah ihm nach. Sie bebte innerlich.

Varrik hob lässig die Hand im Gehen. »Das werde ich mir merken, Prinzessin!«, rief er und stolzierte durch die Vorhänge zum Gemach wie ein schwarzer Schatten, der auf eine Blüte fällt.

Der Pfeil steckte im linken Auge der Puppe.

Der Tag, an dem alles sich änderte, begann mit Regen. Ri wachte auf, wollte liegenbleiben, konnte es aber nicht. Die Luft klebte und sie hatte unruhige Beine.

In der Nacht waren die Truppen aus Kark angekommen. Sie hatten Lärm gemacht wie tausend Holzfäller und waren immer noch nicht fertig mit ihrem Lager.

Lucille stand wartend vor ihrem Bett, mit den Fingern aufgeregt die Unterlippe knetend. Ihre kleinere Schwester war ganz aus dem Häuschen, die Augen weit und fordernd.

»Was denn?«, murmelte Ri und zog sich, geblendet vom Morgenlicht, die Decke über den Kopf.

»Heute sollen die Schiffe der Nordmänner kommen, Ribanna! Ganz weit aus dem Norden, dort, wo es nur noch Endlosigkeit und Schnee gibt. Es heißt, ihre Krieger haben Schilde aus Eis.«

Roter Schnee fällt … Ri lugte unter der Decke hervor. Das würde sie schon gerne sehen. Sie mochte Schiffe! Ein Blick zu den Fenstern warf diesen Wunsch jedoch wieder ganz weit zurück.

»Es gießt wie aus Eimern«, stellte sie nüchtern fest und gähnte herzhaft.

»Und wenn schon, ich will die Schiffe sehen, wenn sie kommen. Oh, Ribanna, ist das nicht aufregend?«

»Ja, ja!«, murmelte Ri und schlug die Decke beiseite.

Lucille rannte hinaus. Gänzlich unköniglich.

»Ich glaube, die kommen heute nicht mehr«, sagte Ri und schob ihre Ellbogen unter dem Regenschirm auf die nasse Brüstung. Der kühle Stein gab ihr Kraft. Noch immer fühlte sie sich verloren, wie hinter einer Trennwand stehend.

Die *Wächter von Quell* ragten als vage Schatten aus dem Schleier des Regens. Da wurde Lucille plötzlich hibbelig. Ri folgte ihrem ausgestreckten Finger und entdeckte die Segel. Sie tauchten wie Geister aus einem Nebel auf. Drei waren es. Und mit jedem Atemzug wurden sie größer, realer.

»Da! Da sind sie!«, rief Lucille und Ri fragte sich, wieso ihre Schwester so aufgeregt war, da sie doch längst einem anderen versprochen war. Das perfekte Gesicht einer belanglosen Ehe war bereits in ihr ebenmäßiges Antlitz gemeißelt. Ri fand keinen Abenteuergeist mehr in Lucilles Wangen, nur noch die kleinen Aufregungen eines Tages wie diesem und das erschreckte sie bis ins Mark. Das Treffen der Könige aber fand alle zehn Jahre statt. Würde ihre Schwester also die nächsten zehn Blumen arrangieren und Kleider anprobieren?

»Es heißt, sie haben zwei Ro´Ar an Bord, das hat Vater mir erzählt. Oh, was würde ich darum geben, die nur einmal zu sehen!«

Ri verdrehte leicht die Augen. Der Regen prasselte, die ungewöhnlichen Segel wurden eingeholt und Ruder senkten sich dafür in das *Innermeer*, hoben sich, klatschten aus den grauen Wellen. Zug um Zug. Ri nahm das Fernrohr an sich.

Es waren beeindruckende Schiffe. Die Galionsfiguren machten wahrlich was her. Und dass die Segel an langen Seilen hingen wie die Drachen, mit denen sie als Kinder am Strand herumgetollt waren, das war schon sehenswert. Es sah aus, als würden weißlich blaue Eisschollen durch die Regenwolken treiben.

Am Vordersteven stand ein Mann, die Hand wie ein Schwur auf das verwitterte Holz gelegt. Er beäugte den Hafen von

Quell wie ein Mantarochen, der nach Rückzugsmöglichkeiten suchte. Seine Haare waren nicht grau oder schwarz, sondern sie hatten die Farbe eines Sommerhimmels. Dieses Blau drang bis hinauf zu Ri und ließ einen kurzen Moment ihr Herz vorwärts springen. Das Gesicht des Mannes aber konnte sie nicht erkennen, es war von der Kapuze seines Mantels verdeckt.

Die Prinzessin zog sich verstört zurück, überließ ihrer Schwester die Hoheit über Staunen und Neugier.

Alle waren ganz aus dem Häuschen.

Es hieß, dass ein verfluchter Prinz mit den Schiffen gekommen sei. Und er hatte Wesen mitgebracht, die fürchterlicher waren als alles, was man je gesehen hatte. Wesen aus Eis.

Die Ro`Ar.

Ri gab nichts auf das Geplapper, aber sie konnte dem auch nicht ausweichen.

Die drei Schiffe wurden auf den Strand gezogen, abseits des eigentlichen Hafens. *Doch wieso? Warum lagen die Schiffe nicht dort, wo alle anderen lagen? So würde auch niemand eine Münze oder etwas anderes als kleinen Tribut ins Wasser werfen. Das war schade.*

Mittschiffs spannte man große Zelte über das Deck und nicht einmal die berüchtigten Krieger des Nordens hielten Wache am Strand, weil ohnehin niemand in deren Nähe gehen würde, in Furcht darüber, was in ihren hölzernen Bäuchen sein könnte.

Ri war fasziniert und kaum ein wacher Moment verging, da sie die Anwesenheit der Schiffe nicht in ihrem Rücken spürte. Immer wieder sah sie durch das Teleskop, das längst nicht mehr in die Sterne blickte, sondern auf die Bucht. Doch weder Mann noch Tier ließen sich blicken. Das war irgendwie unheimlich, fand Ri.

Die restliche Gesandtschaft aus Scale – ein Tross, der wirklich eines Königs würdig war – erreichte lärmend die vorgelagerten Stadtmauern. Feuer brannten, Musik, Rufe und das Wiehern der Schlachtrösser hallte durch die Nacht. Das Gefolge von König Grimmhorn war groß. Am Strand jedoch blieb es ruhig. Kein Feuer, kein Gesang, nicht einmal ein Banner der Zugehörigkeit zum Norden wehte im Wind. Und dann das Meer! Es hatte sich wie ein schlafendes Wesen um die drei Schiffe geschmiegt. Ruhig rollende Wellen und leise fallender Regen. Ri seufzte, setzte das Fernrohr ab.

Zwei Tage später kam der König von Wulan.

Dem Trubel aus dem Weg zu gehen, wurde, zu Ris Leidwesen, schlicht eine Unmöglichkeit. Natürlich war sie neugierig, immerhin lagerten dort draußen die Menschen dreier Königreiche. Sie strömten in die Stadt und ihre höchsten Vertreter hetzten durch die Flure des Schlosses. Eigentlich waren sie überall und das ging Ri allmählich auf die Nerven. Denn es schränkte sie ein, da sie von nun an jeden einzelnen Tag, von Sonnenaufgang bis Sonnenuntergang, eine Repräsentantin von Quell war. Die Prinzessin, die noch zu haben war.

Als sie hörte, ihre Mutter sei zurück, da zögerte Ri nicht, sondern suchte die Königin unverzüglich auf.

Sidora Tavurin gab eben einige barsche Anweisungen, als ihre Tochter die Gemächer betrat. Dünner sah sie aus, gar ein wenig ausgemergelt. Das Strahlende, das ihre Mutter immer ausgemacht hatte, war zwar nicht verschwunden, aber es hatte eindeutig Kratzer bekommen. Ri fand, dass ihr das durchaus stand. Die Königin bekam dadurch etwas Kämpferisches, Entschlossenes. Ri bemerkte, wie ähnlich sie sich waren, wenn ihre Mutter einmal die Maske der Selbstbeherrschung locker ließ.

In dem Zimmer herrschte reges Treiben. Reisekoffer mussten ausgepackt werden, wobei eine gewisse Truhe nicht angerührt werden durfte. Satteltaschen lagen auf dem Sofa, Blumen sollten ausgewechselt werden, und wo blieb der Hofschneider?

Ri bahnte sich einen Weg durch die Dienerschaft.

»Ribanna, Liebes. Das ist jetzt kein guter Zeitpunkt.« Die Königin befahl, dass die Kleider eines ganz bestimmten Koffers verbrannt werden sollen. Und wenn der verfluchte Schneider nicht bald auftauche, würde er niemals wieder irgendwo auftauchen!

Ri zog die Brauen hoch. *Was war denn hier los?* Sie fing den Blick ihrer Mutter auf, der hektisch und gehetzt war. So kannte sie diese gar nicht. Ein unerklärlicher Dorn der Angst stach sie. Sidora riss die Augen auf, als sie ihre Tochter endlich wirklich wahrnahm und vor allem ihr Gesicht.

»Raus!«, sagte die Königin in einem Tonfall, den nur sie beherrschte. Es war beinahe ein Flüstern, doch erreichte die Härte dieses Wortes jeden Winkel aller Zimmer. Als hätte man eine stählerne Klinge aus der Scheide gezogen.

Die Diener räumten eilig das Feld. Sidora stand da, die Hände schlaff an der Seite. Die Reisekleidung aus grüner, feiner Wolle, ohne ihre Perücke. Das dunkle Haar vom Wind leicht zerzaust. Zum ersten Mal fand Ri ihre Mutter verletzlich und gleichzeitig wunderschön.

Entgegen ihrer Gewohnheit ging sie auf sie zu, nahm ihre Hände in die ihren und drückte sie fest. Ein Lächeln trat auf das Gesicht der Königin.

»Was ist hier los, Mama?« Seit gefühlten hundert Jahren hatte Ri nicht mehr *Mama* gesagt. Sidora blinzelte irritiert, doch ihre Augen begannen zu glänzen. Ein schwerer Seufzer entfuhr ihrer Brust. Sie löste sich von ihrer Tochter und führte Ri nach draußen auf die Terrasse.

Der Wind aus dem Norden trug einen feinen Schneegeruch mit sich. Das geschah nur selten in Quell. Wie ein unheilvoller Bote erschien er Ri plötzlich. Ein Bote der Veränderung.

Einen Moment lehnte sich die Königin an die Brüstung, schaute über die Stadt. Doch dann wandte sie sich ab, als könne sie den Anblick nicht länger ertragen. Nun wurde Ri mulmig zumute. Sie schwieg, ihrer Mutter gehörte das erste Wort.

»Dein Vater ist ein blinder, närrischer Mann!«

Damit hatte Ri jetzt nicht gerechnet. Fast hätte sie gelacht über so viel Scharfsinn.

»Seit dieses verfl… seit dieses Orakelspruchs scheint er jeden Menschenverstand eingebüßt zu haben.« Sidora ballte eine Faust. »Und er lässt es zu, dass man uns, dem Königreich Quell, ohne mit der Wimper zu zucken, droht.«

»Man hat uns gedroht?«, fragte Ri erstaunt.

Quell war das wohl am besten organisierte Reich diesseits der *Schwimmenden Berge*. Es gab kaum jemanden, der ihnen das Wasser reichen konnte, ob wirtschaftlich, kulturell oder militärisch.

»Nicht offen, natürlich. Sondern, sozusagen, durch die nordische Eisblume hindurch.« Die Königin schnaufte ärgerlich. »Anscheinend hatte König Grimmhorn so etwas wie eine mystische Erleuchtung«, stieß sie aus. »Vielleicht ist er auch nur betrunken von einem Schemel gefallen, wer weiß das schon. Jedenfalls haben Varrik und sein düsterer Begleiter darauf hingewiesen, dass die *Steinkönige* in Quell, nunja, nicht wirklich geachtet zu werden scheinen.« Sie drehte sich zum Garten hin, der an diesem Herbsttag herrlich anzusehen war. »Dein Vater sah bereits Handelsbeziehungen in Gefahr und erließ noch in der Nacht erste Befehle.«

»Ja, ich habe es gesehen«, murmelte Ri und erinnerte sich an die vielen farbenprächtigen Bilder, die so schnell ersetzt worden waren. Die Dienerschaft, die nun ganz sichtbar das Amulette dieser Gottheit trug. Ri wusste aus dem Archiv unter dem Schloss, dass vor Generationen die Menschen, die hier gelebt hatten, einen anderen Glauben gehabt hatten. Den an die *Wolkendrachen*. Sie schwieg.

»Deine Schwester wird schon morgen nach Lurium abreisen. Ich war in der Nähe der Grenze auf meinem langen Weg entlang der Provinzen.«

Ri wollte nachfragen, doch ihre Mutter winkte ab.

»Was ist mit diesen Schiffen am Strand?«, wollte sie noch wissen, bevor das Gespräch ein zu abruptes Ende fand. »Die machen einen … sonderbaren Eindruck.«

Die Königin verzog das Gesicht. »Halte dich fern von den Nordmännern, Ribanna, vor allem von diesem Varrik und seinem grauen Nebelseher oder was immer dieser Kerl ist! Halte dich von ihnen fern, hörst du! Varrik ist Grimmhorns Klinge und der Mann hat bereits Interesse an dir bekundet. Dein Vater findet, das sei eine glückliche Fügung, doch ich sehe das anders.« Sie ging wieder hinein, blieb aber auf der Schwelle zu den Gemächern stehen, als fürchte sie böse Zauber darin, die Ohren hatten. »Erst vor kurzem hat sich Grimmhorns Frau von den Zinnen gestürzt, voller Gram über den angeblichen Tod ihres Sohnes.« Sie hob warnend den beringten Finger. »So geht es zu im wilden Norden, Ribanna.«

Ri verwunderte diese vermeintliche Neugier Varriks ihr gegenüber. Er hatte nichts davon durchblicken lassen. Es hatte keinerlei Annäherungsversuche gegeben, weder während des offiziellen Essens, noch danach. Nur dieser unverfrorene Besuch in ihren Gemächern. *Was hatte der Nordmann noch gesagt, als ihr Pfeil im Auge der Puppe stecken geblieben war?* ***Das***

werde ich mir merken. *Vielleicht hatte sie doch ein wenig zu stolz reagiert, jetzt so im Rückblick*, dachte Ri.

»Und die Schiffe am Strand?«, fragte sie. Ri brauchte Informationen aus erster Hand und sie wusste, dass ihre Mutter dabei war, zur Tagesordnung überzugehen. Eine Eigenschaft die sie nie hatte begreifen können. Egal, was den Weg ihrer Mutter kreuzte, die Königin in ihr behielt die Oberhand.

»Das ist Vaka Eisschilds Eskorte. Eine beeindruckende Frau, wahrlich. Sie ist so etwas wie die Stimme der Vernunft im Norden. Sie und ihre Ro´Ar.«

»Was sind die Ro´Ar, Mutter?« Hellhörig hielt sie Sidora für diese letzte Frage zurück.

»Wesen aus Eis, so sagt man. Geister der Gletscher. Hoffen wir, dass auch sie so etwas wie Vernunft kennen.« Die Königin straffte sich. »Auch dort wirst du nicht hingehen, Ribanna Tavurin! Ganz *besonders* nicht dort. Niemand hat diese Bestien je wirklich zu Gesicht bekommen und dabei soll es auch bleiben. Ich verbiete es dir!«

Natürlich hatte Ri die Schiffe nicht pausenlos unter Beobachtung gehabt. Vielleicht gab es ja Bewegungen, Wachablösungen auf Deck, irgendetwas, das stattgefunden hatte, während sie gerade nicht hinschaute. Wundern würde es sie nicht.

Ris neues *Ro´Ar-Observatorium* bestand aus ihrem Teleskop, das durch ein paar Büsche hervorragend getarnt war, einer Wolldecke gegen den kühlen Wind, einem großen Krug warmen Tee sowie einer Schale mit Kuchengebäck.

Und tatsächlich. Wenn man über eine längere Zeit hinschaute, gab es dort unten am Strand sehr wohl einiges an Aktivitäten.

Die Schiffe waren gut dreißig Schritt auf den weißen Sand gezogen und zusätzlich mit Seilen, die an Pfosten gespannt waren, gesichert worden. Und auf etwa siebzig Schritt schätzte Ri ihre Gesamtlänge. Die Zelte, die man Mittschiffs aufgestellt hatte, schienen direkt über einer Luke zu liegen, die ins Innere führte, denn wann immer eine Gestalt an Bord auftauchte, kam sie aus eben diesen Zelten.

Es waren schlanke, aber bauchige Konstruktionen mit hohen Bordwänden. Also jede Menge Platz darin, fand Ri. Genug für ein paar Bestien aus Eis.

Als das Zwielicht der Dämmerung begann und die Ränder der Wolken rotviolett zu leuchten begannen, öffnete sich der Bug des mittleren Schiffes wie das Maul eines riesigen Wals. Männer strömten heraus, Schaufeln und Spitzhacken auf den Schultern. Ri verfolgte, wie sie über den Strand marschierten, auf die Dünen zu, dann eine mannshohe Klippe mit Leitern überwanden und so das Plateau erreichten. Das ebene Land dort war von hohen, krummen Kiefern bewachsen, von dornigen Büschen und weichem Gelbgras. Bruchstücke von Säulen und Mauerwerk lagen dort verstreut, die einst Teil einer kleinen Tempelanlage gewesen waren. Ri schwenkte das Fernrohr dorthin. Ohne Hast und Lärm hob die Besatzung große Löcher aus. Die Prinzessin runzelte die Stirn, während sie tastend nach der Schale mit dem Gebäck langte. Also Latrinen waren das nicht.

Als es dunkler wurde, wurden Laternen entzündet und über die Gruben Tarnplanen gezogen. Sehr verdächtig, befand Ri und kaute nachdenklich. Doch dann geschah etwas, das sie in Aufregung versetzte. Die Nordmänner trugen Bottiche und Eimer zum Meer, füllten sie mit Wasser und schleppten sie dann zu den Gruben zurück. Ein Mann kniete davor nieder, formte kryptische Handbewegungen, die Ri nicht deuten konnte, und dann kippten sie Eis in die Gruben. Die Prinzessin stieß einen leisen Pfiff aus. *Na, wenn das keine Magie war, was dann?* Eben noch Meerwasser und schon gefroren wie die Gletscher, von denen sie kamen. Sie dachte nach. *Wesen aus Eis brauchten vielleicht ein kaltes Lager.* Ihr Herz schlug aufgeregt.

Viel mehr gab es leider nicht zu sehen, die Szenerie war einfach zu schlecht ausgeleuchtet mit diesen paar Funzeln.

Fast eine Stunde lang überwachte Ri ganz genau, ob etwas vom Schiff zu den Gruben gebracht wurde oder umgekehrt. Nichts. Ihr Nacken tat bereits weh, die Muskeln verspannten sich. Einmal glaubte sie, ein Fauchen gehört zu haben, doch das mochte auch der Wind gewesen sein. Frustriert nahm sie das Auge von der Linse und reckte sich kurz. Und eben in diesem Moment sah sie zwei helle Schatten, die aus dem Bug strömten wie Nebel, der laufen konnte. Hastig hockte sie sich wieder vor das Fernrohr, stieß es aber mit der Stirn an, so dass es sich quietschend in den Himmel hob und fluchte wie ein Rohrspatz, bis sie endlich wieder die Gruben im Blick hatte. Zu spät!

Ri ballte die Fäuste und knurrte sich selbst an.

Die Entscheidung war bereits in dem Moment gefallen, da ihre Mutter es verboten hatte. Eigentlich müssten Eltern es besser wissen. So machte sich Ri weit nach Mitternacht auf, das Geheimnis der Ro´Ar zu ergründen.

Sie hatte Ruß im Gesicht, dunkle, graugescheckte Kleidung und einen Umhang mit Kapuze an, ein paar völlig ausgetretene Sandalen, die keine Geräusche machten, und ein Messer im Gürtel. Die Finger hatte sie sich ebenfalls gerußt und schwarzen Lack auf die Nägel gemalt. Ein Stirnband für lästige Schweißperlen und ein Beutel mit Kuvablättern, die die Müdigkeit vertrieben. Derart gerüstet begab sie sich in die staubige Finsternis der Tunnel und Gänge unter dem Schloss.

Es gab einen Weg, der bis hinaus vor den Tafelberg führte. Ri war ihn erst einmal gegangen. Er führte zu eben jenem kleinen Tempel, in dessen Nähe die Nordmänner gebuddelt hatten. Schicksal oder glückliche Fügung, es war Ri egal, wem sie letztendlich dafür danken musste.

Dort hinzugelangen bedeutete jedoch auch, sich durch die Jahrhunderte der Geschichte von Aquamarin zu schlängeln, zu schieben und zu krabbeln. Manchmal war es erforderlich, sich von einem Raum in einen noch älteren, darunterliegenden fallen zu lassen. Uralte Stuckelemente säumten ihren Weg.

Mosaiken, Staub und Spinnweben – all das gehörte dazu und ließ Ri vor Freude summen, weil dies ein rechtes Abenteuer nach ihrem Geschmack war.

Endlich drang ein Schwall frischer Luft in den engen Grat, durch den sie sich gerade zwängte und der in eine winzige Kammer führte, die früher einmal zum Kühlen von heiligem Öl benutzt worden sein mochte. Ri löschte die Lampe, blickte hinauf und sah einen kleinen Streifen Himmel. Sie griff nach dem im Gras verborgenen Seil, das sie beim ersten Mal dort zurückgelassen hatte, zog sich vorsichtig hoch und hockte dann zwischen den alten Mauern des Tempels.

Viel war von den Ruinen nicht übrig, das als Deckung benutzt werden konnte. Aber immerhin genug, um nicht auf freiem Feld mit heruntergelassener Hose zu stehen.

Angespannt horchte sie in die stumme Dunkelheit. Immer wieder brach das Licht des Mondes zwischen den Wolken hervor, die über das Land zogen. Wo einen eben noch hilfreiche Schatten sorgsam verbargen, hätte Ri im nächsten Moment auch gleich schreien und winken können, so ungeschützt wäre sie gewesen.

So bewegte sie sich nur, wenn sie abschätzen konnte, wann der Mond lange genug hinter den Wolken verschwand. Tauchte er die Landschaft in silbernes Licht, suchte sie den nächsten Punkt, an den sie huschen konnte. Es war ermüdend, wenn man auf die Launen der Natur angewiesen war. War der Mond endlich verdeckt, schlich sie zu eben jenem Punkt.

Der Wind stand günstig. Beständig wehte er vom Meer und trug die Geräusche von dem Lager fort, dort wo die seltsamen Gruben sein mussten. Das hohe Gelbgras wisperte seufzend. Die Nadeln der Kiefern zischten und die Äste knarrten leise. Der Duft dieser sonnenverwöhnten Erde berauschte Ri jedes Mal aufs Neue. Das war ihre Heimat.

Kein Ruf erschallte, dass man sie entdeckt hatte, keine Fackeln flammten auf, um mit der Jagd auf sie zu beginnen. Ri konnte es kaum fassen, aber nach nicht einmal einer Stunde, so schätzte sie, war sie am Rand jener Lichtung, auf der die Männer die Gruben ausgehoben hatten.

Denn sehen konnte sie diese nicht. Zu schwach war das Mondlicht, zu gut getarnt die Planen darüber. Und noch immer keine einzige Wache. *Verließen sich die Nordmänner auf den grausamen Ruf der Ro'Ar? Oder waren sie gar leichtsinnig?* Das mochte Ri nicht glauben, weshalb sie auch ihre Vorsicht nicht fallen ließ.

Sie kauerte hinter einer knorrigen Kiefer, versuchte ihren Herzschlag zu beruhigen und ein paar Mal tief ein- und auszuatmen. Ri schlich aus der Deckung, setzte ihren Fuß ganz behutsam auf, sah sich um und blickte auf den Boden wegen möglicher Äste. *Weiter, noch ein wenig. Verdammt, sie konnte nichts entdecken.* Der Mond zwinkerte durch die Baumkronen.

Und da waren sie! Ri blieb stehen, ihr mühsam beruhigtes Herz trommelte so heftig, dass sie glaubte, man könne es bis in den Palast hören. Bestens getarnt waren dort, keine drei

Schritte mehr entfernt, zwei flache Kuppeln, die sich etwa zwei Armlängen über den Boden wölbten. Die Farben darauf verschmolzen perfekt mit dem Hintergrund. Eine breite, flache Rampe führte hinab zu einer Art Eingang, der, das sah man jetzt, für ein sehr großes Tier gemacht war. Ris Hände begannen zu kribbeln.

Sie versuchte durch die Geräusche des Waldes und dem Rauschen ihres Blutes in den Ohren etwas zu hören. Aber da waren nur Dunkelheit und Stille. *Weiter, Ri!*

Plötzlich vernahm sie ein seltsames Geräusch, eine Reibung wie von weichem Stein. Da kam ihr das viele Eis in den Sinn, das die Nordmänner in die Gruben geworfen hatten. Ri wollte sich umdrehen und weglaufen, töricht und dumm kam ihr dieses Abenteuer nun vor. Sie versuchte durch den Mund zu atmen und bemerkte die feinen Atemwolken, die von ihren Lippen zurückströmten. Eine sonderbare Kälte nahm von ihr Besitz, machte die Beine zittrig.

Ich bin nicht so nah herangekommen, um jetzt zu kneifen, dachte Ri. Sie zwang sich näher heran und schlich in der Hocke ganz langsam die Rampe hinunter. *Waren das Runen auf den fast schwarzen Zeltwänden? Ja, wie mit dem Finger geschrieben.*

Ein tiefes Schnurren vibrierte in der Luft, so wie Katzen es taten. Jedoch so tief, dass ihr Bauch seine Form zu verlieren schien. Ein letzter Schritt. Sie war ganz nah am Ziel. Ri spürte eine Macht in der Grube, ihre Schultern glühten, Schweiß trat ihr aus den Haaren. Unendlich langsam, wie durch zähen

Honig, streckte sie die Hand aus. Ihre Fingerspitzen berührten die Plane. Ihre Gedanken wirbelten umher.

Tu es, Ri! Sie tat es. Ri spürte einen plötzlichen Aufprall, der ihr die Luft nahm. Nur kam dieser aus einer gänzlich anderen Richtung.

5

Dort, wo die Berge die Sterne küssen.
Hinter finstren Wäldern und eisigen Flüssen.
Werden böse Kinder gefressen –
mit Haut und Haar.
Denn in der Dunkelheit
lauern die Ro´Ar.

– Kinderlied, Königreich Skargerrak –

Asha

Das erste, das du lernen musst, Prinz, ist das Zeichen für Eis.« Xar hatte ein Gesicht wie alte Baumrinde. Ein hutzeliger Mann, ja, aber mit der Aura einer alten, weisen Krähe. Vielleicht eine recht magere Krähe, denn sein zerschlissener Umhang wirkte, als würde ein Kind den eines Kriegers tragen. Seine Hände dagegen waren vernarbt und kräftig. Asha war davon überzeugt, dass der Runenmaler im Kampf ein gefährlicher Gegner sein würde. Die klaren, grauen Augen wirkten stets wachsam und voller Wissen.

Der Prinz betrachtete die drei großen Bottiche, die vor ihm standen. Jedermann weigerte sich, ihm bei der Anrede den Titel des Prinzen abzuerkennen. Entweder waren die Männer von Eisschild besonders vergesslich oder mehr als nur stur gegen den *Blutfluch* seines Vaters eingestellt. Er hatte es aufgegeben, die Menschen darauf anzusprechen. Er hoffte, niemand würde ihn so nennen, wenn sie in Quell angekommen waren. Das konnte ernsthaften Ärger heraufbeschwören.

Sie standen im untersten Deck, dort wo das Schwanken des Schiffes kaum noch zu spüren war. Eine lange Höhle aus geteerten Holzplanken, die einem in der Nase stachen. Dazu der Geruch abgestandenen Seewassers und natürlich des allgegenwärtigen Eises. Ein Geruch, der Asha bis tief unter die Haut gedrungen war.

Nur wenige Schimmersteine erleuchteten den Bauch des Schiffes, denn offenes Feuer war verboten und die Kristalle in den Bergen waren selten zu finden.

Über eine verschnörkelte und mit vielen Ventilen versehene Vorrichtung pumpte Xar Meerwasser in die Bottiche. Klar und salzig rauschte es hinein.

»Die Rune muss aus deiner Seele kommen, Prinz. Du musst das Eis fühlen können. Nicht mit den Händen oder den Augen, sondern seine Natur, sein Wesen musst du begreifen.« Xar grinste ihn an. Dann tauchte er den Zweigefinger ins Wasser und vollführte eine höchst komplizierte Abfolge von Kreisen, Drehungen und Strichen. All das tat er mit solcher Sanftheit aus dem Handgelenk, dass Asha staunend der Mund aufklappte.

»Zauberrunen, Prinz, können nicht auf Papier gemalt, niemals mit Farbe verewigt werden. Sie werden mit der Seele auf das entsprechende Material gezeichnet, ohne Spuren.«

»Aber was ist mit all den Runen, die auf das Schiff gemalt sind, oder auf Gesichter, Steinen und ...?«

Xar lachte. »Blendwerk, Angeberei oder aber einfach nur Schrift! Auf Vakas Wangen steht: *Niemals weichen!* Aber man kann auf diese Weise auch den Gegner in die Irre führen. Unter der mit Farbe gemalten Rune kann eine gänzlich andere, mit der Seele geschriebene liegen. Die Runen die dieses Schiff wirklich schützen sind zum Beispiel verborgen unter dem Kiel.« Xar hatte sichtlich Freude an den Ausführungen.

Das Wasser, von den malenden Bewegungen in leichte Wellen versetzt, begann sich plötzlich zu beruhigen, dann erstarrte es. Eine hauchdünne Eisschicht bildete sich auf seiner Oberfläche und mit einem Ruck drang die Kälte ganz ein. Ein Knistern erklang, als würde ein Spiegel Risse bekommen. Und schließlich, kaum einen Lidschlag später, war aus dem Meerwasser Eis geworden. Xar strich sich über seinen stoppeligen Bart. Die Rune lag einen halben Finger tief im Eis.

»Versuche es, Prinz.«

Asha hatte schon immer gute Augen und ein sehr gutes Gedächtnis für Schrift gehabt. Seine Mutter hatte hunderte Zeichnungen auf ihre Leinwände gemalt. Die meisten von ihnen könnte er ohne Schwierigkeiten beschreiben.

Er tauchte den Finger in den nächsten Bottich, versuchte sich zu erinnern, die Natur des Wassers in sich zu lassen. Eis und Wasser, sie waren dasselbe Element, nur ihre Temperatur war eine andere. Nichts geschah.

Xar lachte mitfühlend. »Du sollst keine Suppe umrühren, Prinz. Nur ein wenig Eis möchte ich.«

Asha lachte mit. Es dauerte nicht einmal die Nacht hindurch, da beherrschte der Prinz die Rune so perfekt, dass Xar nachdenklich einen Schimmerstein an Ashas Augen hob, um zu schauen, ob ein Zauber darin sei. Der Prinz freute sich wie ein kleiner Junge über diesen Erfolg. So stimmte Xar mit in dessen Freude ein, klopfte ihm anerkennend auf die breiten Schultern und stapfte zurück an Deck.

»Alles wird sich ändern«, murmelte der alte Runenmaler dabei. »Weil die Magie es will!«

»Ich bin stolz auf dich, Asha!« Vaka nahm ihn herzlich in die Arme und drückte ihm die Luft aus den Lungen. »Seit deiner Geburt wusste ich, dass meine Schwester einen Stern geboren hat.«

Am Morgen hatte Xar der *Schneewind* signalisiert, dass Asha die Rune für das Eis der Ro´Ar in seiner Seele gefunden hatte. Daraufhin verlangsamten beide Schiffe ihre Fahrt, damit Asha übersetzen konnte. Ein Seil wurde an extra aufgerichteten, unterschiedlich hohen Balken gespannt und der Prinz sauste an einer Halterung einfach zwischen den beiden Bordwänden über die graue See hinweg. Es war ein wunderbarer Spaß.

Die Herrin von Eisschild begrüßte ihn in ihrer Kajüte, wo sie Karten studierte und uralte Bücher las. Der Raum war nicht sehr groß, aber auf einem Schiff war der Platz nun einmal begrenzt.

Wundervolle Wandteppiche hingen von den getäfelten, weißen Wänden und der Blick aus den ovalen schrägen Fenstern am Heck war träumerisch. Ein Bett, eine Truhe, ein langer Tisch und Stühle, mehr brauchte es nicht.

Vaka bedeutete ihm, sich zu setzen, während sie unter dem Kartentisch eine Schublade öffnete. Sie kam zu ihm mit einer schmalen Schatulle zurück, die aus verwittertem Wurzelholz geschnitzt war. Eine Rune war darauf, die Asha noch nie gesehen hatte.

»Wusstest du, dass du auf Eisschild zur Welt gekommen bist?«, sprach Vaka.

»Nein. Mutter hat meine Geburt nie erwähnt«, erwiderte Asha enttäuscht. Das hätte ihm vielleicht geholfen, einige Dinge zu verstehen. Unter anderem, wieso ihm der Wald immer ein Rätsel geblieben war, er sich aber zu Wasser hingezogen fühlte, wie eine Motte zum Licht.

»Du warst erst einen Tag alt, da zeigte Inui dir bereits den Gletscher. Nur ihr beide wart dort draußen! Sie packte dich warm ein und kam erst Tage später wieder zurück. Sie sagte, sie habe dir Lieder vorgesungen.«

Asha starrte auf das Meer hinter den Fenstern. Er suchte nach einer Erinnerung daran, doch fand er keine.

»Es ist Zeit für das Zeichen«, unterbrach Vaka seine Gedanken, rückte einen Stuhl vor den Prinzen und musterte sein Gesicht. Mit einem tiefen Seufzer öffnete sie die Kiste, als wolle sie sagen: *Könnte deine Mutter das doch erleben.*

Ein Tiegel aus Glas war darin, so wie ein kurzer Pinsel, dessen Griff aus Vulkangestein gefertigt war. Die Farbe, die sachte gegen die Glaswände schwappte, war von einem ungewöhnlichen Blau. Solch ein Blau hatte Asha noch nicht gesehen, obwohl es hieß: *Komme in den Norden und du erblickst alles Blau der Welt.*

Vaka zog den Stopfen aus dem Tiegel, nahm den Pinsel in die Hand und tunkte ihn vorsichtig ein. »Es ist Färberwaid vermischt mit wenig Fell der Ro´Ar. Diese Farbe kommt in der Natur nicht vor.« Sie hielt die Luft an, zog eine geschwungene Linie über seine rechte Stirnhälfte, wich zurück und nickte zufrieden.

Asha spürte die Kühle der Farbe auf seiner Haut. Dort, wo sie aufgetragen wurde, begann es zu kribbeln. Er zwinkerte mit dem Auge.

Vaka tunkte erneut den Pinsel ein. »Das Zeichen der *Clanzunge.*« Sie machte erneut einen gebogenen Strich, dieses Mal unterhalb seines rechten Auges. »Niemand wird es noch wagen, dir den Respekt zu verweigern. Die Farbe ist stärker als Gorms *Blutfluch.*« Eine dritte Linie, die sich mit der ersten und zweiten kurz überschnitt – fertig. Vaka betrachtete ihr Werk und lächelte zufrieden. »Es wird ein feiner Tag zu erleben, wie Gorm vor Wut in Flammen aufgeht, wenn er dich so sieht und begreift.«

Unwillkürlich wollte Asha an seine Wange fassen, doch seine Tante hielt ihn davon ab. Die ganze rechte Gesichtshälfte war irgendwie taub geworden.

»Aber einen Pfeil im Rücken gesteht man mir zu«, flüsterte der Prinz und meinte damit seinen Vorgänger.

»Wir wissen nicht genau, was passiert ist, Asha. Die Pfeilspitze kann gestohlen gewesen sein.« Sie packte die Utensilien wieder ein, klappte behutsam den Deckel der Schatulle zu. »Gehe dennoch niemals allein. Und in der Nähe der Schiffe werden die Ro´Ar dich beschützen.«

»Hulat beschützten sie nicht!«, gab Asha zu bedenken.

Vaka erhob sich. »Du machst mein Haar noch grau, Prinz«, lachte sie den Einwand weg.

Doch Asha hatte den Toten oben am Gletscher nicht vergessen.

Sie segelten nicht durch die Meerenge von Skargerrak, welche die gekrümmte Insel *Nebelfluch* und das Festland bildeten. Die Insel war seit Jahrzehnten unbewohnt, von ständigem Nebel umfangen und jeder, der sie betreten hatte, war entweder tot oder ohne einen Funken Verstand wiedergekehrt. Außerdem wollte Vaka nicht so nah an der Hauptstadt Scale vorbei. Sie befürchtete, sie müsse sich sonst zurückhalten in den Grimmfjord zu segeln, um Gorm das Herz herauszuschneiden.

So blieb nur der Weg durch die *Weite See*.

Die folgenden Wochen an Bord waren ruhig. Die tägliche Routine, mit der die Mannschaft ihre Aufgaben erfüllte und dennoch nie an Herzlichkeit einbüßte, nötigten Asha großen Respekt ab. Und die Männer und Frauen waren froh auf dem Schiff zu reisen, das die auserwählte *Clanzunge* der Ro´Ar an Bord hatte.

Da Asha als Prinz und Thronanwärter nie wie ein normaler junger Mann behandelt worden war, fiel es ihm nicht schwer, diesen neuen Abschnitt seines Lebens mit ganzem Herzen zu begrüßen. Er hatte endlich den Nimbus der Unnahbarkeit verloren. Stattdessen war man stolz auf ihn, was nicht hieß, dass er den lieben langen Tag an der Reling stehen und träumen durfte. Er packte mit an und mit dem blauen Haar fühlte er sich endlich angekommen. Auch wenn das seine eine Spur heller war, denn auch hier war die spezielle Mischung von Färberwaid und den Ro´Ar verwendet worden. Als *Clanzunge* stand er natürlich dennoch ein wenig außerhalb aller anderen, doch war er mehr ein Maskottchen als ein Mann, den man zu fürchten hatte.

Nachts saß er mit der Freiwache beisammen, trank Met und sang die Lieder, wenn auch nicht so laut, die vom Eis und dem weiten Himmel des Nordens erzählten. Auch flocht er sich, wie es Sitte im Hause Eisschild war, zwei Zöpfe neben den Schläfen. In den einen knotete Asha jenen Lapislazuli, den er von seiner Tante bekommen hatte. Der Stein war wie ein dunkler Kontrapunkt darin, doch symbolisierte dieser sein neues Haus.

Es war eine schöne Zeit, die den Prinzen davon abhielt, über den Verlust seiner Mutter zu grübeln, über Tahni und natürlich über die Ro´Ar, die wie ein feiner Stachel ganz tief im Muskel seiner Existenz waren.

An einem frühen Morgen dann meldete der Ausguck die *Wächter von Quell* Backbord voraus.

Die Augen vor Ergriffenheit offen, stand die Mannschaft der *Mondwolke* an der Reling, als sie sich den Felsnadeln näherten. Und sicherlich ging es den anderen beiden Schiffsbesatzungen ganz ähnlich, denn was sie dort sahen, war atemberaubend.

Über die Strecke der gesamten Bucht ragten Felsen aus dem grauen Wasser. Mehr als hundert Schritt mochten sie hoch sein, schätzte Asha. Zur *Weiten See* hin wurden sie schmaler, wie Keile oder Axtblätter. Gewaltige rötlich braune Felsen, in die vor unbekannten Zeiten sich jemand die Mühe gemacht hatte, riesige Statuen zu meißeln. So starrten in einem Bogen, von einer Bucht zur nächsten, von einem Horizont zum anderen, gigantische Krieger und Kriegerinnen auf jedes ankommende Schiff. Helme, Schilde und Speere haltend, suchten die Wächter Quells mit steinernen Augen das Meer nach Feinden ab. Die jeweils äußeren aber, sowie zwei Krieger in der Mitte, trugen turmhohe Fackeln in den Fäusten, in deren künstlich geformten Steinflammen Höhlen getrieben worden waren, in denen rotes Feuer loderte. In der Nacht leuchteten sie allen Seelen auf der *Weiten See* den Weg nach Hause. Sogar eine Hängebrücke war zwischen ihnen gespannt. Schon hier, bevor man die Hauptstadt überhaupt zu Gesicht bekam, wurde jedem Ankömmling offenbart, welche Macht und Reichtum das Königreich Quell besaß.

Möwen kreischten taumelnd im Wind. Die Drachensegel wurden eingeholt, die Ruderbänke besetzt.

Die Strömungen waren gefährlich. Um die gigantischen Felszacken gab es wilde Strudel. Der Abstand zwischen den einzelnen Wächtern betrug gerade eben drei Schiffsbreiten, dafür aber fast vier Schiffslängen in der Tiefe. Man ruderte also jeweils durch eine hundert Schritt hohe Schlucht, in der das Wasser zweimal am Tag die Richtung wechselte. Einmal hinaus in die *Weite See*, dann wieder zurück ins *Innermeer* von Quell.

Rhythmisch sanken die Ruder ins Wasser, Befehle hallten in der schmalen Fahrrinne und kurzzeitige Dämmerung legte sich über sie. Wer konnte, suchte mit angespannten Zügen die viel zu nahen Felswände ab, andere dirigierten den Steuermann, damit die Ruderer sich möglichst in der Mitte hielten. Ihre Stimmen echoten hin und her.

Asha stand am Vordersteven, die Hand auf das nasse Holz gelegt, weil ihm die Berührung Kraft gab. Regen tropfte unaufhörlich nieder. Er zog die Kapuze seines Mantels über und sah in die graue, weite Bucht. Am Horizont konnte er bereits das Land erahnen, den dunklen Strich zwischen Himmel und Erde. Eine undeutliche Landmasse mit hellen Flecken, welche für ihn ein Wegweiser sein konnte. Hier würde sich entscheiden, welchen Kurs sein eigenes, kleines Boot nehmen würde.

Da sie mit der Strömung ruderten, kamen sie schnell voran und schon bald musste der Prinz erneut staunen. Der Hafen und die Stadtmauern von Aquamarin tauchten aus dem Regendunst auf. Sie waren zwar nicht leuchtend blau, so wie Utred es beschrieben hatte, dafür aber von einem blassen Rosa, so wie Quarzsteine aus den Bergen. Dunkle Adern zogen sich durch jeden Quader, der in der Sonne sicherlich einen prächtigen Anblick bieten würde.

Oben auf dem prächtigen Palast, der in Terrassen zu einem flachen Tafelberg aufstieg, bemerkte Asha eine kurze Spiegelung, ganz so, als würde ein Fernglas auf ihre Schiffe gerichtet werden. Der Prinz prägte sich die Stelle aus dem Augenwinkel ein.

Man konnte ja nie wissen.

Sie waren die einzigen, die nicht in den großen Hafen einliefen. Vaka ließ die *Schneewind*, die *Steinfluke* und die *Mondwolke*, welche allesamt einen von Runen beeinflussten Tiefgang besaßen – bestens geeignet sogar für Flüsse – an den Strand südlich des Tafelberges ziehen. Asha blieb an Bord, seine Tante hatte darauf bestanden. Sie wollte den Botenvogel abwarten, der sicherlich bald kommen würde. Einige der Tiere waren darauf dressiert, ihre Ziele auf dem Meer zu finden. Es gab bestimmte Tiere für bestimmte Längen- und Breitengrade. Hier allerdings würde die Botschaft von vor den Stadtmauern kommen. Dort müsste der Tross des Königs bald eintreffen.

Als erstes jedoch begab sich Asha auf die *Steinfluke*. Tahni wartete schon und fiel dem jungen Prinzen in die Arme. Er mochte es kaum glauben, doch seine Schwester war in den wenigen Wochen in die Höhe geschossen, das Gesicht noch erwachsener. Mit jedem Tag mehr glich sie ihrer Mutter. Ein ebenso wunderbarer wie schmerzhafter Anblick. Und dann war da noch etwas Anderes, das Asha einen Hieb in die Magengrube versetzte.

»Dein Haar, Schneeflöckchen. Es ist blau!«

Stolz drückte seiner Schwester ihre magere Brust heraus. Ein verlegenes Grinsen ließ Grübchen auf ihren Wangen entstehen. Moos stand hinter ihr und schaute ganz interessiert auf seine Stiefel. Die drei Wölfe gruben immer wieder ihre Nasen in Tahnis Hände, als wollten sie ihrer Rudelführerin aus dieser peinlichen Situation helfen. Auch sie waren kräftig gewachsen, wirkten respekteinflößender.

»Neun Tage ist es her«, sagte sie zaghaft und Asha bemerkte eine neue Seite an ihr, eine neue Distanz, die er deutlicher spürte als zuvor. *War sie noch sein kleines Schneeflöckchen?* Er beschloss, diesen Kosenamen nicht länger zu benutzen, auch wenn ihm das nicht gefiel.

»Ich bin stolz auf dich, Tahni. Und Mutter wäre es auch gewesen, da bin ich mir sicher.«

Ihre Miene verhärtete sich so plötzlich, dass der Prinz die Stirn runzelte. »Habe ich etwas Falsches gesagt?« Er sah Moos an, der sich ebenfalls verwirrt den wilden Haarschopf kratzte.

»Nein«, wiegelte sie ab. Sie kämpfte mit den Tränen. Asha wollte sich ohrfeigen für die unbedachten Worte. Er hätte daran denken sollen, die Wunde war noch zu frisch.

»Es ist schon gut.« Sie lächelte wieder und fragte ihm stattdessen Löcher in den Bauch. Alles wollte sie wissen über die Ro´Ar und jede noch so winzige Neuigkeit, es sei egal, wenn sie nur seine Stimme endlich wieder hörte. Da vergaß Asha seinen Kummer, hob sie in seine Arme und wirbelte sie herum, dass die Wölfe jaulten und Moos tanzte.

Die Schiffe wurden gesichert und Zelte Mittschiffs über die Bordwände gespannt. Asha half, wo er konnte, doch die meiste Zeit lernte er weitere Runen von Xar, der plötzlich der Meinung war, einen begabten Runenmaler in dem Prinzen gefunden zu haben. Asha selbst wusste nicht, was er davon halten sollte, doch war das Angebot zu verlockend, um es abzulehnen. Vorerst, so beschlossen die beiden, wollten sie den Unterricht für sich behalten. Die Welt habe viel zu viele Augen und Ohren, erklärte Xar und erinnerte Asha damit an seine Mutter, die ihn oft gemahnt hatte, des Menschen neidisches Herz nicht zu unterschätzen. Seit ihrem Tod sah der Prinz ihre Warnungen in einem neuen Licht und so willigte er mit einem Handschlag ein.

Zwischen die einzelnen Schiffe hatte man Planken gelegt, so konnte man trockenen Fußes und ohne den Strand zu betreten, von einem zum anderen gelangen. Der Befehl aber lautete, sich so wenig wie möglich zu zeigen und Reparaturen sogar im Schutze der Dunkelheit zu erledigen. Asha entzog sich der Sinn dieser Anordnung, wusste er doch, dass viele gerne die Stadt besucht hätten. Doch ohne Murren blieben sie, wo sie waren.

Eines Abends, die Dämmerung warf eine schillernde Decke über die Welt, betrat der Prinz die *Schneewind*, die Steuerbord neben den anderen beiden Schiffen ankerte, und fand seine wütende Tante vor.

Die Kajüte stand offen und eben diskutierte sie mit zwei Kriegern der Eisschildwache über die Position des Hauses Eisschild. Sie winkte Asha herein, fuhr dann fort ihr Schwert mit einem Lappen zu fetten.

»Dieser …« Sie schnaubte abfällig. »Was glaubt er, wer wir sind? Seine Schoßhunde?«

Einer der Krieger machte den Eindruck, als wolle er ausspucken. Der andere blickte mit entschlossener Miene drein, die nicht weniger finster war.

»Worum geht es?«, fragte Asha.

Die beiden Männer nickten ihm zu. Seit er das Zeichen der *Clanzunge* offen im Gesicht trug, war der Respekt auch unter den Kriegern enorm gestiegen. Vaka warf den Lappen zur Seite. Nur die eine Hälfte ihrer angespannten Züge wurde von einer Lampe beschienen. Die Runen auf den Wangen zuckten. *Niemals weichen.* In dieser Stimmung wollte der Prinz ihr nicht im Dunkeln begegnen.

»Der allwissende König Grimmhorn hat beschlossen, eine jahrzehntelange Tradition in den Dreck zu treten und befiehlt, dass das Haus Eisschild sich bei der Parade ganz hinten einreiht – sozusagen als schleichende Nachhut des glorreichen Skargerraks.«

Nun, wenn das kein Wink mit dem zugespitzten Zaunpfahl

war, was dann? Aber welchen Zweck verfolgte Gorm mit dieser Anweisung? Wollte er Vaka demütigen? Sie auf ihren neuen Platz im Reich hinweisen? Natürlich ahnte Asha den wahren Grund.

»Es ist meinetwegen, Tante. Er kann die Tatsache, dass ich jetzt zu deinem und vor allem zu Mutters altem Haus gehöre, nicht offen kritisieren, also lässt er seinen Zorn auf diese Weise heraus. Es tut mir weh, dass euer aller Ruf darunter leiden muss.«

Vaka verwarf seine Argumente mit heftigem Kopfschütteln. Dann presste sie die Lippen aufeinander.

»Nein, Asha. Da steckt etwas ganz Anderes dahinter. Die Machtverhältnisse im Norden verschieben sich. Direkt vor uns werden die Männer von Eichenfaust gehen, auch am Ende der Schlange. Da will jemand seine Schiffe in eine neue Windrichtung drehen. Und dann werden sie beobachten, ob wir auch alle fleißig mit dem Schwanz wedeln.« Sie entließ die Eisschildwache.

»Dennoch ... «, wollte Asha erneut beginnen.

»Weißt du, wonach Gorm sich noch erkundigt hat? Ob auch wirklich nur zwei Ro´Ar an Bord sind. Glaubt er, ich könne nicht bis zwei zählen?«, brüllte die Herrin von Eisschild nun so wütend, dass es wohl auf allen drei Schiffen zu hören war.

Asha versuchte, sie zu beruhigen, doch es half nichts.

»Handelsbeziehungen, wichtige Abkommen, Ressourcen, ... wir sollen nur unsere Stärke zeigen, aber niemandem Angst einjagen.« Vaka stapfte in ihrer Kajüte auf und ab und endlich schien ihr aufzufallen, dass ihre Worte womöglich bis zum Hafen reichten. Sie knallte die Tür zu.

»Da ist doch noch etwas, oder, Tante?«

»Weißt du, wer schon Wochen vor uns hier ankam? Nein? Varrik! Und ein Seher, von dem ich noch nie gehört habe. Bara … irgendwas. Hier stimmt etwas nicht, Asha.« Sie sah ihn an, von oben bis unten. »Den Sternen sei es gedankt, dass du nach deiner Mutter kommst. Und nach deinem Großvater. Ein charismatischer Mann, sage ich dir, das war dein Großvater. Mit der Aura eines …« Sie verstummte, plötzlich erschöpft. »Ahhrr, fort mit der Vergangenheit«, entschied sie und lächelte. »Sag, wie geht es Tahni?«

Asha setzte sich, erzählte. Für einen Moment waren ihre Sorgen die Sorgen eines anderen Tages.

Spät in der Nacht war es dann soweit, die Ro´Ar den Boden von Quell betreten zu lassen.

Der Bug der *Mondwolke* wurde geöffnet. Männer mit Schaufeln und Spitzhacken bewaffnet, strömten auf den Strand, durch die Dünen und weiter hinauf zu einer flachen Ebene, die hinter einer steilen Kante begann. Sie hatten die Stelle schon vorher ausgespäht.

Asha starrte derweil in jenen düsteren Teil im Bauch des Schiffes, in dem die beiden Ro´Ar waren. Der Schimmerstein in seiner Hand zitterte leicht. Es war, als würde man in eine Höhle blicken. Ein großer Eingang war in den Eisblock gekratzt worden, den sie vor ihrer Abreise an Bord genommen hatten. Er war voller Klauenspuren. Das tiefe Brummen der Tiere ließ seinen Magen vibrieren. Mit geschlossenen Augen öffnete er sich für die Anwesenheit der fremden Macht. Er sandte Bilder, die er von der Ebene in seinem Kopf hatte: Dem fruchtbaren Boden, den Krummkiefern, dem gelben Gras, den Steinen eines alten Tempels. Er suchte das Gefühl für die Landschaft, färbte diese mit seinem Herzen und verschenkte es an die Ro´Ar.

Pupillen leuchteten auf, kaum vom Eis zu unterscheiden, eine Bewegung wie von Nebel, der von einer Böe verwirbelt wurde. Stählerne Krallen schabten, Sehnen knirschten, gewaltige Muskeln nahmen Raum ein. Viel Raum.

Asha fühlte es. Den Geist der Natur, der Wildnis. Sie fauchte durch ihn hindurch, ein Sturm von Vergangenheit und Gegenwart. Eingehüllt in eine Sprache, die so alt war, dass der Prinz darunter zu taumeln begann. Dennoch fand ganz tief in ihm eine Art Unterredung statt. Der Prinz verstand, gab den Weg frei. Einer der Ro´Ar streifte seinen Arm. Asha ließ den Schimmerstein fallen. Er kniete sich nieder und umfasste den Kristall. Ein Bild blieb in seinen Adern und formte sich.

Es war ein Name.

Zu graben tat ihm gut. Einen Schwung Erde über die Schulter zu werfen, erschien dem Prinzen ein gutes Mittel, den Kopf wieder klar zu bekommen. Die Männer scherzten, wechselten sich ab, denn sie wollten die Gruben fertig haben, bevor die Nacht endgültig hereinbrach.

Xar lehnte an einem Baum, schmauchte eine Pfeife und gab brummelnd Anweisungen, wenn ihm etwas nicht gefiel. Niemand wusste, wo die Ro´Ar waren, seit sie das Schiff verlassen hatten. Weder hörte, noch sah man sie. Die Männer arbeiteten einfach weiter, es bestand keine Gefahr, denn die *Clanzunge* war bei ihnen.

Als die Gruben ausgehoben waren, gingen die Männer zurück zum Strand, schöpften Wasser aus den Fluten und brachten sie zurück in langen Reihen, Eimer um Eimer.

Asha tauchte seinen Finger hinein, zog die Rune, die Xar ihn gelehrt hatte, und Sekunden später warf ein Krieger den Brocken aus Eis die breite Rampe hinunter, die sie angelegt hatten, damit die Ro´Ar ihre Körper mit dem Ursprung ihres Seins verbinden konnten – dem Eis.

Die beiden Gruben lagen, leicht versetzt, einander gegenüber. Kaum zu erkennen für jemanden, der nicht wusste, wo sie ursprünglich angelegt worden waren.

An den Rand der Lichtung setzte sich der junge Prinz, zog die Knie an die Brust, schlang die Arme darum, streifte die Kapuze über den Kopf und wachte. Dafür war er hier, er war die Stimme, das Verbindungsglied zwischen Mensch und Magie.

Bilder warnten ihn. Vorsichtige Schritte, ein angehaltener Atem, Zögern. Nicht *er* sah dort eine Gestalt durch die Säulen des alten Tempels schleichen, sondern die Ro´Ar. Gelassen, wie nur große Raubkatzen es sind, zeigten sie ihm, dass ein Mensch sich ihnen näherte. Asha erhob sich. Die Hand am Dolch.

Der Wind seufzte durch das Gras. Das Mondlicht verschwand hinter langen Wolken. Auf der Rampe der einen Grube kauerte jemand. Er nahm für einen Moment die Silhouette wahr, die vor den Zeltplanen verharrte, unendlich langsam die Hand ausstreckte. Die Bilder, welche die Ro´Ar ihm sandten, empfand Asha als grell und eindringlich. Es war mehr als nur eine Warnung. Mit zwei, drei langen Schritten huschte der Prinz durch die Dunkelheit, begann zu rennen, breitete die Arme aus.

Asha sprang.

Seine Schulter riss den Spion zur Seite. Ein überraschtes Keuchen flog in die Nacht. Ein Stöhnen drang in sein Ohr, Asha drehte die Hüfte – so wie er es mit Moos geübt hatte – packte einen Arm am Handgelenk und drückte mit der anderen die Brust hinunter auf den Boden, so fest er nur konnte. Heftiges Gezappel unter ihm.

Er spürte Rippen … *und, was war denn das? Das war viel zu weich … war das ein Busen?* Die Brustwarze stach in seine gespreizte Hand, stieß Blitze durch seine Seele. Einen Augenblick verwirrt zog er diese zurück, als habe ihn etwas verbrannt. Der Gegner aber nahm die Schwäche wahr und rammte ihm das Knie zwischen die Beine. Asha verlor alle Luft aus den Lungen, sein Blick verschwamm, Übelkeit raste wie ein Speer durch seinen Bauch und explodierte in seinem Kopf. Der Spion rappelte sich auf, Asha mit ihm. Ein Faustschlag traf ihn am Kinn, aber nur halbherzig. Er zwang sich,

Atem zu holen, hob den Kopf und da sah er ihn, den Schatten des Fremden. Das Gesicht gerußt wie ein Dieb, starrten die weiten Augen an ihm vorbei. Asha fühlte den Ro´Ar hinter sich, die ganze wilde Präsenz. Doch sah er auch den zweiten, der sich nun hinter dem Eindringling erhob. Der Kiefer voller Zähne, bereit, Köpfe zu verschlingen. Mit einer fließenden Bewegung packte er den Arm des anderen, drehte sein Handgelenk und zog so kräftig, wie er es vermochte. Der Spion stürzte nur wenige Schritte neben die Ro´Ar und noch ehe er einen Laut von sich geben konnte, war Asha erneut über ihm. Mit seinem Hintern setzte er sich seitlich auf dessen Hüfte, senkte den Kopf, hob beide Arme wie Flügel, wie um etwas zu beschützten. Lautlos sprach er zu dem geschwärzten Gesicht: *Nicht bewegen!*

Ein Zwinkern der Augen – *Ja!*

Der Prinz rief ein Bild in seine Seele: Hell war es, gänzlich friedlich, ohne Blut! Der Ro´Ar vor ihm senkte den Kopf, zog die Luft der Welt in seine Nüstern. Ein tiefes Knurren ließ Asha schlucken. Noch immer hatte er die Arme ausgestreckt, unter ihm flirrte der Atem des Fremden. Gemeinsam schlossen sie die Augen, nur einen kurzen Moment des Innehaltens. Doch als er sich wieder traute, sie zu öffnen, waren die Ro´Ar fort.

Der Spion krabbelte hektisch unter ihm heraus, stand schwankend auf. Asha tat es ihm nach. Einen ewig langen Herzschlag ruhte der Blick des Fremden auf dem Prinzen, dann verschwand der Angreifer in der Nacht.

Asha stand da, wankte.

Zumindest hatte es keine Toten gegeben.

»Irgendwelche Vorkommnisse?« Vaka befragte die Eisschildwache. Kopfschütteln, Räuspern, nein, da war gar nichts. Nichts, das man melden müsste. Ihr Blick fiel auf Asha, doch der hob stoisch die Hände, als wollte er sagen, dass niemand auch nur annähernd so dumm gewesen sei, sich an die Ro'Ar heranzuschleichen.

Seine rechte Hand loderte noch immer. *Der nächtliche Besucher ist eine Frau gewesen! Von Grimmhorn? Quell? Eines der anderen Königreiche, die unbedingt prüfen wollten, ob die ganzen düsteren Gerüchte aus dem Norden überhaupt der Wahrheit entsprachen?* Asha wusste es nicht. Alles, was er wusste, war, dass diese Aktion nicht ihm gegolten hatte. Und auch nicht gegen Eisschild gerichtet war. *Jemand hatte die Ro'Ar sehen wollen. Ein wagemutiges Küchenmädchen? Jemand aus der Stadt? Eine Mutprobe? Es gab dutzende Möglichkeiten.*

Vaka suchte jene Frauen und Männer aus, die am nächsten Tag für das Haus Eisschild an der Parade teilnehmen würden.

»Wie alle wissen, hat es Veränderungen gegeben«, sagte sie ganz ruhig. »Gorm will, dass wir ganz am Schluss einmarschieren. Nun, das kann er haben. Wir werden stolz unsere Farben tragen. Und du, Asha, du wirst einen ganz besonderen

Platz einnehmen.« Seine Tante blickte ihn an. »Was ist mit den Ro´Ar?«

»Sie werden sich nicht zeigen«, antwortete der Prinz.

»Ich habe es nicht anders erwartet.« Ein verschmitztes Grinsen stahl sich auf ihre Lippen. »Das wird dem König nicht gefallen, da es sein ausdrücklicher Wunsch war.«

»Die Natur hat ihre eigenen Gesetze!«, warf Xar ein. Eine Wolke seines Tabaks kringelte sich zur Schiffsdecke.

»Er kann sich gern persönlich beschweren. Meine Erlaubnis hat er«, fügte Asha hinzu und allgemeines Gelächter war die Folge. Vaka wurde wieder ernst.

»Dennoch, wir müssen geschlossen auftreten! Der Norden darf nicht gespalten wirken, das ist mein Wort.«

Alle stimmten zu.

»So sehr sich die Dinge in Scale auch verändert haben mögen, es wäre nicht klug, die anderen Königreiche auf dumme Gedanken zu bringen.«

Xar hob die Hand und Vaka forderte ihn auf zu sprechen. So war es Sitte, wenn Vorschläge gemacht wurden.

»Wir könnten das Lied singen«, flüsterte der alte Runenmaler und Schweigen senkte sich über die Anwesenden.

»Es ist lange her, dass der Eisschild-Clan dies getan hat. Der König würde es vielleicht falsch deuten.« Vaka begann auf- und abzuwandern, die Hände hinter dem Rücken verschränkt.

»Früher einmal ist es ein Ausdruck von Stärke gewesen«, erklärte Xar recht nüchtern. »Seit vielen Generationen ist es das Kampflied deines Hauses. Wer sollte etwas dagegen sagen? Die anderen Clans? Wir würden lediglich eine alte Tradition aufleben lassen, nicht mehr.«

»Es wäre ein Zeichen«, gab Falla zu bedenken, eine Kriegerin der Eisschildwache. »Andere Clans könnten darin eine Anspielung auf die alten Zeiten sehen, als unsere Ahnen die Wälder mit ihrem eigenen Blut tränkten.« Sie war eine stämmige Frau. Vier Äxte hingen an ihrem Gürtel, Messer an ihren Unterarmen, ein Schwert über dem Rücken.

Vaka bedachte den Einwand mit einer Geste. Alle durften gehen, nur Asha sollte noch bleiben. Er hatte ein ungutes Gefühl.

»Was denkst du darüber?«, fragte sie ihn, als sie allein waren.

Der Prinz setzte sich, ihm war nicht wohl. Der Schmerz des Tritts war zu einem dumpfen Pochen geworden, der noch immer bis in seine Kehle reichte. Er räusperte sich, bevor er sprach. »Ich kenne das Lied von Mutter«, begann er. »Sie hat es mir oft vorgesungen.«

Vaka verstand den Wink.

»Du denkst, es wäre ein Ehrengruß für Inui und ein dezenter Hinweis an Gorm, dass wir zwar neben ihm stehen, aber nicht um jeden Preis.«

»Ich denke, es ist ein starkes Lied, nicht mehr und nicht weniger«, gab Asha zurück.

Vor den Stadtmauern herrschte wildes Gedränge. Der Ablauf des Einmarsches der jeweiligen Abordnungen war penibel geplant. Zuerst würden die Männer von Kark einlaufen, das kleinste der vier Königreiche. Die aber hatten allerlei Tänzer dabei, die zudem auch noch mit offenem Feuer jonglieren wollten. Außerdem war ein Tragebalken an der Sänfte ihres Königs gebrochen und nun suchte man hektisch nach Ersatz.

Danach sollte Wulan einreiten mit ihren prächtigen Pferden, die vom Kopf bis zu den Schweifen geschmückt waren. Ein buntes, flatterndes Gewimmel aus Hufen und Dienern, die versuchten die edlen Rösser zu beruhigen, wenn doch nur die Tänzer aus Kark mit ihren Fackeln anderswo üben würden.

Und schließlich, das zweitmächtigste Reich – Skargerrak. Ein ziemlich großer Haufen stillstehender Winterkrieger aus Scale, die, gänzlich in Schwarz gewandet, alle anderen mit finsteren Blicken bedachten. Erst dahinter würden die verschiedenen Clans mit viel kleinerer Besetzung trotten: Starksegel, Bleichwasser, Schimmerstein, Rabendorn, Eichenfaust und schließlich, ganz am Ende – der Clan Eisschild.

Asha fühlte die Schwere des Umhangs, den Vaka ihm gegeben hatte. Er war der große Unbekannte in diesem Spiel aus Eitelkeiten und versteckten Botschaften. Jedes Königreich würde versuchen, die Bewohner von Quell zu beeindrucken, doch er sollte ihnen Respekt einflößen. Und nicht nur ihnen.

Asha bemerkte, dass *TipTap* nicht wie üblich neben dem Kopfkissen lag, sondern seine blauen Krallen über die schmale

Truhe neben dem Bett hängen ließ. Der Prinz fühlte sich zunehmend unwohl in Tahnis Nähe. Sie wurde mit einer so unglaublichen Geschwindigkeit erwachsen, dass er nicht mehr wusste, wie er darauf reagieren sollte.

»Ihr werdet also den alten Schwur singen?«, fragte sie ihn, obwohl es keine Frage war.

Seine kleine Schwester, wo war sie geblieben?

Sie stand in ihrer Kajüte wie eine Frau. Das lange Haar in einem Zopf gebunden, die Hände ordentlich im Schoß gefaltet, so wie ihre Mutter es oft getan hatte, wenn sie …

»Was ist mit dir geschehen, Tahni?«, fragte Asha zurück. »Ich weiß nicht einmal mehr, ob ich dich noch Schneeflöckchen nennen darf.« Sein Blick fiel auf das Stofftier. Auf *Tip Tap*.

Tahni schwieg. Die drei Wölfe lagen zu ihren Füßen, die Augen wachsam. Ganz besonders die Weiße: Vina.

»Ich bin stolz darauf, deine Schwester zu sein.« Mehr sagte sie nicht und senkte den Blick.

Asha küsste ihre Stirn, strich ihr über das Haar. Er fühlte sich plötzlich fremd in ihrer Gegenwart.

»Wird er jemals dafür bezahlen?«

Der Prinz verharrte. Er wusste, wen und was sie damit meinte. Er suchte in seiner Seele nach einer Antwort darauf, fand aber keine.

»Ich weiß es nicht, Tahni.« Leise zog er die Tür hinter sich zu und ging. Die blauen, suchenden Knopfaugen von *Tip-Tap* in seinem Rücken.

Der Jubel brandete über die Mauern hinweg. Ho-Rufe, Applaus, die Menschen von Aquamarin waren in Hochstimmung.

Auf dem Kai warteten sie nur noch auf ihn. Da die Schlange der Parade der Königreiche ziemlich lang und Eisschild die Rassel am Ende war, standen die Krieger mit den Hacken schon fast im Hafenbecken.

Asha legte den Umhang um sich, verschmolz mit der Farbe. Die Ro´Ar waren bei ihm und dennoch waren sie es nicht. Er war ihre Zunge.

Der Zeremonienmeister ließ fast seinen goldenen Zeremonienstab fallen, als der Eisschild-Clan sich in die vorgegebene Ordnung einreihte. Der Anblick ließ ihn offenbar zweifeln, ob hier nicht ein grober Verstoß des Protokolls vorlag, denn die vierunddreißig Gestalten machten den Eindruck, als wollten sie in den Krieg ziehen.

Asha fühlte sich kraftvoll, weil er trügerisch wie ein Eisberg war – unter der sichbaren Oberfläche lauerte die gefährliche Wahrheit. Er trug keinerlei Waffen, nur den Umhang der Ro´Ar. Von Kopf bis Fuß verhüllt in einem Blau, das niemand zuvor je gesehen hatte. Die Kapuze fiel tief in sein Gesicht, von einer weißen Borte umrandet, so dass er nur die Steine der Straße vor sich sah.

Elf Krieger umrahmten ihn in einem perfekten Kreis. Vor ihm schritten zwanzig Kriegerinnen der *Schneewind* und davor ging Vaka, die den Clan anführte.

Der lange Tortunnel hallte von den Schritten der Formation

wider. Sie traten in das Sonnenlicht, das die Stadt Aquamarin in glänzenden Farben erblühen ließ.

Die Männer vom Eichenfaust-Clan gingen weit vor ihnen. Vaka hatte darauf bestanden, Abstand zu lassen. Sie wollte Rural Eichenfaust nicht in familiäre Zwistigkeiten hineinziehen. Die stattlichen Kämpfer aus den Wäldern hatten dies mit Schweigen kommentiert.

Die Menschen zu beiden Seiten hielten kurz den Atem an, denn sie rechneten mit Wesen aus Eis. Stattdessen kamen Kriegerinnen, welche die Köpfe gesenkt hielten, jeden Schritt gleichzeitig taten und zu singen begannen.

Zwischen den mehrstöckigen Häusern, welche die Prachtstraße säumten, erhob sich eine Stille. Bewohner lehnten auf Balkonen, standen winkend auf Dächern oder in offenen Fenstern, warfen Blüten auf die Vorbeiziehenden.

All das erstarb, wie auf ein Zeichen.

Das Summen der einundzwanzig Kriegerinnen wurde lauter, weil alles um sie herum verstummte. Es war eine schwere, düstere Tonfolge, die sie anstimmten.

Ein Sprechgesang griff in die Melodie ein. Rau und voller Stolz. Er schwebte in der Luft wie ein Banner – konnte nicht mehr zurückgenommen werden.

Vaka reckte den Kopf, die Kriegerinnen wurden noch lauter. Der Kreis um Asha erhob die eisigen Schilde. Die Männer brüllten kehlig das eine Wort, das jede Seele verstand: Ro´Ar.

Es dröhnte durch die ganze Stadt:

Das Blut ist meine Mutter.
Mein Vater der Schnee.
Wir sind die Hüter des Nordens.
Ro´Ar
Unsere Herzen sind Augen der Sterne.
Das ewig brennende Licht.
Wir sind die Hüter des Nordens.
Ein Schild aus Eis, der niemals bricht.
Ro´Ar

6

Die Wahrheit liegt dort, wo die Zunge schweigt.

– Das Orakel von Tarnis –

Ribanna

Da kamen sie! Die anderen Königreiche. Die Männer aus Kark stolzierten mit übertriebenen Gesten herum, warfen Fackeln in die Luft, zeigten auf arrogante Weise, dass ihre Darbietungen mehr wert waren als die Menge zu ihren Seiten. Mit Schellen und allerlei Klimperkram an den Hand- und Fußgelenken machten sie einen infernalischen Krach. Das ständige Gebimmel zerrte an Ris Nerven.

Es folgten die scheuen aber stolzen Pferde aus dem Grasland. Die bunten Männer vollführten Kunststücke auf ihnen. In einer Sänfte hob der König von Wulan wohlwollend die fleischige Hand. Die Seidengewänder flatterten im Wind, die geölten Haare glänzten.

Es war stinklangweilig.

Und dann kamen die Nordmänner. Der vorderste Zug war der von König Grimmhorn. Alle gingen in Schwarz und versuchten recht bedrohlich zu wirken. Der König wurde auf einem hölzernen Thron getragen, der voller gebogener Hörner und Geweihe war. Irgendwie sah der Mann nicht gut aus. Er klammerte sich an seinen Stuhl, das Gesicht leicht verzerrt, wie um Schmerzen zu unterdrücken. Nach ihm kam Varrik und dieser graue Seher, der diesen langen Marsch zu verfluchen schien, so verkniffen blickte er drein.

Ri wünschte sich, Varrik würde über seine eitlen Füße stolpern.

Irgendjemand neben ihr bezeichnete die nachfolgenden Krieger als die verschiedenen Clans mit jeweils unterschiedlichen Farben. Die hatten Namen wie das unwirtliche Land, in dem sie hausten. Dann, ganz zum Schluss, sogar mit etwas Abstand, als würden sie das Ende eines langen Wurms sein, kam das letzte Haus des Nordens.

Ri schaute nur auf eine Person. Jenen Mann, der in einem runden Schildwall wie ein wertvoller Stein in einem Ring wirkte. Neben ihr achteten die Königinmutter und ihr Vater noch immer auf Grimmhorns Gefolge. Ein General vermisste die Ro´Ar. Nie würden diese sich zeigen, so wohl auch heute nicht. *Ob es die überhaupt gab? Oh ja*, dachte Ri. *Und die halbe Stadt würde fliehen, wenn sie sich zeigten!*

Als Herrin ihres Hauses führte Vaka Eisschild den kleinen Zug an. Viele Kriegerinnen folgten ihr, die Langbögen um die Schultern trugen. Sie sahen sehr entschlossen aus. Dahinter kamen elf Krieger, die eben jenen Mann umschlossen, als wollten sie ihn mit ihrem Leben schützen. Ihre Mutter erklärte einem Adeligen, dass dies die sogenannte *Clanzunge* sei, der Mann, der angeblich mit den Ro´Ar sprechen konnte. Ri schluckte heftig.

Insgesamt liefen vorn einundzwanzig weibliche Mitglieder

des Clans und dann, wie gespiegelt, zwölf männliche. Beide Gruppen ergaben für sich genommen die Zahl Drei, erkannte die Prinzessin. Die Zahl stand für den Kreislauf eines jeden Menschen: Geburt, Leben und Tod.

Die Frauen stimmten plötzlich ein Lied an, die Männer fielen mit einer Art Sprechgesang ein. Es war eine schwere, dunkle Tonfolge. Das wäre dann wohl das berühmte Lied der Eisschildwache, sagte jemand neben ihr. Lange hätte man es nicht mehr gesungen. Ri verstand es nicht, weil es uraltes Nordisch war. Aber sie war tief ergriffen von der Atmosphäre, die es über die gesamte Prachtstraße schweben ließ.

Der Unbekannte aber schritt wie eine Legende dahin. Ein Umhang verhüllte das ganze Gesicht. Die Krieger neben ihm, in ihren blauen Mänteln und den riesigen, runden Schilden aus Eis, die in der Sonne glitzerten, schienen zu allem entschlossen. Fünf längliche Krallenspuren waren darauf, die Menge hörte auf zu winken. Die mit Bändern umwickelten Stiefel stampften, betonten die Zeilen ihrer Lippen. Sie hoben die Schilde an und brüllten. Und dieses Wort verstand Ri nur zu gut: Ro´Ar.

Ihre Brust glühte noch immer dort, wo der Fremde seine Hand daraufgelegt hatte. Es war, als sei ein fremdes Feuer darin eingeschlossen. Er hatte sich schützend über sie gekauert, die Arme wie Flügel ausgebreitet. Ri fühlte sie noch immer, die wilde Anwesenheit der Wesen aus Eis.

Sie waren so wunderschön gewesen.

Nicht bewegen!

Ihre Augen zwinkerten erneut, als läge sie noch immer dort am Boden.

Ja, ich habe verstanden!

Alles, was sie sich hatte einprägen können, war das helle Zeichen in seinem Gesicht gewesen. Eine Rune, wie sie ahnte, die Bedeutung jedoch kannte sie nicht. Sie hatte ihm ins Gesicht geboxt und war weggelaufen. Doch fühlte sie, wie einen Schatten, noch immer den schweren Körper auf sich und das machte Ri unsicher. Und wenn sie unsicher war, wurde sie wütend.

Die Zähne haben wie Glas geschimmert. Da war ein Dorn aus Eis in der Brust gewesen. Das Fauchen, es hatte so tief gedröhnt, als bewegte sich ein Fels.

Der Sprechgesang hallte in den Himmel hinauf. Der König machte eine huldvolle Geste. Die Königin nicht.

Ris ältere Schwester Aurelia stand da wie versteinert, die Perücke ein weißer Turm, gehalten von zart violetten Holzstäben. Lucille hätte diesen Aufmarsch geliebt, doch sie war bereits unterwegs in den Süden.

Ri hatte die Ro´Ar gesehen. *Gut, sie hätten mir vermutlich den Kopf abreißen wollen, aber ich habe sie gesehen.*

Die Basilika füllte sich allmählich. Das große Fenster in seiner Kuppel warf dramatisches Licht auf die Menschen, die die Köpfe reckten, um sich von dem Prunk einschüchtern zu lassen. Es war ein altes Bauwerk, aber voller Symbolik. Ein

Tribut an die Macht des Königreichs Quell.

Ri stand mit ihrer Familie auf einem Podest etwas abseits und sie hatte sich hinter ihrer älteren Schwester versteckt, während ihr Vater mit bedeutsamen Worten die Gäste begrüßte. Marmorne Statuen, die in einer geschlossenen Reihe um den runden Innenraum standen, blickten auf die Anwesenden hinab. Alle Könige von Quell waren auf die Weise verewigt worden. Die von ihrem Vater war noch nicht fertig.

Hunderte Diener hatten in den Tagen zuvor den Boden auf Hochglanz gebracht, der aus Mosaiken bestand und das Königreich in allen Einzelheiten zeigte.

Ein Priester hielt eine schier endlose, langweilige Rede und beschwor die *Steinkönige*, sie mögen dieses Treffen segnen. Viele senkten die Köpfe, andere küssten ihre Amulette und Vaka Eisschild, die Ri ganz gut im Blick hatte, schaute drein, als würde sie viel darum geben, ein Schwert in die Hand zu bekommen. Der verhüllte Mann aber war nicht zu sehen. Sorgsam hielten sie diesen hinter den Kriegern verborgen.

Ri bemerkte, dass die Männer und Frauen der anderen Clans immer wieder verstohlen die Hälse reckten, um einen Blick auf den Sprecher der Ro´Ar zu werfen. *Wie hatte ihre Mutter den Mann bezeichnet? **Clanzunge?*** Anscheinend waren die anderen Nordmänner nicht davon in Kenntnis gesetzt worden, dass er heute hier sein würde. Eine gewisse Unruhe lag in der Luft.

Endlich gingen die Lobhudeleien und das gegenseitige, verbale Überschütten mit aalglatten Lügen vorüber. Die

Menschen strömten sichtlich erleichtert aus der Basilika, um sich die Beine zu vertreten, einen Bissen zu essen oder um weitere gesäuselte Lügen unter die Gäste zu mischen.

Ri bekam ganze fünf Stunden, bis sie sich am Abend im großen Festsaal des Schlosses einfinden sollte, natürlich in einem vollkommmen neuen Erscheinungsbild. Allein das würde drei der kostbaren fünf Stunden verschlingen.

Aurelia sprach kein Wort mit ihr. *War sie wegen irgendetwas zornig auf Ri?* Sie konnte sich auf das distanzierte Gebaren ihrer großen Schwester keinen Reim machen. Sie waren zwar noch nie besonders gut miteinander ausgekommen, denn dafür war Aurelia viel zu ernst. Sie betrachtete das Leben mit den Augen ihrer Mutter, kühl, von oben herab und stets mit Haltung. Ri war das zweitgeborene Kind – mit Hummeln im Hintern, Neugierde in den Augen und immer auf der Suche nach den kleinen Abenteuern des Alltags. Deshalb hasste sie auch den Unterricht. Er war so, so – ach verflucht.

Ri wusste, wenn das Festmahl begann, würde sie für lange Zeit wie eine Statue sein müssen, also warf sie ihr Kleid auf den Boden, tappte nach draußen und sprang in das Schwimmbecken. Gut eine Stunde drehte sie unermüdlich ihre Bahnen. Das Wasser war kühler geworden, die Luft ebenfalls, aber sie brauchte einen Vorsprung für das Prinzessinnensein.

Es folgten ein paar Kraftübungen, die ihr der Meister der königlichen Bogenschützen gezeigt hatte, widerwillig, aber er hatte ihr erklärt, dass die Kraft dafür nicht aus den Armen sondern aus den Schultern kam. Endlich lag sie auf dem riesigen Bett, ausgepumpt und wohltuend leer im Kopf. Sie wollte eben die Augen ein wenig ausruhen, um zu träumen, da betraten auch schon die Dienerinnen ihre Räume, bereiteten das Bad vor, Kleider raschelten, Getuschel.

Es mochte eine Provokation sein, ja, aber nachdem Ri die Frauen um sie herum gefragt hatte, wer außer ihr noch den Namen Tavurin trug, da war es ziemlich still geworden. Die Prinzessin stand vor dem Spiegel und betrachtete derweil das Werk mit einem frechen Grinsen auf den Lippen.

Ris sonnengebräunte Haut passte wunderbar zu dem weißblauen Muster des ärmellosen Kleides, das so eng anlag wie es seit über einem Jahr Mode war in Aquamarin. Es reichte handbreit über die Knie. Der Rücken war vollständig geschlossen, breite Träger lagen über den Schlüsselbeinen, doch ab da kam nur noch recht wenig Stoff. Der Ausschnitt reichte bis hinunter zum Bauchnabel und wurde nur durch filigrane, springende Delphine aus Silber gehalten. Ri wusste, niemand würde ihr mehr in die Augen schauen und das war so gewollt. Sie würde diese ganzen eitlen, verknöcherten Abgesandten zum Schwitzen bringen. Vielleicht war jemand darunter, der annehmbarer war als dieser Varrik.

Sie wählte eine Perücke mit langen, schwarzen Haaren. Es gab auch eine in Blau, aber das wäre zu viel des Guten gewesen. Schon dass ihr Kleid die Farbe des Hauses Eisschild aufnahm, würde für einigen Unmut sorgen. Am Schluss nahm sie einen verzierten Unterarmschutz aus Silber, der eigentlich für Bogenschützen bei Paraden gedacht war. Dies würde ihrem Vater gar nicht gefallen. Ri kicherte amüsiert. Als letztes ein breites Armband mit Saphiren, Ohrringe und ins Haar kam eine Spange, die als Mantarochen ihre Haare bändigten und einen kurzen Zopf am Hinterkopf festhielt.

Der Tanz konnte beginnen.

Ris Mutter konnte sich ein Schmunzeln nicht verkneifen, als ihre zweite Tochter den Vorraum der Familie betrat. Aurelia zog lediglich die Augenbrauen in die Höhe, ihr Vater jedoch schien kurz vor einem Herzinfarkt zu stehen. Doch bevor er etwas sagen konnte, kam Sidora ihm zuvor: »Schwarz und Blau für die wichtigsten Clans des Nordens, Silber für Kark und ein Zeichen für die rituellen Bogenschützen aus Wulan. Deine Dienerinnen haben wirklich vorzügliche Arbeit geleistet, Ribanna.«

Ri gefror das Lächeln. *Hatte sie ganz unbewusst ein komplettes Spiegelbild der Diplomatie angezogen? Wenn sie ihren Vater anblickte, dann bestimmt nicht. Und als Aurelia sachte den Kopf schüttelte, wusste sie, dass sie es so richtig falsch gemacht hatte. Wunderbar.*

Der Festsaal öffnete sich zum Meer hin. Er lag ganz oben auf dem Tafelberg von Aquamarin und von hier aus konnte man die gesamte Bucht des *Innermeeres* überblicken. Sogar die Wächter und ihre roten Leuchtfeuer waren am Horizont zu sehen, die auf ewig dort stehen und Quell bewachen würden.

Eine Tafel war in U-Form vor den endlosen Fenstern prunkvoll geschmückt worden. Weibliche Statuen, mit nach oben gestreckten Armen, trugen die gewölbte Decke, in die mit hunderten von Mosaiksteinen Mythen und Sagen in kräftigen Farben verewigt worden waren. Unzählige Kerzen brannten, Schimmersteine leuchteten gedämpft. Es war ein Anblick, als hätte das Paradies seine Arme geöffnet.

Stur nach vorn zu blicken, erschien Ri die beste Lösung. Sie ging neben Aurelia und alle Gäste, die an diesem Festessen teilnehmen durften, standen vor ihren Stühlen, warteten darauf, dass der königliche Gastgeber sich setzen würde.

Neben ihrem Platz stand ein Vertreter aus Wulan, was Ri an der gepufften, bunten Seide erkannte. Nun, immerhin besser als neben dem Schwarz von Grimmhorn. Der beleibte König aus Scale musste gestützt werden, um dieses Protokoll zu überstehen.

Der Norden nahm den gesamten linken Flügel des Tisches ein. Jeder Clan hatte Vertreter, nur ganz außen, so bemerkte Ri, waren noch zwei Stühle frei geblieben. Ein schneller Blick sagte ihr, dass das Blau des Hauses Eisschild fehlte.

Die rechte Seite neben Quell nahmen Wulan und Kark ein, die weit weniger Vertreter hier hatten. Zudem ging es um Größe und Bedeutung in der Reihenfolge, also schien sich auch niemand zu beschweren.

Ihr Vater verharrte vor seinem Stuhl, legte die Hände auf die hohe Lehne und begrüßte alle Königreiche mit aufrichtiger

Freude. Dann gab es lautes Stühlerücken, das Rascheln von Kleidern und Uniformen, reichlich Gemurmel und endlich saßen alle. Ri hielt den Kopf weiter geradeaus. Ihre Mutter hatte ihr diesen Platz zugewiesen. Eine schlechte Wahl, doch wäre die Nähe zu Varrik und seinem Seher wesentlich schlimmer gewesen. Da musste sie jetzt nun einmal durch.

Der penetrante Duft von Haarfett stieg ihr in die Nase. Ri setzte ein gemeißeltes Lächeln auf, wandte sich nach rechts und das Lächeln fiel ihr aus dem Gesicht. Neben ihr saß Sekretär Jarock und schaute sie mit einem dünnen Grinsen an, das aussah, als hätte er es von einem Frettchen gelernt. *Ohje, das konnte nur eines bedeuten: Diese hinterhältigen Wulaner hatten ihren Prinzen inkognito zu ihr geschickt, um sich ein* ***unverfälschtes*** *Bild von der Prinzessin zu machen. Nun, das hatten sie bekommen, worüber also regten sie sich auf?*

»Wollen Sie mir noch immer das ganze Ausmaß königlichen Blutes zeigen?«, säuselte Prinz Jarock leise. Seine Hände waren voller goldener Ringe. Ri legte ihre Hand auf seine, ganz spielerisch, sehr diplomatisch. Mit einem samtweichen Ton beugte sie sich näher und sagte: »Es ist noch nicht aller Tage Abend, Prinz. Für Ihre Täuschung hätten Sie es allerdings verdient!«

Jarock war sich nicht sicher, ob er soeben einen prinzlichen Nachschlag ihrer bodenlosen Frechheiten bekommen hatte oder eine versteckte Entschuldigung. Er entschied sich, seinem Gesicht nach zu urteilen, für die zweite Möglichkeit.

Plötzlich schwangen die Flügeltüren ein weiteres Mal auf

und zwei Gestalten näherten sich gemessenen Schrittes. Sämtliche Köpfe drehten sich herum. Vaka Eisschild kam herein und neben ihr ging der verhüllte Mann. Ris Mund wurde trocken.

Die Herrin der Gletscher verbeugte sich vor ihrem Vater und seiner Familie, dann, weit weniger tief, vor König Grimmhorn und stellte sich hinter ihren Stuhl am Ende der Tafel. Die Diener rückten eilig das Möbel nach hinten für den anderen. Mit einer fließenden Bewegung warf der Verhüllte seinen Umhang hinter sich, den der Diener mit Mühe auffing. Der ganze Saal schnappte einen Moment nach Luft. Aber auf der Seite des Nordens fiel Besteck auf den Teller, ein Knurren erklang und dazu ein überraschter, kehliger Laut, den man durchaus als Abscheu deuten konnte. Ri sah, wie Gorm Grimmhorns fleischige Hand das Messer neben seinem Teller ergriff.

Die einzelnen Clans zeigten ganz unterschiedliche Mienen. Aber eines hatten sie alle gemein – Faszination.

Und wie konnte man auch anderes empfinden. Der junge Mann wirkte wie eine düstere Legende. Die *Clanzunge* der Ro´Ar hatte sich an ihren Tisch gesetzt und sah nur Ri in die Augen.

»Ich freue mich, dass wir nun vollständig sind«, sagte Ardon Tavurin und klatschte in die Hände. Dutzende Diener strömten heran, servierten den ersten Gang. Wein floss aus goldenen Karaffen in kristallene Gläser. Ein betörender Duft erfüllte den großen Raum. Die meisten beruhigten sich, nun, da sie sich mit sich selbst beschäftigen konnten.

Ri wurde ein Teller mit gedünsteten Kakteen vor die Nase gestellt, ihr Glas füllte sich, doch sie konnte nur diesen Mann ansehen. Ihr Hunger war vollständig verschwunden, alles um sie herum war verschwunden. Ri nahm nur noch Farben wahr. Das Gold der Kerzen und Lichter, das Weiß des Marmors und darin eingeschlossen wie ein schimmerndes Juwel, das blaue, gemalte Zeichen auf dem Gesicht des jungen Mannes. Sie vergaß zu atmen, denn eine Gänsehaut wogte durch ihren ganzen Körper, verbrauchte alle Energie. Ihre Finger wurden eiskalt. Sie musste sich von dem Anblick losreißen wie von einem Traum. Ri starrte auf ihren Teller. Er hatte sie zu Boden geworfen! Er hatte sie vor den fauchenden Ro´Ar beschützt. Ihre Hüfte schmolz, ihre Brust schien sich aus ihrem Kleid drängen zu wollen, weil das Herz darunter mehr Platz brauchte. Sie glaubte, nie wieder aufstehen zu können, Knochen und Muskeln hatten sich aufgelöst. *Bei den Meeren, Ri! Was geschieht hier?*

Das Essen zog an ihr vorbei. Tranceähnlich erfüllte sie jene menschlichen Funktionen, die für so etwas von Nöten waren. Ihre Lippen bewegten sich, wenn sie etwas sagte, doch was das war, entzog sich nur Sekunden danach ihrer Erinnerung. Jeder Teller, der ihr vorgesetzt wurde, verließ unberührt wieder ihren Platz. Immerhin konnte sie, wenn auch mit Mühe, das Weinglas zum Mund führen. Doch auf leeren Magen bewirkte dieser nur noch mehr Feuer in ihrem Bauch.

Wie an einem Faden befestigt, wanderte ihr Blick zu ihm. Jähe Enttäuschung erfasste Ri, wenn er diesen nicht erwiderte,

Hitze, wenn er es ebenfalls tat. Und es wurde nicht besser, sondern schlimmer. Ri betete zu den Göttern sämtlicher Epochen, sie mögen sie endlich erlösen, während ein anderer Teil in ihr flehte, sie sollten niemals mehr damit aufhören.

Plötzlich erhoben sich alle. Ri musste sich mit den Händen hochstemmen, immerhin blieb sie stehen. Danke. Sie musste hier raus – sofort! Mit einer fahrigen Geste entschuldigte sie sich, drängte sich durch die Leiber der Gäste. Sie bekam keine Luft mehr. Mehr stolpernd betrat sie den Garten, der in Stufen um den Festsaal angelegt worden war. Die frische Brise vom Meer traf sie wie ein Hammer. Ein paar Treppen hastete sie hinunter, nur weg von den vielen Menschen. Sie lief weiter durch Büsche und zu Tieren gestutzten Hecken. An einem Brunnen hielt sie an, stützte die Hände auf den Stein, der ihr Halt gab. Marmorne Delphine spritzten Fontänen in das runde Becken. Ris Herz hüpfte und sie glaubte ihre Haare würden jeden Moment in Flammen aufgehen. Sie riss sich die Perücke vom Kopf und tauchte den Kopf unter Wasser, schrie, dass die Blasen nur so um sie herum sprudelten. Leise begann sie zu zählen. Bis siebzig kam sie, als sie glaubte, ihr Herz bliebe jeden Moment stehen, so langsam war es geworden. Dann hob sie den klatschnassen Kopf wieder heraus, genoss die Kühle, die ihr über Schultern und Hals rann. Das Kleid war ruiniert, das wusste sie, aber es hatte keinerlei Bedeutung. Sie drehte sich um.

Und da stand er.

Etwas geschah. Ri glaubte sich auf einer Scheibe, die ihre

verschiedenen Planeten in neue Bahnen lenkte. Sie machte einen Schritt nach vorn, so wie er. Sie starrten einander an, das Wasser tropfte ihr aus den Haaren, von der Nase. Und dann, als hätte das Schicksal seinen Pfad vollendet, rasten ihre Lippen aufeinander zu, trafen sich. Der Kuss schoss durch ihr Leben wie ein Pfeil. Ihre Seele wurde weit, jeder bisher gelebte Moment verglühte darin zu Asche, bis etwas Neues daraus emporstieg. Ri zerrte daran, hielt es mit den Zähnen fest, schmeckte das Blut der Welt auf ihrer Zunge. Sie wusste, so vollständig und klar wie sie das Meer fühlte, wenn sie in es hineinsprang, dass dieser Augenblick eine zweite Sonne geboren hatte. Keine Farbe würde mehr dieselbe, keine Dunkelheit mehr ohne Licht sein.

Mit keuchendem Atem lösten sie sich voneinander. Ri schwankte nach hinten, fing sich am Brunnenrand ab. Er taumelte wie nach einem Schlag. Ri lächelte nach Luft schnappend.

»Danke«, flüsterte sie.

»Sie hätten dich töten können«, seine Stimme war weich wie Wind.

»Ich musste sie sehen! Nur einmal in meinem Leben. Ich hoffe, sie sind nicht böse auf mich.«

»Das war ziemlich mutig.«

»Oder fürchterlich dumm«, lachte Ri. »Und du kannst mit ihnen sprechen?«

Bevor er antworten konnte, hallte ein Ruf durch den Garten. Sidora Tavurin suchte nach ihrer Tochter. Gleich würde sie da sein.

Ri nahm seine Hände fest in ihre. Sie waren beide gleich groß. *Himmel, seine Augen sind wie Kometen. Man will es nicht wahrhaben, aber dennoch sind sie da!*

»Ich bin Ri«, sagte sie ganz leise in sein Ohr.

»Ribanna Tavurin, wo steckst du?«, strafte ihre Mutter diesen intimen Moment. Er wandte den Kopf zu den Hecken und grinste, weil sie ihm ihren eigenen Namen geschenkt hatte, nicht den ihrer Familie. Einer der blauen Zöpfe streifte ihre Wange. Es war wunderschön.

»Asha«, hauchte er. »Kürzer geht es leider nicht.«

Ri lachte kurz auf. Sie glaubte, wohl den Rest ihres Lebens kichern zu müssen.

»In zwei Tagen bei den Ruinen, ja?«

»Ich werde da sein.« Ri musste sich zwingen zu gehen, sie hob die Hand zum Abschied. Asha lächelte sie an. Dann lief sie ihrer Mutter entgegen.

Im Schatten der Bäume verharrte eine Silhouette. Die Kapuze eines Umhangs über das Gesicht gezogen, schwarz und finster wie eine Nacht ohne Sterne.

Blasse, knöchrige Hände hielten einen Knochen, in dessen bleiche Oberfläche Zeichen geritzt waren. Mit einem wütenden Zischen zerbrach die Gestalt ihn, zermalmte das Relikt zwischen den klauenhaften Fingern.

Der Fluch nahm seinen Anfang.

7

Ein blutendes Herz bleibt ein blutendes Herz. Egal, in wessen Brust es pocht.

– Letzter Ausruf der Königin von Idaan –

Asha

»Das solltest du nicht tun, Asha.« Moos sah besorgt dabei zu, wie sein Freund eine Kampfaxt umschnallte und das Messer in den hinteren Gürtel schob.

»Ich kann nicht anders, Moos.« Der Prinz hielt inne, schaute zur Decke seiner Kajüte. »Es war, als wären zwei Sterne kollidiert. Jedenfalls stelle ich es mir so vor. Ich kann nicht schlafen, nicht essen – ich MUSS sie wiedersehen!«

»Sie ist die Prinzessin von Quell und du …«, Moos hielt inne und erkannte, was soeben passiert war.

»Siehst du! Endlich ist es auch bis zu dir vorgedrungen. Ich bin kein Prinz mehr, das wolltest du sagen.« Doch Asha machte das nichts aus. Gar nichts machte ihm noch etwas aus, außer an sie zu denken, in jeder einzelnen Sekunde. Gedankenverloren strich er über seine Lippen.

»Für mich bleibst du der Prinz des Nordens. Aber du bist jetzt auch die *Clanzunge* der Ro´Ar«, gab sein Freund zu bedenken. »In den Geschichten geht es immer übel aus, wenn soviel von diesem Zeugs im Spiel ist.« Moos raufte sich unbeholfen die Haare. Er wirkte wie ein zotteliger Bär, denn Bärte wurden meist nicht gefärbt und so stand sein rotblondes Gewuschel wie ein wilder Busch von seinem Kinn ab. Nur dieses Mal nicht.

»Du meinst die *Liebe*, oder?« Asha sah ihn an, in diese gutmütigen braunen Augen. Moos konnte ein nasses Ruderblatt entzweibrechen, aber in ihrer Freundschaft benahm er sich manchmal wie ein unbeholfenes Kind.

»Ich weiß nicht einmal, ob das Liebe ist, Moos. Ich habe nie welche erfahren, außer die meiner Mutter und Tahnis.« Lachend griff er dem Hünen an den Bart, der heute Nacht in fünf ordentlich geflochtenen Zöpfen daherkam. Bunte Bändchen waren darin eingewoben.

Moos grinste nun auch ein wenig verlegen. »Sie sagte, mein Bart würde selbst *TipTap* erschrecken. Also hab ich stillgehalten.« Doch dann wurde er wieder ernst. »Sie möchte dich sehen, Prinz.«

»Ich werde bald zurück sein«, versprach Asha, schloss die Tür der Kajüte.

Moos folgte ihm. »Aber wer wird auf dich achtgeben? Vaka sagte, selbst das Zeichen der *Clanzunge* könne deinen Vater vielleicht nicht genug schrecken.«

Oben auf dem Deck der *Mondwolke* sog der Prinz die Luft ein. Der Wind war auf Süd gedreht und brachte noch einmal den Sommer nach Aquamarin. Es duftete nach dem Sand der Dünen und dem Harz der Bäume.

Sie gingen über den Strand, kletterten über die Karstklippe.

Moos schien nervös, so nah an den Ro´Ar.

»Ich habe zwei ziemlich beeindruckende Beschützer!«, sagte Asha und deutete auf die Tarnzelte zwischen den Bäumen, etwa einhundert Schritt entfernt. *Ob Ri schon da war? Konnte einen dieses Kribbeln zwischen den Magenwänden irgendwann wahnsinnig machen?*

Moos schien zufrieden mit der Leibwache, nickte stoisch. Er gab Asha einen Schlag auf die Schulter, der den Prinzen beinahe zu Boden geworfen hätte.

»Sei vorsichtig, mein Freund«, murmelte der Hüne leise. Sie umfassten ihre Unterarme und Asha verschwand in der Dämmerung der Kiefern. Er blieb vor den Zelten stehen und sandte Bilder an die Ro´Ar. Es dauerte einen Moment, bis die Antwort kam. Dann lief er weiter zu den Umrissen der Ruine, die im gelben Gras ihre Schatten warf.

Mit einem Satz sprang er über die eingefallene Mauer und duckte sich sofort hinter eine der abgebrochenen Säulen. Sein Herz trommelte, aber nicht vom Laufen.

»Hmm, du machst doch keinen Handstand damit, oder?« Ri saß auf dem zerbröckelten Fundament einer anderen Säule. Asha blickte an seinem dunkelblauen Kilt hinunter, der mit den weißlichen Eisschilden verziert war. Er musste sich ein Lachen verkneifen und trat näher.

Ri hatte Sandalen an den schlanken Füßen, die kunstvoll gewickelt waren und bis zur Wade reichten. Sie sahen staubig und oft benutzt aus. Einen gemusterten Rock aus mehreren Lagen dünnen Stoffs, die unterschiedlich lang und verwirrend geschlitzt waren. Darüber ein schwarzes, eng anliegendes Hemd ohne Ärmel. Sie trug keine Perücke und ihr kurzes, ebenholzfarbenes Haar konnte sich, wie schon im Garten, für keine Richtung entscheiden.

Die Prinzessin reichte ihm ihre Hand und er zog sie hoch, bis sie verdammt dicht vor ihm stand.

Konnten Sterne einen Geruch haben? Asha wusste es nicht, aber genau so mochten sie duften. Ihre Augen funkelten, als habe sie gehört, was er dachte.

»Komm«, sagte sie und zog ihn mit sich, hinein in die Dunkelheit, auf neue Pfade, zu ungewissen Ufern. Asha jubelte innerlich, wie er es noch nie zuvor getan hatte.

Sie liefen und liefen ohne müde zu werden. Asha vertraute Ri, die den Weg zu kennen schien. Auf schmalen Wegen durch den Wald, der schweigend seine Äste wog. Nur manchmal war das hohe Wispern der Nadeln zu hören, wenn eine Brise diese streifte. Denn kein Wind ging durch das Land. Es hielt gespannt den Atem an, ebenso wie die Götter, die auf sie hinabblickten.

Hand in Hand rannten sie dem Mond davon, der Welt und alles was ihnen eine Last war. Durch Hügel voll hellem Gras, höher und höher. Bergan durch die Stämme, die mehr und mehr wichen. Das Grau der Felsen schimmerte wie die Rücken von Walen durch den Waldboden, die Luft erfüllt von süßer Freiheit.

Ein letzter Sprint, dann, stoppten sie auf einer steilen Klippen am Rand eines Abgrunds. Eine einzige Krüppelkiefer wuchs starrsinnig und schief aus dem Stein. Und darunter lag ein See. Wie ein flüssiger Leib ruhte er zwischen kraternen Felsen und dem silbrigen Grün der mondbeschienenen Bäume.

Asha wähnte sich im Norden, nur dass es wärmer war und der Duft von Schnee und Eis fehlte. Gut fünfzehn Schritt fiel die Klippe in die Tiefe. Schweiß rann Asha den Rücken hinunter, von den Schläfen in die Haare. Er prüfte mit dem Fuß die Kante und blickte Ri an. Sie ließ seine Hand los und setzte sich, die Beine in der Luft baumelnd und seufzte.

»Du magst diesen Ort sehr, nicht wahr?« Asha tat es ihr nach. Er vermisste die Berührung ihrer Hand. Ris Augen schweiften über den See, als würde es ihr persönliches, kleines Königreich sein.

»Erzähl mir, wie ist es im Norden?«

»Nicht so, wie die meisten denken. Es gibt Wälder so dicht wie dein Haar.«

Ri zupfte unwillkürlich an einer Strähne.

»Viele Seen wie diesen hier, tiefe Fjorde, deren Wasser so schwarz ist wie nasse Erde. Im Sommer brüllt das Land vor Leben, aber im Winter beginnt es zu schweigen. Ein wundervoller Ort.«

»Du jedoch kommst von den Gletschern, oder?«

Asha nahm einen Stein und warf ihn im hohen Bogen ins Wasser. Es dauerte nur einen Moment bis dieser aufschlug und einen wellenförmigen Kreis weißer Gischt hinterließ.

»Eis und Land in allen Farben, Ri. Strahlender sind sie dort, kräftiger.« Asha beugte sich vor, stemmte die Arme neben sich und genoss das Kribbeln der Tiefe. »Geheimnisvoll und tückisch. Wenn man so weit im Norden überleben will, muss man die Natur achten, sie ehren. Ich habe nie etwas Vergleichbares gesehen.«

Ri nickte ob der schönen Worte.

»Manchmal aber sticht das Land zu, vergiftet dich, stößt dich in ein Loch, lässt dich auf einen Turm steigen, um voller Gram in die Arme der Ahnen zu springen.« Der Prinz hatte es nicht derart verbittert sagen wollen. *Oder doch?*

Die Prinzessin sah ihn von der Seite an, die Augen groß und lesend. »Du bist der *verfluchte* Prinz«, flüsterte sie. »Es war deine Mutter, die … Das tut mir sehr leid, Asha.«

Ihre Worte beruhigten ihn. Sie hatte es nicht im Mindesten wie ein höfliches Trostpflaster gesagt, sondern mit einer ehrlichen, leisen Stimme.

»Sollte es dich je in den Norden verschlagen, Prinzessin Ribanna, dann vertraue niemandem.«

»Dir würde ich vertrauen!« Sie holte tief Luft, als würde ihre nächste Frage erst ein Hindernis überwinden müssen. »Wieso hast du mich erkannt, im Garten, meine ich. Woher wusstest du, dass ich es gewesen bin?«

»Ich habe es an deinem Atem erkannt.«

»Du hast dir gemerkt, wie ich atme?« Ri wollte verwundert klingen, doch es klang stolz.

Das mochte Asha. Sehr sogar. *Sollte er es ihr sagen? Ja! Keine*

Geheimnisse, versprach er sich im Stillen.

»Da ist ein kaum hörbares Pfeifen, wenn das Blut durch deine Adern rauscht. Furcht hattest du vor den Ro´Ar. Im Garten aber, da …«

»Ich habe *jetzt* Angst, Asha!«

Er wandte sich ihr zu, nur ein wenig, mit Kopf und Schulter. *Da war ihr Atem – ganz deutlich! Ein ferner Wind, getragen von den Sternen. Weit wie ein Himmel war sie, vom ersten Augenblick an hatte er es gewusst.*

»Seit zwei Nächten und einem Tag fühle ich dich auf meinen Lippen, wünsche mir mehr. Doch was, wenn das Feuer fort ist? Nur ein Trugbild dieses einen wundervollen Moments war?« Ri schien verzweifelt.

Leider ging es ihm nicht besser. *Ja, was wenn es nur der Zauber dieser Nacht gewesen war? Ein Gespinst im Mondlicht, das im grellen Tageslicht zerriss?* Asha erhob sich. Langsam zog er das Hemd aus, streifte die Stiefel von den Füßen, schnallte die Axt vom Gürtel. Ri stand nun neben ihm. Ihr Atem pfiff. Sie sah ihm in die Augen, während auch sie ihr Hemd aufknöpfte. Das Schwarz glitt von ihr. Ein Tosen aus Haut erhob sich daraus.

Hand in Hand gingen sie ein Stück zurück, dann rannten sie los, segelten wie Adler in die Nacht. Sie schrien vor Freude, das Wasser raste auf sie zu. Aufprall, Kälte und sprudelnde Lebenslust.

Sie tauchten auf. Lachten ihrer Angst in die fahlen Knochen. Und als ihre Lippen sich ein zweites Mal begegneten, war es nicht wie zuvor.

Es ließ Throne wanken und Götter taumeln.

Ribanna

Ri wischte sich das Wasser aus dem Gesicht und lachte. Der kühle See umfasste sie. Sie strampelte mit den Beinen, ruderte mit den Armen, so voller Bewusstsein. Ihre Füße brannten von dem Aufprall. Das nasse Haar klebte auf ihrer Stirn. Sie ließen sich treiben. Die Nacht war still und lauschend.

Asha! Da war er, keinen Schritt von ihr entfernt und doch ganz weit. Ein Prinz. Ein schrecklich schöner Prinz, der Verfluchte, der Sprecher der Ro´Ar. Das Zeichen in seinem Gesicht, es zog Ri magisch an. In den Kuhlen seiner Schlüsselbeine sammelte sich Wasser, sie musste es trinken. Ihre Augen begannen zu leuchten, nur weil er hier war, neben ihr. Die Wellen, wenn seine Arme den See aus dem Schlaf weckten, verschmolzen mit ihren Wellen.

Sie schwammen aufeinander zu. Sein Haar schwebte blau durch das Schwarz ihres Königreiches.

Ri stand am Ufer – nackt. Die sanfte Kühle der Nacht ließ sie zittern. Sie hatte Asha den Rücken zugewandt, die Augen geschlossen, lauchte ihrem eigenen Atem. Er trat hinter sie, umfasste sie mit seinen Armen und legte seine Hände, mit unfassbarer Anmut um ihren Busen. Ri konnte die ganze Welt in dieser Berührung fühlen. Langsam drehte sie sich zu ihm herum.

Der Kuss war anders. Alle Angst fiel von ihr ab. Ri sank hinein in seine Haut, die selbst wie ein See war. Gemeinsam schwammen sie an ein neues, unbekanntes Ufer.

Der Schmerz kam wie ein gemeiner Dieb. Geduckt unter der Lust und den Küssen. Ri hatte gewusst, er würde sie finden, denn sie hatte ihn erwartet, doch dieser Schmerz ließ sie keuchen. Ihre Zähne gruben sich in Ashas Arm.

Blut um Blut.

Seine Lippen rannen ihre Kehle entlang. Er wurde langsamer, stoppte, doch Ri wollte mehr.

»Warte kurz!«, hauchte sie.

Feuer mit Feuer.

Sie küsste ihn so wild sie nur konnte, zog ihn wieder zu sich heran, lachte in seinen Mund. Aus dem Schmerz aber wurde Wärme, dann Hitze. Ri presste die Kiefer aufeinander, drehte sich herum, auf ihn. Ihre Hände suchten nach Halt, doch glitten sie nur noch tiefer. Sie spürte ein wenig Blut an den Seiten ihrer Schenkel, ihren eigenen Atem, der pfiff, also hielt sie ihn an. Aus dem Weg geschleudert wurde ihre Seele, näher an die Hitze, noch näher. Sie bog die Finger hoch von seiner Haut, denn alles war plötzlich aus Feuer. Ihr Körper drängte, jede gelebte Sekunde davon, ein lautes Lied. Ri fiel. Sie fiel hinab von dem Felsen. Sie war ein Adler, frei, für immer. Ein Knurren stieß sich ab aus ihrer Brust, verglühte in der Nacht und war gleichzeitig so ewig wie Zeit und Sand.

Ri lachte und weinte. Denn sie klebten aneinander. Ein sehr weltliches Schmatzen erklang, als Asha sich aus ihr löste. Doch hatte dieser Moment in ihrer beider Welt keinen Namen dafür. Sie legte seine Hand in ihren Schoß und führte seine nassen Finger über ihre steife Brust, so wie fünf Krallen über einen Schild aus Eis. Der Prinz lag neben ihr, Schweiß glänzte auf seiner Haut. Er hob sie hoch wie ein Blatt im Wind, sie schlang ihre Beine um seine Hüfte. Der verfluchte Prinz sah ihr in die Augen … und der Norden verschlang den Süden.

Jede einzelne Sekunde war er bei ihr, mochte sein Körper auch noch so fern sein. Ri lächelte, allein um dieses Gefühl auf ihren Lippen zu spüren. Sie tanzte durch ihre Gemächer, sah hinunter auf den Strand und suchte sein blaues Haar auf den Decks der Schiffe.

Mondwolke hieß das seine. Ihr Teleskop wurde zu einer Nabelschnur. Sie hörte jeden Ton aus ihrer Nase und musste dann doppelt lachen, weil sie einfach nicht anders konnte.

Delegationen kamen und gingen. Wichtige Handelsabkommen wurden debattiert, der König von Kark schenkte ihrem Vater einen goldenen Gürtel, dessen Schnalle ein gewaltiger Löwenkopf war. Ein Zeichen des Orakels? Doch wie sollte roter Schnee darauf fallen?

Königreiche aber mussten wachsen. So wurde aus einem Zögern ein verhaltenes „Danke“ und ein Kaufmann schlug in die Hand eines anderen.

Wann immer möglich, stahl sich Ri davon. Ein Gedanke begann irgendwo neben ihrem Herzen Gestalt anzunehmen: *Was sollte werden, wenn das Treffen der Könige vorüber war?* Noch verdrängte die Prinzessin tapfer diese dunkle Wolke am Horizont, denn das Gefühl für Asha schien mit jedem Tag intensiver zu werden. Sie brauchte keinen Schlaf, keine Nahrung, allein die Flammen in ihrem Innern waren genug.

Lange suchte Ri nach einem Wort dafür. *Vielleicht Liebe?* Schließlich aber war es ein Bild: Wenn sie nach dem Tauchen aus dem Wasser stieg, die Sonne sie einhüllte und eine Brise die Tropfen auf ihrer Haut prickeln ließ. So war es, mit Asha zusammen zu sein.

Entgegen ihrer Gewohnheit, sich von allem bedroht zu fühlen, war diese Erfahrung völlig neu für sie. Doch Ri wäre nicht Ri, wenn sie das Unbekannte nicht auch zu schätzen wüsste. Kein Mann oder überhaupt ein anderer Mensch hatte je solche Emotionen in ihr ausgelöst. Manchmal, des Nachts, wenn sie auf der Terrasse stand und die Lichter der Schiffe am Strand sah, wünschte sie sich, sie könne mit Lucille darüber reden. Denn ihre kleine Schwester war die Einzige, der Ri zutraute, etwas darüber berichten zu können. Aurelia lebte seit Jahren in einer Zweckehe mit dem bedeutendsten Fürsten des Reiches. Sie könnte nicht einmal im Ansatz verstehen, was Ri gerade durchlebte.

Also erzählte sie es *Sarei*. Wann immer Ri sich drücken konnte vor den offiziellen Anlässen, verbrachte sie auch Zeit mit ihrer Stute. Das Pferd schnupperte geradezu euphorisch an ihr. *Ob das Tier riechen konnte, was ihr geschehen war?* Jedenfalls hörten die zuckenden Ohren aufmerksam zu und die großen, glänzenden Augen waren wissend.

Ri lag ausgestreckt auf dem Pferderücken, ihre Beine baumelten an den Seiten herunter, ihr Kopf lag auf dem warmen Nacken. *Sarei* schlug mit dem Schweif nach ihr, wenn sie beim Erzählen ins Stocken geriet. So vergingen die Stunden des Wartens auf ihre nächste Begegnung mit Asha.

Sie sollten ausreiten, dachte Ri. *Sie würde ihm all ihre Lieblingsplätze zeigen.* Sie konnte sich nicht immer durch die Ruinen unter dem Palast wühlen. Er konnte nicht immer auf der Lichtung der Ro´Ar sein. Und Ri wollte nicht, dass sie nur diesen einen Ort für sich hatten. Sie wollte tausend Orte, um ihre Augen zu füllen, zu reden, zu lachen und natürlich auch noch andere Dinge. Niemand konnte sagen, wieviel Zeit ihnen noch blieb.

Mit einem Seufzer richtete sie sich auf und grub ihr Gesicht in die Mähne des Pferdes. *Sarei* stampfte auf.

Eine drohende Wolke neben ihrem Herzen drängte Ri, Erinnerungen zu sammeln. Eine Ahnung sagte ihr, dass sie diese brauchen würde – bald.

Asha

»Für mich?« Tahnis Mund stand offen. Sie konnte kaum glauben, was sie da in den Händen hielt.

»Weil ich so wenig Zeit für dich hatte, Schneeflöckchen.« Asha freute sich darüber, dass seine Schwester sich freute.

»Aber was …?«

»Ich habe die eine Ro´Ar darum gebeten und sie hat es mir gegeben.«

Tahni grinste von einem Ohr zum anderen.

»Sie?«

»Ihr Name ist …« Der Prinz überlegte, wie man ein Bild zu Worten formen konnte. »Roter Schnee«, sagte er und hoffte, dass er keinen Unsinn plapperte.

»Es ist überhaupt nicht kalt«, stellte sie fest.

»Warum auch, es ist ein Haar, Tahni.« Asha nahm das lange, weiße Haar der Ro´Ar und fädelte es durch ein Loch in der Muschel ein. Er hatte zwölf Muscheln am Strand zerbrochen, bevor er das hinbekommen hatte. Dafür hatte er sich bei den anderen Muscheln für seine Ungeschicklichkeit entschuldigt. Es mochte aber auch sein, dass seine Gedanken nicht ganz bei der Sache gewesen waren. Denn in allem, was er sah, hörte, roch, schmeckte oder fühlte, war etwas, das zuvor dort gefehlt hatte – Ri!

Es schien ihm, als sei sie eine verlorene Farbe, die seine Welt auf drastische Weise veränderte. Er hatte diese Farbe zuvor nicht wahrgenommen, ja, nicht einmal von ihrer Existenz gewusst, nun aber drang sie in jede seiner Poren ein.

Tahni hielt ihren blauen Schopf zur Seite, damit er ihr das Amulett umlegen konnte. Er band einen Knoten und fertig. Asha ging ein paar Schritte zurück und nickte beeindruckt.

Es sah toll an ihr aus. Die weiße Muschel gehörte genau dort hin, fand er.

»Wie ist es, mit ihnen zu sprechen?«, fragte seine Schwester, während sie nach einem Spiegel in ihrer Truhe suchte.

»Anders«, wich Asha aus. *Wie sollte er beschreiben, wie es war, mit den Ro'Ar zu reden?* Diesen Moment hatte er Ri schenken wollen, sollte sie ihn danach fragen. Tage hatte er daran herumgefeilt und nun sprach er es nicht aus, weil Ri es zuerst hören sollte? Asha setzte an ...

»Oh, wie schön!«, rief Tahni. Der Spiegel in ihrer zierlichen Hand zitterte leicht.

Asha sah sie an, sein Schneeflöckchen. Das Blut seiner Familie. Und ganz plötzlich sah er ferne und dunkel Wolken, Donner grollte und das Licht der Gegenwart wurde für einen Moment durch die Schatten der Zukunft verdeckt.

Mühsam schüttelte er das Gedankenbild fort.

»Das gefällt mir nicht!« Vaka rückte ihren Schwertgurt zurecht und versteckte einen zusätzlichen Dolch im Ärmel. Ihre Silhouette vor dem Nachthimmel wirkte entschlossen, doch Asha wusste es besser. Sie waren nicht eingeladen worden, sondern man hatte sie wie Hunde herbei gerufen.

»Die Frage ist doch, warum er mich sehen will?« Asha überprüfte sein Messer in der hinteren Gürtelscheide. Seine Tante machte ihn ganz nervös.

»Hast du gesehen, wie ihm die Gabel bei dem Festmahl aus

den gichtigen Krallen gerutscht ist?« Vaka lachte auf. »Allein das ist es wert gewesen.«

»Du hast mir eingebläut, dass die Einigkeit des Nordens das Wichtigste bei diesem Treffen ist. Und nun benimmst du dich, als wollten wir eine Fehde vom Zaun brechen. Was ist hier los, Herrin von Eisschild?«

Die Schwester seiner Mutter sah ihn an, als habe sie bittere Worte auf der Zunge, doch ließ sie diese nicht los. Stattdessen stapfte sie die Planke zum Strand hinunter.

Sie wurden bereits erwartet. Eine Schar Winterkrieger aus Scale stand reglos in den Dünen. Voll bewaffnet, die Schilde erhoben. Nur zwei Fackeln an den Seiten.

Vaka schritt durch den Sand wie eine Königin, schnippte mit den Fingern und aus den Bugen der drei Schiffe lösten sich Schatten, die ihre Eisschilde ebenso hoch trugen.

Die Formation von Grimmhorn drehte sich unbeeindruckt herum und so gingen Vaka und er, in einer Art Pufferzone gefangen, Richtung Hafen.

Durch enge Gassen marschierten sie. Die Häuser still, die Fensterläden verschlossen. Aber auf den Dächern sah der Prinz Soldaten aus Quell, die Helme bronzefarben, die Bögen bereit, die Hände an den kurzen Schwertern. Es roch nach Rauch und Essen, nach Schlaf und Flüstern, totem Fisch und Teer. Hinter den Wänden, so glaubte er, kauerten die Menschen, beteten zu den Göttern. Knieten vor Kerzen und kleinen Altären, damit bitte kein Blut durch ihre Straßen floss.

Die Eisschildwache schwieg wie ein Gletscher.

Als sie das Lager erreichten, begann es in Ashas Nacken zu kribbeln. Es waren auffallend viele Menschen da und zudem waren sie allesamt beschäftigt. Skargerrak war also mit voller Stärke angereist. Hunderte Zelte und vor einem jeden war ein Pfahl des jeweiligen Clans aufgestellt worden, der symbolisierte, wer hier das Sagen hatte.

Sie ließen die Männer ihrer Wache am Eingang des Lagers zurück. Vaka wollte es mit den Provokationen nicht übertreiben. Wenn etwas passieren sollte, war es wichtig, dass sie die Schiffe erreichten und die anderen warnten.

Das Zelt seines Vaters hob sich hervor, natürlich. Es hatte die Form eines Langschiffes, war schwarz und dutzende Kohlenbecken warfen rötliche Glut auf die Leinwände.

Etwa zwanzig Schritt vor dem Eingang teilte sich die Garde der Winterkrieger und schwenkte herum. Es blieb die Ehrengarde vor dem Zelt. Acht Krieger, die Helme und Panzer voller gewundener Hörner.

Im Innern lagen Teppiche. Wie durch Schotts musste sie gehen, bis sie zum König vordrangen, der die ganze Breite des Throns ausfüllte.

Der Mann aber, der zwischen den Hörnern und Geweihen saß, war nicht der Mann, den Asha sonst dort hatte sitzen sehen. Gorm schien zu verfaulen. Das Gesicht aufgedunsen, die schwieligen Finger krallten sich um die Lehnen. Ein Pokal aus Gold war umgekippt, von dessen Rand noch immer Wein tropfte.

Der durch Wandbehänge geteilte Raum war zwar groß,

doch schien er mehr wie ein Grab. Ein langer Tisch war an der Seite, dahinter Varrik, der eilig eine Karte mit seinem abgelegten Umhang verdeckte.

Asha aber starrte nur Gorm an. Mit jeder Faser verabscheute er diesen unfähigen Mann mehr. Wie er dahockte, ein schlaffer Sack, voller Geschwüre. Die trüben Augen blutunterlaufen, das dumpf pochende Herz eines Tyrannen. *Und deinetwegen ist meine Mutter jetzt auf der Totenbarke?*

Vaka nahm Aufstellung. Asha blieb hinter ihr. Der König erhob die Stimme.

»Das also ist der Schild aus Eis? Die Wächter des Nordens? Ein stures Weib und ein Verfluchter?«

Seine Tante blieb standhaft:» Es ist ein Lied, das seit Generationen zu meinem Clan gehört. Es sollte keinesfalls …«

»Ja, ja!« murmelte Gorm. Ein Diener reichte ihm einen neuen Pokal. Der Wein rann über seinen struppigen Bart. Des Königs Augen wurden schmal, gefährlich.

»Blamiert habt ihr *mich*«, schrie er dann. Seine grau verfärbten Fingernägel zeigten auf Asha. »Wo waren die Ro´Ar?« Der König spuckte Schleim neben seinen Thron aus Horn. »Ah, wärest Du nur tot!«, zischte Gorm über den Pokal gebeugt. Varrik leckte sich die Lippen.

»Ihr habt darum gebeten, dass der Clan Eisschild …«

»Halt´s Maul, Weib!« schrie der König und Vaka verstummte, mehr überrascht als getroffen.

»Ich wollte ganz Quell die Macht des Nordens zeigen und was habe ich bekommen? Ein Lied, das Greise über ihrem

Haferbrei schmatzen und das niemand hören will!«

Asha wusste, worauf der König hinaus wollte. Die *Clanzunge* hatte in seinen Augen versagt. Der ganze verdammte Norden hatte seine Aufgabe nicht erfüllt. *Doch wozu war das Haus Eisschild eigentlich da? Um Eindruck zu schinden? Um die Bestien von den Gletschern zu locken, damit sie andere davon abhielten, dass dumme Gedanken zu noch dümmeren Handlungen führten?*

»Ich habe sie darum gebeten!«, sagte Asha in die Stille. Die Luft knisterte.

»Darum gebeten«, äffte sein Vater ihn nach. »Sie sollten dem Süden zeigen, wie mächtig wir sind! Nur dieses eine Mal!«

»Du kannst den Ro´Ar nichts befehlen«, erwiderte der verfluchte Sohn. »Alles, was du tun kannst, ist, zu bitten!«

Gorm erhob sich mühsam von seinem Thron. Seine schwabbeligen Wangen bebten.

»Darum *bitten*?«, brüllte er. »*Ich* soll um etwas bitten?« Er warf den Becher mit dem Wein zu Boden. »Ein König muss niemals solche Worte auch nur in Erwägung ziehen!«

Asha sandte diese Worte in Bildern. Die Antwort ließ nicht lange auf sich warten.

Draußen stachen spitze Schreie in die Nacht, Speere wurden fallen gelassen, Stiefel liefen davon.

»So sag es ihr selbst!«

»Was meinst du damit? Ich …« Der König wich zurück, taumelte in seinen fellbedeckten Thron.

»Eine von ihnen ist in deinem Lager, König Grimmhorn! Jetzt! In diesem Moment! Ich kenne ihren Namen! Berichte ihr von deinem königlichen Unmut, deinen *Befehlen*!«

Ein tiefes Knurren hallte durch die Schotts aus Baumwollbahnen, ließ jeden Knochen darin erschaudern. Vaka hielt den Kopf erhoben, machte aber eine trotzige Verbeugung. Asha verstand den Wink und tat es ihr nach.

Drohen in der Demut. Das war es!

»Raus!« Die Stimme des Königs wurde schrill, der Gestank seines wunden Beins füllte den Raum.

Asha fing Varriks Blick auf. Da war nichts mehr von der einst strauchelnden Bitte um Anerkennung. Nur noch Hass und ein bodenloses Lächeln, das nicht ihm gehörte, aber dennoch seinen Mund formte.

»Es ist wohl die Zeit gekommen, zu gehen«, sprach Varrik langsam, umrundete den Kartentisch. »Der hohe Norden ist wachsam, sein Schild groß … aber einsam.«

Vaka hob den Kopf, runzelte die Stirn. Nur ein Wort von ihr und das gesamte Lager würde sich in ein Blutbad verwandeln. Sie alle wussten es und sie alle waren nur ein Zeichen davon entfernt. Die Luft bebte.

»Niemand will einen Schild, der bricht«, sagte Vaka. »Nur ein Narr würde ihn erheben, wenn der Wind plötzlich von achtern kommt!«

Der Prinz verstand. Und auch Varrik verstand. Varriks schwarzes, wallendes Haar schien nach Blut zu rufen. Er ballte die Fäuste, dann öffnete er sie wieder. Er blieb vor Ashas Tante stehen. Varriks Augen brüllten, doch sein Gesicht begann gefährlich zu grinsen. »Es gibt Zeiten, da wird ein Schild schwer, bekommt Risse und man ist gezwungen, zu handeln! Wirft man ihn fort? Verlässt man sich lieber auf das getreue Schwert an der Seite? Auf die Krieger, die neben einem stehen?«

Der junge Mann bleckte die Zähne, aber Asha sah etwas anderes – Rauch, der darin wallte.

Varrik fuhr fort: »Denn sie sind die wahren Herrscher, die *Steinkönige* …« Jetzt war seine Stimme laut geworden. Als hätte er damit ein verabredetes Zeichen gegeben, spannten sich Dutzende von Bogensehnen vor dem Zelt.

Das Zelt seines Vaters würde tatsächlich zu einem Grab werden. Asha flüsterte einen alten Reim, den man trotzigen Gören gern ins Gewissen wisperte:

»Dort, wo die Berge die Sterne küssen.
Hinter finstren Wäldern und eisigen Flüssen.
Werden böse Kinder gefressen.
Mit Haut und Haar …«

Grimmhorn aber glotzte wütend auf den jungen Starksegel, der so frech das Wort ergriffen und mal eben die *Steinkönig* über das Oberhaupt von Skargerrak gestellt hatte.

»Aus meinen Augen, ihr alle!«, zischte Gorm.

Selbst Varrik schien überrascht von der schneidenden Befehlsgewalt. Er drehte sich um und starrte den König an, als wäre dieser auf eine Bühne getorkelt und hätte seinen Auftritt mit einer unpassenden Bemerkung viel zu früh unterbrochen.

Vaka erkannte die Gunst, zog Asha mit sich und verließ das Zelt, mehr flüchtend als stolz. Der junge Prinz blickte über die Schulter. Doch eine Geste Varriks war nur für ihn bestimmt. Ein Handkuss segelte durch die sich schließenden Stoffbahnen.

»Das bisschen Farbe auf deinem Gesicht ist *kein Schild*«, rief Varrik ihm nach.

Asha blinzelte verwirrt, als die Nachtluft ihn traf. Das Zelt des Königs war von Männern mit Armbrüsten umstellt. Jede Waffe war auf sie gerichtet und selbst die Diener und Köche wetzten die Messer. Es waren viele, zu viele.

»Geh weiter«, knurrte Vaka. »Lebe!«

Das infernalische Brüllen der Ro´Ar drang durch die Dunkelheit und so mancher Bogen senkte sich erschrocken. Erst als sie die Reihen der Grimmhorn-Zelte passiert hatten, atmete seine Tante wieder aus.

Zwischen zwei Zelten des Eichenfaust-Clans trat plötzlich Lyria Starksegel hervor. Sie trug ein langes, dunkles Gewand, die weite Kapuze zeigte ihr blasses Gesicht und auch die Hände ragten bleich aus den Ärmeln. Ihre berühmten roten Lippen waren der einzige Farbklecks, denn auch sie trug nun die Farbe Grimmhorns auf den Haaren – schwarz.

»Auf ein Wort, Prinz Asha«, raunte sie und nickte der Herrin von Eisschild zu. Vaka nahm die Geste an und entfernte sich ein paar Schritte, aber nicht, ohne das Lager weiter im Auge zu behalten. Die Hand lag auf ihrem Schwert.

Lyria führte Asha ein wenig von dem Weg fort, der durch die Zelte führte. Eiskalt war ihre Haut. Dem Prinzen wurde bewusst, was sie trennte. Ihre beider Seelen stießen sich ab, während seine und Ris förmlich füreinander brannten. Eine ruhige Distanz machte sich in seiner Brust breit.

Unter der Plane zu einem Versorgungszelt blieb sie stehen. Asha sah Köcher voller Pfeile, Lanzen, ungewöhnlich schwere Bolzen für Armbrüste, Schilde ohne Clanzeichen. *Wollte Lyria ihm dies zeigen oder hatte sie unbewusst diesen Ort ausgewählt?*

Asha suchte nach Worten, nach Wut oder gar Hass, wie ihn Varrik in sich hatte, doch er fand nichts, gar nichts.

»Ich erwarte ein Kind!«, flüsterte sie. Der Prinz starrte sie an. Das änderte alles.

»Weiß Gorm davon?«, fragte er. Er sah Furcht in Lyrias Augen und dieses eine Mal war es nicht gespielt. Ein Hauch von Ekel huschte durch ihr Gesicht. Asha konnte sich nur zu gut vorstellen, wieso.

Lyria schüttelte den Kopf, eine Träne rann ihr über die Wange. Ja, so war das manchmal mit den Dingen, die man sich wünschte. Die Realität konnte Träume in einem gänzlich anderen Licht erscheinen lassen. Er hatte sie gewarnt.

»Das mit deiner Mutter, das habe ich nicht gewusst. Es tut mir leid, glaube mir.«

»Was ist mit ihr geschehen?« Asha packte ihre Schulter und die Tochter der Starksegel erschauderte unter der Berührung. Der Prinz zog die Hand zurück.

»Sie und Ezra wurden verbrannt. Gorm hielt sich an die Riten, es wäre töricht von ihm gewesen, dies nicht zu tun. Sie wurden mit der Totenbarke auf den Fjord gesegelt.«

Wenigstens das hatten sie seiner Mutter zugestanden.

»Was willst du, Lyria?« Asha hatte nicht vor, die halbe Nacht hier herumzustehen, mitten in Gorms Lager. Soweit war es also schon gekommen, er betrachtete den Clan Grimmhorn als einen Feind.

»Den *Blutfluch* hatte er ausgerufen, weil er betrunken und zornig gewesen ist. Zurücknehmen kann Gorm ihn nicht. Aber niemand will eine Spaltung des Nordens.«

Wie ungerührt sie von Trauer zu Politik wechseln konnte. Asha glaubte ihr kein Wort. Und das schien nun auch Lyria zu begreifen. Für einen Moment rang sie mit sich. Sie konnte die schmale Brücke zu ihm abbrechen oder ihm etwas anvertrauen, das wirklich den Atem wert war.

»Eine Frau und ihr Seher sind an den Hof gekommen, kurz nachdem du fort warst. Sie hat dem König geweissagt. Nur mein Bruder war dabei. Seitdem ist Varrik wie ausgewechselt. Er betet jeden Tag zu den *Steinkönigen.*« Sie trat näher an ihn heran, die Lippen leicht geöffnet. Ihre Augen glänzten wie tiefe Teiche. »Gib Acht, wer in deinem Rücken steht, Prinz«, hauchte sie mit dunkler Stimme.

»Asha!« Seine Tante kam näher. Lyrias Blick funkelte wütend. Doch der junge Prinz war dieses Mal nicht in ihren Teich gestürzt, er stand ruhig an dessen Ufer, neugierig. Er stupste Lyrias Nase an, wie er es mit Tahni oft getan hatte, als wäre sie ein viel zu niedliches Kind.

»Irgendwann musst du mir mal zeigen, wie das geht«, lächelte er und drehte sich um.

»Bei den Sternen«, stieß Vaka hervor und rammte ihren Dolch in den Kajütentisch. »Was war das da gerade?«

»Ich denke, Varrik hat uns durch die Blume zu verstehen gegeben, dass dem Eisschild-Clan nicht länger zu trauen ist, was die Angelegenheiten des Nordens betrifft.«

Vaka starrte ihn an. Die Lippen zusammengepresst.

»Du weißt genau, was ich meine, Asha.«

»Ach, Lyria? Nun, sie wollte mich warnen.«

»Warnen, dich?«

»Gorm hat die Totenriten für Mutter eingehalten. Ich solle demnächst besser öfter mal hinter mich schauen. Varrik betet jetzt täglich und irgendwie habe ich das ungute Gefühl, dass jeder Koch und jeder Diener im Lager eine Waffe schwingen kann«, fasste er zusammen.

»Was soll dieser plötzliche Kult um die *Steinkönige*? Als würden sie persönlich an Varriks Seite stehen, so kam es mir vor.« Sie seufzte. »Und die Karte, die er so flink zu verdecken versuchte, es war eine Karte der *Ebene der Winde*.« Seine Tante rieb sich die Stirn, als wolle sie sich das, was sie kurz gesehen hatte, wieder vor ihre Augen holen. »Da waren zwei Markierungen. Eine nahe des Passes zu Quell und eine an der Grenze zu Kark.«

»Was haben wir mit dem Königreich Kark zu schaffen?« Asha konnte keinen Sinn darin erkennen. Es war ein kleines Reich und es gab immer wieder Streit darum, wem die *Ebene der Winde* gehörte, obwohl es dort nichts weiter gab, als eben Steine und Wind, der klang, als greinten die Geister der Ahnen in den endlosen Hügeln.

»Ich werde mich erst wieder wohlfühlen, wenn wir diesen Ort endlich verlassen«, stöhnte Vaka und ließ sich auf ihren Stuhl sinken.

Der Dolch steckte im Tisch und warf einen Schatten auf das Holz. Doch für Asha fühlte es sich an, als werfe er einen Schatten auf sein Herz. So erfolgreich er es auch verdrängt hatte, dieser Moment, wenn sie fortsegeln würden, er schwelte in ihm.

»Der Tross von Grimmhorn ist ungewöhnlich groß. Und ich habe ein Zelt voller Waffen gesehen.«

»Er will dich!« Vaka wirkte müde. »Deshalb wollte er, dass wir nur zwei der Ro´Ar mitbringen! Er will *dich*, er will den Eisschild-Clan, er will den ganzen Norden unter *einer* Farbe.« Sie lachte bitter. »Und ich spiele sein Spiel auch noch mit, lasse mich provozieren.«

Asha dachte daran, was Varrik ihm nachgerufen hatte: *Das bisschen Farbe auf deinem Gesicht ist **kein Schild**.* Es war eine offene Drohung gewesen und seine Schwester hatte dies im Grunde nur noch bestätigt. Es bedeutete, dass ihn das Zeichen der *Clanzunge* nicht schützen würde.

»Ich denke, sie wollen etwas ganz Anderes!« sagte er, setzte sich neben seine Tante. »Die beiden Toten auf dem Gletscher, Vaka! Ich wette, die beiden waren im Auftrag des Königs dort oben. Grimmhorn will die Ro´Ar für sich! Und ausgerechnet ich bin die neue *Clanzunge*. Ein Umstand, der all seine Pläne durchkreuzt hat. Wenn er die Ro´Ar hat, wozu braucht er dann noch das Haus Eisschild?«

»Aber die Ro'Ar erwählen die *Clanzunge*! Deshalb liegen die beiden Verräter vermutlich auch jetzt starr im Eis. Es wäre Selbstmord, ihnen einen Sprecher aufzwingen zu wollen.«

»Vielleicht hat er einen Weg gefunden? Oder er ist verrückt genug, mit ihnen darum zu kämpfen.« Asha dachte an die schweren Bolzen für die Armbrüste. *Vielleicht waren die Geister der Gletscher nicht so unverwundbar, wie Jedermann annahm?* Es mochte sein, dass es nur noch niemand gewagt hatte. Und Varrik würde es versuchen, da war Asha sich sicher. Es würde ihm egal sein, wie viele Männer dabei draufgingen.

Er zog das Messer aus dem Tisch und drehte es herum, bis er das Zeichen auf seinem Gesicht in der Klinge sah.

Ich muss unsichtbar werden, beschloss Asha.

Noch in der Nacht wurden Botenvögel zum Schwarzfingerfjord ausgesandt und die Festung Eisschild in Alarmbereitschaft versetzt.

»Wenn du da bist, fliege ich, wenn du fort bist, geschieht das Gegenteil!«, murmelte Ri, während sie ihn küsste und ihn so tief in die Augen dabei sah, als sei er auf einer langen, gefährlichen Reise gewesen.

Fatal war, dass es Asha nicht anders erging. Er mochte sich das Ende dieser Ereigniskette kaum vorstellen. *Vielleicht hatte Moos recht. Solche Geschichten endeten niemals gut.*

»Du hast dich verspätet, ich war in Sorge. Wusstest du, dass dein linkes Auge ein wenig blauer ist als das rechte? Ich habe dich vermisst, immerzu vermisst. Reist ihr ab? Oh, sag mir, dass ihr noch nicht fort segelt. Sag es mir!« Ri war außer sich und der Prinz griff nach ihren Händen, damit sie sich beruhigte, damit er etwas zum Festhalten hatte.

»Du kannst im Dunklen die Farben meiner Augen unterscheiden?« Ach, das wollte er gar nicht wissen, während sie lächelte und nickte.

»Sie leuchten irgendwie, wie …«

»Pferde! Kannst du zwei Pferde besorgen und kennst du einen Ort, den du mir zeigen könntest? Es darf gern … «, er machte eine Geste zum Strand, wo die Schiffe lagen und zum Tafelberg, zu dem Palast, der in hunderten Lichtern dalag, »… sehr weit weg von hier sein.«

Ri rückte ein Stück ab, betrachtete ihn, als habe er etwas gefragt, das er nicht wissen konnte. Der Wind säuselte durch die Ruinen nahe dem Lager.

»Ehrlich?« Sie verzog zweifelnd die Oberlippe. »Zwei Pferde! Weg von hier! Für mehr als ein paar Tage?«

Nun begann ihre Lippe zu zittern und das war mehr, als alles, was Lyria je in ihm ausgelöst hatte. Ri war wahrhaftig! Das war es. Eine kurze, stürmische Form von Ribanna.

»Ja!« Er raunte das Wort lediglich.

Ri legte ihre Hand auf sein Herz, horchte. Dann lachte sie. »Morgen Nacht! Im Wald!« Sie huschte geduckt zurück durch die verfallenen Mauern. Asha sah ihr nach. Jener Seele, die heller glänzte als alles Eis des Nordens.

Ribanna

Sie hatte es gesagt! Sie hatte es tatsächlich gesagt. Und sie fühlte keine Reue, nicht einmal Scham. Weil es die Wahrheit gewesen war. Sie flog, wenn er nicht da war und das andere – das auch.

Sarei graste friedlich. Ihr Geschirr klirrte dabei. Das andere Pferd, *Juno*, war ein älteres aus der Linie der königlichen Ställe. Mit jedem Jahr wurden die Pferde in ihrer Einsatzfähigkeit bewertet und *Juno* war eines, das schon bald am Ende dieser Reihe sein würde. Der grau gescheckte Wallach stand da, als würde er auf seinen letzten Ausritt warten. Ruhig, mit treuem Gleichmut und einer gewissen trotzigen Haltung. Genau aus diesen Gründen hatte Ri ihn ausgewählt.

Juno senkte den Kopf, dann hob er ihn wieder. Ri wandte sich um und da stand Asha bereits neben dem Tier und ließ seine Hand über dessen Hinterlauf fahren.

»Ein gutes Pferd. Wie ist sein Name?« fragte er. Der Prinz hatte einen Rucksack dabei, der lässig über seiner Schulter hing, eine Bettrolle und er war schwer bewaffnet. Mit wenigen Handgriffen änderte er die Riemen des Sattels.

Ri sagte es ihm, beobachtete ihn. Er ging um das Pferd herum, streichelte dessen Nüstern, nahm die Zügel, zog sie über den Kopf und löste die Trense aus seinem Maul. Ohne ein weiteres Wort legte er dem Pferd eigenes Zaumzeug um, das er einfach nur um dessen Maul legte.

»Warum tust du das?« fragte Ri.

Asha schwang sich in den Sattel wie jemand, der mit Pferden aufgewachsen war. Das war sie aber auch. *Juno* machte ein paar Schritte, schmatzte mit dem Maul, als habe man ihn von etwas befreit und ging an ihr vorüber, nein, er stolzierte.

»Wenn du so ein Ding in deinen Mundwinkeln hättest und Schmerz wäre der Weg, den du einschlagen sollst, würdest du doch ziemlich störrisch werden, oder?« Er ritt an ihr vorbei. »Wohin?«, fragte er und warf etwas neben sie in das dunkle Gras.

»Nach Süden.« Ri zeigte den Weg, schaute ihm nach und hob das nordische Geschenk auf. Es war eine weiche, blaue verknüpfte Kordel. Ohne zu fragen, entfernte sie das alte Zaumzeug von *Sarei*, warf es weg und schlang das neue um den Kopf der Stute. Dann saß sie ebenfalls auf.

Etwas ist anders an ihm, dachte sie. *Oder bin ich nur anders in seiner Nähe?*

Sie schloss zu ihm auf, er lächelte sie an.

Nein, verdammt. Ich bin längst ein Teil von ihm!

Wieso machte ihr das keine Angst?

Sie machten eine kurze Pause und stiegen ab.

»Gut, ich merke, du verstehst etwas von Pferden.« Ri drückte ihre Stirn an *Sareis* Stirn und versuchte, die Stute ruhig zu halten. Asha stand an ihren Hinterbeinen, hob das linke an, verdrehte es seltsam, machte eine komische Bewegung, als wolle er es brechen und dann zog er das Bein so ruckartig zu sich heran, dass Ri Knochen knacken hörte.

Die Stute hopste einen Schritt nach vorn. So wie seit Jahren nicht mehr und wieherte ausgelassen.

Asha klopfte ihr auf den Hintern. »Wie lange stand dieses wunderbare Wesen ohne Bewegung im Stall, Ri?«

»Zu lange?« Sie hatte ein schlechtes Gewissen. Und sie wusste nicht, auf wen sie deshalb wütend sein sollte. Auf sich, weil es ihre Schuld war, oder auf Asha, weil er es bemerkt hatte. *Immerhin kenne ich den Weg*, dachte sie und blickte über die hunderten Wellen aus Sand.

Ihre Gemeinsamkeit war niemals eine Strecke, nicht einmal ein Pfad. Zwei Tage und zwei Nächte wanderten sie schon durch die Dünen. Zwei Tage und zwei Nächte, in denen das Wohl der Pferde mehr wert war als das ihre. Ri wusste nicht mehr, wie oft sie diesen Ort aufgesucht hatte. Es war ein breiter Streifen aus Sand, der sich durch Quell zog. Andere, die in dieses Wagnis schon gegangen waren, hatten Markierungen in Form von aufrecht stehenden Stelen mit Ringen aus Stein auf der Spitze hinterlassen, die, wenn man durch sie hindurchsah, einen anderen, sehr weit entfernten Steinring zeigten. Das eine blickte in das Rund des anderen. Eine Zick-Zack-Linie, quer durch die flirrende Wüste. Der einzige Weg hindurch!

Doch Asha schien nur sein Pferd zu interessieren, regelmäßiges Wasser und ein Schlafplatz, in dem der Wind keinen Zutritt hatte.

»Du siehst mich an, als wäre mein Pferd mehr wert als wir beide!«, sagte sie ihm ins Gesicht.

»Wenn das alles ist, was uns durch diese sandige Hitze trägt, dann Ja! Ebenso wie man ein Pferd nicht zwingt, sondern darum bittet, einen zu tragen.«

Ri versuchte es wirklich zu verhindern, aber sie verliebte sich in diesem einen Moment – vollends.

8

Das hier ist Xinxal.
Alles andere ist Staub.

– Banner der Königin Ixtyl –

Asha

Hat es einen Namen?«, fragte der Prinz.

»Ja, der Ort hieß einst Avenduran, also nannte man die Wüste drum herum auch gleich so«, sagte Ri und ließ ihr Pferd die Senke hinab gehen, denn es witterte das klare Wasser der Oase. Asha zäumte *Juno* ab und stand staunend vor den zerfallenen Überresten einer alten Tempelanlage, die einst existiert hatte und längst vom Sand der Äonen zugedeckt worden war.

Tausende Ziegel ragten kunstvoll in den blassen Himmel, warfen Schatten, bildeten Türme. Ein vager Nachhall der Vergangenheit, imposant in ihrem Streben, kläglich in ihrem Fall.

»Früher, so heißt es in alten Schriften, waren die Mauern mit glasierten Tonplatten bedeckt, die in so prächtigen Farben leuchteten, dass jeder, der das Tor passierte, zu den Göttern betete. Zehn mal zehn Schritt soll es hoch gewesen sein«, erklärte Ri schwelgerisch.

Durch Gänge und schmale Gassen wanderten sie, in denen der Sand sich an den Rändern aufgetürmt hatte. Dunkle, runde Eingänge zu Räumen, die keine mehr waren oder zu nichts anderem mehr führten als noch mehr Sand. Zersprungene

Lehmziegel, rissig von der gnadenlosen Sonne. Es roch nach Staub und Hitze.

Es musste ein Ort für Pilger gewesen sein, denn es gab auch so etwas wie Unterkünfte. Bleiche Balken ragten aus den Wänden, die Decken längst eingestürzt oder vom Wind abgetragen. Immer wieder kleine Plätze von kreisförmiger Geometrie. Bestimmt war einst der Boden mit Platten und Mustern geschmückt gewesen, doch auch hier hatten die Jahrhunderte nur noch Dünen hinterlassen. *Der allgegenwärtige Sand. Er ist wie feiner Schnee,* dachte der Prinz. *Nur schmilzt dieser nicht in der Sonne.*

Die Gebäude warfen harte Schatten und als sie um eine verfallene Kuppel bogen, die über einem tiefer liegenden See thronte, verschlug es Asha einen Moment die Sprache.

Die beiden führten ihre Pferde ans Wasser. Ein ovales, türkisgrünes Auge, das inmitten des endlosen Sandes dalag wie ein fallengelassener Edelstein. Schilf wuchs an seinen Ufern, hohe Palmen und Blumen, die im saftigen Gras ihre Blüten ausbreiteten. Der Wind raschelte in den Blättern, der Sand zischelte leise, ein altes Lied vom Vergessen.

Die Sonne sank und streute ihr sterbendes Licht über den Himmel. Erste Sterne funkelten darin. Sie brachten ihre Satteltaschen unter die halb aus dem Sand ragende Kuppel, deren Dach wie eine Muschel aus den Dünen lugte. Seit zwei Tagen hatten sie sich nicht geküsst und kaum berührt. Asha wusste nicht einmal warum. Er war seltsam ernst geworden auf dem Ritt. Es war ihm wichtig gewesen, dass sie darauf achteten, keinen Ausflug in den Garten zu machen. Denn ein Pferd, so hatte es ihn seine Mutter gelehrt, *ist der Rücken, der dein Leben trägt. Ehre es.*

Doch da waren auch die Gedanken, die ihn umtrieben wie die Schreie von Möwen, wenn das Land näher kam.

»Ich wollte nicht, ich me ine, ich …«, begann er.

Ri legte ihre Decke aus, direkt neben seine. Sie blickte auf und er vergaß, was er hatte sagen wollen.

»Im Norden kann jeder Schritt dein letzter sein, so ungefähr?« Sie lächelte, während sie sich erhob. Sie stand da in der Dämmerung wie ein Trugbild.

Asha blinzelte. Ri hatte einen Schweißfleck zwischen den Brüsten ihres weißen Hemdes, der die beiden inneren Wölbungen leicht streifte. *Verdammt, was hatte er nur sagen wollen?* Er nickte einfach mal.

»Ich habe es gleich gemerkt, so behutsam, wie du *Juno* behandelt hast. Und ich habe es an deiner Stimme gehört, als du mich fragtest, ob ich dich *entführen* kann.«

Ashas Brust dröhnte. Es war laut in seinem Körper. Er begriff, dass etwas zwischen ihnen beiden eine neue Form annahm, doch war sie wie Wind,kaum zu fassen, nur zu spüren.

»Was ist das zwischen uns, Ri?« Seine Stimme hallte unter dem Gewölbe. Klang nach.

Lange blickten ihre Augen in seine. Nie war ihr Gesicht schöner gewesen als in dieser Stille. Er wusste, dass er dies noch tausend Mal denken würde. Bei einem Lachen, einer Geste, einem Wort. Zehntausend Mal.

Sie antwortete nicht, sondern zog sich aus. Vor seinen Augen fielen Hemd, Rock, Stiefel, Armschutz, Schmuck. *Sie ist das Stundenglas, ich der Sand*, dachte Asha. *Ich rinne durch sie hindurch für alle Zeiten.*

Ri schritt aus der Kuppel hinaus in die anbrechende Nacht.

»Komm, schwimm mit mir.«

Ihre Fingerkuppen fuhren über seinen halb geöffneten Mund. Das Feuer knisterte, ihr Gewicht lag auf ihm, so natürlich wie eine Decke. Aus einem Beutel zog sie tiefrote, längliche Blätter und kaute diese.

»Was ist das?«

»Kariblüten.« Ihr Oberschenkel bewegte sich über seinen Bauch, fand neuen Halt und blieb dort.

»Bei uns heißt es anders.«

»Bestimmt hat es einen dornigen Namen oder endet auf Kraut oder Schnee oder Eis.«

Ris dunkles Haar war ganz nah. Eine Strähne wippte über ihm. Ihr Fingernagel verharrte immer einen Atemzug lang in einer seiner Lippenfurchen, dann erst schob sie diesen weiter. Ihre Augen blickten fasziniert, als wäre es etwas, das sie unbedingt erforschen müsse.

Mit einer schnellen Bewegung schnappte er ihren Finger mit den Zähnen, hielt ihn fest. Ri erschrak, beugte sich hoch und boxte ihn lachend. Das Feuer hinter ihnen brannte einen Strahl durch ihre gelösten Körper. Er sah die Rundung ihrer linken Brust, den bronzenen Kreis, den ihre steife Brustwarze über seiner nassen Haut schweben ließ.

All das war so nah, so natürlich.

»Wann wirst du es mir endlich sagen?« Ri befreite ihren Finger aus seinen Zähnen. Die Flammen flackerten und tauchten ihr Antlitz in einen unwirklichen Schein.

»Sie werden versuchen, mich zu töten, Ri.« Asha hatte es gesagt und plötzlich konnte er es nicht länger aufhalten. Da war keine Angst, nicht einmal so etwas wie Überraschung in seinen Worten, sondern einfach eine bloße Feststellung, so wie der Tag der Nacht folgte.

Ri richtete sich auf, spreizte die Beine und legte ihr ganzes Gewicht auf das seine. Schutz und Angriff zugleich.

»Wer?« Ihre Kiefermuskeln traten hervor. Eine Stimme sagte ihm, dass er sich dieses Gesicht einprägen sollte. Seine Hände fuhren an ihren Armen entlang.

Die Nacht war lebendig, die Pferde grasten, die Oase flüsterte, Libellen schwirrten, Zikaden zirpten, Fledermäuse huschten. Asha erzählte ihr alles! Von seinem Vater, dem König, seiner Schwester, Tahni. Von der alten Ezra, den abscheulichen Schnitzereien in den Balken der Tür zum Gemach seiner Mutter, der Suche nach dem *Seelentier* und seinem Sturz. Ri küsste die Narbe auf seinem Spann. Er berichtete von dem Überfall, dem Haus Eisschild, dem Aufstieg zum Gletscher, all dem blauen Eis und den unfassbaren Ro´Ar. Die toten Verräter. Die Reise auf der *Mondwolke*, den Wächtern von Quell und am Ende, sein Mund war trocken, von Lyria.

Doch nicht einen Moment ließ Ri ihre Hände von ihm. Als wären sie eine Brücke, die bestehen bleiben müsse, was auch immer geschah. Der Prinz sah ihren wundervollen Körper, der sich hob und senkte so wie die Hügel in der Dämmerung. Je weiter sie reichten, desto verschiedenfarbigere Töne von Helligkeit spiegelten sie wider. Schwarz waren die ersten Umrisse. Blau alles, was danach begann.

»Eines weiß ich jetzt«, sagte Ri. »Ich werde mir niemals die Haare rot färben.«

Ribanna

Vielleicht war es die Magie, die alles veränderte. Es mochte auch sein, dass das Schicksal sich einen Weg suchte, weil das Schicksal keine Grenzen kannte, keine Königreiche, keine Farben oder Titel. Am Ende war es nicht mehr wichtig, denn das, was geschah, veränderte sie beide – unwiderruflich.

Ri wollte ihn immerzu fühlen. Sie genoss seine Lippen auf ihrer Haut, seine Hände auf ihrem Körper, immerzu. Einmal wachte sie auf und Asha war fort. Sie erhob sich von ihrem Lager und eine solche Angst durchschlug ihre Seele, dass ihr der Atem versagte und der Schock ihre Glieder lähmte, während in ihrem Innern sich die Welt in Schatten legte. Dann sah sie ihn am See stehen, die Pferde streicheln und in die Sterne blicken. Doch selbst diese Entfernung war zu viel für sie. Taumelnd lief sie auf ihn zu, die Tiere schnaubten erstaunt, und warf ihre Arme um ihn, drückte seinen Rücken fest an ihre Brust. Es war gut, dass er schwieg, denn sie hörte sein Herz bis in ihres schlagen. So war es gut und sie beruhigte sich endlich.

Sie erforschten die Ruinen, kletterten auf verfallene Türme, dann wieder jagten sie einander durch die alte Tempelanlage wie übermütige Kinder, lachend und rufend. Noch nie hatte sich Ri dermaßen frei gefühlt.

Sie saßen unter der Kuppel. Ri hatte sich den Fuß verknackst und der Prinz befühlte die Schwellung. Er nahm eine Schale und ging zum See, wobei Ri dachte, dass alle Männer einen Kilt tragen sollten. Schließlich kniete er neben ihr nieder und Ri verfolgte staunend, wie er seine Finger in das Wasser tunkte, ruhig darin ein Zeichen malte, das vor ihren Augen verschwamm. Plötzlich knisterte es und nur einen Moment später war aus dem Wasser der Oase Eis geworden. Mit seinem Messer zerstieß Asha es und stellte behutsam ihren Fuß dort hinein.

Ri starrte ihn an. »Erzähl mir *davon*«, flüsterte sie.

Asha setzte sich im Schneidersitz vor sie und sah in die Ferne. Wieder wirkten seine Augen wie Kometen, die durch die Zeit der Unendlichkeit streiften. »Damals, vor vielen hunderten von Jahren, lag die Welt in einem Krieg, der so grausam geführt wurde, dass sogar die Götter sich einmischten. Die verfeindeten *Wolkendrachen* und die *Steinkönige*. Magie war unter den Menschen wie Luft und sie nutzten sie, um einander auszulöschen. Königreich gegen Königreich. Heere von unvorstellbarer Größe und Macht prallten wie Klingen aus Feuer aufeinander. Die Magie verdichtete sich, ballte sich zusammen auf nur einen Punkt der gesamten Welt.«

Ri konnte kaum noch atmen.

»Und dann brach ein fürchterlicher Sturm los.« Asha schlug die Hände zusammen, so dass sie heftig erschrak. »All die losgelassene Magie brach sich Bahnen, vernichtete die Heere, das Land, die Städte. Eis wurde zu Wasser und umgekehrt. Die Natur stellte sich auf den Kopf. Oben war unten! Die Nacht leuchtete rot, der Tag schimmerte schwarz. Götter starben und mit ihnen die Menschen. Da rissen die letzten von ihnen das Land auseinander, Wellen, hoch wie Wolken, schoben sie auf die weiten Meere. Schließlich packten sie die Felsen in den tiefsten Tiefen und hoben sie herauf. Die *Schwimmenden Berge* wurden geboren, auf dass sie für alle Zeiten die Menschen trennen sollten.« Asha sah auf und lächelte. »Noch heute wehen Fetzen dieses Sturms der Magie durch die Lande, so sagt man. Die Fäden kraftvoller Zeichen. Wann immer ein Mensch davon getroffen wurde, blieb die Magie in seinem Fleisch hängen. Manche aber suchten fortan ihr Leben lang nach weiteren Fäden, durchstreiften die Lande danach. Und einigen gelang es, sie zu sammeln. So entstanden die Runenmaler. Sie erforschten die Zeichen, ihre Struktur und konnten sie nachmalen. Doch viele gingen wieder verloren, denn jene, die solche Fäden fanden, hüteten sie eifersüchtig. Nur wenige wurden weitergegeben und auch nur an ganz besondere Menschen.« Der Prinz lachte. »In einem dieser uralten Fäden kühlt nun dein Fuß. Jedenfalls steht es so in einem sehr alten Buch.«

Ri schluckte, völlig gefangen von den gewaltigen Worten. »Dann bist du etwas ganz Besonderes.«

»Ich weiß nicht. Ein Runenmaler von Eisschild zeigte mir die Rune für Eis. Doch wohl nur, weil ich die *Clanzunge* der Ro´Ar bin.«

»Wie funktioniert das, Asha? Weißt du es?«

»Es ist eine Art Tausch. Die Magie hat zwei Pole. Wenn ich hier aus dem Wasser Eis mache, dann wird irgendwo auf der Welt aus der gleichen Menge Eis klares, flüssiges Wasser. Die Enden des Fadens tauschen sozusagen die Plätze. Es kann gut sein, dass ein armer Wanderer soeben in eine Pfütze getreten ist, wo noch Augenblicke zuvor festes Eis gewesen ist.« Er schaute sie nachdenklich an. »Eigentlich sehr gefährlich, wenn man es so klar erzählt wie jetzt.«

Ri stellte sich einen Mann vor, der sich an einer Kante aus Eis festhielt, über einem tiefen Abgrund. Und plötzlich … war da nichts mehr zum Festhalten, nur weil sie sich den Fuß verknackst hatte. Es schauderte ihr über den Rücken. Sie konnte verstehen, wieso Ashas Schwester seine Geschichten so mochte. Er erzählte sie, als wäre er dabei gewesen.

»Kennst du noch ein Zeichen?«

Er nickte. »Ich kann Schnee so hart wie Sein machen.«

Beide überlegten, was dies noch bedeuten konnte, außer die Schilde der Krieger vom Haus Eisschild zu stärken. Doch Ri wollte nicht in Trübsal verfallen. Ihrem Fuß ging es besser.

»Ihr habt die Gruben der Ro´Ar mit Eis gefüllt, ich habe es

von meiner Terrasse aus gesehen.«

»Sie fressen es! Unglaublich oder?« Asha trocknete ihren Knöchel und band einen Streifen seines Kilts darum, damit dieser Halt bekam.

»Ja«, flüsterte Ri. »Unglaublich.«

Einen Tag später entdeckten sie den Kreis.

Die Sonne brannte auf ihre Nacken. Ri konnte nicht glauben, dass sie sich den Fuß an einer Stelle verdreht hatte, an der sie schon dutzende Male entlanggelaufen war. Mit angestrengter Miene stocherte sie im Sand, um die Unebenheit ausfindig zu machen und um dann mit dieser zu schimpfen.

Asha blickte über den runden Platz, der zur Hälfte in den harten Schatten eines alten Turms getaucht war. Nichts als Dünen. Es könne doch sein, dass sie einfach ausgerutscht sei. Ri stimmte zu, auch wenn es sie wurmte. Sie war niemals ausgerutscht, ihr Tritt war sicher wie der einer Nachtkatze. Etwas, worauf sie stolz war. Also suchten sie weiter.

»Ich weiß nicht, Ri. Je mehr ich mich hier umsehe, desto mehr bekomme ich das Gefühl, dass dieser Platz vom Rest der Anlage abgetrennt gewesen ist. Siehst du die Mauern, die Anordnung der Türme? Als habe man ihn beobachtet, aber nicht betreten.«

Die Prinzessin drehte sich wie ein Kreisel langsam herum. Das war ihr niemals aufgefallen. Asha hatte Recht. Der Verlauf der zerfallenen Mauern, die Türme dazwischen. Kein

Tor oder Eingang. Nur durch einen recht schmalen Durchbruch in der eingestürzten Südwand gelangte man hierher und durch die umgestürzte Wand im Osten wieder hinaus. Dachte man sich diese weg, könnte er wirklich Recht haben. Bisher hatte sie immer vermutet, es sei ein Platz für die Meditation der Mönche gewesen, die hier einst gelebt hatten.

Nun aber schien es, als habe man diesen Ort vor der Welt verstecken wollen. Vielleicht sogar mehr als das: Man hatte die Menschen der Welt vor dem Kreis beschützt! Ein feines Kribbeln begann in ihrem Bauch zu sirren. Das war seit vielen Jahren ihr Lieblingsort gewesen. Nun schien er sich in wenigen Herzschlägen zu wandeln.

Asha sprang von einem Vorsprung des Turms und kam zu ihr, sein Blick war besorgt. Sie bemerkte, wie seine Muskeln unter der braunen, verschwitzten Haut wogten. Er trug nur seinen Kilt, war barfuß. Lediglich sein Messer steckte im Gürtel.

»Wenn man sich den ganzen Sand mal wegdenkt, dann muss das hier ein ziemlich tiefer Schacht gewesen sein, in dem wir jetzt stehen. Ich vermute, damals fiel zu keiner Tageszeit Licht auf diesen Kreis.«

Ri atmete schneller. Sein blaues Himmelshaar flatterte in einer Böe. Die Sehnen seiner Unterarme griffen nach ihr. Die scharfen Kerben, die von seinen Hüften unter den Stoff glitten, all das war rauschender Klang. Ihr Brustkorb begann in Wellen zu vibrieren. Ihr Blick erkannte nur noch ihn, alles darum flirrte in der Hitze. Ri schwindelte. Sie legte den Kopf schief, betrachtete ihn nicht wie das einzig übrig gebliebene Wesen einer fremden Art, sondern wie eine Beute.

Der Sand wirbelte auf, als sie zu tanzen begannen. In rotierenden, zischenden Säulen stieg er auf, während sie beide darin versanken. Die Luft begann zu knistern, Funken schwebten und dünne Fäden zogen Blitzen gleich über ihre Körper, während diese unwiderruflich ineinander flossen.

Lippen schmolzen, Haut drang in Haut und in der Ekstase strömte ein gewaltiges Licht durch Ri, um nur einen Lidschlag später wieder aus ihr hinaus zu pulsieren.

Der Wind erhob sich zu einem wilden Kreischen. Die Sonne verdunkelte sich, wurde zu einem Auge, einem weit entfernten Stern. Die Zeit fiel an den Rändern des Turmes hinab, durch ihre Leiber hindurch. Kreiselnde Spiralen formten Bilder von Vergangenheit und Zukunft. Flammen, die bis hoch in die Himmel stoben, Asche, die auf die Erde stürzte.

Eine gemeinsame Stimme.

Fallen.

Anfang und Ende.

Sie standen im warmen Wasser der Oase. Asha wusch ihr den Sand vom Rücken. Seine Finger verharrten auf ihren Malen. »Du hast nichts darüber erzählt.«

»Ich habe gewartet, dass du danach fragst.« Erst jetzt bemerkte sie den Unterton von Verwirrung in seiner Stimme. Sie drehte sich zu dem Prinzen um. Wasser tropfte leise von ihr.

»Niemand weiß genau, was es ist.«

Er schaute an ihr vorbei. Ri nahm sein Kinn und zog es zurück zu sich, suchte in seinen Augen. »Als ich noch ein Kind war, sind diese Male einfach aufgetaucht. Ich habe das Gefühl, alle versprachen sich davon eine große Geschichte, aber mir wäre es lieber, sie würden wieder verschwinden.«

Ri stutzte plötzlich.

»Ri!«, sagte Asha.

Plötzlich bekam sie fürchterliche Angst und plapperte drauflos: »Die Dienerin, die es damals entdeckt hat, dann die vielen Astronomen, Weisen, Heiler und … ich habe nie wieder einen von ihnen wiedergesehen.« Sie fasste seine Hand. »Das da, in diesem Kreis, das war, ich meine, mir fehlen die Worte dafür, aber da ist etwas … da hat sich etwas losgerissen, so fühlte es sich für mich an.«

Sein Gesicht war nah. Ganz tief blickte sein Gletscherblau in ihr Herz. Sie erinnerte sich, dass er hinter ihr gewesen war, die Arme hatte sie nach hinten gestreckt, er hatte sie umfasst. Noch immer glaubte sie zu spüren, wie sich Fäden aus Licht darum geschlungen hatten. Ihr Rücken hatte sich gebogen … sie stieß Asha weg.

»Was hast du getan?«, keuchte sie auf.

Schmerz glomm in seinen Zügen. »Ich?«

»Ja! Du!« Ri machte einen Schritt von ihm fort und es zerriss sie beinahe. »Seit dem Kuss am Brunnen bin ich nicht mehr ich selbst. Ständig dieses Kribbeln, Summen«, sie fuchtelte mit den Armen, als wollte sie es verscheuchen, »und … all das!« Wild blickte sie sich um, dann wieder auf ihn. Asha Eisschild, der verfluchte Prinz aus dem Norden, der dastand, bis zu den Hüften im Wasser, so berauschend wie … »Was hast du getan? Was hast du gesehen?« Die Furcht überschwemmte sie nun. *War auch sie jetzt verflucht?*

Asha sagte es ihr. Nur ein geflüstertes Wort.

Ri erstarrte.

Für einen Moment wich alle Lebendigkeit aus ihr. Die Welt wurde hohl, zu einer zerbrechlichen Hülle und darin verloren ein einsames Mädchen.

Asha näherte sich ihr, doch Ri hob die Hand. Zu mehr war sie nicht fähig. Sein Blick war unendlich traurig. Sie stieg aus dem Wasser, nahm ihre Kleidung und rannte fort.

Sie lief weg, wohin wusste sie nicht. Irgendwann waren da Treppen. In engen Spiralen floh sie hinauf. Bis sie auf der letzten Plattform stand, zwischen zerbrochenen Mauern. Die Sonne zog feuerrote Gewänder über den Himmel.

Ri setzte sich, zog die Beine an die Brust, umklammerte sie, legte den Kopf auf die Arme und begann zu weinen.

»Lass uns fortgehen!«, sagte Ri. Sie war aufgeregt und gleichzeitig ganz ruhig.

»Wo immer du hingehst, ich komme mit dir.«

Die Prinzessin lächelte. Sie wollte nur ihn.

»Bringst du mir das Kämpfen bei?«

»Ja.«

»Gut. Das ist gut, oder? Kämpfen zu können, meine ich.«

Asha schwieg. Er stand auf. Der Schein des Feuers unter der Kuppel glühte auf seinem Gesicht. Er nahm sie in die Arme und drückte sie an sich, ganz still.

»Jetzt werden sie versuchen, auch mich zu töten, nicht wahr?« Ihr Leben bestand plötzlich aus Myriaden von Fragen. Niemals hatte sie das gewollt. »Wie hat es ausgesehen, sag es mir, bitte«, hauchte sie.

Er küsste sie auf die geschlossenen Lider, neigte den Kopf und flüsterte es ihr ins Ohr. Ri erschauderte bis in die Knochen. Ein verborgener Raum in ihr öffnete sich.

Das veränderte alles!

Asha

»Die Kraft einer Klinge wohnt im Handgelenk!«

Ri hob ihr Schwert auf und wischte sich Schweiß mit dem Ellbogen von der Stirn. Sie war frustriert, das war nicht zu übersehen. Sie hatte ein Schwert der königlichen Garde von Quell. Kaum mehr als ein großes Brotmesser, das man aber besser nicht unterschätzen sollte, auch wenn man mit einer Waffe größerer Reichweite gegen es focht.

Doch der Prinz bemerkte, dass es nicht zu Ri passte. Sie war ebenso groß wie er, ungewöhnlich für eine Frau. Ihre Armlängen waren fast gleich und Ri bewegte sich zu *melodisch* für einen wuchtigen Schlagabtausch. Er fand kein passenderes

Wort dafür. Er war der völlig falsche Lehrer für sie, jedoch sagte er dies nicht.

»Was?«, knurrte sie, als er keine Anstalten machte, weiter zu kämpfen.

»Du bist eine hervorragende Bogenschützin, nicht wahr?«

»Meint der erfahrene Prinz damit, ich sei in der Distanz besser aufgehoben?« Ihr Blick wurde warnend.

Asha überhörte es. »Das bedeutet, du hast ein verdammt gutes Auge-Hand-Gefühl. Du solltest nicht wie ein Nordmann fechten, sondern wie eine Wind-Elfe.«

»Wind-Elfe?«

»Alte Geschichten aus dem Norden, Ri.« Mit Freude sah er, dass sie ins Grübeln gekommen war. Lob war besser dafür geeignet, jemandem zu zeigen, wo die Schwächen lagen, als ihn direkt ins Messer laufen zu lassen. »Du brauchst eine schmalere, leichtere Klinge. Am besten eine aus blauem *Wellenstahl.*« Er tauschte mit ihr die Waffen. »Ich zeige dir ein paar Figuren. Bis dahin würde ich Heimtücke und Pfeile vorschlagen.«

»Heimtücke also?« Sie lachte ihn an. »Das traust du mir zu?«

»Oh, du glaubst gar nicht, was ich dir alles zutraue!« Jetzt lachte auch Asha.

Er zeigte ihr, wie man sich aus einer Umklammerung löste, den Nahkampf mit Messer und Fäusten. Sie beherrschten sich beide so gut es möglich war, doch gelang ihnen das nicht immer. In wilden Momenten, verdrehten Armen und Haltegriffen schlichen sich Küsse und Berührungen, die zwar einem Kampf nicht unähnlich waren, doch hatte Asha noch nie davon gehört, dass man einen Gegner außer Gefecht lieben konnte.

Auch sah er die Ernsthaftigkeit und den Eifer, mit denen Ri die Übungen aufsog. Misslang ihr eine Figur beim ersten Mal, wollte sie diese so oft wiederholen, bis sie sie beherrschte. Der Prinz kam nicht umhin, ihr Talent für diese Art von körperlichen Auseinandersetzungen staunend zur Kenntnis zu nehmen. So gut wie jeder würde diese schlanke Frau unterschätzen, ein Vorteil, den man ausnutzen musste. Und Ri zeigte keinerlei Skrupel, dies ohne mit der Wimper zu zucken auch zu tun. Asha war stolz auf sie.

»In ein paar Tagen wird das große Fest der Königreiche stattfinden.« Ri dehnte ihre geschundenen Muskeln. Sie hatte ein paar blaue Flecke davongetragen, eine aufgeplatzte Lippe, einen feinen Schnitt über der Augenbraue und Abschürfungen an etlichen Körperteilen, die nicht nur vom Kämpfen stammten. Aber ihrem Fuß ging es besser.

»Wir werden bald aufbrechen müssen.« Asha blickte ins Feuer. Er machte sich Sorgen. Vaka würde ihm den Kopf abreißen. Tahni vielleicht nie wieder ein Wort mit ihm reden. Allein Moos wusste, wo der Prinz sich befand. Er hatte Order, alle Fragen mit plötzlichem Stimmverlust zu beantworten, außer, dass es dem Prinzen gut ginge und er bald zurück sei.

Dennoch. Es war sehr impulsiv von ihm gewesen, sich ohne eine Erklärung ins Dickicht zu schlagen. Er hatte

Verantwortung. Er war der Sprecher der Ro´Ar. Erst jetzt bemerkte er Ri, die ihn ansah.

»Wir werden beide auf kleiner Flamme schmoren. Meine Mutter wird wütend sein und mein Vater wird versuchen, mich möglichst schnell an den Höchstbietenden zu ver kaufen.«

»Varrik wird nicht klein beigeben, Ri.«

Sie lächelte verschwörerisch, doch Ashas Magen wurde kalt. Die Prinzessin kniete sich vor ihn hin, legte ihre Hand auf seine. »Niemand wird mich bekommen! Wir gehen fort, so haben wir es geschworen!« Ihr Blick irrlichterte in seinem. Plötzlich ließ sie den Kopf hängen.

»Es gibt keinen Ort für uns, nicht wahr?«, ihre Stimme war nur noch ein schwacher Hauch.

Asha wusste es selbst nicht. Ri war die Prinzessin von Quell, man würde sie auf dem ganzen Kontinent erkennen. Und ihn, den verfluchten Prinzen, man würde ihn jagen, egal, wie lange es dauerte.

Tahnis Trauer fürchtete er, so wie Vakas Zorn, aber all das wog die Gefühle für Ri nicht auf. Einen irrwitzigen Moment glaubte er gar, man könne doch darüber reden. Ri würde zu ihm auf die Festung Eisschild kommen, ein Bündnis mit der *Clanzunge*, mit dem alle zufrieden sein könnten. *Oh, du törichter, dummer Mann*, schalt er sich. Er hob Ris Kinn an, sah die Tränen an ihren Wangen hinunterlaufen wie Perlen aus Glas. Er liebte diese Frau, wie er nichts zuvor geliebt hatte. Ein wilder Gedanke kam in ihm auf. *Dann würden sie eben sogar den Göttern trotzen!*

»Wir werden fortsegeln. Bis an den Rand der Welt, bis zu den *Schwimmenden Bergen*«, flüsterte er.

Ris Augen wurden weit.

»Wir werden sie zusammen erklimmen, Ribanna Tavurin, und sehen was dahinter ist.«

9

Roter Schnee wird fallen.

– Das Orakel vom Königreich Quell –

Asha

Zwei Münzen glänzten silbern auf Ris Handfläche. Uralt wirkten diese, fand Asha. Eine eigenartige Röhre aus Glas schien die eingeprägten Tiere miteinander zu verbinden.

»Die eine ist das Spiegelbild der anderen«, sagte sie. »Und man kann sie öffnen, habe ich herausgefunden.« Ri schraubte über einem Loch in der Münze, die wohl als Öse dienen mochte, einen winzigen Verschluss heraus. Dann zog sie ihr Messer. »Eine für dich, die andere für mich.« Ri machte einen Schnitt zwischen ihren Brüsten, dort wo das Herz saß, fing das Blut mit der Münze auf. Asha sah wie sich die Röhre füllte, als ob ein flüssiges, rotes Tier in das Silber kriechen würde. Nun nahm er seine Klinge und ließ das Eisen dort in die Haut fahren, wo Ri es getan hatte, sammelte das Blut und verschloss die Münze. Die Prinzessin nahm zwei rote Kordeln aus ihren Satteltaschen, fädelte sie ein, verknotete sie und dann, mit feierlichem Schweigen, legte jeder von ihnen die Münze mit dem Blut des anderen um seinen Hals.

Sie nickten einander zu wie grimmige Krieger.

Es war ihre letzte Nacht in den Ruinen. Stille hatte sich über die Oase gebreitet, eine stumme Decke, gewoben aus dem Funkeln der Sterne.

Ri und Asha lagen auf der Kuppel. Nebeneinander, die Hände ineinander gelegt, hörten sie der Welt beim Atmen zu. Morgen würden sie beim ersten Licht des Tages nach Aquamarin zurückkehren. Zurück in die Wirklichkeit, der sie entflohen waren. Doch was war die Wirklichkeit? Der junge Prinz wusste es nicht länger. Das Streben der Menschen erschien ihm sinnlos angesichts des endlos weiten Himmels und des Blutes, das in jeder Sekunde durch seine Adern irrte und doch nur ein Ziel kannte – die Frau neben ihm.

Für grausam hielt er die Götter, die nicht sahen, was sein konnte, sondern immer nur, was sein sollte. *War es Mitleid, das er empfand, für Wesen, die blind und blutleer waren? Die ihre eigene Schöpfung nicht verstanden? Oder hatten sie sich von dieser abgewandt, waren weitergezogen? Wenn das so war, dann verdienten sie keine Bildnisse, weder Gebete noch Opfer. Gar nichts stand ihnen zu.*

Mit diesen düsteren Gedanken entschwanden seine Sinne, glitten in die warme Umarmung der Träume.

Ein letztes Mal drehte sich Asha im Sattel herum. Die zerklüfteten Spitzen der Türme von Avenduran verschwanden hinter den Dünen. Irgendwie hatte er das Gefühl, etwas von ihm sei dort geblieben, würde von Zeit und Sand zugedeckt und für immer vergessen.

Die aufgehende Sonne färbte die Wellen des Wüstensandes in ein dunkles Rosa und halbmondförmige Schattenreiche. *Juno* schnaubte aufgeregt, er wollte sich wieder bewegen. Der Prinz tätschelte den Hals des Tieres.

»Alles in Ordnung?«, fragte Ri, die Hände auf dem Sattelhorn verschränkt. Asha schreckte aus seiner Vision. Er nickte ihr zu und sie ritt voraus. Noch einen Moment ließ er den Blick auf jenem Ort haften, der ihm schon jetzt wie ein verblassender Traum erschien.

»Vergiss mich nicht«, flüsterte er der Ruine zu und wendete sein Pferd Richtung Norden. Dort, weit hinter dem Horizont, wartete das Schicksal.

Als sie zwei Tage später den letzten Wegweiser passierten, stieg Asha ab, schritt zur Steinstele und spähte durch den Ring. Ri trat neben ihn, legte ihre Hand auf seinen Rücken.

»Würdest du auch ohne diese Markierungen den Tempel finden, Ri?«

»Ich benutze sie eigentlich nur aus Gewohnheit. Vor Jahren schon habe ich mit einem Kompass die einzelnen Passagen abgemessen. Ich kenne jede einzelne auswendig. Wieso fragst du?«

Wortlos ging der Prinz zu seinem Pferd zurück, saß auf.

Ri griff nach *Junos* Zaumzeug. »Was stimmt damit nicht, Asha?«

»Ich weiß nicht. Nicht nur Eis, auch Sand ist ein guter Schild. Wäre dumm, wenn jeder wüsste, wie man ihn überwinden kann.«

Nun blickte auch Ri zu der letzten Stele – sehr nachdenklich.

Die wenigen Stunden bis zur Stadt schwiegen sie. Der Plan war geschmiedet, auch wenn beide spürten, dass die Schwere der Entscheidung über ihnen schwebte wie ein kommender Sturm. Viele geliebte Menschen würden verletzt hinter ihnen zurück bleiben. Jedoch, das wussten sie beide, gab es keine Alternative. Entweder sie wagten es oder würden mit den Konsequenzen leben müssen. Und das wollte niemand von ihnen.

Kurz bevor die Stadtmauern in Sicht kamen, hielten sie auf einer Lichtung an. Ein langer Kuss beendete die Reise, die sie beide so sehr verändert hatte. Ein einziges Treffen noch vor dem Fest der Königreiche musste ausreichen, um die letzten Einzelheiten zu besprechen.

Ashas Herz wog schwer. Es war voll mit Ri, den Ereignissen in den Ruinen des Tempels und von jenen Worten, die er bald über seine Lippen würde bringen müssen.

Mit Gewalt lösten sie sich voneinander, bevor sie noch jeden Schwur vergessen und umkehren würden. Der Prinz sah ihr nach, als Ri auf den Pfad bog, der sie zu den östlichen Stadttoren führen würde.

Die Hand fest um die Münze geschlossen.

Noch nie in seinem jungen Leben hatte der Prinz eine Ohrfeige bekommen. Seine Wange brannte nicht einmal, dennoch ging der Schmerz darüber viel tiefer. Tahni stand vor ihm, ihre Lippen bebten, Tränen rannen, ihre schmale Brust schluchzte.

»Wie konntest du mir das antun?« Ihre Stimme kippte.

Asha schluckte. Die drei Wölfe waren unsicher, was da gerade passierte, wen sie beschützen mussten. Ihre Ohren zuckten nervös und sie jaulten.

Nur eine Geste und sie beruhigten sich.

»Ich …«, Asha suchte nach Worten, fand jedoch keine. Es waren einfach keine da. Hilflos kniete er sich auf den Boden, wischte seiner Schwester eine Träne vom Kinn. Er schnaufte, doch auch das half nicht. »Es tut mir leid«, flüsterte er, breitete seine Arme aus. Tahni fiel förmlich in sie hinein, wimmerte in seiner Halsbeuge, dass es ihm das Herz zerdrückte. Sie war so klein, so zerbrechlich.

»Ich, ich dachte … du kommst … nicht, nicht … mehr … zurück.«

Mühsam erkannte der Prinz die abgehackten Worte zwischen Luft holen und Weinen. So hatte er sie noch nie erlebt. *Wie dumm er gewesen war!* Sie beide hatten ihre Mutter verloren, der Vater hatte versucht sie zu töten, sie hatten ihre Heimat verlassen müssen, Tahni hatte den Blutmond erlebt, war allein und … Asha hatte es egoistisch beiseite geschoben. Die grenzenlose Verwirrung eines Kindes, das seinen Weg neu finden musste.

Er hatte geglaubt, sie sei erwachsener geworden, habe sich

absichtlich von ihm entfernt, neue Freunde gefunden. Doch es war nur ihre Art gewesen, um seine Nähe zu suchen.

Er spürte ihre Rippen durch seine Hände, die weiße Wölfin drückte besorgt ihre Schnauze zwischen sie und winselte leise. Der Prinz war kein Prinz, der hohe Norden nur eine Zuflucht, dieses Schiff ein Exil.

»Ich bin ja bei dir«, flüsterte er und auch ihm rollte eine Träne aus dem Auge. Das Herz zerrissen, entzweit.

»Wirst du mich für immer beschützen, Asha?«

»Ich werde dich immer beschützen, Schneeflöckchen!«

In dieser Nacht nahm er ein altes Buch aus der Truhe, setzte sich auf den Rand des Bettes, strich die Decke glatt, so wie er es immer getan hatte, schlug die Seite auf und las ihr vor. Bis ihre Augen erst weit und aufgeregt, dann langsam müde und schließlich vom Schlaf übermannt wurden.

Die zweite Ohrfeige bekam er von Vaka.

Die Herrin des Hauses Eisschild starrte ihn an. »Hast du überhaupt gehört, was ich gesagt habe?« Sie folgte seinem Blick, der auf das Holz der Kajüte gebannt war. »Was? Was ist da, verdammt?«

»Nichts«, erwiderte Asha. Er wünschte, er wäre dieses Stück Holz dort an der Wand. Nur mühsam fand er in diese Welt zurück. Sie war ihm entglitten, so vollständig, dass es ihn auslaugte, wieder in ihr zu sein.

Vaka nahm einen Kelch Wein, nicht der erste, das merkte

er und stapfte zu den Heckfenstern. Wellen schlugen gegen die Bordwand, der Wind säuselte in den Tauen. Ein schmaler Streifen Mondlicht lag auf dem Wasser des *Innermeeres* und funkelte. Ein romantischer Anblick. Seine Tante setzte sich, schlug die Beine übereinander, musterte ihn wie einen Fahnenflüchtigen.

»Ich habe durchaus Verständnis für die Wildheit der Jugend. Ich will ihren Namen nicht einmal wissen, es geht mich nichts an! Aber du bist ein Prinz, du bist ein Mitglied meines Clans, du bist der Sprecher der Ro´Ar!«

Asha versuchte einen Sinn in der Rüge zu finden, doch auch dort war es leer. Staub und Asche. Prinz, Mitglied, Sprecher. *Was waren diese Bezeichnungen wert, wenn sie doch nur seine Seele aushöhlten? Ri jedoch …*

»Der Eichenfaust-Clan ist verschwunden!«

Er hörte den Satz. Er fühlte ihn, denn er schwappte gegen seine Brust, kalt und mitten in seinen Bauch.

»Was?« Asha bewegte sich aus der Starre.

»Deine Ohren sind also noch unter uns, sehr schön!« Vaka erhob sich von dem Sims, die Haare mit Pfeilspitzen aus Lapislazuli verziert, wie er jetzt erst bemerkte. Kriegszeichen!

»Was bedeutet verschwunden… tot?«

»Tot? Nein! Du kennst doch die grünhaarigen Waldkrieger. Die können schleichen wie Nebel. Eben war ihr Lager noch da«, sie schnippte mit den Fingern, »dann war es fort. König Grimmhorn tobt seit Tagen in seinem Zelt und dieser Varrik und sein Seher glätten die Wogen, als würden sie versuchen eine verdammte Flutwelle aufzuhalten.«

Asha verstand. »Was kann ich tun?«

Vaka drehte sich zu den Fenstern um, die Wellen waren verlockend, der Prinz wusste, dass sie diesen Strand verlassen wollte.

»Rede mit den Ro'Ar!« Sie ballte die rechte Faust. »Sag ihnen, wie es ist.«

Asha wollte ihr eine Hand zur Versöhnung reichen, ein Zeichen seiner Loyalität geben, doch Vaka starrte weiter auf das Meer.

»Was soll ich ihnen sagen?« Er wusste es bereits. Die Schwester seiner Mutter, die Frau, die ihn aufgenommen hatte, sie straffte die Schultern. Kampfbereit. Doch er, er wollte die Finsternis nicht aussprechen, nicht hier und nicht jetzt. Denn sie vernichtete jeden Funken Hoffnung, den er noch besaß. Asha ließ den Kopf hängen. Die Planken zu seinen Stiefeln waren abgewetzt, dutzende Kerben darin, von Äxten, Messern und Eis so hart wie die Berge. Asha atmete ein.

»Der Norden gegen den Norden!«

Asha atmete aus.

Ribanna

Konnte ein Blick wie eine Ohrfeige sein? Ja, er konnte!

Ri aber stand da, felsenfest, durchdrungen von zehntausend Momenten. Von Liebe.

»Ich will gar nicht wissen, wer oder was dich dazu getrieben hat, deine Pflichten derart mit … Füßen zu treten, aber ich verlange, dass du es übermorgen nicht tust.« Die Stimme ihrer Mutter stieß lediglich die Spitze in Ris Brust, das Heft wartete noch auf ihre Antwort.

»Ja, Mutter.« Ri hatte keine anderen Worte. Diese tanzten im Sand, lagen zwischen den Türmen und dem Kreis von Avenduran. In ihr, neben ihr, auf ihr – überall.

»Das Fest der Königreiche, Ri!« Sidora hob eine zittrige Hand zur Schläfe, nahm die Perücke ab. Ri konnte kaum glauben, was sie da sah und hörte. Noch nie hatte ihre Mutter ihren Spitznamen gebraucht. Sie versuchte verwirrt den plötzlichen Kloß im Hals hinunter zu schlucken. Vergeblich.

»Es wird wichtig sein … für Quell … für uns!«

»Ich werde dich nicht enttäuschen, Mama.«

Sidora lächelte warm, wandte sich zu den Fenstern, schaute über die Bucht zu den dunklen Köpfen der Wächter.

»Als du noch hier drin warst«, sie legte die Hände auf ihren flachen Bauch, »da habe ich gewusst, dass du ein ganz besonderes Kind bist. Voller Temperament. Tag und Nacht hast du mich auf Trab gehalten. Dein Vater hoffte, dies seien sichere Anzeichen dafür, dass es ein Junge wird. Nun, in gewisser Weise hatte er Recht.«

Was sollte Ri dazu sagen? Ihre Mutter wirkte verstört? Angespannt? Melancholisch! Das war es.

»Bald werden die Festlichkeiten vorüber sein«, sagte Ri, um der Königin Mut zuzusprechen. »Ich verspreche, ich werde mich bis dahin wie eine vorbildliche Prinzessin benehmen.«

»Du bist stark, Ribanna Tavurin. Seit deinem ersten Atemzug warst du eine Kämpferin. In deinen Augen glüht die Kraft der Veränderung, der Hunger nach Träumen. Nichts braucht dieses Land mehr.« Sidora kam zu ihr, diese große, würdevolle Frau und Ri hatte das mulmige Gefühl eines Abschieds. Wie es nur eine Mutter tun konnte, strich sie ihr durch die Haare, über die Schultern und Arme. »Was machen die Male?«

Ein heißer Stich fuhr Ri in den Rücken. Schnell drehte sie sich herum, damit ihre Mutter nicht in ihrem Gesicht lesen konnte. »Sind da, wo sie immer sind.« Wie Ri diese Lüge derart scherzhaft klingen lassen konnte, war ihr ein Rätsel. Das Herz schlug ihr bis in den Hals. Die Hände krampfte sie ineinander. Sie schloss die Augen und wartete.

»Vielleicht, eines Tages«, murmelte Sidora. Und dann, als hätte die ganze Unterhaltung nicht stattgefunden: »Ich habe dir ein wunderbares Kleid machen lassen, Ribanna. Trage es bitte auf dem Fest. Für mich, ja?«

Ri verstand die Welt nicht mehr. Sie konnte nur noch nicken, was ihre Mutter strahlen ließ. Die Königin war zurück, aber nicht so wie sonst.

Ein Schatten lag auf ihren Zügen.

Der schlanke, schnittige Segler gehörte Ri. Sie hatte ihn zum zehnten Geburtstag bekommen und war damit das gesamte *Innermeer* abgefahren. *Voras* hatte sie ihn getauft, nach einem Vogel, der im Gebirge des östlichen Reichs von Quell zu finden war. Ein großer Adler mit beeindruckend weiten Schwingen, die eine ungewöhnliche Färbung hatten. Weiß, wie der Schnee auf den Gipfeln, in denen er jagte und dazwischen ein ungewöhnliches Violett, jene Farbe, die sich manchmal auf die Grate der Berge verirrte, wenn die Sonne aufging.

An alles hatte sie gedacht. Proviant, Wasser, Seekarten. Das Schiff war immer gut ausgerüstet, weil Ri oft genug ihrer Laune nachgab und es benutzte. Es dümpelte im Hafen der königlichen Familie, abgetrennt von den großen Kriegsschiffen durch eine Mole aus Felsen, auf denen die Banner des Reiches im Wind flatterten.

Das Salz in der Luft war hier näher, fast zu greifen. Es stieg in ihr Blut und ließ Ri vor Freude grinsen. Sie überprüfte das Tauwerk, das Ruder, sah nach dem eingeholten Segel. Der Kompass richtete seine eiserne Nase getreu gen Norden. Sie hielt inne, schaute aus dem Bullauge. *Die **Schwimmenden Berge**, das war ein unglaubliches Abenteuer. Ja, sie würden den Göttern trotzen und Dinge sehen, an die niemand auch nur in seinen Träumen gedacht hatte.* Sie setzte sich, hob die Hände an die Schläfen und war plötzlich vollkommen verwirrt.

Eine Last fiel auf sie nieder, achtzehn Jahre schwer. Mehr neunzehn. *Was tun wir da nur?*, dachte Ri und ihr Blick suchte Asha. Die Hand fuhr wie von selbst zu der Münze, umschloss sie. Sein Blut darin.

Als sie in ihre Gemächer kam, nahm sie den herben Duft von Zedern wahr. In ihrer Abwesenheit hatten die Dienerinnen ganz offensichtlich aufgeräumt. Nicht ein Kleidungsstück lag, wie üblich, über Lehnen oder auf dem Boden. Ihr Werkzeug war in Schubladen verschwunden, Notizbücher zugeklappt, Tintenfässer verschraubt und sämtliche Teppiche hatten akkurat ausgerichtete Fransen.

Die Dämmerung drängte sich über die Terrassen. Es war still, zu still. Mit den Fingern glitt Ri über ihre Möbel, als wären diese das Land und die Prinzessin eine Wolke. So groß, all das war so unermesslich weit und groß. *Wieso?* Sie streifte die Sandalen ab, spürte den kühlen Marmor unter sich. Wie ein Blatt, welches im Wind vorüber trieb, tanzte sie durch den Raum. Ri senkte die Lider, genoss den Geruch einer behüteten Kindheit. Leise summend drehte sie sich um sich selbst. Sie kannte diesen Ort wie keinen anderen. Sie breitete die Arme aus, ihre Fingerkuppen fühlten den glatten Türrahmen zu ihrem Schlafzimmer, noch eine getanzte Figur und sie stand vor ihrem Bett.

»Es ist schön, dich so zu sehen.«

Ri riss die Augen auf.

»Vater!« Mehr brachte sie nicht heraus. Ihre Arme sanken herab.

Er saß auf ihrem Bett, gebeugt, die Ellbogen auf den Knien, die Hände berührten sich an den Spitzen wie ein Gebäude, das einzustürzen drohte. Das Nachtgewand hing an ihm, das graue Haar war unordentlich, als hätte sich der König im

Bett gewälzt und keine Ruhe gefunden. Er trug keinen Ring, doch Ri kannte ihn nur mit den Insignien der Macht, den Siegeln von Quell. Blasse Abdrücke dieser Würde waren auf seiner Haut.

»König, Ardon Tavurin, Ehemann, Vater!« Er schaute auf. »Wer ist der Mann hinter all diesen Titeln?«

Ri entzündete eine Kerze, die auf ihrem Nachttisch stand. Sie musste etwas tun, denn die Situation überforderte sie.

»Die Reihenfolge ist perfekt«, antwortete Ri. Der krumme Docht knisterte, dann loderte er endlich auf. Licht.

»Du warst am Hafen?!« Sein Ton war belanglos. Auch wenn sie damit erfuhr, dass der König seine Tochter überwachen ließ. Vermutlich war es Dabba, ihr Leibwächter.

»Ja.« Mehr wollte Ri nicht preisgeben. Sie sah hinüber zum Schrank, dahinter war die Nische, darunter eine ganze Stadt und dann – Asha.

Freiheit. Liebe. Abenteuer.

»Ich denke, es wird Wind aufkommen.«

Ri legte die Stirn in Falten. Es gab keinen Moment, der diesem glich, also war dieser Besuch wie eine Rätsel-Schachtel. Sie setzte sich ebenfalls. So behutsam wie möglich legte sie die Handflächen auf den weichen Stoff, streckte die Arme durch und spannte die Muskeln an, die seit den Übungen mit Asha viel stärker geworden waren. Wie Säulen, die ein Dach trugen. *Oder ein Königreich?*

Ri schoss auf wie eine Flamme.

»Nein!«, stammelte sie. Der Raum begann zu wanken.

»Nein! Nein, nein, nein!«

Die Schultern ihres Vaters sackten in sich zusammmen.

Ri ging vor ihm in die Knie.

»Tu mir das nicht an!«, flehte sie.

Der Mann, der sie gezeugt hatte, er konnte nicht einmal ihren Augen standhalten. Ihre Mutter hatte es gewusst, vielleicht hatten deshalb alle über ihren unerlaubten Ausflug hinweggesehen, damit der Pfeil nicht zu früh sein Ziel erreichte.

Ihr Vater ergriff mühsam ihre Hände, Ri weinte und auch er weinte.

»Bitte, nicht!«, wisperte sie.

»Ich bin sehr krank, Ribanna.«

Ri ließ seine Hände los und atmete tief aus als sie erwiderte: »Das wird wieder!«

Himmel, wie sehr sie sich jetzt doch zurück nach Avenduran wünschte.

»*Du* bist Quell! Das bist du immer gewesen.«

Ihr Vater verschwand vor ihren Augen, zerfiel, zerstörte das Bild, das sie von ihm hatte. Ein abgemagertes Antlitz, dessen eingefallene Wangen ein gänzlich vertrautes Gesicht in einen Alptraum verwandelt hatten.

»Es ist das Orakel, nicht wahr?« Ri musste Spucke sammeln, damit sie es fragen konnte.

»Roter Schnee wird fallen, vom Haupt des Löwen …«

Der König, Vater und Ardon Tavurin sahen gemeinsam in ein weit entferntes Nichts.

Ri wich zurück. »Was hat es noch gesagt, Vater?« Ri packte

seine Schultern. Der König erschauderte, als wüsste er nicht, wo er war. Ein besorgtes Erkennen erhellte ihn.

»Ich werde bald abdanken, Ribanna. Du wirst zukünftig die Krone von Quell tragen.«

Ri kauerte da und wartete. Doch die Schatten der Vergangenheit schwiegen. *Sie … eine Königin? Ihr Name stellvertretend für ein ganzes Volk. Keine Ri mehr. Nur noch Ribanna Elektra Tavurin!*

»Was hast du mir nur angetan!«, flüsterte sie fast lautlos. *Und wieso tust du es gerade jetzt?*

Eine große Melancholie habe ihren Vater erfasst, niemand hatte ihm Heilung schenken können. Sein Herz sei ganz schwer, vom ersten Licht des Tages bis zum Funkeln der Sterne. Und im Schlaf habe er schreckliche Träume.

Ri schob Aurelia vor sich – sie sei doch die Ältere. Doch nein, hatte ihr Vater gestöhnt, sie sei wie er. Mehr Kaufmann als König. Ri hingegen habe die Stärke und den Mut ihrer Mutter geerbt. Wieso könne sie das nicht verstehen? Das Volk werde sie lieben. Eine junge, starke Frau, der man folgen würde in schweren Zeiten. Ri könne mitreißen, begeistern, eben weil sie unkonventionell sei, voller Leben und Tatendrang. Aurelia wäre dafür nicht geschaffen.

Ausgelaugt fühle er sich. Am Ende seiner Kräfte. Der Norden verhandle nicht, er stelle Bedingungen. Und auch die anderen Reiche, sie alle wollten von Quells Reichtum etwas abhaben. Früher hatte man so etwas wenigstens noch Plündern genannt. Nein, Quell stehe an einer Schwelle. Ein neues Zeitalter beginne, da sei er sich sicher. Und dafür brauchte es frisches Blut.

»Versprich es mir! Dass du die Krone tragen wirst!«, hatte er sie angefleht.

»Ich verspreche es!«, hatte Ri geantwortet und dabei die Tränen unterdrückt. Stattdessen hatte sie das Rasseln von Ketten gehört, die sich um ihre Zukunft legten.

Das Licht der Lampe wurde schwächer. Sie musste sich auf den Weg machen. Sie würde es Asha nicht sagen, konnte es nicht. Es musste eine Möglichkeit geben, eine, die sie nicht erkannte, noch nicht. Ri wusste, wer wirklich hinter dieser Entscheidung stand – ihre Mutter. Vermutlich hatte Sidora ihren Vater so lange gestützt bis es nicht mehr ... Wenn ein Baum krank wurde, dann konnte man Äste entfernen, ihn pflegen. Aber hatte es seine Wurzeln erwischt, dann würde der nächste Sturm ihn fällen. Und ganz offenbar befürchtete ihr Vater einen solchen Sturm. Das Orakel, es hatte ihm die Wurzeln vergiftet.

Dennoch. Der König hatte auf sie nie den Eindruck gemacht, als würde er unter der Last zerbrechen. Ri wusste, dass es ein Mittel gab, das vor allem bei Soldaten sehr beliebt war. Man konnte stundenlang marschieren, ohne müde zu werden. Furchtlos wurde man damit und hellwach. Doch für alles gab es einen Preis zu zahlen. Die Fassade erstrahlte, das Innere jedoch zerfiel – es waren die Kuvablätter.

Und was, wenn sie trotzdem fortging? Aurelia würde die Bürde dann zufallen. Doch was, wenn das Reich wirklich in Gefahr war? Ein Gutes hatte ihre Mutter mit ihrer Entscheidung jedenfalls erreicht. Varrik war aus dem Rennen! Der ganze Norden kam für eine Heirat nicht länger in Frage! Einfach weil es schlicht keinen Prinzen mehr gab. Oh, bittere Ironie. Hätte Grimmhorn sich nicht an eine Jüngere geworfen und hätte er damit nicht eine verhängnisvolle Kette von Ereignissen in Gang gesetzt, so hätte Ri Asha als Prinzen kennengelernt und … Womöglich wollte Sidora damit Kark und Wulan näher an Quell ziehen. Immerhin könnte eine Heirat das Kräfteverhältnis wieder in die Waage bringen. Jarock! Oh, verflucht. Ihr sorgloses Leben war dahin, vorbei.Aus und vorbei.

Als Asha über die Mauer sprang und sie in seine Arme schloss, als wollte er die ganze Welt festhalten, da war all das vergessen. Die Sonne begann in ihr zu leuchten, die Leidenschaft zu toben und ihr Herz zu zittern. Sie rannten durch den Wald. Zwei Seelen auf der Flucht vor den Pfeilen ihrer Feinde. Ihr einziger Schild: die Liebe.

Sie lagen unter einem abnehmenden Mond, durch dessen Sichel dunkle Wolkenspeere trieben. Sie schwiegen, denn jedes Wort wäre Wahrheit gewesen und diese Wahrheit eine Klinge.

Beide hielten sie sich an einem Traum fest, der ihnen bereits durch die Finger glitt. Auf ein Wunder hofften sie und gaben dieser Hoffnung durch ihre Küsse Nahrung. Vielleicht verstand jeder für sich, wie aussichtslos der Kampf war, doch zusammen hatten sie einen Glauben. Daran, dass jeder Tag, jede Stunde oder Minute, ja, selbst während eines einzigen Atemzugs, die Welt fähig war, sich zu verändern.

Sie schwiegen, die Haut sprach.

Die Bäume knarrten und ächzten über ihnen. Der Wind flüsterte über ihre Schweißperlen. Ein jeder von ihnen erkannte die Verzweiflung in der Wildheit des anderen. Doch das Eine konnte manchmal ohne das Andere nicht existieren. So blieb die Lüge süß und das Herz blind.

Sie verabschiedeten sich wortlos, hielten sich an den Händen, bis die Welt den Raum dazwischen einnahm. Jeder ging rückwärts, weil die andere Richtung sie nie wieder losgelassen hätte. Mit den Augen hielten sie das Band zusammen, bis der Moment gekommen war, da sie sich umdrehen mussten.

Asha kehrte zurück auf die *Mondwolke*, betete zu den Ahnen und allen Geistern des Nordens, sie mögen ihm einen Weg weisen.

Ri stand einsam vor den Fenstern ihrer riesigen Gemächer und drohte den Göttern Rache an, die ihr eine wundervolle, schimmernde Welt zeigten und sie gleichzeitig darin einsperrten.

Die Antwort darauf sollte die Welt verändern.

10

Roter Schnee wird fallen. Vom Haupt des Löwen.

– Das Orakel vom Königreich Quell –

Ribanna & Asha

Der Regen war am Morgen gekommen. Ein grauer Schleier gläserner, kalter Nadeln. Er tropfte von Dächern und Traufen, gurgelte leise in den Gassen und Straßen. Er ließ das *Innermeer* wie eine riesige Fläche porösen Steins wirken und im Hafen machte er die Segel schwer.

Ri fühlte sich der Welt seltsam entrückt, stand steif da auf einem flachen Podest, während vier Schneiderinnen ihr das Kleid auf den Körper nähten, ebenfalls mit hunderten von kalten Nadelstichen.

Noch vor einer Stunde, als die Dämmerung schläfrig am Horizont erschienen war, hatte sie an der Brüstung gestanden, das Haar nass, die Hände eiskalt. Mit dem Blick eines Tieres, das man hinter Gitter gesetzt hatte, schaute sie auf die drei Schiffe am Strand. Eines davon bereitete die Besatzung auf die Abreise vor. Männer in blauen Mänteln kappten die Seile, die es am Strand hielten. Andere überprüften den Kiel nach Schäden und jemand versah die Runen auf den Planken mit neuer Farbe.

Das Wunder hatte nur noch wenige Stunden Zeit, doch

Ri glaubte nicht mehr daran. Ihr Vater würde während der Festlichkeiten eine Rede halten, allen danken und schließlich bekanntgeben, dass die Krone an seine Tochter übergehen würde.

Die Prinzessin sah die überraschten Gesichter bereits vor sich. Sie fragte sich, wer davon wusste und wen es auf dem falschen Fuß erwischen würde. Im Palast und auch im Reich hatte es nie nennenswerte Intrigen gegeben. Das Haus Tavurin war ein uraltes Geschlecht, das seit Generationen die Krone trug. Es waren gute Herrscher gewesen, die Quell in den Wohlstand geführt hatten. Ri glaubte nicht, dass ihr das jemand neiden würde, im Gegenteil. Aurelia würde froh sein, in ihr wunderbares und glänzendes Castalis zurückkehren zu können. Jene Stadt, die zwischen mehreren Seen lag und von Weinbergen und Olivenhainen nur so strotzte. Erze wurden dort in den Bergen abgebaut und die Grenze zu Kark war weit entfernt.

Nein, alle würden applaudieren und Ri dabei einen Wunschtraum verlieren.

Das Kleid war schulterfreie Eleganz in Weiß. Es verdeckte so eben die beiden Male unterhalb der Schulterblätter. Ein Korsett aus spitzenbesetztem hellen Blau drückte Ris Dekolleté in die Höhe. Darüber trug sie ein schweres Schmuckstück aus Gold. Drei längliche und gewölbte Platten, auf denen Delphine sprangen, Schiffe segelten und in der Mitte der Wahlspruch von Quell: *Wir sind die Sonne, der Wind und das Meer.*

Noch deutlicher konnte man den Anhängern der *Stein-*

könige nicht ins Gesicht spucken. Es war ein uralter Spruch, der lange nicht benutzt worden war. Hier im Süden hatte man keinen großen Bezug zu den Königen aus Stein. Die Religion hatte immer eine untergeordnete Stellung eingenommen. Kaum jemand glaubte die Geschichte, dass die Drachen den Menschen Löcher in die Herzen geschnitten hatten, damit Gier und Blut aus ihnen in die Welt sprudeln konnten. Man vertraute auf Friedfertigkeit, Harmonie und das Leben, nicht auf düstere Regeln und mit flüssiger Glut gefüllte Unterwelten.

Es war Trotz, das wusste Ri. Es war ein Zeichen an den Norden, gegen Varrik und diesen Seher, die sich aufführten, als hätten sie die Macht Quell zurechtzuweisen. Ihre Mutter würde diese Geste nicht gutheißen, aber wenn Ri schon in diesen Ring geworfen wurde, dann wollte sie nicht einen Augenblick zögern, zu zeigen, dass man ihre Heimat besser nicht unterschätzte. Oh, Himmel, begriff sie. Du denkst bereits wie eine Königin! Du musst fest daran glauben, Ri. Das Schicksal ist wendig wie der Wind auf See.

Goldene Armreifen wurden ihr angelegt, filigran verziert. Die Münze war darunter in einer Halterung verborgen, nahe an ihren Pulsadern. Sie bekam Sandalen angezogen und verschnürt, die Finger- und Fußnägel mit Perlmutt beklebt. Eine Perücke in Wolkenblau war der letzte Hieb in ihrem Köcher. Das war ihr ganz persönliches Zeichen an Asha. Ri schnürte es die Kehle zu, als sie daran dachte, wie er reagieren würde, wenn ihr Vater sie zur neuen Königin erhob.

Es gibt einen Weg! Es muss einen geben!

Die Vertreter der Königreiche strömten aus den hohen Flügeltüren. Auf der Südseite des Tafelberges ragte aus den unteren Terrassen eine kegelförmige Felsformation, die wie ein Nagel in ihrer Flanke steckte. Über eine weite, im sanften Bogen verlaufende Brücke, gelangte man auf seinen flachen Kopf. Darauf stand, monumental und gebieterisch, die *Halle der Quellen*. Träger hielten große Baldachine über die gekrönten Häupter. Die Brüstung und Pfeiler wurden von Soldaten gesäumt mit nass glänzenden Helmen und Speeren, an denen schlaff bunte Flaggen hingen.

Vor Ri schritten ihr Vater und ihre Mutter, die Hände verschränkt, doch wirkte es, als müsse Sidora ihren Mann damit aufrecht halten. Aurelia blickte stur geradeaus, würdevoll und in einem Gewand aus grüner Seide, auf der Weinreben und Olivenzweige in Gold gestickt waren. Dahinter die Senatoren und Senatorinnen, Generäle und Würdenträger.

Ein kunstvoller Steingarten, durch den sich ein breiter Weg aus geriebenen, rosanen Muscheln zog, führte zu der mit Glas überdachten Halle. Um das beeindruckende Gebäude aus hellem Marmor standen Säulen. Davor wachten Statuen mit langen steinernen Gewändern, deren Arme Schalen hielten, aus denen Wasser in die Höhe stieg. Hörner erklangen. Trompeten sangen durch den Regen, Trommeln schlugen dumpf bis in Ris Magen. Irgendwo dort hinten war Asha.

Sie spürte seine Nähe.

Als die gigantischen bronzenen Tore geöffnet wurden, kam es Ri vor, als betrete sie ihr eigenes Grab.

Asha

Dieser schlaffe, wie tot vor sich hin schlurfende Nieselregen passte bestens zur Stimmung des Prinzen. Ein Unwetter wäre ihm noch lieber gewesen, besser als strahlender, friedlicher und launig zwitschernder Sonnenschein war es allemal.

Moos betrachtete Asha mit gerunzelter Stirn, während er arge Schwierigkeiten dabei hatte, den Umhang an seine silbernen Schulterscheiben einzuhaken.

»Bei den Raben, Moos. Du kannst mit einem Hieb einen Baum spalten, aber das …«

»Für die feinen Dinge habe ich nicht die Hände«, verteidigte sich sein Freund, ging leicht in die Knie, damit Asha, der schon groß war, diese feine Kordel einfädeln konnte. Endlich gelang das verzwickte Vorhaben.

»Danke, Prinz«, murmelte Moos und schaute an dem Umhang hinunter, aus dem man glatt ein Mannschaftszelt nähen konnte. Der Hüne stand mit leicht geneigtem Kopf in der Kajüte und war sichtlich überfordert mit der Aufgabe, heute an den Festlichkeiten teilzunehmen.

»Halte das mal!« Asha legte sich einen Gurt aus Riemen um, der vom Umhang verdeckt sein würde. Moos glotzte auf die

Waffe in seinen Pranken.

»Was ist denn das?«

»Eine Eisaxt! Hab´ sie selbst gemacht. Wenn die Schneide vorn bricht, wächst sie nach. Das Wasser dafür kommt aus dem Schaft!« Moos war sichtlich beeindruckt.

»Die willst du doch wohl nicht mitnehmen?«

»Natürlich nehme ich sie mit!«, sagte Asha und steckte zusätzlich ein paar Dolche ein.

»Ich dachte es gibt Tanz und Kuchen.«

»Gibt es ja auch.«

Moos war nicht besänftigt.

»Du wirst doch keinen Kampf mit deinem Vat … ähm, mit dem Grimmhorn-Clan anfangen, oder, Asha?«

Der Prinz klopfte seinem Freund vor die fassgroße Brust.

»Nein. Aber man kann nie wissen.« Damit kreiste Asha alles ein, was es an Merkwürdigkeiten gab. Moos wusste zwar nicht soviel wie er selbst, denn die Besprechungen mit Vaka und den Führern der Eisschildwache blieben geheim. Dennoch machte sich nun eine gewisse Besorgnis in Moos´ Gesicht bemerkbar. Polternd verließ er die Kajüte und kehrte kurz darauf grinsend zurück. Asha sah keinen Unterschied zu vorher, aber Moos konnte irgendwo einen Rammbock unter dem Hemd haben und man würde es kaum merken. Er fragte lieber nicht nach, das wäre für alle Beteiligten das Beste.

Vaka gab die Parole aus. Alle sollten sich benehmen. Aber war Ärger im Anmarsch, dann gab es nur ein Ziel: Der Schutz der Schiffe. Hodgar, der Befehlshaber der Eisschildwache, hatte an drei Männer Hörner verteilt, mit denen sie sofort den Schiffen ein Signal senden würden. Der größte Teil der Wache blieb am Strand in Bereitschaft.

»Das ist ein Fest, Männer. Aber seit der Eichenfaust-Clan mitten in der Nacht verschwunden ist, sind wir ohne echte Verbündete hier. Sollte König Grimmhorn auf den wahnwitzigen Einfall kommen, er könne dem Haus Eisschild – fern unserer Festung und unserer Streitkräfte – hier die Flügel stutzen, dann hat der Alte wirklich den Verstand verloren.«

Allgemeines Gelächter erklang.

»Was ist mit den beiden Ro´Ar, Asha?«

Der Prinz nickte nur und Vaka schien zufrieden.

Kurz vor dem Aufbruch nahm Vaka den Prinzen beiseite.

»Du siehst nicht gut aus, Asha. Was ist los? Bitte fange keinen Streit dort oben an, mir zuliebe.«

»Es ist Tahni, Tante. Ich mache mir Sorgen. Vielleicht wäre es besser gewesen, sie Zuhause auf der Festung Eisschild zu lassen.« Die Lüge fiel ihm nicht schwer, denn ein Teil von ihm dachte wirklich so. Damals, im Schlafgemach des Königs, hatte Gorm eine Art von Kälte gezeigt, die Asha nicht vergessen hatte. *Und wag es ja nicht, irgendetwas mitzunehmen, das **mir** gehört …*

»Sie ist sicher hier! Die Eisschildwache wird niemanden zu den Schiffen lassen und falls doch, dann ist für eine schnelle Abreise alles vorbereitet. Hoffen wir, dass es einfach ein langweiliger Tag wird und wir morgen in aller Frühe zurück zu unserem Gletscher segeln.«

Ja, dachte Asha. *Hoffen wir auf ein Wunder!*

Ribanna

Artisten aus vier Königreichen würden den denkwürdigen Tag mit ihren Vorstellungen zu einem würdigen Abschluss bringen. Zudem durfte jede Nation ihre heimatlichen Tänze aufführen und damit ihren Stolz demonstrieren.

Aus Wulan sollten Stabtänzer kommen. Kark wollte die rituellen Bogenschützinnen ihrer Garde zeigen, allerdings ohne Pfeile. Die waren nicht erlaubt. Wenigstens eine Sache, die Ri neugierig machte. Der Norden hüllte sich noch in bedeutungsschwangeres Schweigen, aber Ri hatte Gerüchte gehört, dass sie eine uralte Sage in Versform zum Besten geben wollten. Mit dramatischer Musik und Runenmagie.

Nichts davon konnte die Prinzessin auch nur annähernd mit dem Spruch des Orakels in Verbindung bringen. Vielleicht war es ein Drama, das der Norden erzählen wollte. Mit blutigem Schnee und … Ri schüttelte resigniert den Kopf.

So langsam tat ihr der Rücken weh vom stocksteif Dastehen und den gefühlten vierhundert Verbeugungen vor den Gästen. Ihr Vater hielt sich wacker, auch wenn er unter der Last des Protokolls schwer zu leiden schien.

Nach einer Ewigkeit war der offizielle Teil vorüber und die Menge verteilte sich. Es war bemerkenswert, wie schnell sich Grüppchen bildeten, meist von den Angehörigen eines

Reiches und diese wiederum in jeweils kleinere, streng nach Machtfülle. Nur die Unwichtigen mischten sich unters Volk, vermutlich allesamt Spione.

Es war eine Tortur, sich durch die Menge zu bewegen, ohne dabei auf jemanden zu treffen, der nicht dringend etwas mit Ribanna besprechen wollte. Meist ging es um Audienzen, die ihren Vater oder Sidora betrafen. Ri versuchte Haltung zu bewahren, obwohl ein Knurren und ein paar Griffe, die Asha ihr gezeigt hatte, sie wieder zum Lächeln bringen würden. Zum Glück begegnete sie weder Varrik noch Jarock aus Wulan.

Endlich sah sie ihn und das Herz schlug ihr wild in der Brust. Er sah genauso charismatisch aus wie beim ersten Empfang. Das Zeichen des Clansprechers war auf seinem ernsten Gesicht. Seine Meeraugen schauten sich unauffällig um, taxierten. Ganz nebenbei sprach er mit einem Hünen, der ein ganzes Kuchenblech in den Fäusten hielt und bedächtig zu Ashas Worten kaute. Ein wenig dahinter, abgeschirmt von großen, entschlossen wirkenden Nordmännern, stand die Herrin von Eisschild. Sie lächelte warm, nickte dem ein oder anderen zu. Eine ebenso charismatische, wie eiserne Frau.

Der Riese sperrte wenig höflich den Mund auf, als Ribanna an die Gruppe trat. Asha knuffte ihn, was mehr einem Hieb glich, und mit sichtlich rotem Kopf starrte der Mann zu seiner Herrin. Die aber ließ sich nichts anmerken.

»Verehrte Vaka Eisschild. Es ist mir eine Ehre, Sie hier zu sehen.« Ribanna verbeugte sich vor der Frau und die tat es ihr gleich. Auch ihre Krieger senkten die Köpfe. Asha verbeugte sich mit einem flüchtigen Grinsen, das er sofort wieder verbarg. Innerlich schimpfte Ri mit ihm. Auch wenn sie ihm um den Hals fallen, oder besser noch, zu Boden reißen wollte, so mussten sie sich doch benehmen, als würden sie einander nicht kennen. Der Prinz fing sich schnell und blickte interessiert, aber auf sehr distanzierte Art. Das traf Ri, obwohl sie wusste, dass es nur gespielt war. Nach dem Austausch einiger Floskeln und der einhelligen Meinung zum schlechten Wetter, wandte Ri sich Asha zu. »Sie also sind die *Clanzunge* der berühmten Ro´Ar?«

Der Prinz nickte galant. Er antwortete ausweichend, geheimnisvoll und Ri lächelte wissend und geheimnisvoll. Mit einer erneuten Verbeugung verabschiedete sie sich, andere Gäste würden auf sie warten.

Ri konnte kaum die Füße heben, so sehr wollte sie, dass all dies ein Ende fand. So nah bei ihm verlor sie jede Kontrolle und das durfte nicht geschehen. Hinter einer Säule legte sie ihre Hände auf den kalten Stein und musste zur Besinnung kommen.

»Ihr seht schwach aus, Prinzessin!« Die Stimme. Ebenso ölig wie das Haar.

Jarock! Ri suchte nach Haltung, doch fühlte sie sich, als wäre sie Leck geschlagen. Ihre ganze Zukunft war ein Mahlstrom und sie ruderte und ruderte.

»Prinz … ähm …«

Die wulanische Miene erstarrte zu Stein.

Ah, das hat gut getan.

Der kleine Mann packte sie erstaunlich schnell am Arm, zog sie ein wenig hinab. Schmerz kroch Ri bis in den Rücken. Einen Moment perplex, wusste sie keine Antwort.

»Ich habe mir lange genug Eure Frechheiten angehört. Ihr werdet Euch sofort …«

Weiter kam der Prinz nicht, denn eine Hand hatte sich auf seine Schulter gelegt wie eine Klaue. Die Sehnen darauf spannten sich und Jarock kniff überrascht die Lippen zusammen, damit er nicht schrie. Ri sah auf und Asha stand hinter dem Mann aus Wulan, der Blick tödlich gelassen. Sie wusste, der Krieger konnte dem armen Kerl das Schlüsselbein zerdrücken. Jarock ließ von ihrem Arm ab. Wütend drehte sich der Prinz um und erstarrte wegen der Höhe seines Gegners. Doch nur kurz.

»Wie könnt Ihr es wagen, Ihr …« Erst da bemerkte er die Zeichnung auf der linken Gesichtshälfte. Ein Schauder fuhr durch den Wulaner.

»Wenn du jetzt verschwindest, Zwerg, dann lass ich dich leben!«, lächelte der Nordmann.

Ri hatte noch nie diese Ruhe in Ashas Augen gesehen. Das Eis der Gletscher war darin. Das nebelhafte Brüllen der Ro´Ar auf seinen weißen Zähnen. Es roch sogar plötzlich nach Schnee.

Mit Hass in den Augen hastete Jarock davon.

»Vielen Dank, aber das wäre nicht nötig gewesen.«

»Verzeiht, Prinzessin Ribanna. Ich wollte Euch natürlich nicht die Freude nehmen, den kleinen Wurm selbst zu zertreten.« Er lächelte erneut. »Ich wollte nur nicht, dass Eure Sandalen Schaden hätten nehmen können. Fett macht hässliche Flecken auf so edlem Material.« Asha zog Ri ein paar Schritte weiter. Im Schatten einer Statue kam er nah an sie heran. Ri bekam keine Luft mehr.

»Bist du wohlauf?«

»Ich werde noch verrückt, Asha«, zischte Ri. »Alles dreht sich mir. Das Orakel meines Vaters hämmert unaufhörlich in meinem Kopf. Hier sind viel zu viele Menschen – und das Kleid ist zu eng.«

»Orakel?«

Ri schwirrte der Kopf. Sie wollte seine Hand greifen und weglaufen. Seine Augen, seine tiefen, unendlichen Augen. Sie konnte es ihm nicht sagen. Deshalb schob sie das Orakel vor.

»Roter Schnee wird fallen. Vom Haupt des Löwen.«

Asha starrte sie an. Dann glitt sein Blick zu der auf einem marmornen Sockel ruhenden Skulptur in der Mitte der Halle. Es war das Abbild eines Löwen. Asha sah weiter hinauf zu dem Glasdach, Ri folgte seinem Blick. Doch kein Schnee, kein Rot. Besorgt sah er sie an, seine Kiefer spannten sich an.

»Die Ro´Ar, mit der ich spreche, ihr Name ist *Roter Schnee.*« Er griff an den Lapislazuli, der in seinen blauen Haaren verknotet war. »Krieg im Norden? Werden die Ro´Ar fallen?« murmelte er vor sich hin.

Ri war geschockt, dass nun auch noch der Name eines Ro´Ar aus dem Dickicht ihrer Vermutungen starrte. Sie hatte keine Zeit dafür.

»Asha, niemand weiß es, das Orakel spricht in Rätseln. Aber wir können jetzt keine Rätsel lösen.«

Im Hintergrund hob eine laute Stimme an, die verkündete, dass die erste Darbietung gleich beginnen würde. Ein Diener kam auf sie zu und Ri straffte sich im Nu. Asha spürte die Veränderung und zog sich zurück. Ein letztes Lodern ihrer Herzen, dann verbeugte er sich und ging. Ri drückte das Feuer in sich fort und setzte die Maske einer Königin auf.

Die Stabtänzer wirbelten, sprangen, warfen und ihre bunten Gewänder verschwammen einem vor den Augen. Die Schäfte pfiffen in der Luft, segelten wie Propeller bis zur Decke, fielen und wurden aufgefangen. Alle bewegten sich in vollendeter Präzision, Kraft und Körperbeherrschung.

Akrobaten folgten, die mit ihren Leibern Türme bauten, die ebenso schnell zerfielen, nur um neue Formen anzunehmen. Schlangenmenschen verdrehten die Gelenke in absurde Winkel, die schon beim Hinsehen wehtaten. Die Musik dazu schwirrte durch die Halle, schnell und schrill und laut.

Die Bogenschützinnen aus Kark waren dann eine ganz andere Darbietung. Langsam, wie sachter Wind, schritten sie in den Kreis der Bühne. Vermummt waren sie, nur die Augen waren zu erkennen – schwarze, leidenschaftliche Augen. Ihre weiten Gewänder schienen zum Bogenschießen ungeeignet, aber es waren eher rituelle Bewegungen, die sie vorführten. In einer Reihe stellten sie sich auf, stumm und im Gleichklang.

Die Stabtänzer aus Wulan ließen die Schäfte auf den Boden knallen. Ein Zeichen für die nächste Figur. Die Frauen gingen in die Hocke. Wieder ein Dröhnen von Holz auf Stein. Die Bögen, eben noch waagerecht in den Händen, wurden langsam, mit grazilen Bewegungen, vor die Brust gehoben. Es waren ungewöhnliche Bögen. Die ihren Schwerpunkt viel weiter unten hatten. So sah es aus, als würden die Pfeile, wenn denn welche auf den Sehnen gelegen hätten, nie ihr Ziel erreichen.

Ri sah all das wie durch eine unscharfe Linse. Alle Festgäste standen um den Bühnenkreis. Ihr Vater und Sidora waren neben ihr. Aurelia rechts vom König. Leicht versetzt hinter ihnen war der Norden versammelt, Gorm fehlte jedoch. Stoisch und recht unbeeindruckt wirkten die Nordmänner. Ri konnte Varrik nicht finden. Dafür stand der Seher eine Reihe hinter ihrem Vater. Es schien, als schliefe der Mann im Stehen. Neben Ri war Jarock, noch immer Zornesflecken auf den Wangen. Er starrte gebannt auf die Bühne, während er mit seiner Hand den Saum seiner Jacke zerknautschte.

Und dann beschleunigte sich die Zeit, nur dass sie wie lautlose Tropfen fiel.

Die Frauen taten so, als spannten sie ihre Bögen. Und plötzlich sah Ri, dass wirklich Sehnen darauf waren. Sie waren jedoch durchsichtig! Im gleichen Moment zogen die Tänzer aus Wulan dünne Hauben von ihren Stäben und ließen sie nach vorn zucken. Ein Schwall Pfeile flog aus den hohlen Zierwaffen hervor über die Bühne wie ein dunkler Schwarm Federn. Die Bogenschützinnen griffen die Schäfte aus der Luft.

Trommeln lärmten. Menschen klatschten. Ho-Rufe hallten.

Ri suchte nach Asha in der Menge. Sie wandte sich nach rechts. Ihr Vater krallte seine Hände über die Gürtelschnalle, den Löwenkopf. Ri atmete ein und aus. Ihre Mutter stand da wie ein Fels.

Roter Schnee wird fallen.

Korn für Korn fiel ins Stundenglas. Jarock riss seinen Arm aus der Jacke. Die Frauen legten die Pfeile auf. In Ri wölbte sich Galle empor. Der Seher war nicht mehr an seinem Platz. Der Wulaner grinste sie an, als er zwei Schritte hinter sie sprang und ihrer Mutter ein Messer seitlich zwischen die Rippen rammte. Gleichzeitig war der Seher wieder da, eine Klinge schimmerte im Licht und fuhr über die Kehle ihres Vaters. Bogensehnen schnappten und dutzende Pfeile sirrten in die Menge. Geschrei erhob sich. Aurelia sank, wie eine mit Nadeln gespickte Puppe, zu Boden, die Augen gebrochen.

Der Kopf von Sidora ruckte heftig zur Seite, weiße Blüten lösten sich aus ihrem Haar, schwebten davon. Das Blut aus ihres Vaters Kehle sprudelte in einem Schwall nach vorn. Die Blüten trieben wie Schneeflocken hindurch, färbten sich rot. Von dem plötzlichen Gewicht nach unten gedrückt fielen sie an des Königs Gewand herunter, über die Schnalle des Gürtels – das Haupt des Löwen.

Ri wollte schreien. Ihre Welt versank im Chaos. Vielstimmiges Gebrüll erklang. Ein Horn klang laut. Sie wurde gepackt und nach hinten geschleudert. Asha war da, sein Gesicht ungläubig verzerrt, eine Axt aus Eis in den Fäusten. Er rief ihr etwas zu, doch Ri verstand es nicht. Sie wollte fliehen, bis in den Himmel. Seine Kraft wirbelte sie an den Handgelenken in die Realität zurück. Ihre Wange rutschte über den Marmor. Infernalisches Tosen von Klingen und Schilden war über ihr, neben ihr, überall. Ri zerriss das Kleid, damit sie aufstehen konnte. Taumelnd kam sie hoch. Asha wehrte einen Schlag mit seiner Axt ab, warf ein Messer.

»Komm hoch verdammt, Ribanna Tavurin!«, brüllte er, während Blut auf sein Haar spritzte.

Ri schluchzte, fassungslos, wütend, entleibt.

»Nimm das!« Der Prinz drückte ihr einen Dolch in die zittrige Hand. »Erinnere dich!«

Die *Halle der Quellen* verging in Blut und Tod. Eine Lawine aus Menschen und Waffen ging aufeinander los. Ein Körper drängte auf sie ein. Ri erkannte nur einen Schemen. Sie stieß zu.

Die Blüten ihrer Mutter! Sie waren durch das Kehlenblut ihres Vaters gefallen. *Roter Schnee wird fallen. Vom Haupt des Löwen.* Ri knurrte plötzlich wie eine Furie.

Schilde donnerten ineinander. Die Halle verwandelte sich in ein Schlachtfeld. Ri zog Rotz hoch, schrie, folgte Asha, der um sich hieb, als wollte er Felsen spalten. Der Marmor wurde rutschig von Blut und Leben. Sie hielt seine Hand, nur das zählte noch. Nichts anderes. Der Hafen, das Boot. Die *Schwimmenden Berge*! Asha trennte einem Angreifer den Arm ab, der nach ihren Knien schlug. Von einer Sekunde zur anderen schoss Jarock auf die beiden zu, ein dutzend Männer hinter sich.

Wulan, Kark, der Norden, sie alle wollten Quell vernichten.

Da flog ein Körper durch die Luft, mähte die Hälfte der Stabtänzer wie Spielzeug beiseite. Ein menschlicher Turm, der mit seinem Schild und einem riesigen Hammer zwischen den Angreifern tobte. Von seinen Gefolgsleuten abrupt abgeschnitten fand sich Jarock allein vor Asha und Ri, versuchte noch seinen Lauf zu bremsen und kam schlitternd zum Stehen. Mit weiten Augen hob er einen gekrümmten Säbel. Ein Schrei aus Verachtung und Ekstase gellte Ri in den Ohren. Asha bekam die Axt nicht schnell genug gedreht, so sauste der Säbel von oben auf das Blatt. Das Eis brach in wilden Splittern. Jarock heulte vor Siegesgewissheit. Erneut hob er die Klinge, um den Nordmann in zwei Hälften zu spalten, als das Eis der Axt wie aus dem Nichts nachwuchs. Mit Erschütterung im Blick rauschte Jarocks Arm erneut hinab, Asha tauchte darunter weg, tanzte mit Ri an der Hand um den Mann herum und rammte von hinten seine Waffe in dessen Schulter. Vom eigenen Schwung und dem Schlag des Nordmannes stürzte dieser nach vorn, prallte hart mit dem Kopf auf und blieb liegen.

Asha schnaufte wild. Noch immer kochte die Halle. Die einzigen, die Gegenwehr leisteten, war Vakas Eisschildwache. Der Hüne schwang seinen gewaltigen Hammer und fegte die letzten Stabtänzer ins Jenseits. Der Mann war nicht einmal aus der Puste. Asha packte seinem Kameraden in den Nacken und zog ihn zu sich heran, dass die Zöpfe flogen. »Nimm Vaka und lauf zu den Schiffen!«

Der Mann fletschte die Zähne wie ein Bär.

»Du wirst meine Schwester mit deinem Leben beschützen, Moos! Schwöre, dass du Tahni nicht von der Seite weichst, bei allen Ahnen, schwöre es.«

Ein Laut ohne Gleichen entfuhr dem Mann, dann packten sie einander die Unterarme, starrten sich in die Augen. Wie eine Felswand raste der Krieger durch die Menge, hob die gefallene Vaka in seinen Arm, ließ dabei den Hammer kreisen, dass alle in Deckung sprangen und floh durch die Bronzetüren ins Freie.

Derweil kreiste eine Phalanx Nordmänner die beiden ein und Ri wusste, dass es zuende ging. Doch was sie dann hörte, ließ ihr das Blut erstarren.

Das Brüllen der Ro´Ar bebte durch die Halle.

Asha

Als Asha die Pfeile fliegen sah, wusste er, dass sie treffen würden. Keinen Herzschlag schwankte er zwischen dem Clan und der Liebe und schleuderte Ri aus der unmittelbaren Gefahrenzone. Aus dem Augenwinkel sah er Vaka fallen. Noch bevor seine Tante die Hand zum Schwert führen konnte, durchbohrte ein Pfeil ihren Mund. Der Prinz schrie der Eisschildwache einen Befehl zu, zog Ri mit sich, die taumeld auf die Beine kam. Die Halle brodelte von Tod und Kampf. Er warf einen Dolch nach dem Seher, einfach, weil er es für richtig hielt. Die sausende Klinge trennte ihm die Wange entzwei.

Asha kam aus der Hocke, nahm Ri mit sich, denn sie schlotterte wie Espenlaub. Aber aus all dem Gewusel erhob sich der Verrat des Nordens. Angebliche Adlige, Ratsmitglieder, Diener, sie alle hoben ihre Waffen empor. Der wimmernde Ton eines Horns erklang. *Gut, dass sie einen Mann vor der Brücke gelassen hatten! Drei Schiffe würden nun ins Meer gezogen.*

Die Klinge aus Eis schnitt durch ein vernarbtes Gesicht. Mit Ri an der Hand, die er nicht loslassen würde, tanzte er einen Tanz des Krieges. Jarock tauchte auf, mit einem Säbel, krumm wie eine Sichel. Ashas Eisklinge zerbarst und er sah schon den Jubel über das Gesicht des Wulaners branden, da wuchs das Axtblatt auf magische Weise nach und Jarocks Antlitz verwandelte sich in pures Entsetzen. Asha tauchte unter dem Schlag des Verräters hindurch, schwang den Arm nach hinten und wusste, dass er dem Mann die Schulter zerfetzt hatte.

Moos kam ihnen zu Hilfe, sein Hammer fegte einer Sense gleich durch die Reihen. Doch es war längst zu spät, das wusste der Prinz. Er packte den Freund, ließ ihn schwören, Tahni mit dem Leben zu beschützen. Die Schiffe waren jetzt ihre einzige Hoffnung.

Eine Horde Winterkrieger begann sich um ihn und Ri zu formieren, da spürte der Prinz plötzlich die geballte Anwesenheit von Macht.

Das Brüllen der Ro'Ar ertönte. Unzählige Krieger zogen Armbrüste hervor. Die Bolzen schwer, von langer Hand geplant. Die bronzenen Flügel der Tür wirbelten unter den Tatzen der Ro´Ar mitten in die Nordmänner. Kampfgebrüll. Schreie. Panik.

Das gewaltige Tier fegte durch die Schilde, als wären sie aus Papier. Mit einem Satz sprang sie auf die Löwenstatue. Das fauchende Brüllen des *Gletschergeistes* fegte durch den Saal wie ein Sturm. Die Verräter feuerten ihre Armbrüste. Eis stob von den Treffern der Bolzen, blaues Blut sickerte durch das weiße Fell. Die Augen schmal wie eine Klinge, wogte plötzlich Nebel um das Tier und ballte sich zusammen. Die Haare richteten sich auf. Eiszacken wuchsen aus ihrer Brust, die sich blähte wie eine Wolke aus Schnee. Immer weiter feuerten die Nordmänner.

Ri packte Ashas Arm und zog ihn fort. Geschosse zischten in der Luft. Asha wusste, dass sie auf die seitlichen Fenster zuliefen, begriff und warf seine Axt in das Glas. Mit einem letzten Sprung brachen sie hindurch, umarmten einander. Wind rauschte durch sein Haar, bauschte den Umhang.

Das Letzte, was seine Augen sahen, war, wie die Ro´Ar förmlich explodierte. Myriaden von Eissplittern rasten in alle Richtungen davon. Niemand in der Halle konnte diesen Zorn überleben.

Roter Schnee war gefallen. Vom Haupt eines Löwen.

Ribanna

Sie stürzten. Ris Schultern brannten. Sie umklammerte Asha wie einen Felsen im weiten Ozean. Die Felsnadel raste an ihnen vorüber, schnell und verschwommen. Und schließlich geschah das, worauf Ri gehofft hatte. Die Flügel brachen aus ihrem Körper. Riesige Schwingen zerteilten die Luft wie leuchtend rotes Licht. Der Boden kam auf sie zugeschossen. Instinktiv breitete sie die Flügel aus, fing den Sturz in letzter Sekunde ab und die beiden schlugen in den Garten der ersten Terrasse auf.

Der Regen fiel ihr ins Gesicht, Ri keuchte in den Himmel über ihr. *Tot – tot – tot … ihre Familie – ausgelöscht.*

Asha, neben ihr, regte sich.

»Bei den Geistern des Nordens«, stöhnte er. Ri spürte, wie die Schwingen sich zurückzogen. Es war ein beinahe weiches Gleiten, gleich unter der Haut. Asha taumelte auf die Füße.

Tot! Alle waren sie tot. Eine vollkommene Hilflosigkeit überflutete die Prinzessin. Doch Asha griff unter sie, hob sie hoch. Ri fühlte keine Kraft mehr in sich. Er küsste sie, ein Funke in der Finsternis. Vorsichtig stellte sie sich hin. *Tot – tot …* Ein Schauer durchzitterte ihren Leib.

»Ri!« Asha nahm ihr Gesicht in seine Hände.

Wo waren sie hier? Was war passiert? Er hatte Blut auf den Haaren. Wo war ihre Perücke? Ein neuerliches Kribbeln durchfuhr sie. Und mit ihm kehrte der Schrecken zurück.

»Was sollen wir jetzt nur tun, Asha? Was …«

»Du kletterst unter diesen Berg und wir treffen uns bei dem See im Wald. Ich muss wissen, ob meine Schwester in Sicherheit ist. Und dann … werden wir fliehen.«

Ein letzter Kuss.

Ri lief. Wie ihre Beine sie trugen, wusste sie nicht. Die Treppen und Flure, die nur jemand kennen konnte, der hier aufgewachsen war, führten sie höher und höher. Niemand kam ihr entgegen, das Schloss voller gespenstischer Stille.

Endlich erreichte sie ihre Gemächer. In stummer Hast zog sie sich um, schnappte sich ihren Bogen und einen Köcher, warf Obst in einen Rucksack. Sie blickte sich um, glaubte, sich erinnern zu müssen – für später, für immer. Sie wollte gehen, doch trieb es sie noch einmal auf die Terrasse. Das Fernrohr! Sie schwenkte es herum und richtete die Linse auf die Stadt. Aquamarin lag da wie immer. Der Regen verschleierte die Mauern und Häuser, doch dann sah sie Feuer im östlichen Viertel. Dort war die Stadtgarnison stationiert. Mit Schrecken sah Ri das Feuer, das die Kasernen erfasst hatte. Grellrote Flammen schlugen in den Himmel. Mit ihren jugendlichen Augen bemerkte sie, dass etwas nicht stimmte. Keine Soldaten! Und dann erkannte sie, warum. Die Tore der Unterkünfte waren verbarrikadiert. Bei den Wolken. Man hatte die Soldaten eingesperrt und dann die Kaserne angezündet. Niemand würde den Menschen von Aquamarin zu Hilfe eilen. Keine Seele würde die Stadt verteidigen. In den Straßen schritten Truppen des Nordens, Ri sah ihre Standarten. Aber auch Wulaner und Männer aus Kark. Alle Hoffnungen zerfielen zu Staub.

Mit langen, schnellen Schritten durchquerte sie die Uralten Mauern unter dem Tafelberg. Die Ruinen waren Trost und Albtraum zugleich. Mal schien ihr Kopf wie leergefegt, wurde zu einer mondlosen Nacht ohne Namen, dann wieder wollte ihr der Schädel platzen, voll von grässlichen Bildern und Gerüchen.

Sie wusste nicht, wie lang es gedauert hatte, aber als sie aus der Spalte schlüpfte und das Seil ergriff, war die Nacht noch nicht angebrochen. Ri warf den Rucksack voran, stieg aus dem schmalen Loch. Sie lief los, sprang über zwei Säulen in Richtung Wald. *Tot – tot– tot.* Ihr Herz hämmerte. *Weiter – weiter – lauf!* Sie nahm die Bewegung kaum wahr und wie aus dem Nichts stand plötzlich Varrik Starksegel vor ihr und leckte sich über die Lippen. Ri spürte den Schlag nicht einmal.

Asha

Asha rannte. Durch die Gassen und das Tor, welches offen stand und den Tafelberg beschützte. Niemand war zu sehen, die Grabesstille, die sich über diesen Tag gelegt hatte, war unheilvoll. Weiter lief er, Richtung Süden zum Strand. Nur noch mit einem Messer war er bewaffnet und mit der stumpfen Leere, die nach einem Kampf entstand. Nach dem Blut kam die Welle aus Müdigkeit.

Seine Haut tropfnass, der Sand in den Dünen war feucht

und schwer, die Schritte brannten in den Muskeln. Oranges Glühen waberte unter den grauen Wolken, hohes Klingen sang darunter. Eine Düne noch, dann stand er keuchend auf dem Kamm und starrte fassungslos auf das Grauen.

Die *Mondwolke* brannte lichterloh. Die *Schneewind* neben ihr sah nicht gut aus, war mit Pfeilen gespickt. Die gesamte Eisschildwache stand auf dem Strand und kämpfte Schild an Schild gegen die anderen Clans. Die Männer aus dem Haus Eisschild wichen soeben zurück bis kurz vor den Bug der *Steinfluke*. Tahnis Schiff! Asha konnte nicht glauben, was er dort sah. Eine so tiefe Wut erfasste ihn, dass er zu schreien begann. Er schloss die Augen, legte den Kopf in den Nacken und spie seinen Zorn in den Himmel. Er zuckte nicht einmal zusammen, als das Brüllen weiter geführt wurde und zwar so dröhnend, dass es bis über das Meer zu hören sein musste. Ein Ro´Ar stand neben ihm, überragte den Prinzen beinahe um das Zweifache.

Hunderte Schwerter dort unten erstarrten in ihren Bewegungen. Köpfe drehten sich herum. Augen starrten aus Helmen heraus. Die Eisschildwache nutzte den Moment, um ihre Schilde neu auszurichten. Unzählige Tote lagen im Sand.

Asha wankte. Von dem Ro´Ar neben ihm ging eine Macht aus, die einen bläulichen Schimmer erzeugte. Dort unten erkannte er einen Mann, einen verhassten Mann. Vengal Eisenhand. Er führte die Truppen von Grimmhorn. Der Krieger war ein Schlächter von der Statur eines grob behauenen Klotzes. In seiner Faust trug er eine Doppelaxt. Mit dieser, so hieß es, rasierte er sich auch den Schädel. Um seine Clanzugehörigkeit zu zeigen, hatte er sich Runen auf den Kopf brennen lassen und die Narben mit Ruß schwarz gefärbt.

»Zieh dich zurück, Vengal Eisenhandf!«, rief Asha.

Der Anführer lachte, auch wenn es angesichts des Ro´Ar etwas gezwungen klang.

»Sonst was?« Eisenhand gab ein Zeichen und die hinteren Reihen der Männer lösten sich, bildeten eine neue und zogen Armbrüste hervor. Die gleichen, wie jene in der *Halle der Quellen*. Mit Ekel begriff der Prinz, wie lang dieser blutige Tag geplant worden sein musste.

»Wird keiner deiner Männer diesen Strand lebend verlassen.« Der Ro´Ar hob den Kopf, die Mähne wallte neben seinem gewaltigen Brustkorb. Der Eiszacken darin deutete genau auf Vengal. Mit dieser Aussicht wirkte der Stolz des Heerführers mit einem Mal sehr viel kleiner. Unsicher blickte er sich um. Unruhe erfasste die Männer der Clans. Vengal mahlte mit dem Kiefer. Er versuchte seine Chancen einzuschätzen. Doch was nützte Heldenmut, wenn man danach tot im Sand lag? Er gab ein Zeichen. Grimmhorns Truppen wichen zurück, die Eisschildwache aber blieb, wo sie war.

Doch plötzlich kam ein kleiner Trupp in schwarzen Rüstungen aus den weiter südlichen Dünen, ganz aus der Nähe, wo die Tarnzelte standen. Und ihnen voran ging ein Mann, dessen Umhang über den Strand schleifte, gelassen und kraftvoll.

Varrik Starksegel!

»Niemand geht hier irgendwohin!«, befahl er. Die Eisschildwache verlagerte ihren Schutzwall nun um den gesamten Bug der *Steinfluke*. Asha presste die Lippen zusammen.

»Auch du solltest gehen, Varrik«, sagte Asha.

Der lachte und baute sich keine dreißig Schritt vor Asha auf. Doch auch er starrte den Ro´Ar an, als würde er allen Mut in sich zusammen kratzen müssen, um nicht wegzurennen. Er hob den Arm und die Männer hinter ihm warfen ein Bündel auf den Strand. Asha stockte der Atem. Es war Ri.

»Dann wird sie als erste bluten!« Varrik kniete sich neben der Bewusstlosen nieder und streichelte ihr kurzes Haar. Asha ballte die Fäuste, dass die Sehnen knarzten.

»Lass meine Schwester auf dem Schiff und Ri ziehen, Varrik. Ich biete es dir kein zweites Mal an.«

»Und ich sage dir, *verfluchter Prinz*, lasse den Ro´Ar kommen. Ich warte auf ihn.«

Asha lächelte. »Du glaubst, ein paar Armbrustbolzen könnten dich schützen? Dort oben, Varrik, in der Halle des Verrats, von dort kommt niemand mehr zurück.« Das hatte gesessen. Das Grinsen gefror dem schmierigen Gockel. Doch plötzlich rückte Verstärkung aus dem Hafen vor. Etwa vierzig Krieger, ebenfalls mit schweren Waffen, schlossen zu den Clans auf.

»Ich sehe nichts, was mich ängstigen könnte«, rief Varrik nun erleichtert.

»Du dummer, dummer Mensch. Da lässt mein Vater mich überfallen, meine Mutter in den Tod springen, droht mir und meiner Schwester und spricht den *Blutfluch* über mich. Und du dämlicher Starksegel denkst, ich tauche hier allein auf?« Asha sandte die Botschaft. Links und rechts von ihm schritten weitere Ro´Ar auf den Kamm der Düne. Knurren, Zähne, Eis und Blut. Zehn an der Zahl. Geheimgehalten von ihm und Vaka, weil sie niemandem mehr vertrauten, außer dem Haus Eisschild.

Varrik klappte der Mund auf. Ein winselndes Jaulen ging durch seine Männer. Die Waffen senkten sich zitternd.

»Ich werde sie töten!«, schrie Varrik mit Panik in der Stimme und legte Ri einen Dolch an die Kehle. Sie kam zu Bewusstsein. Grob zog er die Prinzessin an sich wie eine Trophäe. Ri blinzelte verwirrt, dann sah sie Asha an.

»Du lässt sie gehen. Oder ich schwöre dir, das hier wird ein Blutbad.« Asha reckte das Kinn.

»Nein!« Varrik warf sich in Pose. »Lyria wird den Pfad der *Steinkönige* fortführen«, er bemerkte noch seinen Fehler, leider. »König Grimmhorn wird Quell ab diesem glorreichen Tag regieren. Ich war nur die Klinge.« Doch Angst war in seinen Worten.

Asha kannte Ri. Sie hob die Wimpern und senkte sie.

»Dann sterben wir eben alle hier und heute. Kein Ruhm, kein neues Königreich. Nicht einmal ein kleiner Vers für dich in einem gelallten Lied. Man wird einfach deine Überreste aus dem Sand klauben und nicht einmal wissen, ob du das warst oder der arme Tropf neben dir.«

»Eine! Eine darfst du wählen, entscheide oder wir sehen, was passiert.«

Asha wusste, dass Varrik Ri nicht töten würde. Wäre dies sein Ziel gewesen, sie wäre längst tot. Doch Tahni trug das Blut Grimmhorns in sich. Sie war die Erbin ihrer Mutter. Der hohe Norden durfte nicht fallen. Um keinen Preis.

Geht zurück und schützt den Gletscher, bat Asha die Ro´Ar. *Es tut mir leid, ich habe versagt.* ***Roter Schnees*** *Mut wird immer in meinem Herzen bleiben. Bitte, gebt Acht auf meine Schwester.* Asha bekam keine Antwort, doch die Wesen traten einen Schritt zurück.

Varrik ließ die restliche Eisschildwache an Bord der *Steinfluke* gehen, das Schiff wurde in die Dünung geschoben, Ruder schlugen in die graue See des *Innermeeres*, nahmen Kurs auf die Wächter. In diesem Augenblick verschwanden die Ro´Ar.

Der Prinz schritt die Düne hinunter.

Allein.

Varrik wartete.

Asha sprach mit Ri, nur durch die Augen. *Ich liebe dich! Ich werde dich finden, egal wo du bist. Sie antwortete: Und ich werde leben, für dich. Bis die ganze Welt vergeht.*

»Oh, ist das nicht herzzerreißend, Vengal. Wenn man zwei Herzen trennen muss?«

Der glatzköpfige Nordmann grinste und schlug das Blatt seiner Axt gegen Ashas Stirn.

Dunkelheit.

Tahni

»Geh aus dem Weg, du dicker Brocken! Ich bin seine Schwester, ich bin eine Prinzessin! Ich bin …« Tahni boxte auf Moos ein, der vor ihr stand und einfach nicht weichen wollte. Am Strand blieb Asha zurück, eingekesselt von Grimmhorns Kriegern.

»Wieso helfen sie ihm nicht? Sie lassen ihn allein! Ich hasse sie! Ich … Ahhrrr, wo sind die Ro´Ar?«

Ein Arm, dick wie ein Baumstamm, hielt sie fest.

»Der Prinz ist ihre *Clanzunge*, kleines Mädchen. Sie würden nicht gehen, wenn er es nicht wollte.«

Tahni zuckte zusammen, schluchzte hemmungslos, so wie sie es getan hatte, wenn die Geschichten nicht ausgegangen waren, wie sie es sich gewünscht hatte.

Kleines Mädchen! So hatte Moos sie genannt. Vakas toter Körper lag in ihren Umhang eingehüllt auf den Planken. Blut auf den stummen Lippen. Ihre Mutter war von den Zinnen ihrer Kindheit gesprungen, ihr geliebter Bruder verschwand wie ein düsterer Traum am Horizont – geschlagen, gedemütigt. Von einem Mann, der noch vor Monaten ein Nichts gewesen war. Die Ro´Ar hatten Ashas Worten gelauscht, nun, jetzt waren sie fort. Niemand kannte die Geister des Gletschers, wusste, was sie als nächstes tun würden.

Tahni Eisschild wurde erwachsen, von einem Moment zum anderen. Und Rache waren die Wurzeln darunter.

Die Ruderer pflügten durch die Bucht. Hinauf zu den

Wächtern. Plötzlich krängte das Schiff nach Backbord. Alle hielten sich fest, Tahni aber stand an der Reling wie eine Steinsäule, als die Bordwand fast bis ins Meer sank. Ein Ro´Ar krallte sich an den Planken hoch, sprang und landete elegant wie eine Katze aus Eis in dessen Mitte. Er schüttelte das Wasser aus seinem Fell, der andere Teil gefror. Tahni ging auf ihn zu, streckte eine Hand aus. Moos wollte sie daran hindern, versperrte ihr den Weg. Doch der Ro´Ar knurrte den Hünen an. Sein Fell schimmerte wie blauer Schnee.

Sekunden verstrichen zu Tagen, drifteten in Wochen, wurden zu Monaten, bis schließlich ganze Jahrhunderte Tahnis zarte Hand beschnupperten.

»Sein Name ist *Ascheherz*«, flüsterte Tahni. »Asha hat ihn geschickt.«

Die Eisschildwache schwieg, Moos schwieg. Niemand sagte ein Wort. Stumm standen die Krieger da, die auf dem Strand gekämpft hatten.

Sie warteten.

Die zerbrechliche Person, die eben noch Tränen vergossen hatte, erhob sich, ihr blaues Haar hing im Regen.

»Wir segeln nach Hause!« sagte Tahni. »Wir sind der Schild, der niemals bricht!« Die drei Wölfe heulten.

Die Wächter aber waren das Hindernis! Varrik hatte gelogen. Schiffe warteten auf sie. Viele Anker hielten den Verrat in der tückischen Strömung. Es waren hunderte Blätter, die das Meer aufwühlten.

»Wir brechen durch!«, entschied Tahni.

Der Ro´Ar stand neben ihr. Eine Gewalt der anderen Art.

Grimmhorns Schiffe blockierten die Fahrrinnen zwischen den hohen Felsen. Die Farbe von getrocknetem Blut hatten die riesigen Wächter im Regen angenommen, wie dunkle Tunnel wirkten die Zwischenräume. Xar trat neben sie, von den Ereignissen sichtlich erschüttert.

»Die Strömung ist auf unserer Seite, doch wenn wir sie rammen, wird auch die *Steinfluke* Schaden nehmen.«

»Der Kapitän ist tot, Vaka ist tot, mein Bruder ... Wenn wir jetzt nicht mutig sind, dann können wir uns auch gleich ergeben.«

Näher und näher rauschte ihr Schiff an die Wächter heran. Tahni sah, wie Armbrustschützen sich auf den Bugen der Gegner verteilten. Erst im letzten Moment änderten sie den Kurs und ruderten auf jene Rinne zu, in der das schwächste Schiff von Grimmhorns Flotte ankerte. Doch kurz bevor die Planken ineinander krachen konnten, stand der Ro´Ar *Ascheherz* plötzlich am Heck, senkte fauchend den Kopf, raste dann über das Deck, dass die Männer und Frauen zur Seite hechteten und sprang über den Steven hinweg in den Himmel. Alle liefen zur Reling, die Ruderer legten sich weiter in die Riemen. Tahni verfolgte, wie der tonnenschwere Leib des Ro´Ar auf den Gegner zuflog. Pfeile und Bolzen rasten ihm entgegen. Eis splitterte aus dem Fell. Dann senkte sich die Bahn und das Tier donnerte mit einem ohrenbetäubenden Krachen in den Bug des gegnerischen Schiffes, riss den gesamten vorderen Teil weg und verschwand damit in den Wellen. Das Heck der Getroffenen hob sich, Männer, Ausrüstung, alles was nicht niet- und nagelfest war, rutschte über das Deck in die Fahrrinne. Es dauerte nicht einmal dreißig Herzschläge und das Schiff sank wie ein Stein in die grauen Fluten hinab. Kein Jubel brach auf der *Steinfluke* aus. Zu schrecklich war der Anblick gewesen. Mit der Strömung glitt ihr Schiff durch die Felswände und war kurz darauf auf der *Weiten See*. Botenvögel wurden zur Festung Eisschild vorausgeschickt. Tahni aber blickte zurück zu den Wächtern, stumm und voller Zorn. In der Hand die weiße Muschel, die ihr Bruder ihr geschenkt hatte. Der Blick eines Kindes, das keines mehr war.

Buch II

Tote Könige werden wandern.

11

Das ist der Mitternachtsmarkt. Hier gibt es nur ein Gesetz: Überleben.

– Ausspruch in den Katakomben der Seefestung –

Asha

Sie ist nur gebrochen, warte.« Ein scharfer Schmerz schoss ihm bis unter den Schädel. Ein Knacken, dann ebbte er ab. Durch die geschwollenen Lider erkannte Asha ein Gesicht. Lyria Starksegel. Sie wischte mit einem nassen Tuch das Blut von seiner Stirn. Reue – oder war es Furcht? – huschte durch ihre großen Augen. Blass war sie, noch bleicher als sonst. Ihre Wangen waren gerötet.

»Das Zeichen der Ro´Ar kannst du auch gleich entfernen, Schwester.«

Der dunkle Umriss Varriks erschien hinter Lyria. Mit stummen Lippen gehorchte sie.

»Du wirst es nicht mehr brauchen, Eisschild.«

Der Hals des Prinzen war von einem schweren Eichenbrett umschlossen, die Hände ebenfalls und alles war mit dicken Ketten gesichert, als wäre er ein gemeiner Mörder.

»Was ist mit Ribanna Tavurin?«

Eifersucht spiegelte sich auf Lyrias Zügen, grob wischte sie die letzte Farbe weg und stand auf. »Das geht dich nichts mehr an.«

Varrik flüsterte seiner Schwester etwas ins Ohr. Sie nickte und verließ das Zelt.

»Wenn sie sich einsichtig zeigt, lasse ich sie vielleicht am Leben. Es kann aber auch sein, dass ich sie den Winterkriegern schenke als Siegeslohn.« Varrik lachte laut, als Asha an seinen Ketten zerrte.

»Das wird nicht ohne Folgen bleiben, Starksegel. Solche Taten kehren immer zu einem zurück.«

Der junge Mann ging vor ihm in die Hocke. Zufrieden blickte er drein. »Ach, Asha. Du hättest auf das Angebot meiner Schwester eingehen sollen. Das Haus Grimmhorn war schwach. Frisches Blut ist von Nöten. Starksegelblut!«

»Du und Gorm, ihr werdet einen Krieg heraufbeschwören!«

»Und wer wird der Gegner sein?«, lachte Varrik. »Quell ist gestern gefallen. Die Hauptstadt gehört uns. Wulan und Kark stehen an unserer Seite. Krieg? Welcher Krieg?«

»Alles südlich von Aquamarin wird sich erheben.«

»Es mag etwas dauern, den Süden zu überreden, sich in den Staub zu werfen, doch dafür habe ich eine ganz besondere Überraschung geplant.« Varrik tätschelte Ashas Wange, wie die eines dummen Kindes, das nichts begriff. »Quell war zu reich, zu arrogant und ohne Glauben. Jetzt herrschen die *Steinkönige* wieder über dieses Volk.«

Der Strand wimmelte von Schiffen. Die verkohlten Überreste der *Schneewind* und der *Mondwolke* hatte man in die

Dünen gezogen, wo sie zerlegt wurden. Asha hoffte, dass die *Steinfluke* und damit seine Schwester in Sicherheit waren. Wäre es nicht so gewesen, hätte Varrik versucht, ihn mit dieser Tatsache zu brechen. Doch da die Flotte Skargerraks hier Bug an Bug vor dem Schloss von Aquamarin lag, dürfte Tahnis Flucht nicht ganz einfach gewesen sein. Er wusste, dass sie wohlauf war, sein Herz sagte es ihm. Und Ri war ebenfalls am Leben, denn er konnte sie fühlen, ganz tief in sich spürte er ihren Atem.

Man brachte ihn auf einen Küstensegler, schlank und schnell waren diese Boote mit nur einem Mast und zwei Ruderreihen. Als man ihn die Planke hinauf schubste, ahnte Asha nichts Gutes. Kaum an Deck zwangen sie ihn auf die Knie. Schwere Schritte nahten und stießen ihn vollends auf die Planken.

»Willkommen auf der *Wellenwolf*!«

Asha blinzelte ins Gegenlicht, wo die Silhouette von Vengal Eisenhand aufragte. Der Glatzkopf glänzte in der Sonne, die Runen darauf waren unheilvolle Zeichen.

Sie warfen ihn in das untere Deck, das für Fracht und Proviant gedacht war. Eng und niedrig war es dort. Taue und kleine Fässer benötigten den meisten Platz und der Prinz hockte zwischen ihnen, während über ihm die Männer auf dem Deck polterten und das Schiff klar zum Ablegen machten.

Sein Nacken war mit flüssiger Glut gefüllt, die Schultern spürte er nicht mehr, die Beine und Arme, in Ketten gelegt, waren taub wie das Holz, das ihn umgab. Der Geruch von Teer brannte ihm in der Kehle. Er hatte Durst und sein Magen begann in Wellen scharfkantige Stiche in die Eingeweide zu senden. *Wohin würden sie ihn bringen? Wieso hatten Grimhorn oder Varrik ihm nicht längst das Leben genommen?* Der König würde mit Freude einen Stein um seinen Hals hängen und ihn dann ins Meer werfen. Es sei denn, Gorm Grimmhorn wusste nichts von Ashas Gefangenschaft und Varrik hatte andere Pläne.

Das Schiff legte ab, die Ruder knarrten und bald wurde das Segel gesetzt, knatterte im Wind und die *Wellenwolf* nahm Fahrt auf.

Asha hörte das schnelle Rauschen der Strömung zwischen den Wächtern von Quell, schließlich schienen sie einen leicht nordöstlichen Kurs zu halten, vorbei an der *Weißen Schulter*. Wenn sie dicht an der Küste weiter entlang segelten, was war dann ihr Ziel?

Er sollte es bald erfahren.

Vengal hatte Spaß daran, die Fahrt für Asha zu einer Bestrafung zu machen. Zwei Mal ließ er den Prinzen lachend über Bord werfen. Der Eichenkragen und die schweren Ketten zogen Asha sofort unter die Wellen. Minutenlang, so erschien es ihm, ließ Eisenhand ihn dort mit dem Tod Bekanntschaft schließen. Bis ihm der Herzschlag zäh wurde, die Lunge zu einem Kieselstein schrumpfte und es in seinen Ohren dröhnte wie Pauken. Doch beide Male zog ihn der irre Kapitän wieder rechtzeitig hoch. Dann japste Asha auf den Planken nach

Luft, kotzte Meerwasser aus und fand noch irgendwo Kraft, seinen Peiniger anzuknurren. Worauf es Tritte und Schläge hagelte, solange, bis Asha das Bewusstsein verlor. Das wollte er auch, denn so sparte er Kraft und spürte den beißenden Hunger nicht länger.

War Vengal jedoch betrunken und das geschah nicht selten, dann fügte er Asha mit dem Messer viele kleine Wunden zu, steckte ihm Holzsplitter zwischen die Zehen und freute sich über die Schreie, die der Prinz von sich gab. Die Mannschaft verfiel in Agonie, angewidert von der sadistischen Folter und starr vor Angst, Vengal könne ihnen das Gleiche antun. Doch eigentlich war es Varriks Rache für den Vorfall am Strand von Quell. Asha hatte dem jungen Mann bis aufs Blut gedemütigt. Der Prinz überlebte nur, weil Ri in seinem Kopf wie eine Sonne leuchtete.

Die Tage und Nächte kamen und gingen. Asha hatte jedes Gefühl für Zeit verloren, als sie irgendwann an einem Morgen, die Luft schmeckte nach Kälte, die Küste ansteuerten.

Als man ihn von der Planke in den Sand stieß, erkannte der Prinz vage nassgraue Klippen und einen Hang, der sich wie ein breiter Pfad hinaufwand. Silhouetten waberten undeutlich in den Nebelfetzen, kamen auf sie zu. Eine Frau schälte sich aus dem Dunst, groß, mit Fellen behangen, einen Schild auf dem Rücken, Äxte und Schwerter im Gürtel und dem roten Haar des Hauses Starksegel. Sie blickte auf Asha hinab. Klare blaue Augen, ein fein geschnittenes Gesicht, kräftiges Kinn.

Vengal trat hinzu und rotzte ihr Schnodder vor die Stiefel.

»Da ist der Verräter!«

Die Frau musterte den glatzköpfigen Krieger und die paar Männer hinter ihm, griff nach ihrem Schwert und durchtrennte mit einem Hieb die Ketten, welche den Halskragen hielten. Jemand kam und kniete sich neben Asha. Mit wenigen Handgriffen war das schwere Holz von seinen Schultern. Er biss sich auf die Zunge, damit er nicht vor Freude weinte.

»Das hat man davon, wenn ein dämlicher Drecksack einen einfachen Auftrag erfüllen soll«, schnaubte die Frau. Das Schwert wippte locker in ihrer Faust.

Vengal mahlte Steine mit den Kiefern, die Runennarben auf seiner Kopfhaut zuckten. Doch die Frau schien dies nicht im Geringsten zu beeindrucken.

»Schluck´s runter, Vengal Eisenhand. Du bist nur ein Köter mit scharfen Zähnen. Aber wenn du möchtest, dass ich sie dir mit meinen Stiefeln stutze, dann winsle ruhig.« Die Frau schnippte mit den Fingern und aus dem Nebel ertönte das Spannen von Bogensehnen.

Vengal schluckte es herunter, auch wenn es ihn zur Weißglut trieb. Er murmelte etwas von: »Wir sehen uns wieder.« Dann brüllte er die Männer an, wieder auf die *Wellenwolf* zu gehen.

Asha wurde den Pfad hinaufgetragen und in einen eisernen Verschlag geschoben, der von kräftigen Pferden gezogen wurde. Krieger aus Kark und dem Norden saßen auf. Dann ging die Reise weiter. Eine Ahnung machte sich in ihm breit.

Sie gefiel ihm ganz und gar nicht.

Immerhin bekam er zu essen und zu trinken. Lauwarmen Tee und Zwieback. Durch eines der vergitterten Fenster sah Asha auf der rechten Seite die Bergkette, die man die *Geisterhöhen* nannte. Verschwommene, gewaltige Schemen. Auf der anderen Seite erkannte der Prinz die hohen Felsnadeln, die charakteristisch für die *Ebene der Winde* waren. Doch heute wimmerten sie keine Klagelieder, denn der allgegenwärtige Wind schien zu schweigen. So waren nur das Rumpeln des Karrens, das Stampfen der Hufe und hin und wieder der Ruf einer seiner Bewacher, zu hören.

Niemand sprach mit Asha, vermutlich waren sie dazu angehalten worden. So kreisten seine Gedanken um Flucht. Er wollte zurück zu Ri, egal ob er dafür die Berge barfuß überqueren müsste, ohne Nahrung oder eine Waffe. Es dauerte, bis seine Finger sich wieder so bewegen ließen, dass sie nicht ein paar geschwollenen Gichtklauen ähnelten. Vengal hatte mit seinen Stiefeln darauf getreten und den Absatz dann gedreht. Die verschobenen Gelenke hatte Asha zwar wieder eingerenkt, doch nun zitterten sie, wenn er versuchte eine Rune damit in die Luft zu malen. Mit jedem Tag entfernte er sich von der Hoffnung, glimmte der Funke ein klein wenig schwächer und der Prinz wurde wütend.

Eines Nachts, der Wind heulte wie ein Chor der Toten, übte er die Bewegungen, bevor die Wache mit seinem Essen kam. Der Verschlag öffnete sich, ein junges Mädchen aus Kark starrte ihn an, einen Napf und einen Becher in den Händen. Asha biss die Zähne zusammen und trat zu. Er traf sie am Kinn. Sie taumelte ohnmächtig zurück und das Geschirr flog davon. Dann war der Prinz draußen, der Wind riss ihm die Haare vor das Gesicht. Seine Beine protestierten, doch er zwang sie, sich zu bewegen. Ohne einen Moment zu zögern oder zum Lager zu sehen, rannte er auf die Berge zu.

Mehr stolpernd wankte er durch die Finsternis, stürzte, rappelte sich hoch. Die Ketten rasselten laut in seinen Ohren, in der ganzen Ebene.

Ein Lasso legte sich um seine Brust, zog, riss ihn um. Asha stand auf, lief weiter. Ein zweites Lasso, ein drittes und noch immer schaffte er ein paar Schritte, die Berge ganz nah. Das Wiehern der Pferde kam näher. Eine Bola schlang sich um seine Beine, brachte ihn erneut zu Fall. Der Prinz kroch weiter, den Duft des Grases in seiner Nase. Ein Stiefel stemmte sich zwischen seine Schulterblätter und drückte ihn nieder. Viele Hände griffen ihn, doch Asha blickte nur zu den Bergen, knurrte und zerrte, bis ihm jemand auf den Kopf schlug.

Sie verkürzten den Verschlag, damit er die Beine nicht mehr ausstrecken konnte. Das würde seine Sehnen ermüden und sollte er es abermals schaffen, aus dem Käfig zu kommen, wäre er nicht mehr fähig auch nur einen Schritt zu tun. Das war die einzige Strafe. Das Mädchen brachte ihm wieder zu essen, das Kinn ein einziger Buckel aus Farben. Doch war sie nicht zornig, im Gegenteil. Ihr Blick bewunderte ihn für die Tat und für einen Moment glaubte Asha, in ihren Augen sogar Eifersucht zu erkennen.

Einmal kamen sie an einen Platz, der noch vor kurzem ein

riesiges Lager gewesen sein musste. Man konnte die kalte Asche noch riechen, all das zertrampelte Gras. Die Spuren der Feuerstellen waren nur grob verwischt worden. Hunderte Hufabdrücke. Müll und Ausrüstung, die weggeworfen worden waren, lagen herum. Asha versuchte im Geiste die Entfernungen zu messen. Ein Schauder überkam ihn, als er an die Karte im Zelt seines Vaters dachte und dass Vaka zwei Markierungen darauf gesehen hatte. Hier hatte ein Heer gelagert. Noch auf neutralem Boden zwar, aber nahe genug an Quell. Der zweite Punkt musste dann ein Heer aus dem Grasland gewesen sein, vereint, um auf die Hauptstadt Aquamarin zu marschieren. Der Prinz ließ den Kopf hängen, als ihm klar wurde, wie lang und präzise dieser Schlag geplant worden war.

Oh, sein Herz brüllte und wimmerte zugleich. Waren sie blind gewesen? Wieso nur hatten sie gedacht, der Angriff gelte dem Haus Eisschild? Weil niemand sich je mit Quell angelegt hätte, der noch einen Funken Verstand sein eigen nannte? Dennoch war es geschehen. Es war nicht mehr zu ändern. Die Toten waren tot. Es war nun an den Lebenden, weiterzumachen.

Ich werde leben. Ich werde LEBEN! Um jeden Preis!

Sie erreichten das *Scherbenmeer* an einem sonnigen Tag. Die Luft roch nach Schnee und Ferne. Eine kleine Truppe blieb zurück, würde sich um die Pferde kümmern, der Rest bestieg mit Asha, den sie wie ein Bündel trugen, ein weiteres Schiff. Sie hatten die gesamte *Ebene der Winde* durchquert. Man wollte ihn also bis an den Rand der bekannten Welt bringen. Dorthin, wo die Seelen im ewigen Eis verschwanden.

Das dauernde Schweigen hatte sich auf sein Gemüt gelegt wie eine Schicht aus Sand. Sie wickelten ihn in Felle ein, denn es war kalt. Der Atem dampfte den Männern und Frauen aus den Mündern.

Das Schiff hatte schwarze Planken, war am Bug mit Eisen verstärkt, ebenso das Ruder. Lange Stangen lehnten am Mast, um die Schollen aus dem Weg zu schieben. Schnell und geübt machte die Mannschaft klar zum Ablegen und schon bald sah der Prinz die schroffen Felsen der Küste verschwinden, eine dunkle Linie am Horizont, die dünn wie eine Decke wurde, dann nur noch ein Faden, bis auch dieser riss.

Nordwärts reisten sie auf dunkelblauen Wassern. Des Nachts hörte man die Gesänge von Walen. Die knisternden Fackeln an Heck und Bug und die Kohlenkörbe an Deck schickten wabernde Lichtteiche auf die Wellen, dahinter lauerte eisige Finsternis.

Der Mond war beinahe voll, Raureif schimmerte auf den Tauen je weiter sie nach Norden vordrangen. Und die Sterne glitzerten so hart und hell, wie sie es sonst nur im Winter taten.

Asha fühlte keine Müdigkeit mehr, darüber war er hinweg. Immer häufiger war Nebel ihr Begleiter, ein windloser, grauer Dampf, aus dessen Dunst Eisberge an ihnen lautlos vorüberzogen und der an allem gefror.

Die Männer stakten Schollen beiseite, doch wurden die Eisberge gewaltiger, das Meer zunehmend dichter von den weißen *Scherben* bedeckt.

Wenn die Mannschaft nicht bald kehrt machte, würden sie ebenso hier sterben wie er, dachte Asha.

Und tatsächlich. Einen Tag und eine Nacht gestanden sich die Männer und Frauen noch zu, dann war es soweit.

Ein flacher Eisberg war Steuerbord voraus. Der Bug glitt durch eine schmale Rinne schwarzen Wassers, Enterspeere wurden geworfen und sobald sie im glitzernden Weiß festsaßen, wurde das Schiff langsam an Seilen herangezogen.

Die Frau, die ihn vor Vengal beschützt hatte, kam mit stummer Miene zu ihm. Sie schnitt mit einem Messer jene Haarsträhne ab, in die der Lapislazuli geflochten war.

Er verstand: Es würde für jemanden als Beweis dienen.

»Es ist Zeit, Prinz.«

Asha nickte, auch weil sie ihm den Titel zugestand, der ihm längst genommen war. Auch machte sie keine Anstalten, ihm die warme Kleidung zu nehmen.

»Ich werde das hier nicht vergessen«, flüsterte er ihr doppeldeutig zu, während sie ihm aufhalf.

Man nahm ihm die Ketten ab. Sie bissen in die Haut, rissen Fetzen davon ab.

»Hier«, die Kriegerin stopfte ihm eine Feldflasche in die Jacke und einen Beutel. »Es wird nicht lang halten, aber wenigstens werdet Ihr wie ein Mensch sterben.«

Erst jetzt fiel ihm auf, dass er nicht einmal nach ihrem Namen gefragt hatte. *Doch war das noch wichtig?* Er blickte ihr ins Gesicht.

»Bis irgendwann, wo auch immer.«

Asha blinzelte in die Sonne, die heute Morgen gekommen war, den Nebel getrunken hatte und blendend ihre Strahlen über das eisbedeckte Meer sandte.

Über eine Planke ließ man ihn auf den Eisberg klettern. In einer Mulde blieb er stehen, die Hände unter die Achseln geklemmt. Das Schiff legte ab, die Ruderer wendeten es und dann entschwand es, wurde kleiner. Das tiefrote Segel sank hinter den Horizont wie Blut, das in Schnee rann. Er hielt solange den Blick darauf geheftet, wie er konnte.

Dann war er allein.

Das also sollte sein Tod werden. Fernab der Ro'Ar. Sie hätten gespürt, wenn er gewaltsam getötet worden wäre. Nun hatten sie seine Seele so weit wie möglich von den ihren getrennt. Sie würden es fühlen, wenn er starb, aber sie würden auch den Frieden darin erkennen. Die *Clanzunge* sollte wie ein einsamer Atemhauch einfach aus der Welt verschwinden.

Der Eisklotz trieb mit der Strömung nach Südosten zurück – Ri entgegen, aber auch von Ri fort. Und wenn Varrik, Gorm und alle anderen gedacht hatten, er würde sich hier in eine Kuhle kauern und auf die Totenbarke warten, dann hatten sie sich geirrt.

Asha nahm die Feldflasche, zog den Zapfen heraus und roch daran. Er hatte es geahnt. Genauso wie der Tee im Wald, als er auf der Suche nach seinem *Seelentier* gewesen war. Er sollte ihn trinken und von bizarren Träumen heimgesucht einfach hier erfrieren, ganz friedlich.

Er kippte die Hälfte davon ins Meer, den Rest füllte er mit Eis auf, das er mit klammen Fingern zusammenkratzte. So verdünnt, hoffte er, würde ihm das Gebräu helfen länger zu überleben, anstatt ihn dämlich grinsend in die Wellen hüpfen zu lassen. Der Beutel enthielt ein paar steinharte Haferkekse. Wenn auch sie vergiftet waren, dann war es eben so, aber er würde sie essen.

Der Berg war eine von Wind und Wasser geformte Zuflucht. Mühsam kletterte der Prinz soweit nach oben ohne sich zu gefährden oder abzurutschen und wenn, dann nicht geradewegs ins *Scherbenmeer*. Ein kreisrunder Horizont erwartete ihn. Durchbrochen von Eisbergen, die in allen Farben, von Weiß bis Blau, wie alte Sagen schimmerten. Zersplittert war die Meeresoberfläche von tausenden von Eisschollen, zwischen denen sich das schwarze Wasser in gezackten Linien abzeichnete. Wäre er nicht hier, um ins Totenreich zu gehen, es wäre ein wundervoller Ort gewesen. *Irgendwann werde ich ihn dir zeigen, Ri*, dachte er.

Mit der Beharrlichkeit eines Todgeweihten trieb Asha mit seinem Stiefel eine Höhle in das Eis auf der windabgewandten Seite. Er versuchte sich nicht zu verausgaben oder ins Schwitzen zu geraten, was ihn ausgekühlt hätte. Stunden dauerte es, bis er ein Loch gegraben hatte, in das er sich halbwegs bequem legen konnte. Er zog den Kilt aus und hängte ihn wie einen Vorhang vor seine neue Behausung. *Also kehrt alles zu mir zurück. Es begann in einer Höhle und endet in einer.* Der Prinz lachte.

Asha trank ein paar winzige Schlucke, biss von dem Keks und weichte beides im Mund auf, bis er den Brei schlucken konnte. Er versuchte, wach zu bleiben. Die Sonne sank und die Farben veränderten sich dramatisch. Schließlich kam die finstere Nacht auf leisen Pfoten und umhüllte seinen Berg mit ihrem kalten Umhang.

Mit bedächtigen Bewegungen nahm er die Kette mit der Münze ab, legte sie auf seinen Unterarm, dort wo der Puls seines Blutes schlug und umwickelte sie so fest er konnte. *Ich darf nicht aufgeben!* Immer wieder murmelte er diese Worte. *Ich finde einen Weg. Zurück.*

Weiß! Alles war Weiß. So grell, dass keine Konturen mehr Bestand hatten. Asha stand da, nackt. Er fühlte weder Wind noch Boden, keine Wärme oder Furcht. Er öffnete den Mund, doch kein Ton entkam seiner Kehle. *Oder war er taub?* Dort, ganz weit, kurz bevor die Erde in den Abgrund fiel, ein schwarzer Punkt. Asha ging darauf zu. Lautlos, ohne Bewegung. Er trieb dahin und plötzlich wollte er fort. Es war ein Schlund, der ihn verzehren wollte, auslöschen. Ein Tor aus schwarzen Zähnen. Ein hoher, ohrenbetäubender Ton schlug aus diesem Rachen.

Mit einem Ruck fuhr der Prinz hoch, stieß sich böse den Kopf und erkannte erst keuchende Minuten später, wo er sich befand. Das musste der Tee gewesen sein. Endlich beruhigte er sich. Mit steifen Gliedern krabbelte er aus der Höhle und ihm stand der Mund offen. Myriaden von Sternen funkelten, ein gigantisches Band, das durch die Unendlichkeit zog. Asha fiel auf die Knie angesichts solcher Macht und Schönheit. Er betete zu den Sternen, den Wanderern der Ewigkeit, sie mögen ihm beistehen. Er bat für sich, für Ribanna, für Tahni, seine Mutter, Vaka, Moos … bis ihn die Kälte mit den Zähnen klappern und seine Tränen gefrieren ließ.

Sieben Tage hielt er durch, dann wurde er so schwach, dass selbst das Atmen müde machte. Er sah die Rückenfinnen von Linderwalen an ihm vorüberziehen und schrie sie an, flehte, sie mögen ihn mitnehmen. Er drosch auf den Eisberg ein, dass ganze Stücke ins Wasser klatschten und forttrieben. Alles ging fort, nur er blieb zurück.

Mit letzter Kraft schaffte er es auf den Gipfel, hockte sich hin, ausgepumpt und leer. Das Licht des Sonnenuntergangs überzog das Eis mit rotem Feuer. Der brennende Himmel, er war das Band seiner Liebe. Asha hob die Hand, um es zu berühren, doch er fand sie nicht mehr.

Irgendwann sanken seine Lider, die Muskeln gaben auf. Der Prinz rutschte das Eis hinab und blieb nur einen Schritt von seiner Höhle entfernt liegen. Er rührte sich nicht mehr.

Die Totenbarke stieg aus den Wellen.

Am Bug stand seine Mutter, die stumm auf ihn hinabblickte.

Ribanna

Man führte sie an ihrer toten Familie vorbei. Ihrem Vater, ihrer Mutter, Aurelia. Doch Ribanna Tavurin wankte nicht, sie grub all das Entsetzen und die Trauer tief in ihr Herz, verschloss es und hob den Schlüssel gut auf.

Schließlich warf man die Leichen einfach ins Meer.

Ri wurde eingesperrt in einem Turm auf der Westseite des Schlosses, wo sie nicht auf die Bucht schauen konnte. Wo sie nicht sehen konnte, wohin das Schiff Asha bringen würde.

Sie aber sah ihn vor sich. Eingerahmt von den mächtigen Leibern der Ro´Ar, so mutig und dennoch geschlagen. Sie hatte ihm mit ihren Augen gezeigt, was er tun sollte und er hatte es getan. Sie beide wussten, dass es keine andere Möglichkeit gegeben hatte, außer auf dem Strand zu sterben. Ri war leidenschaftlich, aber nicht dumm.

Die Prinzessin verbot sich, in düstere Stimmung zu verfallen, die Apokalypse anzuerkennen, ja, sie weigerte sich sogar, in die Fratze der Wahrheit zu starren. Stattdessen war ihr Geist unaufhörlich mit Flucht beschäftigt.

Ein Minimum an königlicher Würde sie ihr jedoch gelassen. Der Raum, in dem man sie festhielt, war rund und aus rosanen Quadern gefügt wie das ganze Schloss und die Stadtmauern. Hoch oben war ein Fenster, schmal und notdürftig vergittert, das sah sie an dem frischen Mörtel. Eine Matratze hatte man ihr gelassen, eine Wolldecke, das kleine Bad in einer Nische, einen flachen Tisch mit Schemel und eine Kerze.

Das Essen war für eine Maus geeignet, aber immerhin brachten sie ihr etwas. Dazu gab es verdünnten Wein. Ri musterte unter züchtig niedergeschlagenen Lidern, wer da in ihr Turmzimmer trat. Ein mittelgroßer Mann, die Statur eines Arbeiters, nicht eines Winterkriegers, denn sein Haar war nicht gefärbt, also war er nicht aus dem Norden.

Es war gut, als Frau unterschätzt zu werden. Sie war eine verweichlichte Prinzessin, zahm wie ein Lämmchen, wenn man ihr Bogen und Pfeile nahm.

Wann immer sie die Zeit dazu hatte, stärkte Ri ihre Muskeln, indem sie die Wand hochkletterte. Doch war dies schwieriger, als sie gedacht hatte, denn die Fugen waren schmal und kaum mit den Fingern zu greifen. In den Nächten machte sie Liegestütze auf den Handknöcheln, Dehnübungen, wie Spagat, übte weiter die Kampfschritte, die Asha ihr gezeigt hatte, Kniebeugen und Schattenboxen, solange, bis sie nur noch keuchte und ihr Schweiß auf die Steine tropfte.

Ri versuchte die Tage zu zählen, irgendwie an Informationen zu kommen. Sie fragte die Wache nur ganz vage Dinge, doch der Mann schwieg eisern. Sie ließ die Prinzessin aufblitzen und befahl Varrik oder sonst jemanden zu sprechen, der dazu ermächtigt sei. Nichts, als gäbe es sie gar nicht mehr.

Wenn die Bilder zu ihr kamen, wie die Blüten ihrer Mutter durch das Blut ihres Vaters segelten, dann hockte sie sich auf den Boden, den Kopf zwischen den Knien und summte ein Lied, damit all die fürchterlichen Geräusche sie nicht finden konnten. Die Schreie aus der *Halle der Quellen*, manchmal schlichen sie an den Wänden umher, warteten auf Ri. Woche um Woche kämpfte sie gegen die Geister und die Einsamkeit.

Solange, bis sie es nicht mehr aushielt.

Es war ein sonniger Tag als sie beschloss, zu fliehen. Das Licht ihrer Heimat fiel schräg durch das hohe Fenster. Staub kreiselte darin. Ri stand vor den Mauern und fuhr jene Fugen mit den Augen entlang, die sie in die Freiheit führen würden. Obwohl sie diese sogar blind finden würde, konnte es nicht schaden, zu üben. Sie schloss die Augen, hob den Arm und fuhr mit dem ausgestreckten Finger die Linien nach. Dabei rollte sie mit dem Nacken und tänzelte auf und ab.

Die Stunden verrannen zäh, das Essen kam, das Licht der Sonne wanderte, die Dämmerung sickerte durch das Fenster, schließlich die Dunkelheit.

Ri war ganz ruhig. Sie vertraute auf ihre Stärke und ihren Mut. Und, ganz im Stillen, auf ihre Male. Seit Asha ihr gesagt hatte, was da aus ihren Schultern gebrochen war, versuchte Ri diese Tatsache abwechselnd zu ignorieren oder die Möglichkeiten einer solchen Gabe abzuwägen. Doch so sehr sie sich auch anstrengte, mit reiner Willenskraft, ließen sich ihre Flügel nicht beherrschen. Noch nicht.

Sie schüttelte die Finger aus, fand die erste Fuge, zog sich hoch, griff mit den Zehen nach. Ihre Sehnen knirschten, die Muskeln spannten sich, ihr Atem ging ruhig. Quader um Quader kletterte Ri an der Wand empor wie ein Insekt. Hier ein Stück höher, dort seitwärts und manchmal sogar wieder hinab. Immer weiter, bis ihre Fingerkuppen taub, die Waden mit heißem Blei gefüllt waren und der Rücken schmerzte. Sie schaute hinauf, das Fenster war nur noch zwei Schritt entfernt, dann hätte sie den Sims erreicht, konnte ausruhen und sich dann um das Gitter kümmern.

Endlich bekam sie die Kante zu fassen, doch rutschten ihre Finger daran ab. Einen Moment lang kam Ri aus dem Gleichgewicht. Verwirrt starrte sie ihre Hand an. Das Zeug glänzte und sie roch daran – Öl! Ein Zittern erfasste sie, eine perverse Vorahnung. Da hörte sie die Stimme.

»Sie wollen uns verlassen, Prinzessin Tavurin?«, hallten die hämischen Worte durch das Turmzimmer. »Ohne sich anständig zu verabschieden?« Varrik.

Ri schnaufte, versuchte es erneut, doch sie hätte genauso gut versuchen können, sich an Wasser festzuhalten. Alle Kraft floss aus ihr. Sie hörte, wie Soldaten unter ihr Aufstellung nahmen. Ein letzter Blick zum Fenster, zur Freiheit, die ganz nah war und nun forttrieb wie ein Schiff, ohne sie. Ri ließ sich fallen.

Starke Arme fingen sie auf, stellten sie vor den Nordmann. Der musterte sie wortlos und verließ dann den Raum.

Ein Schmied kam und trieb einen Eisenring in die Wand. Schließlich befestigten zwei Männer Ketten daran. Dieser ganze verdammte Arbeitstrupp hatte vermutlich schon vor der Tür gewartet, bis sie es fast geschafft hatte. *Woher hatte Varrik das gewusst?*

Die Arme über dem Kopf, wurden die Ketten durch einen Ring gezogen, so hoch, bis Ri eben nur noch auf den Zehenspitzen stehen konnte. Ihr Körper, von der Anstrengung und

Enttäuschung ausgelaugt, brüllte auf vor Schmerz, doch Ri schluckte auch diese Schmach.

Erst als sie wieder allein war, begann sie zu weinen. Und dieses Mal konnte sie den Kopf nicht zwischen ihren Knien verstecken. So kamen die Bilder und Geräusche und fanden Ri wehrlos. Es war grausam.

Aus verdünntem Wein wurde ein Schälchen Wasser, zu essen bekam sie nur noch alle drei Tage. Der schweigsame Mann fütterte Ri mit ekelhaftem Brei, der nach Stroh schmeckte. Gierig schlürfte sie die wenigen Tropfen. Die Lippen wurden rissig, ihre Arme spürte sie nicht mehr. Sie wollten sie schwächen, damit jede Flucht unmöglich wurde. Sehnsüchtig blickte die Prinzessin zum Fenster. Sie hatten den Sims präpariert, als hätten sie es gewusst. *Hatte eine ihrer Dienerinnen geplaudert? Und was, wenn sie mehr erzählt hatte? Vielleicht unter der Folter?* Ri ließ den Kopf hängen.

Die einzelnen Splitter der Tage verschmolzen zu einem Mosaik aus hellen Sternen, das zerbrach und wieder ein neues Bild erschuf. Bis daraus ein Strudel entstand, der Ri neue Bilder zeigte, sie wiederum verschlang, Töne mit Berührungen verwirbelte, Erinnerungen mit Hoffnungen. Am Ende wollte sie nur noch schlafen. Müde, sie war so müde.

Schwarz! Alles war schwarz. So tief, dass keine Konturen mehr Bestand hatten. Ri stand da, nackt. Sie fühlte weder Wind noch Boden, keine Wärme oder Furcht. Sie öffnete den

Mund, doch kein Ton entkam ihrer Kehle. *Oder war sie taub?* Dort, ganz weit, kurz bevor die Nacht zurück in die Sterne stürzte, ein weißer Punkt. Ri ging darauf zu. Lautlos, ohne Bewegung. Sie trieb dahin und plötzlich wollte sie fort. Es war ein Auge, das nach ihr suchte, um sie auszulöschen. Ein Blick aus weißen Reißzähnen. Ein hoher, ohrenbetäubender Ton schlug aus diesem Rachen.

Mit einem Ruck fuhr Ri hoch, stieß sich böse den Kopf an der Wand hinter ihr und erkannte erst einige keuchende Momente später, wo sie sich befand. Es hatte sich angefühlt, wie die gespiegelte Seite eines anderen Traumes.

Der Umriss einer gekrümmten Gestalt stand vor ihr.

»Zu einem Krüppel hat der Bastard mich gemacht«, zischte der Schatten.

Ri erkannte ihn. Es war Jarock. Ein Arm hing schlaff an seiner Seite, dort wo Ashas Eisaxt ihn getroffen hatte. Noch kleiner wirkte der Prinz aus Wulan, da er nie wieder aufrecht würde stehen können. Ri starrte auf seine gesunde Hand, die sich fest um den Griff einer kurzen Peitsche krallte. Sie schluckte schwer.

»Im Kampf gibt es Verletzte und Tote«, sagte sie leise. »Ihr habt versucht ihn zu töten, freut Euch, dass Ihr noch am Leben seid, Jarock.« Ri hoffte, die Höflichkeit könne ihn eventuell etwas besänftigen.

Der Prinz schlurfte zu ihr. Seine gesamte rechte Seite war schief. Das ölige Haar hing ihm wirr ins hagere Gesicht. Der Mund war schmal, zornig. »Varrik hat mir verboten, diesen verfluchten Eisschild anzurühren! Zumindest weiß ich, dass dieser Verräter eintausend Leben lang in der Unterwelt schmoren wird.« Jarock kicherte. Er hatte den Verstand verloren. Es würde nichts nützen, ihm gut zuzureden, besser sie brachte es gleich hinter sich.

»Du bist ein erbärmlicher Feigling, Jarock! Ich wusste es vom ersten Moment an. Dieser lahme Trick, inkognito zu mir zu kommen. Und dann die Angst in deinen Augen, als Asha dir drohte. Wie schade, dass die Axt des Prinzen dich keine Demut gelehrt hat.« Dass sie Asha als Prinzen bezeichnete, war Absicht.

Der Wulaner schüttelte jaulend den Kopf. Der Griff der Peitsche knarzte. Überraschend kräftig warf er Ri herum, dass die Ketten klirrten und zerrte ihr das Hemd vom Rücken.

»Da!«, jubelte er. »Sie hat nicht gelogen, die tote Sklavin!« Mit der geschlossenen Faust strich er grob über Ris Male, eine Spur aus Kälte und Scham hinterlassend. »Eine Hexe bist du! Deshalb konnte mich der Nordmann besiegen.« Ein Hieb klatschte hart auf ihre Haut. Ri zuckte zusammen, biss sich auf die Lippen. Wieder und wieder prügelte er auf sie ein, jammerte von dunkler Magie und Ehre, bis er erschöpft von ihr abließ.

Ris Rücken stand in Flammen. Sie fühlte, wie Blut über ihr Rückgrat rann.

»Na, wie hat dir das gefallen! Mich abzuweisen war ein Fehler, Hexe!« Er drehte sie zu sich herum, das Haar verschwitzt, ein irres Grinsen auf den gebleckten Zähnen.

Die Prinzessin knurrte, dann stöhnte sie lustvoll. Jarock starrte sie entgeistert an, seine Hand zitterte.

»War das alles, Wicht? Kannst du nicht einmal richtig zuschlagen?« Ri lachte ihm entgegen. Sie durfte nicht ohnmächtig werden. *Komm, kleiner Mann, komm zu mir!* Die Schmerzen waren wie Säure. »Oder ist dein Schwanz ebenso schlaff wie deine Peitsche?«

Mit schrillem Gebrüll warf er sich auf sie, griff nach ihrem Ausschnitt, um sie zu entblößen. Blitzschnell schlang Ri ihre Beine um seine Hüften, riss ihn zu sich, schnellte mit dem Kopf nach vorn. Jarocks Nase brach wie ein dünner Zweig, die Peitsche entglitt ihm, er versuchte, sie zu beißen. Doch Ri wirbelte den Wulaner herum, so dass sein Rücken ihr zugewandt war. Sie bäumte sich auf, schloss ihre Hände um die Ketten und grunzte wie ein Tier. Dann hatte sie ihre Schenkel um seinen Hals geschlossen und drückte zu. Der Mann würgte, zappelte wild, krallte seine Finger in ihre Muskeln. Ri aber spürte keinen Schmerz mehr. Sie verstärkte den Druck. Nur noch Geröchel hallte in dem Turm und Ris angestrengtes Keuchen. Seine Bewegungen wurden langsamer. Ri ließ nicht nach. Heftiges Zucken und plötzlich sackte Jarocks Körper in sich zusammen. Schwindel erfasste Ri, sie übergab sich, fror, verbrannte. Zwei Atemzüge später glitt sie in die Umarmung der Dunkelheit.

Als sie wieder zu sich kam, stand Varrik vor ihr – allein. Er lächelte amüsiert. Mit dem Stiefel schob er den Prinzen aus Wulan beiseite, als wäre es ein stinkender Betrunkener auf dem Gehweg.

»Danke«, sagte der Nordmann. »Ich dachte schon, ich müsste mich selbst darum kümmern.« Er stieß Jarock an, ob dieser auch wirklich tot war. »Der Freund eines Freundes besorgte ihm den Schlüssel für Eure Tür.« Er blickte auf das Blut, die Peitsche und dann auf Ri. »Muss ein hitziges, kleines Tänzchen gewesen sein«, kicherte er.

Ri war fassungslos. Die Freude in Varriks Stimme ließ sie frösteln.

»Das hattet ihr geplant?«, stammelte sie.

»Ich musste immerhin Wochen warten, bis Jarock endlich wieder halbwegs stehen konnte.«

»Ich …« Weiter kam sie nicht.

»Ich brauche Euch nicht mehr.«

»Was?«

«Ihr, Ribanna Tavurin, habt soeben den erlauchten Prinzen von Wulan ermordet. Mit dunkler Magie, versteht sich.« Varrik klatschte in die Hände und rieb sie, als wäre dies ein ganz wunderbarer Abend geworden. »Wulan wird in schwerer Trauer sein. Der einzige Sohn des Königs, dahingerafft von einer Hexe. Die Armee der Graslande wird sich dafür rächen, das wird ein Spaß.«

Ri bekam keine Luft mehr. Winterkrieger betraten den Raum.

»Bringt sie in die *Seefestung*. Werft sie zu den Mördern, den

Vergewaltigern und sonstigem Abschaum.« Er drehte sich noch einmal zu ihr um. »Ihr werdet ihn nie wieder sehen, Prinzessin. Asha reist längst auf der Totenbarke.«

Die *Seefestung* war ein düsterer Bau aus grauem Granit, der nahe des Hafens auf einer vorgelagerten Klippe stand. Im Herbst von den Wellen umtost, im Sommer ein glühender Ofen.

Sie ruderten Ri noch in der Nacht hinüber. Die Lichter der Stadt glimmten vereinzelt. Alles war furchtbar still, so als hätte sich Aquamarin ergeben und kauerte jetzt ängstlich wie ein Kind unter der schützenden Decke der Dunkelheit.

Ri hatte sich geweigert, dass man ihre Wunden versorgte. Standhaft und trotzig wie eine Königin hatte sie ihr Hemd wieder übergestreift und war tapfer den Kriegern gefolgt. *Nicht umfallen*, Ri, das sagte sie sich in ihrem Kopf, pausenlos.

Sie fuhren in eine Grotte ein. Das eisenverstärkte Holztor war von Algen und Muscheln überwuchert und knarrte laut, als es sich öffnete. Der Gestank von Brackwasser und nassem Stein legte sich auf Ris Zunge. Auch hier schwiegen die Männer diszipliniert. Das Boot legte an, Ri wurde eine schmale, glitschige Treppe hinaufgezogen. Sie bekam einen Sack über den Kopf gestülpt und dann ging es in den Bauch der *Seefestung*.

An den Ketten wurde sie durch endlose Tunnel geführt, die in abrupten Winkeln immer wieder die Richtung änderten.

Unmöglich, sich den Weg zu merken. Gedämpfte Schreie und irres Kreischen nach Hilfe durchbrachen die Stille.

Irgendwann blieben sie stehen. Der Sack wurde entfernt und Ri blinzelte im Licht der Fackeln. Eine Eisenplatte war in den Boden eingelassen. Dickes Metall mit vier Schlössern an den Rändern. Man öffnete die Verriegelung und das Quietschen drang bis in ihr Herz, als die schwere Luke von zwei starken Männern gehoben werden musste. Ri starrte in das Loch. Sie erkannte nur nasses Mauerwerk und darunter Schwärze. Sie nahmen ihr die Ketten ab.

Ohne Worte stieß man sie durch die Öffnung. Ri schnappte nach Luft, fiel und schon landete sie in einer Pfütze, schürfte sich Knie und Handballen auf. Eine geballte Wolke aus Exkrementen und Urin hämmerte auf sie ein, dass sie würgen musste. Über ihr fiel das Gitter zurück, ein schweres Hallen waberte durch die Tunnel, dann entfernten sich die Schritte der Kerkermeister.

Mit Mühe erhob sich die Prinzessin, atmete durch den Mund und versuchte etwas in dem Halbdunkel zu erkennen. Langsam lichtete sich die Szene. Ein Schatten stand an der gerundeten Wand gelehnt, spuckte aus.

»Das ist der *Mitternachtsmarkt*, Kleine. Hier gibt es nur ein Gesetz: Überleben!«

Der Instinkt ist ein seltsames Wesen. Auf der Stelle machte Ri sich kleiner, ließ den rechten Arm wie gebrochen an ihrer

Seite baumeln. Zwei weitere Männer tauchten auf. Einer kam zu ihr, seine dreckige Pranke packte sie im Nacken. Sie folgte gehorsam, den Kopf gesenkt.

Das Dämmerlicht machte alles noch schlimmer. In der Dunkelheit hätte man wenigstens noch ahnen können, jetzt aber erblickte Ri die Katakomben in aller Pracht. Halbtote Gestalten in zerfetzten Gewändern, überall. Hinter dem Tunnel öffnete sich ein Labyrinth aus Gewölben und weiteren Gängen. Zellen gab es keine. Dieser Teil der *Seefestung* musste unter der Wasserlinie liegen. Er war einfach grob in die Felsen getrieben worden. Es tropfte, es plätscherte, selbst die Luft war nass.

Ein hölzernes Podest stand in der Mitte einer Höhle. Ein paar Kerzen flackerten in kleinen Nischen oder auf Vorsprüngen. Der Mann, der sie angesprochen hatte, sprang hinauf, breitete die Arme aus. Der Ton einer Muschel erklang. Aus allen Ecken kamen Menschen, wenn man sie noch so nennen konnte.

Der Kerl war kleiner als sie, aber wuchtig wie ein Weinfass. Sein speckiges Haar wurde von einem ledernen Streifen aus der breiten Stirn gehalten. Die Lippen waren Wülste, er starrte vor Dreck und getrocknetem Schweiß. Aber er hatte ein Beil und vier Messer in seinem Gürtel, der eine zerfledderte Hose hielt.

»Verehrte Schurken, Plünderer, Drecksäcke, Diebe und anderes Ungeziefer. Hört her, hört her.« Er machte eine kunstvolle Pause, in der Ri auf das Podest gehoben wurde. »Die Flut hat wahrhaft einen Schatz zu uns in die Katakomben gespült.« Immer mehr Leute drängten sich um sie. Dreckige Gesichter, tote Gesichter, gierige Gesichter. »Frischfleisch, nur wenig benutzt«, Ri wurde im Kreis gedreht. »Ich warte auf die ersten Gebote.«

Entsetzliches Gebrüll erhob sich. Zahlen flirrten durch die Höhle, Rum wurde geboten, Essen, Muscheln, Goldzähne und tausend andere Dinge. Irgendwo aus dem Gewühl erhob sich eine krächzende Stimme:

»Kann sie auch sprechen, *Schwarzaxt*?«

Der Angesprochene bat mit den Armen wedelnd um Ruhe. Still wurde es zwar nicht, aber immerhin konnte Ri wieder ihr eigenes Herz schlagen hören.*Schwarzaxt* trat zu ihr.

»Natürlich kann sie sprechen. Sie kann sogar *singen*!«

Ein Raunen schlich durch die Anwesenden. Der Kerl starrte sie aus winzigen Augen an, brummte etwas. Ri tat so, als verstehe sie nicht.

»Sag was!«

Erste Unmutsbekundungen machten die Runde. Der Preis fiel. Ganz nah kam *Schwarzaxt*, sein Atem stank wie eine Latrine. »Mach endlich den Mund auf oder ich schnitz dir einen zweiten!«

Was dann geschah, überraschte selbst Ri. Ihr rechter Arm raste nach vorn, mit der Handkante voran. Sie fühlte, wie der Kehlkopf des Mannes zerschmettert wurde. Mit der Linken schnappte sie sich zwei Messer aus dem Gürtel. Das erste warf sie auf den Gehilfen vor sich. Mit einem Schmatzen blieb es bis zum Heft in seiner Brust stecken. Ri wirbelte herum, wich einem Schlag aus, drehte das Handgelenk herum und stach dem Dritten die Klinge tief zwischen die Rippen. Ein Pfeifen hüpfte aus der durchbohrten Lunge. Sie vollendete den Kreis wie eine Tänzerin. *Schwarzaxt* stand noch immer dort, die Hände hilflos um den Hals gelegt. Seelenruhig nahm Ri das Beil aus seinem Gürtel. Mit Entsetzen und Überraschung glotzte er sie an, dann kippte er nach hinten, donnerte auf die Kante des Podestes, überschlug sich einmal, wobei sein Rücken auch noch brach und blieb mitten zwischen den Zuschauern liegen. Die anderen beiden gingen ebenfalls den Weg alles Irdischen. Nacheinander fielen sie. Das Holz färbte sich mit Blut. Ri aber stand da, in der einen Hand ein Messer, in der anderen das Beil. Sie baute sich zu voller Größe auf.

»Will noch jemand bieten?«, fragte sie. Dann sackte die Prinzessin zusammen.

»Wie geht es ihr?«

»Sie wird wieder.«

Etwas huschte durch Ris Erinnerungen.

»Wie sieht es draußen aus?«

»Ich glaube nicht, dass jemand weiß, wer sie ist. Viele glauben, eine *Nachtklinge* habe es hierher verschlagen. Gut für uns alle!«

Ri tauchte langsam aus dem Nebel der Ohnmacht auf, trieb an die Oberfläche. Mit Mühe öffnete sie die Augen, klebrig und schwer. Wabernde Dunkelheit, ein Gesicht über ihr, ein anderes daneben. Besorgte Mienen. Eines davon war ihr vertraut seit sie schwimmen konnte. Dabba! Sie sank zurück in den Abgrund.

Als Dabba ihre Wunden versorgte, zuckte Ri zusammen. Sie hockte vorn übergebeugt auf einem Stein, die Ellbogen auf die Knie gestützt und biss die Zähne zusammen. Drei Schritte vor ihr lehnte ein Mann an der Wand. Ein kantiges Kinn, schiefe Nase und Unterarme, auf denen sich die Muskeln abzeichneten. In der Faust hielt er einen Hammer, so wie ihn Handwerker benutzen mochten. Sein Haar war militärisch kurz und leicht ergraut. Seine Augen aber waren stark und von einer gewissen Wildheit. Ohne Scheu oder Grimm musterte er die Prinzessin. Bevor Ri fragen konnte, zog Dabba die Binden fest und reichte ihr ein halbwegs sauberes Hemd. Ri zog es an. Der Rücken spannte und schmerzte.

»Das ist Koros, Prinzessin. Er ist Feldschmied der Garde.«

»Er *war* der Feldschmied der Garde. Die Garde ist nun Asche im Wind!«, berichtigte der Mann ihren Leibwächter.

Ri holte versuchsweise tief Luft. Der Verband saß gut. *Wieso sprach Koros in der dritten Person von sich?*

Sie stand auf und Dabba verneigte sich, der Schmied aber drehte sich verlegen zur Seite. Tausende Fragen lagen ihr auf der Zunge.

Sie waren in einem Seitentunnel, nur gedämpft waren die Laute der Gefangenen zu hören, dafür aber das Krachen der Wellen, das wie das stete Dröhnen einer Pauke durch den Fels drang. Ein paar Ölfunzeln flackerten tapfer.

Dabba erzählte von einem Auftrag für die Königin Mutter. Einzelheiten berichtete er nicht und Ri fragte nicht nach, vorerst. Koros hingegen brummte ein »Es ist, wie es ist«, dann schwieg er. Und auch die Prinzessin wollte das Feuer nicht schüren, sie alle kannten das Ergebnis. Dabba wollte wissen, wer Ri in der Zeit seiner Abwesenheit beschützt habe. Sie wisse es nicht, gab sie zu. Dann müsse die Königin einige der Palastwachen beauftragt haben, im Hintergrund zu bleiben, mutmaßte er. Vielleicht habe sie niemandem mehr vertraut, warf Koros ein. Sie lösten das Rätsel nicht. Es sei nicht wichtig, Dinge zu wissen, die sie nicht dafür benutzen konnten, um aus diesem Loch zu entkommen, entschied Ri schließlich.

Damit war das Thema beendet.

Ohne jedes natürliche Licht war es schwierig, die Tageszeit einzuschätzen und hätte Dabba nicht ein so gutes Gehör gehabt und am Klang der Wellen Flut und Ebbe erkannt, Ri hätte geglaubt, sie wäre in ihrem Traum aus Finsternis gestrandet.

Woher Dabba und Koros halbwegs genießbares Essen beschafften, wollte Ri gar nicht näher erkunden. Sie teilten das Wenige mit ihr. Es war selbstverständlich für die beiden und vor allem Koros legte dabei eine verwirrende Hartnäckigkeit an den Tag, die Ri entweder schmunzeln ließ oder stutzig machte. Sie wurde nicht schlau aus dem Mann, aber solange sein Hammer zwischen ihr und dem Rest der Meute stand, nahm sie es hin.

Wann immer sie allein für sich war, zog Ri die Münze hervor, küsste sie und betete für Asha. Doch wenn ihre Gefühle außer Kontrolle zu geraten schienen, machte sie ihre Kampfübungen so hart, dass ihr Körper nichts anderem als mit Funktionieren beschäftigt war.

Es war eine Vision, das wusste sie sofort.

Ri erhob sich und lauschte. *Sang dort jemand?* Eine Stimme schwebte durch die Katakomben, süß, wie von Blüten bestäubter Wind. Wie ein Faden aus Tönen zog er Ri voran. Die Tunnel waren von Menschen gesäumt, standen im Weg. Hunderte von ihnen. Sie alle hatten die Köpfe zur Decke gehoben und lauschten. Die Augen weit offen. Ri schritt an ihren Körpern vorüber wie durch einen Wald. Bald erreichte sie das Gewölbe mit dem Podest. Eine Gestalt stand reglos darauf. Ein langes Gewand wallte über das verdreckte Holz, einem Wurzelgeflecht gleich. Das Gesicht war unter einer Kapuze verborgen. Die Arme waren ausgebreitet, als böten sie eine Umarmung an. Und aus ihrem Leib drang der Gesang, wispernd und wohltuend.

Ri stand zwischen all den anderen, ergriffen von der Musik. Plötzlich sanken die Menschen um sie herum zu Boden, von unsichtbarer Hand in einen Schlaf geschickt. Die Prinzessin stieg hinauf.

»Ich bin die Quelle, Ribanna«, flüsterte die Göttin.

Es konnte nur eine Göttin solche Lieblichkeit singen.

»Ich bin das Auge der Zeit.«

Ri fröstelte.

»Deine Liebe lebt, doch ist sie in Gefahr.«

»Was kann ich tun?«, flehte Ri.

»Ich kann ihn beschützen, seine Seele bewahren.« Die Gestalt kam näher. Sie duftete nach Hitze und Rauch.

»Was verlangst du von mir? Ich tue alles, was du willst.«

»Eure Liebe ist ein starkes Band. Nur dein *Herzenswunsch* vermag ihn zu retten.«

»Ich tue es!« Ri konnte kaum atmen.

»Ich erwarte eine Gabe dafür, Prinzessin.«

»Sie ist bereits erfüllt.«

»Dann sag' , dass ich ihm das Leben schenken soll, jenes Leben, das aus meiner Quelle entspringt.«

»Bitte, schenke Asha das Leben, Göttin.«

»So ist es!«

»Danke«, hauchte Ri.

»Die Gabe für mich ist Rache, Ribanna. Quell darf nicht fallen! Erhebe dich und vernichte jene, die es gewagt haben, dieses Land mit Feuer und Schwert zu nehmen. Dies sei dein Schwur.«

»Der Schwur ist mein!«

»Dann ist es besiegelt.« Die Gestalt entfernte sich.

»Erwache, Ribanna. Erhebe dich! Erwache …«

Den Tag darauf entschied Ri, dass sie fliehen mussten. Die beiden Männer sahen sie nicht an, als hätte sie den Verstand verloren, sondern warteten auf einen Plan.

Da Ri annahm, dass die Katakomben keinen anderen Ausgang hatten als den, durch den man sie geworfen hatte, blieb auch nur dieser übrig. Ansonsten hätte sich schon irgendwer verzweifelt durch den Fels gegraben. Allein jedenfalls würden sie es nicht schaffen, sie brauchten Verbündete, am besten jeden Mann und jede Frau, die hier unten waren.

So ging Ribanna, eingerahmt von Dabba und Koros, durch die Tunnel und Gänge. Erhobenen Hauptes mit der ganzen königlichen Erziehung, derer sie sich noch erinnern konnte. Niemand griff sie an, auch wenn viele Blicke lauernd waren. Bald zogen sie einen ganzen Tross verlauster und zerfledderter Gestalten hinter sich her, die ebenso halbtot wie neugierig waren.

Ribanna stieg auf das Podest und die Menge versammelte sich um sie. Dabba und Koros blieben im Hintergrund. Wachsam und bereit, jederzeit einzuschreiten. Ri wartete, bis das Gemurmel verebbte und straffte sich.

»Ich bin Prinzessin Ribanna Elektra Tavurin«, sagte sie leise. Überraschte Laute wisperten durch das Gewölbe, manche knieten nieder, andere taten es ihnen nach. Viele blieben misstrauisch stehen. Ri sah jedem von ihnen in die Augen. Die meisten wandten sich beschämt ab, nur wenige starrten feindselig zurück. »Aquamarin ist gefallen. Ich bin die letzte Tavurin.«

Nun knieten auch die Unentschlossenen nieder, denn von einem Moment zum nächsten war ihnen etwas klar geworden: Das dort oben war die Königin von Quell. Mit Absicht verschwieg Ri, dass ihre kleine Schwester noch am Leben war. Dies hier war nicht gerade die vertrauenswürdigste Versammlung. Eine Frau pries die Wolken, jemand schluchzte, die meisten aber waren wie vom Blitz getroffen.

»Ich weiß nicht, welche Taten Euch an diesen Ort geführt haben …«, viele starrten zu Boden, »… und ich will es auch nicht wissen. Es mag Gründe gegeben haben, manches Herz mag dunkel gewesen sein, das andere töricht. Ich kann nur eines tun: Ihr alle seid hiermit begnadigt.«

Jetzt brach Tumult aus. Die Stimmung kippte von Unglauben zu Freude, bei anderen von Misstrauen zu Scham. Dabba stieg auf das Podest und sofort kehrte Ruhe ein.

»Hört zu, ihr Unglücklichen«, brummte er gefährlich leise.

Ri fuhr fort: »Wir werden von hier fliehen. Seid still, Leute. Danke. Jeder, der mitkommen will, soll sich morgen hier einfinden. Aber jeder, der mich, und damit Quell, verraten will … den werde ich töten! So wie ich es mit *Schwarzaxt u*nd seinen Gehilfen getan habe.« Damit stieg Ri von dem Podest.

Die Menge teilte sich schweigend. Nie zuvor hatte sie sich so elend gefühlt. Der Tod war zu ihrem Begleiter geworden und sie sah ihn höhnisch in ihrem Spiegelbild grinsen.

Sie waren vorbereitet, bewaffnet und entschlossen. Ri wusste noch, bis wohin das Fackellicht gereicht hatte, als man sie in dieses Loch gestoßen hatte. Nun bildeten sie und einige andere einen kleinen menschlichen Turm unter dem Eisendeckel. Fünf kräftige Männer waren das Fundament, mit schwarzen Decken getarnt, auf dem Dabba hockte wie in einer Schale aus Armen. Sobald die Luke hochgezogen würde, würden sie den Leibwächter nach oben katapultieren und er gleichzeitig in die Höhe springen. Eine verflucht tödliche Überraschung für die Wärter. Und das alles möglichst, bevor der nächste arme Tropf ihnen entgegen fallen konnte.

Ri war mit ihren Gedanken bei Asha. Sie würde die Welt durchqueren für ihn. Sie sehnte sich nach seiner Stimme, seinen Händen, seinen Lippen. Mitten in diese Flut aus Sehnsucht rasselten die Schlösser über ihnen. Das Glück war ihnen hold. Wieder schwiegen die Wärter. Die Luke quietschte wimmernd, die Männer spannten die Muskeln, warfen den Hünen hoch, Dabba ruckte wie ein Pfeil empor und das Chaos brach los.

Ein, zwei gurgelnde Laute waren zu hören. Doch plötzlich erklang eine Glocke, hell und laut, als sie auf den Steinboden fiel. Ein drittes Stöhnen, dann nichts mehr. Der Ton jedoch hallte nach, alle erstarrten, warteten, dass der Alarm weitergegeben wurde. Doch nichts geschah. Ein Seil klatschte in die Pfütze zu Ris Füßen. Sie kletterte hoch, sah sich um. Dabba wirkte zerknirscht, während er das Messer an der Kleidung des letzten toten Wärters abwischte. Immer mehr Männer und Frauen strömten durch die rettende Öffnung. Rufe von unten drängten zur Eile. Die Waffen der Toten wurden aufgenommen.

Ri hob die Hand. »Wer hat sich den Weg hier her einprägen können?«, fragte sie.

Eine alte Frau trat vor, ein zahnloses, zerschundenes Wesen: »Ich, Prinzessin, ähm … Hoheit…«

Ri verbeugte sich. Der Frau traten Tränen in die milchigen Augen.

»Dann führe uns!«

Sie folgten der Alten durch leere Gänge, die nur von wenigen Fackeln beleuchtet wurden. Die Frau war sehr langsam, aber sie schien wirklich zu wissen, wohin sie wollte. Niemand wagte es, zu sprechen oder gar zu drängeln. Fast schlurfend wanden sie sich durch die *Seefestung*. Und ohne Zwischenfälle erreichten sie den Ausgang, der in die Höhle mit dem Gezeitentor führte. Die Gefangenen fächerten auseinander. Sie fanden einen versteckten Kanal mit Ruderbooten. Verhaltener Jubel. Andere kümmerten sich um das Tor, kletterten wie Affen auf das glitschige Hindernis, zückten Brechstangen und hebelten, so leise es ging, die Kettenglieder auf. Der Geruch des *Innermeeres* beflügelte die Sinne. Die Freiheit war nah. Die Wellen zogen sich zurück. Es war Ebbe – ein Zeichen, ein Wunder!

Viele verneigten sich zum Abschied vor Ri, bevor sie in der Dunkelheit verschwanden, in Boote stiegen und davon ruderten. Andere blieben starr stehen, kämpften mit sich, überfordert von der plötzlichen Weite der Möglichkeiten. Ri konnte sie verstehen und traf eine Entscheidung.

»Wer kein Heim hat, niemanden, zu dem er zurückkehren kann, keinen Menschen, der ihm Halt gibt, der kann mit mir kommen.«

In der Nacht, als Asha auf dem Eisberg starb, ruderte Ribanna Tavurin in den Krieg. Mit ihr kamen die Verlorenen, die Gebrechlichen, die Zerstörten. Doch ihre Seele suchte nur eines: Jenes Herz, das das ihre erst zusammengefügt hatte. Das Feuer einer Sonne, die am Ende ihres Laufs eine einzigartige Farbe über den Horizont küsste. Die des Lebens.

12

Die Wahrheit ist ein dünnes Tuch im Winter.

– Weisheit, Königreich Skargerrak –

Asha

Kälte. Bis in die Knochen, ins Mark und die Träume. Keine Worte mehr, nur Irrlichter, die wie Eiswellen über die Vergänglichkeit der Haut schwappten.

Ruhe?

Nein!

Frieden?

Niemals!

Eine Stimme hauchte Wärme.

»Schhhht!«, sagte sie, ganz weich.

Asha wollte ihr zuhören, nein, er musste.

»Schhhht, Prinz des Nordens.«

Hundertfach war das Blau des Eises um ihn. Und doch war jeder Kristall davon mit einer dunklen Linie umgeben. Es war ein Spiegelbild der Eisschollen, die einsam über das *Scherbenmeer* glitten.

»Ich werde dich retten, Asha.« So wohlig der Klang. Eine Blüte in seinem Herzen, nein, ein Duft. »Ein Wunsch ist ausgesprochen worden, nur deinetwegen.«

Asha lächelte. Er fühlte den Wunsch zwischen seinen Rippen, wie er pochte.

»Sag, willst auch du für diesen Wunsch leben?«

Ri!

Der Prinz versuchte es wirklich, doch war die Kälte stärker als er.

»Ja!«, schrie er. *Doch wer würde es hören?*

»Ich höre dich!« Die Stimme wanderte um ihn herum. Ein Schemen, der unsichtbar und gleichzeitig sehend war. Vage schälte sich ein Umriss aus dem schimmernden Eis. Eine Gestalt, eine Kapuze, ein uraltes Lied.

Ein Pakt.

»Alles!« flüsterte Asha.

Eine knochige Hand streifte seine Wange.

»So sei es! Das Band der Liebe wünscht, ich gewähre.«

Das Lied zerfiel, Misstöne entstanden, verdrehten sich. »Du wirst leben, Prinz. Doch finden wirst du nicht.«

Asha bäumte sich auf. Er wusste, was damit gemeint war. Seine Liebe zu Ri. Es war eine Falle, kein Pakt, sondern ein Fluch. Ein Zeichen wurde über seinem Herzen geschrieben.

»Nein«, keuchte er.

Zu spät.

»Du bist jetzt ein *Nimmerherz*!«

Der Tod zog sich von ihm zurück. Die Barke verschwand, seine Mutter blickte entsetzt, rief ihm etwas zu. Doch Asha verstand es nicht. Ein weiter Himmel wölbte sich in die Erde, das Meer griff in den Strand. Die Wolken wetzten die Berge und der Wind schliff das Land.

Asha stieß ein langgezogenes *Ahhhhhhhhhrrr* aus seiner Kehle. Es tropfte ungesagt von seinen Lippen. Ein glühender Faden erfasste ihn, schleifte ihn fort von Eis und Schnee, über Wellen und Steine. Flüsse, Berge und Wälder. Fort.

Die Wälder rauschten, Flüsse schwiegen.

Die Wellen schäumten, Wind blies.

Der Faden der Magie strömte darin. Und fand.

Asha schluckte Wasser. Ruderte mit den Armen. Für einen Atemzug war sein Mund über den sich überschlagenden Wellen. Er strampelte vor Angst. Jemand fasste nach seinem Arm, rutschte ab, verlor ihn. Salzige Gischt fegte in seine Augen. Asha fühlte sich schwer, er streifte die Stiefel ab, streckte sich nach dem Leben, schwamm um sein Leben. Ein Seil war um seine Brust, spannte sich und zog ihn aus dem Meer. Aus dem Tod. Da war eine Bordwand, verwehte Rufe eines Namens. Man packte ihn endlich, hievte ihn hoch. Sein Körper fiel hart auf schwankende Planken. Japsend lag er da, der Prinz des Nordens und Männer lachten ihm rau entgegen.

Ein bärtiges Gesicht brüllte ihn durch den Regen an.

»Bist nicht totzukriegen, was Torkil?«

Asha fühlte, wie seine Knochen wuchsen, sein Fleisch die Hülle eines anderen ausfüllte. *Nein*, dachte er. *Torkil ist tot. Er sinkt gerade auf den Grund des Meeres. Aber ich bin jetzt hier, an seiner statt. Was war geschehen?* Asha war sich bewusst, ein anderer Mensch zu sein und doch war er er selbst. Mit jeder einzelnen Faser seines Herzens war er Asha Eisschild. Er schüttelte den Kopf, als müsse er aus einem Traum erwachen.

Sie flößten ihm Branntwein ein, dass er husten musste und zogen ihm die nasse, kalte Kleidung vom Körper, denn Asha zitterte schrecklich. Sie legten Decken um ihn, rubbelten und schlugen klatschend auf Brust und Rücken. Endlich spürte er wieder einen Funken Wärme. Tränen stürzten ihm aus den Augen. Er war gerettet, doch um welchen Preis.

Du darfst jetzt nicht den Verstand verlieren, Asha! Halte durch, tue nichts Unüberlegtes. Jeder Knoten hat einen Anfang. Und wenn nichts mehr hilft, dann durchtrenne ihn mit einem Schwert. Erschöpfung und Schock forderten ihren Tribut. Er fiel in eine Hängematte, die Stimmen wurden leiser.

Das Letzte, woran er denken konnte, war Ri.

»Das mit dem Strick war ´ne gute Idee, Torkil, das muss ich dir lassen.« Ein zäher Kerl klopfte ihm anerkennend gegen die Seite, denn Asha war noch größer als zuvor, ähnlich riesig wie Moos.

Vorsichtig beugte sich der Prinz über ein Wasserfass, hielt die Luft an, schluckte. Aus der Tiefe starrte ihn ein fremdes Gesicht an. Verzerrt, wenn Tropfen aus seinem Haar Wellen in den Bottich schlugen, dann fügte es sich wieder zusammen, ebenso unwirklich wie zuvor.

Sein langes Haar war rabenschwarz. Torkil gehörte also dem Clan Grimmhorn an. Asha musste beinahe lachen über diese irrwitzige Wendung. Ein struppiger dunkler Bart, in den Zöpfe geflochten waren, eine schiefe Nase, gutmütige graue Augen. Nicht gerade ein schöner Anblick, aber von versteckter Willenskraft durchzogen. Starker Knochenbau. Asha fletschte die Zähne – alle noch da, sehr gut. Er betrachtete seine Hände. Voller Schwielen waren sie, aber kräftig. Verheilte Schnitte hatten helle Striche auf seinen Handrücken hinterlassen und eine dicke, wulstige Brandnarbe verlief quer durch seine Lebenslinien. Vermutlich von einem Tau. Er starrte auf seine nackten Füße hinunter und verlor für einen Moment die Fassung. Jene Narbe, die ihm die Verräter in der Bärenhöhle zugefügt hatten, sie war mit ihm in diesen Körper gereist. Unter tausenden würde er sie wiedererkennen, denn sie war eine Erinnerung an all das, was man ihm genommen hatte.

So wie es auf dem Kahn stank, war Asha nun ein Fischer. Doch er wusste weder wo, noch wer er war.

»Wo sind wir?«, fragte er den Zähen.

Der gaffte ihn an, dann lachte er mit stummeligem Gebiss. »Hat der kleine Ausflug dir den Schädel mit Krabbenscheiße gefüllt?«

Asha ballte die Faust. »Ich mein´s ernst«, brummte der Prinz.

Der Kerl hob beschwichtigend die Arme. »Schon gut, brauchst nicht gleich den Hammer rausholen.«

Der Zähe rotzte auf die Planken. Mit einem falschen Grinsen zeigte er auf den Mast. »Die *Blutharpune*!«, der Finger wanderte weiter zu einem bulligen Mann hinter dem Steuerrad.

»Kapitän Inkar. Heimathafen Scale! Auftrag: Linderwale töten.« Er zeigte auf sich. »Erster Bordmann. Kalev! Kapiert? Alles endlich wieder klar im Kopf?«

Asha wurde vorübergehend als unnütz eingestuft. Er solle sich wieder in die Hängematte packen und der alte Torkil werden, so hatte es der Kapitän jedenfalls vor sich hin genuschelt. Unter Deck saß Asha da und überlegte, was zu tun sei.

Er war auf einem schnellen Zweimast-Segler mit wenig Tiefgang. Ideal, um sich an Wale heranzuschleichen und hart am Wind zu verfolgen. Doch war es verboten, Linderwale zu jagen und zu töten. Ihr Gesang, so erzählte man sich, seien die ältesten Lieder des Nordens. Ewige Erinnerungen daran, als die *Schwimmenden Berge* noch nicht existiert hatten. Sogar die Götter waren damals noch unter den Menschen gewandelt.

Beim Essen redeten die Männer darüber, wie viele Wale die *Blutharpune* bereits erlegt hatte. Asha begriff nicht, wie man einerseits solche Legenden erzählen konnte, um einen Tag später mit einem Speer darauf zu schleudern.

Das Schiff war in einem schlechten Zustand. Asha wunderte sich, dass ein Kapitän dies zuließ, war doch ein tüchtiges Schiff ein Garant dafür, wieder nach Hause zu kommen. Einige Male starrte der Prinz auf das Meer, dachte darüber nach, die *Weite See* schwimmend zu bezwingen, um zu Ri zu gelangen. Torkil hatte nicht schwimmen können, er aber schon.

Der Rest der Mannschaft mied ihn. Sie glaubten, es wäre besser gewesen, wenn er verreckt wäre, als er über Bord gefallen war. Und Asha fragte sich jede Nacht, zwischen Fürzen,

Schnarchen und gemurmelten Albträumen, was mit ihm auf diesem Eisberg passiert war, dass er jetzt hier und nicht auf der Totenbarke segelte. Er erinnerte sich an eine Höhle, an eine Gestalt und wispernde Worte. Ein Schwur hatte seine Lippen verlassen, doch wer hatte ihn angenommen? Er versuchte sich an das Zeichen zu erinnern, das über ihn gemalt worden war. Er schaffte es nicht.

Ri. Sie war und blieb sein einziger Stern, ein Funkeln in der Nacht. Er musste irgendwie zurückkehren. Wenn dieses Schiff aus Scale war, dann würde es dort auch wieder anlegen. Mit all der Beute. *Er könnte sich absetzen, nach Quell reisen und … ja, und was dann?*

Die Arbeit war hart und blutig. Offenbar war Torkil einer der besten Waltöter gewesen, den das Schiff je gehabt hatte. Asha aber weigerte sich, dieses eiserne, mit Widerhaken versehene Stück Tod auch nur anzufassen. Mittlerweile glaubten die meisten, die Wellen hätten ihm den Verstand aus dem Körper geprügelt. Asha bestärkte diese Sichtweise sogar noch, in dem er oft dastand und in die Wolken blickte. Ein dummer Mann mit noch dümmeren Marotten. So wurde er für die niederen Arbeiten eingesetzt, eine Schande eigentlich, doch Asha war zufrieden damit.

Die *Bluthаrpune* zog weiter Richtung Westen. Doch es gab Streit darüber, wie weit. Das Meer wurde mit jeder Seemeile dunkler, bis es so finster wie die Farbe von Grimmhorn wurde.

»Wir sollten umkehren«, beharrte Kalev. »Nur die *Steinkönige* wissen, wohin uns der Sturm getragen hat. Wir haben genug gefangen.«

»Grimmhorns Armee braucht Kraft!«, entgegnete Inkar laut.

Asha horchte auf.

»Das Wenige, das wir haben, ist genug!«, beharrte der erste Bordmann, doch duckte er sich dabei.

»Wenn Weniger schon gut ist, dann ist Mehr noch viel besser!«

Sie segelten weiter. In Richtung der *Schwimmenden Berge.*

Bei Neumond kam Nebel auf.

Er führte sie alle ins Verderben.

Asha hatte Nachtwache. Dafür taugte er noch. Ihm war es nur recht, denn so konnte er beides sein, ein Prinz im falschen Körper und ein Träumer, der hoffte, bald die *Wächter von Quell* zu sehen, wenn sie sich aus dem Horizont hoben.

Er dachte an Ri, an den Duft ihrer Haut. Am meisten jedoch vermisste er ihre Augen, die ihn auf eine Weise angesehen hatten, für die er noch immer keine Worte fand.

Auch versuchte er zu erforschen, wer Torkil gewesen war, ohne dabei wie Asha zu wirken, der er ebenfalls nicht mehr war. Vage Bilder eines vergangenen Lebens waren in ihm. Nur wollte der Prinz diese nicht. Sie gehörten ihm nicht und irgendwie hatte er das Gefühl, dass beide Seiten sich abstießen.

Letztendlich musste er sogar dankbar sein, fand er. Immerhin war er hier, konnte die salzige Luft in seine Lungen saugen, den Wind spüren, leben. Man bewunderte eine Stadt, nicht die Mauern, die sie umschlossen.

Die Spanten knarrten, das Segel flappte ein letztes Mal, bevor es wie ein nasses Tuch in sich zusammenfiel. Ferner Gesang wehte über das Meer. Einige Linderwale zogen eben noch in Augenweite an ihnen vorbei. Ihre goldenen Gischtfontänen schimmerten unter der schmalen Mondsichel.

Asha stellte sich neben den Vordersteven. Er legte eine Hand auf das Holz, weil diese Geste ihm Halt gab. Der Nebel wallte über das leblose Meer wie der Saum eines tanzenden Kleides. Die Ahnen aber schwiegen, sie hatten Torkil verschlungen, nun kamen sie, um ihn zu holen. Der Prinz hob seine geborgten Hände über den geschnitzten Harpunier, der als verwitterte Galionsfigur seine widerhakige Gier hinaus auf die *Weite See* warf.

Alarm sollte er schlagen, den Klöppel der Glocke tönen lassen und die Besatzung wecken. Seine Hand aber verharrte vor dem Knoten, der am Ende aus dem groben Guss ragte. Der Nebel kam näher, wisperte, kannte seine Seele. Wusste, dass er nicht hierher gehörte.

»Das sieht aber gar nich´ gut aus.« Der Zähe gähnte.

Asha drehte sich um.

»Umkehren sollten wir.« Er schmatzte auf seinen Stummeln. »So weit westlich gibt´s vielleicht mehr Beute, aber auch viel mehr Ärger!«

Asha stimmte zu, nickte.

»Habs´ in Liedern gehört«, sagte er.

»Dort soll irgendwo eine Insel sein. Gleich hinter den *Zahnklippen*. Und dahinter die *Schwimmenden Berge*. Eine uralte Tat der Götter! Mögen die *Steinkönige* verhindern, dass wir je dieser Küste auch nur nahe kommen.«

»Wieso?«, fragte der Prinz.

Der erste Bordmann verschob recht theatralisch eine Hälfte seiner Mimik. »Weil wir dann allesamt auf die Totenbarke wandern werden, du nutzloser Brocken!«

Asha sah es als Erster. Ein Licht tauchte im Nebel auf. Vier Strich Backbord. Einfach aus dem Nichts. Es schwebte wie ein rotes, unheimliches Auge in der Dunkelheit und schien näher zu kommen.

»Das ist recht seltsam«, murmelte Kalev, nahm das Fernrohr zu Hilfe. »Sieht aus wie ein Positionslicht.«

Er reichte Asha das ausgeklappte Fernrohr, zuckte mit der Lippe. »Wer, außer uns, hat den Schneid, hier draußen nach Linderfleisch zu suchen?« Der Prinz blickte durch die geschliffenen Linsen. Das Licht, das im Dunst wie ein Schemen aufgetaucht war, verschwand. Ein seltsames Gefühl erfasste ihn.

»Joh, hab´s auch gesehen, Torkil. Gefällt mir nich´«, sagte der Zähe. »Gefällt mir ganz und gar nich´.«

Asha befühlte die Narben auf seiner Hand. *Wo hatte er die her?*

Als am nächsten Morgen der Nebel noch immer über das Meer waberte, wurden die Segel gerefft, eine halbwegs seichte Stelle ausgelotet und Anker geworfen. Die Stimmung war angespannt unter den Matrosen. Flauten waren gefürchtet, vermochten doch nur die Götter das Meer in einen seichten Tümpel zu verwandeln. Die Harpuniere wetzten missmutig ihre Klingen und fauchten jeden gefährlich böse an, der auch nur das Wort Unheil in den Mund nahm.

Die Männer starrten immer wieder in die dicke Suppe. Ein ums andere Mal wollte jemand etwas gesehen haben und schlug Alarm. Schließlich wurde der Kapitän wütend, befahl die banalsten Aufgaben, allein damit niemand mehr an der Reling stehen und Unsinn verzapfen konnte. Doch auch so wanderten die Augen hinaus aufs Meer und die ängstlichen Blicke sagten mehr als tausend Worte.

In der Nacht schlief kaum noch jemand. Geschichten wurden geraunt. Und so ziemlich jeder kannte ein Schiff, das nie wieder in den Hafen nach Scale zurückgekehrt war. Andere flüsterten von Ungeheuern, die in den finsteren Fluten hausten, mit rot glühenden Augen würden sie im Nebel nach Beute suchen. Jedes noch so gewöhnliche Schwappen, Knarren oder Flappen ließ die Männer nach ihren Schutzamuletten greifen.

Die Geräusche waren seltsam laut und der Dunst schien sie auf unnatürliche Weise über die *Weite See* zu streuen, so dass man die Richtung kaum bestimmen konnte. Ein Omen war es, dass der Nebel mit einer Flaute gemeinsame Sache machte.

Am dritten Tag beschloss Inkar, dass es genug der Warterei sei. Man ließ Boote zu Wasser, die das Schiff aus der Flaute ziehen sollten. Und damit keine Meuterei entstand, war ihr Ziel nun Scale. Es ging zurück in die Heimat.

Dennoch, die Matrosen wagten sich nur unter der Bedingung in die Boote, wenn einer der Harpuniere acht auf sie gab. Diese lachten und stimmten zu. Natürlich wollte niemand zu Torkil ins Boot, dem Unglücksraben, der vielleicht erst für diesen ganzen Schlamassel verantwortlich war. Er solle zuvorderst rudern, forderten die Männer und Asha zuckte mit den Achseln, stieg über das Fallreep und freute sich darüber, allein mit seinen Gedanken sein zu können.

Torkils Körper war stark für Vier, er brauchte niemanden, der mit ihm ruderte. Langsam entfernte er sich von der *Blutharpune*. Ein dickes Tau war an seinem Heck und ihrem Bug befestigt. Er legte sich in die Riemen, genoss die körperliche Anstrengung. Nach wenigen Minuten verschwanden die anderen beiden Boote, die hinter ihm schaukelten. Wäre das Platschen der anderen Ruder nicht gewesen, das Keuchen der Männer und die abfälligen Bemerkungen der Harpuniere über die Schwächlichkeit ihrer Kameraden, er hätte geglaubt, der letzte Mensch auf dem Weltenrund zu sein, der über ein Meer aus Rauch irrte. Einen Moment dachte er ernsthaft darüber nach, das Tau zu durchtrennen und nach Quell zu rudern, ohne Proviant, ohne Wasser oder eine Richtung.

Immer dichter wurde der Nebel. Er durchnässte die Kleidung, Haare und Holz. Bald konnte Asha das Heck seines Ruderbootes nicht mehr sehen, obwohl es nur zwei Armlängen von ihm entfernt war. Die Töne sprangen zwischen den Dunstfetzen umher. Selbst bei seinem eigenen Atem war sich der Prinz nicht sicher, woher dieser kam und wohin er verschwand.

Als die Dämmerung hereinbrach, wurden die Mannschaften ausgewechselt, nur Torkil ließ man draußen. Asha murrte nicht. Er hatte genug Kraft in den Armen. Sie verteilten Laternen auf die Boote und befestigten sie an Heck. Das Licht war kaum mehr als ein heller Fleck, durch den Schemen von Grau wallten.

Plötzlich war da ein Geruch, der dem Prinzen ein Frösteln in den Nacken hauchte. Er hob den Kopf, schnupperte. Ja, da war etwas. Der Duft wurde dermaßen gewaltig, dass es nur etwas Großes sein konnte. *Ein Linderwal? Direkt neben seinem Boot?* Asha beugte sich über das Dollbord. Ein hohes Sausen erklang, ein erstickter Laut und das laute Platschen eines Körpers, der ins Wasser fiel. Aus dem Nichts war es da, so unvermutet, dass ihm das Herz fast stehenblieb. Eine Wand aus Holz kam so dicht neben ihn, dass es das Backbordruder hastig ins Boot hob, damit es nicht zerbrach. Asha wich zurück, versuchte mit dem anderen Ruder Abstand zu gewinnen, doch es klemmte fest. Lichter flammten auf, rot glühend, dutzende. Sie alle waren in einer Linie, weit über ihm, schwebten über einer schwarzen, verflucht hohen Bordwand. Von der *Bluthharpune* wehte Geschrei herüber. Dann Donnern und Krachen. Er sah, dass eine schwere Planke die Reling des Walfängers halb zerschmettert hatte und als Lauframpe diente. Schatten huschten darüber hinweg auf das kleinere Schiff.

Hektisch suchte Asha nach einer Waffe, versuchte sich von diesem Ding abzustoßen. Er starrte auf's Wasser. *Doch wohin? Schwimmen? In der Nacht? Im kalten Wasser?*

Über ihm klirrte es, etwas legte sich um seine Brust und zog ihn mit einem heftigen Ruck in die Höhe. Er schlug gegen die Bordwand, klammerte sich an die Fessel, die ihn gefangen hielt. Es waren ölige Ketten. Zwei Luken öffneten sich über ihm, als würde ein Kiefer aufklappen. Er wurde eine Schräge hinaufgezogen, ein kurzer, finsterer Tunnel, dann packten ihn zwei Pranken. Jemand löste die Kette und stieß ihn auf ein Gitter. Ein Wirbel aus Geräuschen schlug Asha entgegen. Stampfen von schweren Stiefeln, raue Laute einer unbekannten Sprache, abgehackt und tief. Schreie waren da, Rufe nach Gnade oder Hilfe. Klingen, die gezogen wurden, Ketten, das Knallen von Peitschen. Eine Silhouette tauchte über ihm auf. Asha wollte etwas sagen, doch die Gestalt hob eine gefiederte Hand vor sein Gesicht und blies ihm feines Pulver in Mund und Nase. Der Prinz bekam keine Luft mehr, Schwindel erfasste ihn und riss die Welt in einen Strudel.

Durch halb geschlossene Lider sah er Kalev, der kreischend in einer bizarren Vorrichtung zappelte. Sein Kopf steckte in einer hölzernen Halterung. Ein Schatten kam näher und steckte etwas langes, silbernes in das Auge des ersten Bordmannes. Asha schaffte es noch, Ris Münze zu verschlucken, dann versank er in einem schwarzen Teich.

Hölzer schlugen auf straff gespannte Häute. Ein vielstimmiges Ächzen folgte, Peitschenknallen und das Eintauchen unzähliger Ruderblätter. Der Gestank war kaum auszuhalten. Exkremente, Blut und der eingebrannte Schweiß auf jeder noch so winzigen Oberfläche machte das Atmen zur Tortur.

Asha hockte in einem kugelförmigen Käfig, der etwa einen Schritt über dem Boden schwankte. Dutzende nach innen ragende Stachel hüllten seinen Körper ein, die Arme waren über ihm an den Handgelenken mit Eisen gefesselt. Ansonsten saß er im Schneidersitz da, vollkommen nackt, mitten auf den Gittern. Wahrscheinlich, damit seine Notdurft besser entsorgt werden konnte.

Im schwachen Licht einiger Schimmersteine sah er Menschen arbeiten. In bloße Lendenschürze gekleidet gossen die einen Seewasser auf die Planken, die anderen schrubbten den Kot, das Blut und der Himmel wusste was sonst noch durch Öffnungen, die den Dreck ins Meer beförderten.

Es waren Nordmänner und Frauen, Leute aus Kark, Wulan und auch Quell. Asha sprach sie an, doch niemand reagierte. Als wären sie taub oder geistig gebrochen, machten sie einfach weiter. Vor Schmutz starrend und stinkend, während ihnen Sabber von den Mundwinkeln tropfte.

Es war eine Sklavengaleere. Der Prinz hatte Geschichten darüber gehört, doch nie war eine gesichtet worden. Es stimmte, dass in jedem Königreich Menschen verschwanden, Schiffe verloren gingen, Karawanen nie wieder auftauchten, doch ging man größtenteils von Naturkatastrophen aus,

Räuberbanden oder schlicht von Unglücken. Beide Reiche, Skargerrak und auch Quell, hatten die *Weite See* erforscht, doch nie hatte Asha von einem Bericht gehört, der dieses Schiff auch nur annähernd beschrieb. Ein Umstand, der ihm jetzt tief in die Eingeweide stach. Denn es bedeutete, dass er an einen Ort gebracht würde, von dem es kein Entrinnen gab.

Der Prinz verlor jedes Zeitgefühl. Das ewige Zwielicht unter Deck, der permanente Gestank und das Rudern ohne Unterlass, sie ließen keine Einschätzung zu. *War es Tag oder Nacht? Noch Herbst oder schon Winter? Hatten sie überhaupt noch das gleiche Jahr?* Er wusste es nicht.

Gefüttert – denn anders konnte man diese erniedrigende Prozedur nicht nennen – wurden sie von den *Geisterschatten*, wie Asha die Arbeitssklaven im Geiste getauft hatte. Ein rostiges Rohr wurde durch die Gitter geschoben, das man mühsam in den Mund nehmen und mit den Zähnen festhalten musste. Dann kippte einer der *Geisterschatten* eine Kelle Schleim vorn in den Trichter, hielt dann das Rohr ein wenig höher, damit die Pampe zu Asha herüber fließen konnte. Der Geschmack war grausam, aber er schluckte das Zeug, denn aufgeben kam für ihn nicht in Frage. Irgendwann, irgendwo würde sich eine Lücke in diesem Alptraum auftun und er würde hindurchspringen.

Wirres Gemurmel holte Asha aus einem unruhigen Schlaf. In den anderen Käfigen ging irgendetwas vor sich. Er hatte mit den Männern kaum Kontakt gehabt, aber es waren die Harpuniere der *Bluthsarpune*, die mit ihm gefangen worden waren. Sie flüsterten auf einen ihrer Kameraden ein, der den Verstand zu verlieren schien.

»Halte durch, Solek«, zischte einer der Männer. In der Kugel neben sich sah der Prinz einen Kerl, der seinen Kopf auf- und ab wog und brabbelte, die Augen geschlossen, als bete er oder habe Erinnerungen, die ihn quälten.

Asha schwieg zu dem Drama, denn er fand keinerlei Gefühle oder Verbindungen zu den anderen. Es schmerzte, aber wenn er ehrlich zu sich war, dann konnte der Prinz eine gewisse Gleichgültigkeit in sich erkennen. Es mochte noch immer der Schock durch die Verwandlung sein, er wusste es nicht. Das Einzige, das wirkliche Emotionen in ihm wachrief, waren seine Gedanken an Ri.

Was immer Solek widerfuhr, es wurde nicht besser. Er stöhnte und wand sich in den Ketten. Alles Zureden der anderen half nicht, Asha meinte sogar, die vielen Stimmen würden ihn noch mehr quälen.

Nach Stunden der Marter fing Solek zu heulen an und schluchzte. Er begann zu schaukeln wie ein Kind, hin und her, her und hin. Der Käfig geriet in Schwingungen. Die anderen riefen nach ihm, er solle aufhören, sich zusammenreißen, endlich die Schnauze halten. Asha schwieg, er sah die Totenbarke kommen, die Solek mitnehmen würde. Sie schwebte durch die Planken herauf, die zerfetzten Segel im Wind flatternd. Auch Solek schien sie zu sehen, denn für einen Augenblick wurde er ruhig. Dann bäumte er sich auf, bog den Brustkorb nach vorn und schnellte mit aller Kraft nach hinten. Die eisernen Stacheln durchbohrten seine Lungen, sein Herz, sein Leben. Er zuckte ein paar Mal und sackte dann in sich zusammen. Aus seinem Mund rann Blut.

Aus. Vorbei.

Der Prinz wünschte Solek eine gute Reise zu den Ahnen. Doch der Harpunier auf der anderen Seite begann zu fluchen, brüllte Drohungen.

»Toooorkillllll! Du hast das gemacht! Ich verfluche dich, du Wurm! Ohh, wärst du nur ertrunken, Bastard. Hörst du mich? Du Schwein! Ich werde dich umbringen … Ich werde dich umbringen. Mein Name ist Kattlar. Merke dir diesen Namen! Denn ich werde dich töten, töten …«

Asha merkte ihn sich.

Sie brachten neue Gefangene. Die Paukenschläge hatten zuvor aufgehört, die Ruder waren eingeholt worden. Doch war es kein Überfall gewesen, wie auf die *Blutharpune*, sondern ferne Stimmen wehten außerhalb der Schiffswand und es klang wie eine Verhandlung unter Kaufleuten, die den Preis abwechselnd in die Höhe treiben oder drücken wollten.

Asha spitzte die Ohren. *War das Nordisch, das er da hörte?* Er versuchte, sich zu konzentrieren, doch der dumme, dumme Harpunier in dem Käfig gegenüber schöpfte seine Kraft zum Überleben von nun aus den Schmähungen für Torkil.

Gewissheit erlangte der Prinz erst, als über eine Rampe leblose Körper wie Getreidesäcke in ihren Trakt kullerten.

Endlich einmal löste die Neugier eine gewisse Stille aus.

Und dann kamen sie, die Pulverspucker. Schwerfällig traten sie zwischen die Arbeitssklaven, gaben Befehle in ihrer tiefen abgehackten Sprache. Ihr Körperbau war verwirrend oder war es eine Rüstung, die sie trugen? Sie waren gänzlich von schwarzem Eisen gepanzert, doch weiße Federn ragten ihnen aus den Händen und gezackte Stacheln ragten über ihre Rücken, als imitierten sie ein Tier. Groteske Helme verzerrten die wahre Form darunter, zumindest hoffte Asha, dass es so war. Als hassten sie die Symmetrie, war alles an ihnen schief, ungleich und krumm.

Blutsöldner waren es.

Ein Mechanismus öffnete die Konstruktion der Kugel neben ihm. Der Tote darin wurde aus dem Käfig gezogen. Ein neuer Körper, der Kleidung und Sinne beraubt, wurde in die Kugel gesetzt. Dann schlossen sich die Stachel wieder. Der *Geisterschatten*, der die Ketten hochzog, damit die Arme des neuen Gefangenen sich nicht bewegen konnten, wankte vor Anstrengung. Das Licht eines Schimmersteins fiel auf dessen Gesicht und ein stummeliges Gebiss schmatzte. Es war der erste Bordmann Kalev.

Die Gefangene aber war eine Frau.

»Du elender Scheißkerl«, flüsterte eine Stimme neben Asha.

Er öffnete die Augen. Seit er seinen eigenen Körper verlassen hatte, konnte er nicht mehr richtig schlafen. Es war, wenn man diplomatisch sein wollte, nur noch das Dösen über einer Grube voller Schlangen, die Hunger hatten.

»Ist das alles?«, brummte er.

»Ich sehe es an deiner Haarfarbe, Arschloch. Du bist vom Clan Grimmhorn! Ich hoffe, eine Ratte nagt dir langsam den verdammten Schwanz ab.«

Asha sah sie direkt an. Die Augen der Frau waren von den Drogen gerötet. Sie war kräftig, muskulös und hatte die Statur einer Kriegerin. *Palastgarde?* Ihr Gesicht aber wies die Pein eines Traumatas auf, hohlwangig und das Kinn trotzig. Er starrte nicht auf ihre Brüste, ihren Schoß, ihre Ohnmacht, sondern auf das Königreich Quell. In feinstem Akzent des Reiches fragte er:

»Lebt Ribanna Tavurin noch?« Ashas Herz irrte umher, durch die Gitter, sogar durch die Zeit.

Die Kriegerin musterte ihn misstrauisch, als sie die Sprache ihrer Heimat so schnörkellos wie die eines Einheimischen vernahm. Ihre Lippen wurden schmal, wollten Geheimnisse bewahren, doch der Käfig machte sie unsicher.

»Man sagt, sie sei in die *Seefestung* gebracht worden«, raunte die Frau leise. Nicht, weil es eine Festung gab, sondern weil diese einen Ruf hatte. »Wer bist du?«, hakte sie nach.

Asha wandte den Blick wieder nach vorn auf die anderen Käfige. Er war jetzt Torkil. Kattlar starrte ihn stumm an, wobei er eindeutige Gesten mit den Fingern zum Besten gab.

»Ich bin nur ein toter Mann«, antwortete er.

Die Raffinesse beeindruckte jeden von ihnen.

Hoch über ihnen rutschten die Planken auseinander wie die Segmente eines Okulars alter Sternwarten. Die Käfige wurden mit herabgelassenen Ketten verbunden. Ösen schnappten ineinander. *Zum ersten Mal seit wie lange sah er wieder Licht?* Er schlug nicht die Augen nieder, begrüßte sogar die Pein, die seine Sehnerven durchfuhren wie Nadeln.

Klee sah nicht hoch, sondern ihn an. Die Frau aus Quell war sein Wind, der ihn trocknete. Ihr Zorn machte ihn lebendig, ihre Verzweiflung ließ ihn hoffen.

Flaschenzüge hoben die Käfige aus dem Bauch des Schiffes. Sie durchquerten viele andere Decks, schwebten empor und als die rostigen Eisenstäbe in die Wirklichkeit kamen, zerfiel jeder Gedanke an Hoffnung, Flucht, Gegenwehr oder Träume.

»Wir werden hier sterben, oder?!«, sagte Klee.

Asha aber sah nur das allumfassende Schwarz. Versetzte Schieferplatten, die in endlosen Schichten aufeinander lagen. Ein ganzer Berg davon. Schwarz wie das Gefieder eines Raben. Die Kaimauer – Schiefer. Die Piers – Schiefer. Schwarze Türme, schwarze Lagerhäuser, schwarze Wege. Über all dem thronte ein Tempel, der die graue Wölbung des Himmels zerschnitt. Darüber wehte eine Flagge so groß wie ein Segel. Darauf die Zeichnung einer weißen Pfeilspitze, die aus einer blutverschmierten Mondsichel wie aus einem Mund ragte. Eine böse Erinnerung an Vaka erfasste Asha.

Bei den Geistern des Nordens! Sie waren mitten in einer

Schauergeschichte gelandet – auf der Insel der *Blutsöldner*.

Die Käfigkugeln wurden in Loren hinab gelassen, die aufgereiht auf Schienen standen. Die Luft stank nach Ruß, der hier wie ein Mörder hinter den Hügeln hocken blieb, als beobachte er sein nächstes Opfer. Wenn es Magie war, so wusste der Prinz keine Runen dafür.

Blechern klangen die gebellten Befehle unter den Masken der *Blutsöldner*. Die Sklaven schleppten sich dahin, gebeugt unter der Last von Truhen, Ballen und Fässern, die gefährlich denen aus den Königreichen ähnelten. Asha sah die goldenen Siegel von Kark, Schriftzeichen aus Wulan und Holz, das aus dem Norden stammen musste. Vermutlich trugen die *Geisterschatten* dort den Lohn für ihre Dienste, wie auch immer die aussehen mochten.

Als alle Käfige verladen waren, spannte sich eine mächtige Kette mit Gliedern so dick wie junge Bäume, ein Ruck ging durch die Loren und so mancher Schmerzensschrei ertönte. Wer das Gleichgewicht in seiner Kugel verlor, der machte Bekanntschaft mit den Stacheln. Klee saß in dem Wagon vor ihm. Er sah die wohlgeformten Rückenmuskeln, aber auch den hängenden Kopf. Die junge Frau hatte mit dem Leben abgeschlossen, das spürte er. Hinter ihm war Kattlar, der noch immer genug Energie aufbrachte, Ashas Tod in farbigen Phantasien auszuschmücken. Der Prinz hörte schon lange nicht mehr zu.

Die Schienen verschwanden in einem Spalt, der wie ein spitzer, schwarzer Dorn in einem großen, schwarzen Hügel klaffte und nur deshalb zu erkennen war, weil irgendwo dort drinnen Licht sein musste. Asha sah hoch, saugte das letzte Grau aus den Wolken und dem Nebel darunter in sein Herz. Es war der Himmel, mochte er noch so verhangen sein. Er würde ihn lange Zeit nicht wiedersehen.

Die Höhle, in der man die Gefangenen *lagerte*, war finster, dunkel und ebenso voller Schiefer wie der ganze verfluchte Rest der Insel.

Alle paar Tage wurden sie mit einem Schlauch, aus dem eiskaltes Meerwasser kam, abgespritzt. Das Vogelfutter kam regelmäßig, denn sie waren wie Jungvögel, die das Maul aufsperrten und die Nahrung in den Rachen gestopft bekamen. Es war still geworden unter den Männern. Sogar Kattlar war in Agonie verfallen. Klee, die neben ihm hing, aber zerfiel wie Schnee in der Sonne. Der Prinz musste etwas unternehmen. Er hoffte, dass niemand die Sprache von Quell sonst noch beherrschte.

»Was ist die *Seefestung*, Klee?«, fragte er.

Die Frau rührte sich nicht.

»Wie kann man sie bezwingen? Ist eine Flucht von dort möglich? Hey! Klee! Wenn du jetzt aufgibst, werden sie dich einfach ins Meer werfen. Ist es das, was du willst?«

Schweigen.

Doch Asha ließ nicht nach. »Ich fand die Palastgarde sehr fein rausgeputzt, als wir durch Aquamarin marschierten. Ihr habt schöne Helme, das muss man Euch lassen. Dieser hohe, gefärbte Rosshaarkamm darauf macht wirklich was her oder sind die nur Zierde? Ich bin … «

»Halt endlich dein Maul, Nordmann.« Eine Beleidigung zwar, aber immerhin ein Lebenszeichen.

Asha summte ein Lied. Rau, weil seine Kehle sich wie ein Kiesstrand anfühlte, aber wenigstens gab er sich alle Mühe.

»Das Blut ist meine Mutter. Mein Vater der Schnee. Wir sind die Hüter des Nordens. *Ro´Ar* Unsere Herzen sind Augen der Sterne. Das ewig brennende Licht. Wir sind die Hüter des Nordens. Ein Schild aus Eis, der niemals bricht. *Ro´Ar*.«

Die Gardistin neigte den Kopf ein wenig.

»Du warst an dem Tag da?«

»Ich war sozusagen mittendrin«, flüsterte Asha.

»Das beweist gar nichts.«

»Würdest du mir glauben, wenn ich dir sagte, dass mein Haar eigentlich blau ist?«

»Nein!« Sie drehte sich, sah ihn aus den Augenwinkeln an. Ein Glimmen im Gesicht.

Wenn er jetzt nicht etwas sagte, das ihr Mut gab, ihr bestätigte, dass er kein Feind war, dann könnte er vielleicht wieder Glut in das ersterbene Feuer fauchen. *Doch was? Was konnte er sagen? Er durfte die Verbindung zu Ri nicht verraten. Es wäre selbst hier, am Ende aller Hoffnungen, zu riskant.* Asha wühlte in seinen Erinnerungen. *Was nur könnte Klee am Leben halten?*

»*Sarei.*«

Klees Augen trafen ihn. Verwirrung und Unglaube waren darin gefangen. Aber auch Wut und Zorn. Sie bäumte sich auf, die Ketten klirrten leise. »Das ist der Name ihres …«

Welcher Nordmann würde den Namen des geliebten Pferdes der Prinzessin kennen? Nur ein Vertrauter!

Der Prinz stoppte ihren Satz. »Ja, das ist er.« Er lächelte.

Klee verstand den Wink. Er wollte etwas sagen, ohne es auszusprechen. Die Kriegerin sah ihn an, fasziniert, flehentlich: »Wer bist du, toter Mann?«

Asha grinste. Er musste sich mit wenigen Worten ausdehnen, ohne dabei zu wachsen. »Ein … Wanderer.«

An einem Morgen wurden sie erneut in die Loren verladen, aus dem Hügel gezogen und auf ein anderes Schiff gehievt. Doch dieses Mal wurden die Käfige auf dem Deck platziert, in ausgeschnittenen Löchern, die sorgsam in die Planken gesägt worden waren. Asha schloss daraus, dass ihre nächste Reise sehr viel kürzer sein würde.

Als er die ersten Silhouetten der *Zahnklippen* erblickte, wusste er, dass sein Leben von nun an auf nur noch dunkleren Pfaden stattfinden würde. Die Felsen von unterschiedlicher Größe tauchten aus dem wallenden Nebel auf. Die einen hoch wie Speere von Riesen, andere wie schmale Messer, die im Schlick des Meeres steckten. Unnatürlich waren ihre scharfen Kanten, die sich langsam um sich selbst drehten, plötzlich hinabsanken, ihre Positionen wechselten und Wirbel zwischen den schwarzen Wellen aufschäumten. Als wären die Klingen einer Schlacht der Götter auf die Erde herab gestürzt und hätten sich in das schlafende Herz der Erde gegraben.

Mit der Genauigkeit einer sich immer wieder verändernden Karte navigierten die *Blutsöldner* das Schiff durch dieses sich ständig wandelnde Gewirr. Kein Holz schrammte an den Felsen entlang, kein Stein schlitzte die Planken. Es war ein Pakt und beide Seiten hielten ihn ein. Von einer dunklen Seele zur anderen.

Sie segelten mitten durch die schwarzen Zähne. Und an deren Ende warteten die *Schwimmenden Berge*, höher als man blicken konnte. Sie türmten sich auf, sahen auf die Ankömmlinge herab, strahlten mit ihren schneebedeckten Gipfeln und Graten.

Eine breite Plattform war von vielen Füßen und Jahren in die Finsternis der Felsen geschliffen worden. Dort legte das Schiff an.

»Ich werde auf dich aufpassen«, sagte Asha zu Klee.

Sie hörte es. »Und ich spucke auf deinen Schutz.« antwortete sie lächeld.

Unter ihnen bereitete man die *Verladung* vor.

Asha sah die dieseitige Flanke der *Schwimmenden Berge*. Himmelhoch ragten die verschwommenen Schemen. Von einem Ende der Welt zum anderen. Aus dem Meer gehoben von den Göttern. Nasses Grau, abweisend und gebieterisch. Niemand hatte je einen Fuß auf sie gesetzt. Aber jemand hatte eine Treppe in sie geschlagen.

13

Dein Fleisch ist Xatax

– Spruch der Blutsöldner –

Lyria

Bist du überhaupt zu irgendetwas nütze? Nicht einmal ficken kannst du dich lassen, ohne dass der Ruf des Schicksals darin zu hören ist.« Varrik verbrühte sie mit Blicken. So wie er es früher einmal mit ihren Zehen getan hatte. Ihr Bruder war verrückt, manisch und zu allem fähig. Der Seher hinter ihm schwieg, das Gesicht verhüllt wie immer. Lyria wusste nicht einmal, ob ein Mensch in dem Gewand steckte. Der Zweifel darüber hatte sie vom ersten Augenblick an ergriffen und hielt sie noch immer fest.

Schmerz zuckte durch ihren Bauch, kalter Schweiß trat auf ihre Stirn. Mit wilder Verzweiflung suchte sie die Lyria von damals, vor dem Tag, der alles verändert hatte. Sie wusste, es würde kein schöner Anblick sein. Eine kalte Frau wartete dort, von Macht besessen, klein, hungrig und im Schatten zweier Männer, die ihre Haut blass hatten werden lassen.

Das Haus Starksegel kannte diesen Platz im Schatten nur zu gut. Der Frust darüber vererbte sich seit Generationen. Von einer zornigen Seele zur nächsten. Das blinde Gefühl von Liebe hatte keine Bedeutung für sie. Es gab sie nicht. Nur einmal hatte sie ein Aufbäumen ihres Herzens gespürt, tausend Jahre entfernt. Als sie den kleinen Jungen gesehen hatte, der wie ein stiller Träumer gewirkt hatte zwischen all den Männern – Asha. In seinen Augen hatte sie sich sehen, zum ersten Mal wirklich erkennen können. Ein Mädchen, das erstickte. Eine weiße Blüte in die Erde des Nordens gekrallt, kämpfend immerzu, neben den mächtigen Wurzeln ihrer Familie.

Die Erinnerung aber, an die schwabbelnde Masse stinkenden Fleisches auf ihr, würde sie nie wieder verlassen.

Neuerliche Pein sandte glühende Stiche in ihren Leib. Der Samen von Gorm wütete in ihr. Ein Bote kam und flüsterte ihrem Bruder etwas zu.

»Dann findet sie, verdammt. Tötet sie alle!«

Einen Moment wirkte es, als ob Varrik mit dem Seher ohne jede Silbe sprechen würde. »Warte: Findet sie und berichtet mir, wohin sie geht. Das ist alles. Geh´!«, fügte er hinzu. Er schüttelte den Kopf, wandte sich ihr zu. Seine Züge waren angespannt.

»Und du«, spie er aus. »Wenn ich zurückkomme, ist das da hoffentlich vorbei.« Er zeigte auf ihren riesigen Bauch. »Bete zu den *Steinkönigen*, Schwester, dass es ein Junge wird.« Damit verließ er das Zimmer.

Die Tochter des Hauses Starksegel weinte stumm. Wie oft hatte sie sich vorgestellt, Gift zu nehmen, um das Kind in ihrem Leib zu töten. Doch sie konnte es nicht. Es hätte bedeutet, dass sie so lange Gorm würde beiliegen müssen, bis endlich ein Thronerbe für Skargerrak dabei entstand. Ein Alptraum.

Eine Dienerin kündigte Besuch an. Lyria fühlte sich zu

schwach, doch als sie hörte, wer da gekommen war, befahl sie, die Frau eiligst hereinzulassen.

Eine große Kriegerin mit den roten Haaren ihres Clans in Felle gehüllt und mit abgespannten Zügen, betrat das Gemach.

»Halden! Komm, alte Freundin, setz dich zu mir!« Lyria klopfte neben sich auf das Bett.

Die Frau nahm den Umhang ab und sank auf die weiche Matratze, was ihr anscheinend nicht behagte. Mit sorgenvoller Miene nahm sie das Zimmer in Augenschein.

»Es ist vollbracht«, sagte sie leise.

Lyria versteifte sich. Sie hatte gewusst, dass die Nachricht nicht anders lauten konnte, aber eine verrückte, kindliche Seite in ihr wollte das nicht wahrhaben.

»Du hast den Stein?«

»Ja, Herrin!«

»Hast du alles so gemacht, wie ich gesagt habe?«

»Ja. Vengal hatte Asha halb totgeprügelt, als er ihn mir übergeben hat. Ich habe ihn zurechtgewiesen. Etwas, das ich schon lange einmal tun wollte.« Sie sah die neue Herrin des Hauses Grimmhorn an. »Er hat sich erholt, floh sogar ein Mal, doch am Ende … Ich gab ihm den Trank! Er blieb auf dem Eis zurück, ohne Zorn.«

»Ja, das ist Asha. Gorm hat ihn immer unterschätzt, dieser dumme Fettsack. Vielleicht haben wir einen Fehler gemacht. Doch Vater wollte es so. Er sagte, Asha wäre ein noch viel größeres Hindernis gewesen.« Sie verstummte.

»Nun, eines dieser Hindernisse ist noch da und es heißt jetzt Tahni Eisschild«, gab Halden zu bedenken.

»Mein Bruder glaubt, er hätte den Sieg bereits errungen, doch ich sehe das nicht so.« Lyria stöhnte, als sie nach dem Becher mit Tee griff.

»Auf meinem Weg hierher, hörte ich, dass Ribanna Tavurin aus der *Seefestung* entkommen ist«, bemerkte die Kriegerin.

»Vielleicht fordert sie ihre Gemächer zurück. Varrik fand es lustig, mich hier einzuquartieren«, unkte Lyria lächelnd.

Halden stand auf und blickte aus dem Fenster, das über der Bucht zum *Innermeer* lag.

»Wie geht es jetzt weiter?«, seufzte die Kriegerin.

Lyria wusste, dass ihre beste Freundin und Vertraute gegen diesen Krieg war, doch manchmal mussten sich die Dinge verändern.

»Die Truppen unserer Verbündeten marschieren von drei Seiten auf Castalis zu, der größten Stadt in Nordquell. Der Fürst dort ist der Ehemann von Aurelia Tavurin. Ihr Tod dürfte ihn nicht sonderlich schmerzen, so hörte ich. Vielleicht lässt er mit sich reden.«

Halden nickte grüblerisch.

»Der Wind ist losgelassen, jetzt müssen wir mit ihm segeln.« Sie drehte sich zu ihrer Herrin um. »Was soll ich tun?«

»Bleib vorerst hier. Varrik geht auf eine Reise, über die er nicht spricht. Nur dieser Seher scheint zu wissen, wohin. Steh mir bei, Halden. Solange, bis das Kind da ist und dann, wenn die Zeit reif ist, wirst du in den Schwarzfingerfjord segeln und

Tahni Eisschild ein Angebot machen.«

Ribanna

»Jeden Tag fehlen mehr.« Koros zischte in die Dunkelheit des Waldes. Dabba griff danach und zerquetschte die Worte in seiner Hand.

»Dann sind sie es eben nicht wert.« Ribannas Leibwächter machte eine verächtliche Miene.

Es stimmte. Ihre Gruppe war erheblich geschrumpft. Kaum noch zehn Männer und Frauen, dazu zwei Kinder und die Alte, die den Weg aus der *Seefestung* gewusst hatte. Und sie alle hielten sie auf! Sie waren zu schwach, zu verängstigt, unterernährt und von der Zeit in den Katakomben geistig zerrüttet. Bald schon würden die Nordmänner die Verfolgung aufnehmen. Ri hoffte, dass Varrik annehmen würde, sie wende sich nach Norden, Richtung Castalis. Aber Ri mochte nicht daran glauben, dass dort Hilfe zu erwarten war. Womöglich war die Stadt bereits gefallen. Nein, sie gingen nach Süden, nach Avenduran. Im Süden war die Stadt Ravari, die Heimat ihrer Mutter. Und dann weiter zum Orakel von Tarnis. Ri musste wissen, was ihren Vater so erschüttert hatte, dass er darüber allen Lebensmut verlor.

Eisern kämpfte die Prinzessin gegen die Trauer. Und sie kämpfte auch gegen die Schuld. Sie hatte drei Menschen getötet. Dass derlei in ihr steckte, war ihr nicht bewusst gewesen.

Sie hatte wie in Trance gehandelt, das getan, was Asha ihr gezeigt und sie hunderte Male nachgemacht hatte. Es war eine Art Automatismus gewesen, eine Reaktion, die völlig ohne ihren Willen ausgekommen war. Eine ebenso schreckliche wie faszinierende Tatsache, für deren Erforschung Ri sich aber keine Zeit nehmen konnte.

Man hatte ihre Welt zertrümmert. Wenn sie jetzt versuchte, jede einzelne Scherbe zu betrachten, dann würde sie nie wieder davon loskommen. Das wusste sie.

Die Münze um ihren Hals verriet ihr, dass Asha lebte und das war alles, was sie brauchte, um weiter machen zu können. Varrik hatte gelogen und der Traum … Die Göttin hatte ihr diesen einen Wunsch erfüllt.

Das alte Haus zu finden, war kein Problem für Ri, denn sie war bereits einige Male hier gewesen. Das in eine Höhle gebaute Gemäuer war ausschließlich der königlichen Garde vorbehalten, die es für den Unterricht nutzte, wenn junge Offiziere ihr Überlebenstraining absolvieren mussten.

Der Eingang war von dicken Bäumen und Dornengestrüpp verdeckt und lag in einer Senke zahlreicher Felsgrate, die wie erstarrte Wellen aus dem Land ragten. Der Herbst färbte auch hier das Laubwerk, doch das Gras war hoch und von kräftigem Grün. Nur still war es, zu still.

Die Höhle hatte einen bogenförmigen Überhang, von dem lange Ranken hingen. Die Gruppe scharte sich um Ri, während Koros und Dabba sich aufmerksam umsahen.

Eine Stimme rief sie an: »Wer seid ihr, im Namen des Königs.«

Ri hob die Arme und drehte sich langsam um. Über ihnen auf dem Grat standen Soldaten und hinter ihnen wurden Bogensehnen gespannt. Sie waren umzingelt. Ihr Leibwächter schirmte die Prinzessin sofort ab, hob drohend das Schwert. Koros aber ließ seine Klinge ins Gras fallen. Ri schob Dabbas massigen Körper beiseite, nickte ihm zu, dass es in Ordnung sei und trat vor die Gruppe, die sich ängstlich niedergekauert hatte. Eines der Kinder begann zu weinen. Noch bevor sie etwas sagen konnte, wurde Ri erkannt. Die Bogen senkten sich, Unglaube erschien auf den Gesichtern der Männer. Ein großer Mann mit dem Helm der Goldgarde und dem typischen violetten Rosskamm darauf, nahm diesen ab und kniete nieder. Die anderen taten es ihm augenblicklich nach.

»Ich bitte um Verzeihung, Prinzessin Ribanna. Wir hatten gehofft, dass Ihr es seid, jedoch nicht mehr damit gerechnet.« Er hob den Kopf. »Ich bin Hauptmann Balint. Zu Euren Diensten, Prinzessin.«

»Erhebt Euch, Hauptmann.« Ri trat vor. »Doch bitte, sagt, was hat ein Teil der Goldgarde hier verloren, während Aquamarin gefallen ist?« Ri wusste nicht, ob sie wütend sein sollte. *Hätte die Goldgarde den blutigsten Tag in ihrem Leben verhindern können?* Sie zählte gerade zwanzig Soldaten, also … Ri musste Tränen unterdrücken. Der Hauptmann kam auf sie zu, das Gesicht nicht minder verzweifelt.

»Ich werde Euch berichten, Prinzessin. Vergebt mir.«

Sie folgten den Soldaten in die Höhle. Es war eine breite, langgezogene Kaverne. Die Unterkünfte waren teilweise in die grauen Felsen gebaut worden, so dass sie perfekt mit diesen verschmolzen. Runde Löcher dienten der Belüftung. Es gab einen Stall, einige Schuppen, die unter Tarnnetzen verborgen waren und aus zugespitzten Bäumen gefertigte Barrikaden, die blitzschnell vor den Eingang gezogen werden konnten. Unter einem weiteren Tarnnetz war eine Treppe, die ins Innere des Gebäudes führte.

Alles war soldatisch schlicht. Schimmersteine beleuchteten nur das Nötigste an Bequemlichkeit. Die Flüchtlinge wurden höflich in einen Gemeinschaftsraum geführt. Sie würden sich waschen und die Kleidung wechseln können. Auch Ri bat darum, denn der Gestank der Katakomben war ihr tief in die Haut gedrungen und auch ihre Taten.

Der Hauptmann zeigte ihr die Offiziersräume. Dort könne sie baden, Kleidung liege bereit, auch etwas Obst und Wein. Sie bedankte sich und verschob das Gespräch auf später.

Ri ging die Treppen hinunter durch schmale, enge Gänge, die in den Fels geschlagen worden waren. Nach einigen Kurven öffnete sich ein quadratischer Raum, von Schimmersteinen sanft beleuchtet. Aber da war ein Becken, aus dem in feinen Schwaden Dampf quoll. Die heißen Quellen waren zahlreich im Reich und hatten ihm wohl irgendwann in grauer Vorzeit seinen Namen verliehen.

Die Prinzessin zog die Kleidung aus. Sie würde sie verbrennen, damit die Erinnerung darin sich in Rauch auflösen konnte. Vorsichtig stieg sie in das Becken. Das heiße Wasser krabbelte in sie, die geschundenen Muskeln umarmten es förmlich. Ri sank hinab, schloss die Augen und fühlte sich seit langer Zeit wieder wie ein menschliches Wesen. Das hohle Schwappen des Wassers, der Hall ihres Atems, er zeigte ihr, wie allein sie war. Tränen stiegen auf, wollten die Mauer durchbrechen, die sie darum errichtet hatte. Ein Schluchzen entkam, doch Ri wehrte sich vehement.

Die Zeit würde kommen, da sie all das würde rauslassen können, doch nicht jetzt. Nur Asha durfte ihre Verletzlichkeit sehen, denn nur er war dazu bestimmt.

»Es war Eure Mutter, die einen Teil der Goldgarde hierher abkommandiert hat. Um genau zu sein, ein Viertel der Garde. Einhundertfünfundzwanzig Mann. Die meisten behalten die Gegend im Auge, andere kundschaften die Lage aus. Ich weiß nicht, wieso die Königin diesen Befehl gab, denn es steht mir nicht zu, dies zu hinterfragen, aber bei den Wolken, sie hat dem Reich damit einen großen Dienst erwiesen.« Hauptmann Balint saß mit Ri an einem groben Tisch aus Bohlen. Das Kerzenlicht flackerte über die Maserung. Sein Helm lag darauf und das Licht grub tiefe Schatten in die Aussparungen, während die Bronze hell glänzte. Es war ein martialischer Anblick.

Der Hauptmann hatte einen Kurzhaarschnitt, leicht ergraut an den Seiten, ein energisches, asketisches Antlitz, braun gebrannt von Sonne und Wind, mit einem Kranz kleiner Fältchen um die braunen Augen. Seine sehnige Hand lag auf einer Karte von Quell, auf der die neuesten Erkenntnisse eingetragen waren.

Neben ihm stand sein erster Offizier, ein junger Kerl mit Eifer im Blick und breiten Schultern. Vilas war sein Name und seine Familie stammte aus Aquamarin. Sein Vater war Waffenwächter in den Kasernen gewesen und vermutlich tot.

»Was wollten Sie als nächstes tun, Hauptmann?«, fragte Ri.

Der Mann drehte die Karte so, dass auch die Prinzessin einen Überblick erhielt. »Ich weiß nicht, wie lange wir noch gewartet hätten, denn es hieß, Ihr wäret in die *Seefestung* gebracht worden. Es wäre müßig jetzt darüber nachzudenken. Unser nächster Schritt wäre Castalis gewesen, denn sonst würde der gesamte Norden Quells in die Hände der Feinde fallen.«

Ri erhob sich. Sie steckte in Soldatenkleidung. Schwarze, bis über das Knie reichende enge Hosen, darüber eine grüngrau gestreifte Tunika mit breitem Gürtel, Sandalen der Infanterie. Bequem, einfach und sauber. »Nein, der Norden ist nicht mehr zu retten, Hauptmann. Davon bin ich überzeugt. Kark aus dem Osten. Wulan aus dem Nordosten und Skargerrak von See her. So bitter es klingen mag, Castalis ist verloren, so wie meine Schwester Aurelia.«

Der erste Offizier hatte Einspruch erheben wollen, doch bei der Erwähnung ihrer toten Schwester klappte er den Mund wieder zu und sah betrübt drein.

»Nein, wenn wir jetzt unsere Kräfte nicht bündeln, dann

wird von unserem Königreich nichts mehr übrig bleiben.«

»Was schlagt Ihr vor, Prinzessin?«

»Zunächst einmal, Hauptmann«, begann Ribanna und schluckte heftig, denn es fiel ihr schwer, diese Last endgültig auf sich zu laden, »bin ich ab diesem Moment die Königin von Quell.«

Die beiden Soldaten brauchten eine Sekunde, bis sie begriffen hatten. Vielleicht hatten sie es vergessen oder gar verdrängt, ganz ähnlich wie Ri es getan hatte. Aber seit dem Massaker in der *Halle der Quellen*, war *sie die Königin*. So grausam und einfach war die Erbfolge. Die beiden fielen auf ihre Knie und senkten die Köpfe.

»Verzeiht, Hoheit. Verzeiht einem alten Kämpfer.«

Ri ließ die beiden einen Moment schmoren, dann löste sie das Ritual.

»Wir gehen nach Avenduran. Ja, richtig. Wir durchqueren den Wüstenstreifen, ziehen weiter nach Ravari und schließlich bis Lurium und Patros.« Ri holte tief Luft. »Wir werden ein gewaltiges Heer ausheben, das die verdammten Verräter in den Staub walzen wird, so wahr ich hier stehe.«

»Wir sind die Sonne, der Wind und das Meer ...« hoben die beiden Soldaten an und Ribanna stimmte mit ein. Hoffnung glomm in ihr auf, doch sie wusste, diese Hoffnung würde tausende Menschen das Leben kosten. Es war besser, wenn Soldaten heroische Sprüche hörten und sich einig fühlten. Später würde Ri die Zeit haben, ihre wirklichen Ideen zu formulieren und in die richtigen Ohren zu sprechen. Jetzt brauchte sie eine Einheit von Menschen, die glaubten, ihre Königin könne Berge versetzen.

Wie sehr sie doch von Sidora gelernt hatte, ohne es zu wissen. *Ich hoffe, ich enttäusche dich nicht, Mama.*

Als sie *Sarei* sah, verlor Ri alle königliche Haltung. Die Stute wieherte vor Freude und auch sie konnte nicht anders, als sich dem Tier an den weißen Hals zu werfen. Und auch *Juno* war da. Auch ihn umarmte Ri, denn Asha war auf ihm geritten und niemand sonst würde es je tun. Denn, so berichteten die Soldaten, der Wallach schnappe nach jedem, der auch nur in die Nähe seines Zaumzeugs kam.

Die Männer wirkten verlegen, aber irgendwie war auch dies der Funke eines Neuanfangs und so nahmen die meisten es als gutes Omen.

Die meisten der Flüchtlinge aus der *Seefestung* wollten bleiben. Sie hatten nicht die Kraft und den Mut bis in den weiten Süden zu reisen. Der Prinzessin tat es leid, die Königin aber verstand es.

Nur eine schweigsame Frau und ein kleiner Junge mit Locken wie ein Wirbelwind entschieden, das entbehrungsreiche Abenteuer mitzugehen. Die blasse, magere Frau gab nur ihren Namen preis: Jura. Sie hatte unheimliche Augen. Aber wer wusste schon, was sie dort unten im Gefängnis durchgemacht hatte.

Der kleine Kerl, der Hummeln im Hintern hatte und zur

Waise in den Katakomben geworden war, hieß Tanno und sein ganzes Gesicht strahlte, als Ri ihn zu ihrem Kammerdiener machte.

An einem windigen Tag verließen sie die Höhle, wünschten den Zurückbleibenden Glück und machten sich zu den Dünen von Avenduran auf.

In vier Staffeln teilte sie die Garde auf, die zeitversetzt und auf unterschiedlichen Wegen marschieren würden. Jedoch nicht so weit auseinander, dass im Falle eines Angriffs kein Zusammenschluss mehr möglich war. Dabba blieb bei Ri und wirklich alle freuten sich darüber, in Koros einen Schmied gefunden zu haben, der sich um die Ausrüstung und die Pferde kümmern konnte. Dem Mann schien diese Freude aber eine Last zu sein.

Es wurde reichlich Proviant mitgenommen und wenn eine Truppe diszipliniert Nüsse mit Rosinen und getrockneten Früchten ohne zu Murren tagelang essen konnte, dann die berühmte Goldgarde.

Ri war erstaunt, dass ohne ein Wort die Aufgaben verrichtet wurden. Jeder wusste, was er zu tun hatte, wann und auch wo. Oft gab Hauptmann Balint sogar nur Handzeichen, worauf sich ganze Ketten von Aktivitäten in Gang setzten, die völlig ruhig und lautlos ausgeführt wurden. Ri konnte nicht umhin, Stolz für diese Männer und Frauen zu empfinden, die ihr einen Respekt entgegenbrachten, der neu und ungewohnt für sie war.

Sie alle hatten nicht nur ein Königreich verloren. Die

meisten wahrscheinlich auch Familien, Geliebte, Freunde. Ribanna Tavurin war jetzt die Hoffnung darauf, dass dies nicht der letzte Akt gewesen war.

Am Abend rief Ri einen der Scharfschützen zu sich und bat um einen Bogen. Als sie Verbesserungsvorschläge machte, wie er für ihre Bedürfnisse zu ändern sei und sie bei ihrem ersten Übungsschuss aus fünfzig Schritt ein Ahornblatt an den Stamm nagelte, begann etwas, das ihr einmal das Leben retten sollte.

Eine Legende nahm ihren Anfang.

Die vier Abteilungen versammelten sich am ersten Steinring vor den Dünen. Das Herz zog sich Ri zusammen, denn es schien erst Tage her, dass sie mit Asha hier gestanden hatte. Sie hörte die Worte ganz nah bei sich, sogar den Klang seiner Stimme: »Ist ein guter Schild. Wäre dumm, wenn jeder wüsste, wie man ihn zerbrechen kann.«

Ribanna ließ absitzen. Nur etwa die Hälfte der Goldgarde hatte Pferde. Die andere lief in einem speziellen Trab, einer Kunst, die den Soldaten in jahrelanger Übung in Fleisch und Blut übergegangen war. Viele Tage, sogar Wochen konnten sie diesen speziellen Schritt durchhalten, auch in voller Rüstung. Das Heer war beweglicher und taktisch variabel. Jeden Tag wurde gewechselt zwischen Infanterie und Kavallerie. In der berühmten Garde beherrschten die Männer jede soldatische Aufgabe. Deshalb waren sie ebenso geachtet wie gefürchtet.

Der Karren mit der Feldschmiede ruckelte an ihr vorüber. Ri grüßte Koros, der demütig den Kopf senkte. Was war nur los mit dem Mann? Zwei Stunden dauerte es, bis die Nachhut kam, die den Tross schützte und auch die Späher mitbrachte, die für die Rückendeckung verantwortlich waren.

In ihrem Zelt beriet Ribanna sich mit Balint und Vilas sowie den Staffelführern. Dabba war ebenfalls anwesend, doch hielt er sich im Hintergrund.

Eines wurde Ribanna klar: Sie musste den Hauptmann und die Offiziere mit einbinden, es durfte keine einzige Entscheidung geben, die auf ihre Unerfahrenheit zurückfiel.

»Hauptmann?«

»Ich schlage vor, wir rasten hier heute Nacht, um dann morgen die Dünen in Angriff zu nehmen, Hoheit. So können die Tiere ausruhen und noch einmal ordentlich trinken, bis wir zu den Ruinen gelangen.«

»Sehr gut, Hauptmann Balint. So machen wir es!«

Vilas gab die Befehle an die Staffelführer weiter, damit sie sich um das Lager kümmerten sowie um Wachrotationen. Die Männer nickten nur und verließen das Zelt. Diese unaufgeregte, leise Kommunikation kam ihr sehr entgegen.

Es war eine Fügung, dass Ri hier war und nicht Aurelia, dies begriff sie langsam. Ihre ältere Schwester hätte jetzt wie eine Diva dagestanden, zu allem Ja gesagt und sich Sorgen um ihre Kleider gemacht. Aurelia kannte den Norden Quells gut, rund um Castalis. Ri aber war mit dem Süden so vertraut wie mit ihren Gemächern.

Als hätten die Götter es so gewollt, dachte sie.

Sie bedeutete dem Hauptmann, sich zu setzen. Es waren militärische Klappstühle, aber Ribanna störte sich nicht daran. Überhaupt hatten wohl längst alle mitbekommen, dass sie jene Tochter der Tavurin war, die mehr davon verstand, zu reiten und mit dem Bogen zu schießen, als schicke Gewänder zurecht zu zupfen.

»Auf ein Wort, Hauptmann.«

Balint sah sie aufmerksam an.

»Ist es Glück oder gewollt, dass wir noch keine Verfolger im Schlepptau haben?«

Der alte Kämpe strich nachdenklich über sein Kinn, das er jeden Morgen akkurat rasierte. »Ich habe auch schon darüber nachgedacht, Hoheit. Es passt nicht zu den Aggressoren, uns so einfach ziehen zu lassen. Ich bin mittlerweile ganz Ihrer Meinung: Die Truppen der Feinde konzentrieren sich auf den Norden, dort müssen sie zu allererst ihre Stellung festigen. Würden sie gleichzeitig den Süden ins Auge fassen, wären ihre Streitkräfte viel zu weit auseinander gezogen.«

Ri dachte darüber nach.

»Könnte es möglich sein, dass uns lediglich Spione verfolgen, die ermitteln sollen, wohin wir gehen?«

»Dann sind es verflucht gute Spione, Hoheit.«

»Nichtsdestotrotz, ich möchte den Krieg so lange wie möglich vom Süden Quells fernhalten. Ich werde die Steinstelen, die den Weg durch die Wüste markieren, niederreißen. Jemand sagte mir einmal: ›Ist ein guter Schild. Wäre dumm, wenn jeder wüsste, wie man ihn zerbrechen kann.«

Der Hauptmann stand auf, verschränkte die Hände hinter dem Rücken.

»Hm, wer immer dies gesagt hat, die Wahrheit darin ist nicht zu übersehen. Aber mit dieser, nennen wir es Sperrung, würden auch wir Probleme bekommen, Hoheit.«

»Ich kenne den Weg! Ich habe ihn hier drin.« Ribanna tippte sich gegen die Schläfe. »Die vertrauenswürdigsten Männer werden die Koordinaten erhalten, ansonsten ist das Gebiet ab Morgen eine Todesfalle«, beharrte sie.

»Wir könnten eine Warnung aufstellen. Wenigstens unsere Leute müssten dann, sollten sie sich auf ihrer Flucht auf den Süden verlassen, einen anderen Weg nehmen.«

Da war es! Egal, was Ri auch tat. Von nun an würde jede ihrer Entscheidungen Opfer fordern. Opfer, die sie nicht einmal kannte.

»Das ist annehmbar. Kümmern Sie sich darum.«

»Ja, meine Königin!«

Sie blieb noch einen Moment für sich allein. Balint hatte sie zum ersten Mal *Königin* genannt. Ri wusste nicht, ob sie stolz sein sollte oder ob sie diesen Titel niemals würde ausfüllen können, so wie ihre Mutter es getan hatte.

Die Zeit würde es zeigen.

Die Steinstele war mit Decken umhüllt, da der Hall sonst zu weit getragen hätte. Zwei Soldaten von beachtlicher Stärke schlugen mit Hämmern auf die Wegmarkierung ein bis diese brach. Es war ein Moment, den Ri als einen Wendepunkt wahrnahm. Sie zerstörte ihr eigenes Land – auch wenn es nur ein simpler Wegweiser war – um den Feinden einen breiten Streifen Wüste zwischen die Beine zu werfen. Einen Knüppel aus Sand sozusagen.

Ri mochte sich nicht vorstellen, wie es jenen ergehen mochte, die hier herkamen, verfolgt und am Ende ihrer Kräfte, nur, um dann festzustellen, dass sie in einer Sackgasse gelandet waren.

War dies die Bedeutung von Herrschaft? Mit der einen Hand Leben retten und mit der anderen es verlieren?

Ri starrte auf den Sand zu ihren Füßen. Sie könnte noch so vorsichtig sein, doch wenn sie versuchte eine handvoll davon aufzunehmen, es würden immer Körner zu den Seiten herabfallen, durch ihre Finger gleiten, egal wie sehr sie sich anstrengte. Sowie Castalis.

Es war zynisch, so zu denken und das gefiel ihr ganz und gar nicht.

Das Zeichen, das sie hinterließen, war die zerbrochene Steinstele selbst. Sie legten das wuchtige Ding mitten auf den Weg. Ri nahm Kohlestücke von Koros und zeichnete eine warnende Hand auf die graue Oberfläche.

Wer nun in den Süden Quells wollte, musste mindestens eine Bergziege in der Verwandtschaft haben, denn es blieb nur noch die gefährliche Klippen-Passage im Westen oder die himmelhohen Berge im Osten.

Unter den Schmiedewagen wurden Kufen montiert. Die Soldaten nahmen die Helme ab und wickelten sich Tücher um die Köpfe. Obwohl der Winter jeden Moment sein Haupt erheben konnte, waren die Dünen um Avenduran anders. In ihnen glühte ein altes Feuer. Es mochte Magie sein aus der alten Zeit oder einfach ein meteorologisches Phänomen, letztendlich half einem das aber auch nicht weiter, wenn man mitten hindurch marschieren musste.

Ribanna lenkte den Tross. Auf *Sarei* sitzend gab sie die Richtung vor. Den Kompass benutzte sie zwar, doch irgendwie war jeder Richtungswechsel schon in ihr, bevor er überhaupt in Sicht kam. Hinter ihr fielen die Stelen und löschten den Pfad aus.

In der Nacht lagerten sie in einer großen Senke. Späher schwärmten aus, um die anderen abzulösen. Die Truppe war wieder zusammengezogen worden. Eine Schlange, die sich durch das Land bewegte. Treibsand und andere Gefahren lauerten in den endlosen Sandwellen.

Die Pferde bekamen zuerst ihr Wasser, dann erst trank der Mensch. Ri erinnerte sich an Ashas Worte: Dass es das Pferd war, das einen hier überleben ließ. Als sie durch das Lager ging, den Bogen in der Hand und einen Köcher an der Seite, da bemerkte Ri, dass viele Männer ihr Zaumzeug änderten. Mit einem verstohlenen Lächeln überspielte sie die Freude darüber, dass die Trensen in einem Eimer für Koros landeten, der diese dann sicher in andere nützliche Dinge verwandeln würde. Niemand sprach sie mit Hoheit oder Königin an, denn das hatte sie verboten. Jeder Feind würde sofort wissen, wer sie war und sie als erstes Ziel auswählen. Die Männer nickten stumm und machten mit der Hand eine Welle, die einen Delphin symbolisieren sollte, das Wappentier Quells.

In ihrem Zelt scheuchte Tanno einen Skorpion nach draußen. Er schubste das Tier, das drohend den Schwanz erhoben hatte, mit einem selbstgebastelten Besen vor sich her.

»Raus, raus, kleiner Stachelmann«, sang er dabei fröhlich. Als er Ri sah, beschleunigte er seine Bemühungen, indem er einfach den Schwanz mit den Fingern packte und den Skorpion in die Nacht warf. »Und lass dich hier nie wieder blicken, hörst du!« Auch er verbeugte sich nicht, sondern machte dasselbe Zeichen wie die Soldaten. Seine Augen glänzten dabei.

»Wie ich sehe, kennt dein Herz keine Furcht, Tanno.«

Stolz hob der Wuschelkopf die Brust über das Lob.

»Ich habe das Essen fertig. Ein paar Datteln konnte ich auftreiben. Ich hoffe, das gefällt Euch.«

Ri nahm eine Frucht und biss hinein. Trocken, aber süß. Ein herrliches Gefühl. Sie gab ihm den Bogen und den Köcher, die er festhielt wie einen Schatz. Ganz behutsam setzte er sich damit auf den Boden und begann, das Holz mit einem sauberen Lappen leise summend einzuölen.

»Jetzt muss ich dich wohl oder übel auch noch als königlichen Koch einstellen. Ich weiß nicht, ob ich mir das im Augenblick leisten kann, junger Mann.«

Der Junge lachte, als wäre dies der beste Witz seit langem für ihn gewesen. Dann erst drangen die letzten beiden Worte zu ihm und seine Wangen glühten.

Die Sonne sank als riesige Scheibe hinter den Horizont und warf als Abschied rotes Gold über den Himmel. Erste Sterne krochen aus dem Umhang der Nacht.

Hauptmann Balint lag auf der Düne, das Fernglas im Anschlag und beobachtete den Tempel. Ri hatte sich so sicher gefühlt, dass sie einfach weiter geritten wäre, doch der fähige Soldat vermutete hinter jedem Grat einen Hinterhalt. Er hatte sechs Späher voraus geschickt, die sich zu Fuß und aus unterschiedlichen Richtungen den Ruinen näherten. Ribanna hatte diesen Befehl nicht eine Sekunde in Frage gestellt.

Scharf zeichnete sich die Silhouette von Avenduran ab. Ein Scherenschnitt aus Türmen, Wällen und Kuppeln, zwischen denen der Sonnenuntergang helle Schneisen grub. Der See war noch nicht zu sehen, denn er lag am tiefsten Punkt der Oase.

Irgendetwas behagte Ri nicht. Die Männer hinter ihr waren schweigsam, sogar die Pferde waren darauf dressiert, in solchen Situationen jegliche Aktivität einzustellen. Ri blickte zurück zu ihrer Stute, die sich gehorsam in die Herde einfügte und mit großen Augen und weiten Nüstern dastand. Ihre Ohren zuckten wild.

Die Anspannung wurde unerträglich. Sie war in Sorge um die Männer, die dort jetzt durch die schmalen Gassen schlichen. Es gefiel Ri nicht, dass die Soldaten ihre Leben für sie einsetzten, nur weil sie einen Titel hatte. Am liebsten wäre sie losgestürmt, um selbst nachzusehen.

Die Späher hatten spezielle Pfeile mit. Zog man an einem Faden, entzündete sich ein winziges Kästchen unter dem Schaft, das, wenn man es gen Himmel schickte, zwei leuchtende Kugeln ausspuckte, die viele Meilen weit zu sehen waren. Ri dachte über Pfeile nach, die einen Ton aussenden konnten, der sich kaum bis gar nicht von der Natur unterschied, als die Nacht plötzlich aufflammte.

»Verdammt!«, zischte Balint.

Über den Tempel stiegen zwei blau schimmernde Flugbahnen der Warnraketen auf. Augenblicklich war die gesamte Garde auf den Beinen und in Kampfbereitschaft.

Das Klirren von Klingen hallte über die Dünen, Schreie jedoch nicht. Der Hauptmann teilte drei Gruppen ein, die so flink in die Nacht verschwanden, dass Ri keine Zeit hatte sich darüber zu wundern. Die vierte Staffel nahm Aufstellung, um die Königin zu schützen.

Eine verrückte Vorahnung hauchte Ri in den Nacken. Der Sand unter ihr roch kalt und klar. Wie erdiges Wasser. Wasser! Mit einem Ruck war sie hoch, deutete auf zwei Gardisten und lief los. Die Männer waren gedrillt, Befehle zu befolgen, schlossen im Nu zu ihr auf und deckten ihre Seiten mit Schilden.

Die Dünen zischten unter ihren Sandalen, feine Körner drangen zwischen Sohle und Haut, Ri spürte das Leben pulsieren. Sie hatte keine Angst. Weiter rannte sie, schnell und wie von Schwingen getragen. Ein kurzer Blick, doch da waren keine Flügel, gut. Die Ruine kam näher, ein schwarzes, gezacktes Band, das über der Linie der nächsten Düne prangte. Die beiden Soldaten schnauften nicht einmal, trotz der schweren Schilde. Wieder blendeten zwei Raketen auf, tauchten den Tempel in blaues Licht. Ri erkannte die Kuppel, unter der sie mit Asha gelegen hatte. Ein Schatten hob sich darauf ab. Einen Moment lang verharrte dort eine vermummte Gestalt. Sie sprang vom Dach und landete geduckt im Sand.

Ri legte im Lauf einen Pfeil auf die Sehne, hielt den Bogen schräg vor sich. Der Vermummte holte aus seinem Umhang einen Tonkrug hervor. Ri rannte die letzte Düne hinunter, den See vor Augen. Der Mann hörte sie offenbar nicht, denn der Wind blies der Prinzessin ins Gesicht. Er zog einen Zapfen aus dem Krug, drehte sich einmal um, denn Schreie erfüllten nun die Ruine. Ri brach durch das Schilf. Sie wusste, dass dahinter zwei Felsen im Wasser lagen. Die Zeit dehnte sich aus. Ihr Herz schlug wie eine Pauke, ganz langsam. Die Nacht griff in ihr Haar, der rechte Arm hob den Bogen, der linke zog die Sehne zurück. Die Gestalt sah auf, das Weiß der Augen wurde groß. Ri sprang. Einmal. Sie stieß sich vom Felsen unter ihr ab. Zweiter Sprung. Der Pfeil schnellte davon. Ein Surren im zittrigen Blau der Leuchtraketen. Der Mann riss den Arm hoch, das Gefäß wie eine Trophäe haltend. Der Pfeil fand sein Ziel. Das dumpfe Schmatzen war im ganzen Königreich zu hören. Die Gestalt erstarrte, kippte wankend nach vorn, warf den Krug. Ri segelte über das Wasser, ließ den Bogen aus der Hand gleiten. Sie schrie, streckte das Bein aus, der Krug fiel … und im letzten Moment rammte sie das Gefäß und schlug es aus seiner Flugbahn.

Die Prinzessin platschte ins Wasser, hielt den Atem an, presste die Lippen aufeinander. Tausend Herzschläge lang schien sie zu versinken, bis sie endlich Halt fand und sich triefend aus den Wellen erhob. Der Angreifer lag reglos am Ufer, noch halb im Wasser. Nur undeutlich hörte Ri die Geräusche um sich. Plötzlich loderte eine Fackel auf, dann noch eine und eine weitere. Ihre Gardisten strömten aus der Ruine zur Oase. Ein Soldat bückte sich nach dem Tonkrug.

»Nicht anfassen!«, rief Ribanna und die Hand zuckte zurück. Sie stieg aus dem See. »Das ist *Steinblut.*«

Der Tempel von Avenduran war für Ri entweiht. Blut, Tod und die Heimtücke, mit der das Wasser vergiftet werden sollte, all das zog einen Schnitt durch ihre Erinnerungen.

Sie war entsetzt darüber, dass jemand es fertigbrachte, auf diese Art zu morden. Nicht nur sie, sondern jedes lebende Wesen, das in die Oase gekommen wäre, um seinen Durst zu stillen, wäre elendig an dem Wasser verreckt. Die Skrupellosigkeit dahinter machte sie benommen, wütend.

»Ich denke, wir haben die Kerle überrascht«, sagte Vilas und drehte den Toten, aus dessen Rücken Ris blutverschmierte Pfeilspitze ragte, um.

Ja, das hatten sie. Wer konnte auch schon damit rechnen, dass die Goldgarde durch die Dünen schleichen würde und auch noch in so großer Zahl?

Balint erschien, er blutete aus mehreren Wunden. Verächtlich warf er einen Dolch in den Sand. »Verfluchte Assassinen«, brummte er. »Durchzählen, Tempel sichern, Späher aussenden, aber flott!«

Geordnete Hektik brach aus. Der Hauptmann trat zu dem Toten, dann beäugte er zornig den Tonkrug. "Bringt eines der Maultiere her und lasst es vom See saufen. Erst wenn das arme Tier unter uns bleibt, werden wir die Pferde holen."

Ri zitterte. Die nasse Kleidung, die Kälte der Tat. Sie musste sich langsam eine Liste anlegen oder Kerben machen. Mit Jarock war das der fünfte Mensch, der …

»Ein guter Schuss, Hoheit. Doch das nächste Mal bleibt bitte dort, wo ich Euch zurücklasse. Sonst gehen uns langsam die Könige aus.« Damit verschwand er, gab Anweisungen und ließ ein Lager errichten.

Das Maultier fiel nicht tot um, sondern stand mit den großen Ohren nervös wackelnd, weil so viele es aufmerksam angafften, und soff das herrlich klare Wasser. Entwarnung wurde gegeben, das Einzige, das die Männer aufmunterte.

Sie blieben drei Tage. Zwei böse Stichverletzungen, eine ausgekugelte Schulter, aber am Schlimmsten hatte es Balint selbst erwischt, der sich erst, nachdem er die gesamte Ruine gesichert hatte, dazu überreden ließ, Ri einen Blick auf seine

Wunden werfen zu lassen. Fazit: Eine gebrochene Rippe, ein Dolch, der noch in der Wade steckte, etliche Schnitte und drei ausgerenkte Finger. Ein Soldat und ausgebildeter Feldarzt kümmerte sich als letztes um den übellaunigen Patienten.

Die Pferde grasten und tranken. Ri kümmerte sich um *Sarei* und *Juno*. Sie wollte sich nicht ausmalen, was geschehen wäre, hätte der Attentäter Erfolg gehabt.

Das Gift wurde verbrannt, denn *Steinblut* war gefährlich. Es sollte nicht in den Boden sickern.

»Wer hat das getan?«, fragte sie Balint.

Der Hauptmann lag im Schatten einer Mauer, den Kopf auf seiner Pferdedecke. »Ich weiß es nicht, Hoheit. Die Nordmänner sind weit hinter uns, wenn überhaupt, stehen sie vielleicht vor den Dünen von Avenduran und kratzen sich nachdenklich die Bärte. Aber das hier, das war ein Angriff aus dem Süden.«

»Habt ihr herausfinden können, woher die Toten stammen?«

»Nein, keine Uniformen, keine Zeichen an den Waffen oder Tätowierungen. Nicht einmal ein Lager oder Pferde haben wir gefunden. Sie müssen zu Fuß gekommen sein.« Der Hauptmann stöhnte leicht, als er sich aufsetzte.

Ribanna rief einen Soldaten zu sich. Er solle mit jedem aus der Garde reden und fragen, ob einer der Angreifer beim Kampf etwas gesagt habe.

»Ihr habt den Scharfsinn und den Mut Eurer Mutter, Hoheit. Das muss ich Euch lassen. Einen solchen Schuss mitten aus dem Sprung heraus, nur wenige meiner Scharfschützen hätten das besser hinbekommen. Ihr seid wirklich …« Er sah ihr fest in die Augen. »… erstaunlich!«

»Ruhen Sie sich etwas aus«, sagte Ribanna lächelnd.

Gegen Abend kehrte der Gardist zu ihr zurück. Gemeinsam suchten sie den Hauptmann auf.

»Einer der Assassinen soll kurz vor seinem Tod gebetet haben«, berichtete der Soldat völlig außer Atem. Er musste sich sehr beeilt haben. »Es war jedoch nur unverständliches Gemurmel. Unser Mann verstand nur so etwas wie *Nebbah.*«

»Danke, Tarvent. Hol′ dir etwas zu essen!«

»Sehr wohl, Hoheit.« Der Gardist verschwand hoch erhobenen Hauptes in der Dämmerung. Jetzt, wo die Ruine gesichert war, sprach man sie wieder wie eine Königin an.

»Sie kennen seinen Namen?«, fragte Balint erstaunt.

»Ich kenne jeden Namen, Hauptmann«, grinste Ri.

Der Gardist sank zurück auf seine Decke. Die Stirn in Falten gezogen.

»Nebbah, Nebbahhhh, Neeebbah«, probierte er das seltsame Wort mehrmals aus.

»Es heißt *Neptar*«, flüsterte Ribanna. »So nennen die Menschen auf der Insel *Terra* den Geist des Meeres.«

»Seid Ihr sicher?«

»Ich war dort, Balint. Es ist zwar lange her, aber ich irre mich nicht!«

»Dann haben wir ein Problem«, knurrte der Hauptmann.

»Ja«, zischte Ribanna. »Solange nicht ein anderer zu demselben Schluss kommt, bleibt das zwischen uns beiden. Werden Sie wieder gesund, Balint. Wir müssen weiter.«

Ri wollte unbedingt noch einmal den Kreis besuchen, in dem sie ihre Flügel bekommen hatte. Der Sand unter ihren bloßen Füßen war ein einziger, bittersüßer Schauder in ihrem Herzen. Die Schatten der Vergangenheit waren neben ihr, Asha, der lächelte, seine Stimme an ihrem Ohr, seine Lippen auf ihrem Mund. Ri griff nach der Münze, nach dem Blut darin. Sie stieg durch den Spalt in der Mauer und erstarrte.

Eine Gestalt kniete vor dem Kreis, wog den Körper in lautlosem Entsetzen. Es war Jura, die Frau, die mit ihnen gekommen und die meist so unsichtbar war wie ein Lufthauch.

»Kommt nicht näher, Prinzessin«, krächzte sie. »Ein böser Ort ist das. Unbeschreibliches lebte einst hier, ich kann es fühlen. Blut und Gier.« Jura wimmerte.

»Es ist nur ein Platz, Jura. Ich habe dich gesucht«, log Ri. »Wir wollen aufbrechen.«

Die Kapuze der Frau fuhr herum. Blass das Gesicht darin. Wie aus einer Höhle starrten die wässrigen Augen. »Nicht einfach nur ein Platz, nein, hier schlief Magie unter verderbten Schwingen!«

Ri fröstelte es. Ihre beiden Male summten plötzlich unter der Haut.

»Eingesperrt haben es die alten Magier, damit er keinen Schaden anrichten kann. Hohe Mauern haben sie darum gebaut, seht Ihr es denn nicht?«

Ri blickte an den in harten Schatten liegenden Türmen empor. Für sie war noch immer der Zauber Ashas darin, rief nach ihr. Lust überkam sie, tanzte in ihr. So wie damals. *Nein, das hier war kein böser Ort. Es war ein Ort der Verwandlung. Der Entstehung.* Zorn erfasste Ri. Sie wollte, dass diese Frau hier verschwand, sofort. Sie hatte es nicht verdient, hier zu sein. Und schon gar nicht durfte sie solche Dinge über etwas sagen, von dem sie nicht das Mindeste verstand.

Ribanna zuckte mit den Schultern, die lichterloh in ihr brannten.

»Kommt oder bleibt. Die Garde bricht jetzt auf«, sagte sie tonlos.

Die Frau erhob sich zittrig, schlurfte an der Prinzessin vorbei, Flüche spuckend.

Ri sah noch einmal zurück, doch der Moment war verflogen.

Sämtliche Steinstelen waren vernichtet worden. An einem stürmischen Tag, der den ersten Duft von Schnee in seinem Windhaar trug, verließ die Goldgarde mit ihrer Königin die Wüste von Avenduran.

Ri hatte vergessen, wie schön und wild das Land dahinter war. Den *Nabel* oder auch *Midquell* nannte man das Land von der Wüste bishin zur sogenannten *Stufe*, weit, weit im Süden.

Ein atemberaubendes, verwunschenes und bis auf wenige Orte ungezähmtes Land. Mit ausgedehnten Wäldern, Bergen, reißenden Flüssen und dem Charme einer drallen Schönheit, die mit ihren üppigen Wimpern jedem die Sehnsucht in die Herzen trieb. Mochten einige eine Geliebte darin vermuten, so war es für andere eine nährende Mutter. Am Ende jedoch war es einfach Heimat.

Hauptmann Balint teilte die Garde wieder in vier Staffeln auf. Nach und nach verschwanden die Männer zwischen den Bäumen, die hier noch spärlich wuchsen, stoische, krumme Dinger nahe der Wüste, doch je weiter man kam, desto lebendiger wurde die Landschaft.

Am frühen Abend erreichten sie die Gegend um den Gasthof *Zum letzten Apfel*, den einzigen, bevor man sich durch das Sandmeer Richtung Norden aufmachte oder aus ihm herauskam, so wie sie.

Der Hauptmann ließ eine halbe Wegstunde zuvor sammeln. Späher liefen los, um die Lage zu sondieren. Niemand fragte, wieso sie jetzt, in vermeintlicher Sicherheit, die Vorsicht nicht etwas fallen ließen.

Als die beiden Männer zurückkamen, gab der Bericht die Antwort. Sie hatten die Pferde gefunden. Und zwei zwielichtige Burschen, die auf diese aufpassten. Gäste schien es keine zu geben und von den Wirtsleuten keine Spur.

»Ich will die beiden lebend!«, befahl Balint.

Zehn Gardisten huschten wieder Richtung Gasthof. Nervös ging Ri auf und ab. Sie hoffte, dass sie das Rätsel würden lösen können, wen genau sie in den Tempelruinen getötet hatten.

Es dauerte nicht lang, da zerschlug einer der Nachrichtenläufer diese Hoffnung.

Mit dreißig Gardisten betraten sie den Gasthof *Zum letzten Apfel*. Es war ein imposantes Gebäude, mehrstöckig, der Grund mit grauem Fels und dann mit Baumstämmen gefügt. Viele Fenster, die allesamt blind in die frühe Nacht glotzten. Zusammen mit Schuppen, Nebengebäuden und Stall war der Hof ein rechteckiges Hufeisen, zum Westen hin offen, denn aus dem Norden und Osten kamen die kalten Winterwinde. Zwei Pferde scheuten, während der zweite Späher versuchte, die Tiere zu beruhigen. Auf dem Pflaster lagen zwei tote Männer. Im Fackellicht erkannte Ri Schaum vor ihren verfärbten Lippen. Offenbar hatten sie zuerst versucht mit den Pferden zu fliehen und dann Gift zu sich genommen, als ihnen klar wurde, dass es keinen Ausweg gab.

Entweder war es pure Angst gewesen, die sie getrieben hatte, oder aber ein Kodex. Ri wollte lieber an das Erste glauben.

Balint seufzte tief und gab Order, dass sie heute Nacht hierbleiben würden.

Sie durchsuchten alle Gebäude. Ri und Tarvent betraten die Schankstube, Schild erhoben, Bogen gespannt. Doch der Kamin war kalt, die Luft abgestanden und still. Ein langer Tresen führte bis zum Eingang der Küche, der offen stand. Die Männer strömten nach und zündeten die Leuchter an, die von der niedrigen Decke hingen. *Wieso gab es keine Gäste oder ein paar Einheimische von nahen Bauernhöfen, die ihr Bier hier tranken und sich über Ernte und Wetter austauschten?*

Sie fanden die Wirtsleute im Vorratskeller. Beide waren am Leben, doch den Mann hatte es übel erwischt. Die Frau war geknebelt, ihre Kleider unversehrt. Ein weiterer Hinweis auf den Charakter der Täter.

Die Wirtin brauchte Zeit, um sich von dem tagelangen Martyrium zu erholen. Nach einem heißen Tee und der Versicherung des Feldarztes, dass ihr Mann wieder auf die Beine kommen würde, beruhigte sie sich endlich.

»Sie kamen wie ein Rudel Wölfe in der Nacht«, schluchzte die Gute.

Wie alle Schankleute war sie recht beleibt, hatte strähniges, blondes Haar und sogar unter der Blässe konnte man die rosige Haut erkennen, die von robuster Gesundheit zeugte. Große Kulleraugen starrten Ri entgegen. Langsam erwachte in der Frau der geübte Blick für Menschen und Ärger: »Wer seid ihr und woher kommt ihr?«

Ri verbeugte sich galant, so wie es Kaufleute taten. »Verzeihung«, sagte Ri mit leichtem nordischen Quell-Akzent. »Gestatten, Eweni Tosk, Tochter aus dem Hause Tosk von Aquamarin. Kartenzeichnerin auf dem Weg nach Ravari.« Sie deutete auf die Männer hinter sich. »Meine Leibwache.« Ri wusste, dass Kartographen aus der Hauptstadt oft nach Ravari reisten. Sie brachten wichtige Seekarten mit, die auf dem jeweiligen neuesten Stand waren. Es war nicht unüblich, dass Töchter diesen Beruf aus Tradition ergriffen, während die Väter auf dem Meer waren. Und es war durchaus üblich, diese kostbare Fracht mit einer halben Armee zu bewachen.

Die Wirtin versuchte die Lüge in Ris Augen zu lesen, doch jemand der so oft ausgebüxt war, der verzog nicht einmal die Mundwinkel, wenn er behauptete, ein sprechender Vulkan habe seine Schulbücher gefressen.

»Ich muss … ich muss nach dem Rechten schauen«. Die Frau wollte sich erheben.

Ri setzte eine gebieterische Miene auf. »Solange ich nicht weiß, was hier los ist, geht niemand irgendwo hin.«

Eingeschüchtert ließ die Wirtin sich in den Stuhl fallen. Es war besser sich nicht mit reichen Kaufmannstöchtern anzulegen, die mit nur einer Seekarte den gesamten Gasthof aufkaufen konnten. »Ja, Herrin.«

»Bringen Sie die arme Frau auf ihr Zimmer.«

Und ohne, dass sie es sagte, wusste der Gardist, dass er auch dort vor der Tür zu bleiben hatte.

Der Wind heulte um die Mauern. Ein Feuer brannte knisternd im Kamin. Im Schankraum, die Hände um eine Tasse Tee geschlungen, hing Ri ihren Gedanken nach. Balint nahm einen der hochgestellten Stühle und setzte sich neben sie. Sein Gesicht wirkte finster in den wabernden Schatten.

»Wie lange werden wir bis Ravari brauchen?«, fragte Ri.

»Die Wirtin sagte noch, einer der Männer hätte komisch geklungen. Sie hat versucht es nachzuahmen«, wich der Hauptmann aus.

»Und?« Ri konnte kaum noch etwas erschüttern.

»Terra.« Mehr brauchte Balint nicht zu sagen. Er erhob sich

und streckte stöhnend seine Glieder. »Drei Monate! Aber wenn wir durch unsere eigene Heimat reisen müssen, als wäre es Feindesland, dann könnten es leicht vier werden.«

»Der Winter kommt bald«, murmelte Ri und nahm einen Schluck Tee.

»Nein, Hoheit. Der Winter ist längst da.«

Ri roch den Duft von Wandel. Das immer länger gewordene Haar band sie seelenruhig zusammen, dann zog sie die Kapuze über ihren Kopf. *Sarei* schnaubte, aus den Nüstern der weißen Stute stiegen kleine Wolken auf. Ein Köcher mit Pfeilen, die nun alle in Baumwolle steckten und nicht mehr klappern würden, hing vom Sattelknauf. Der Bogen lag in einer gefetteten Hülle über ihrem Rücken.

Aus schnell ziehenden grauen Wolken fiel erster Schnee. Der Wind bauschte ihren Umhang.

Ribanna Tavurin hob die Hand und einhundertfünfzwanzig Soldaten warteten. Sie schickte die Finger nach links, Reiter ritten an ihr vorbei, ebenso nach rechts. Sie machte eine Faust in der Luft, ein Trupp blieb zurück. Schließlich zeigte sie nach vorn in den unermesslichen Wald.

Es ging los.

Niemand auf dem Weltenrund wusste, dass die Goldgarde noch existierte. Keine Seele ahnte, dass ein Mädchen diese anführte. Und all jene, die glaubten, das Land sei verloren, hätten in diesem Augenblick ihre Wette bereut.

Nicht der Winter kam.
Eine Königin kehrte heim.

14

**Kämpfe nicht für die Liebe.
Sie lächelt mit blinden Augen.
Kämpfe für das Leben.
Dort schlägt das wahre Herz.**

– Spruch in der Arenawand von Xatul –

Asha

Wind fauchte. Seit langer Zeit erzitterte der Prinz davon. *Oder war es die Aussicht auf einen Albtraum, der Wirklichkeit geworden war?*

Die legendären *Schwimmenden Berge.*

Asha versuchte Ri zu sich zu holen, an seine Seite, doch die schiere, archaische Wucht ließ ihn verzagen.

Die *Blutsöldner* legten Planken auf den Fels, in drei Ebenen. Auf der untersten wurden Waren verladen, auf der zweiten Sklaven und dann waren er und Klee dran. Die Käfigkugeln wurden mit einem Schwenkkran auf den Kai gelassen. In einigen lagen nur noch leblose Körper, in anderen hörte man Gewimmer, Gebete oder Flüche. Vermummte kamen, steckten bizarre Schlüssel in die Schlösser, ein Schnappen hallte, dann wichen die Stachel zurück. Der Käfig fächerte sich unter ihm auf wie eine Blüte. Zurück blieb Asha, der einfach zur Seite kippte. Der kalte, nasse Fels unter ihm war pures Leben. Er leckte über den Stein.

»N´gosh tazra!«

Der Prinz verstand nicht. Aber man legte ihm eine grobe Decke über, mehr eine Beerdigung als Windschutz. Er versuchte auf die Beine zu kommen. Doch die Sehnen waren kürzer geworden, so schaffte er nur ein geducktes Humpeln mit tauben Sinnen. Der Schaft eines Speeres knallte auf seinen Rücken.

»N´gosh tazra!« tönte es wieder.

Verrecke!, brüllte Asha innerlich.

Die schwarze Panzerung, das verzerrte Antlitz, das dämliche Dröhnen darunter.

»Der Schild, der niemals bricht«, fauchte der Prinz auf Nordisch. Klee lag neben ihm am Boden. Als der Stab auch sie traf, spritzte Blut aus ihren Schultern.

»Komm hoch, Quellhure!«, stichelte der Prinz. Er sah, wie die Frau sich aufbäumte, die Hände in den Fels grub und den Rücken hochstemmte.

»N´gosh tazra!«

»Ja, verdammt, wir leben noch«, rief Asha. Und flüsterte: »Du dämlicher Drecksack.«

»Bei den Geistern des Nordens!« Asha stand in einer langen Schlange von zerschundenen Leibern, die Fuß um Fuß, Hand um Hand in den endlosen Himmel empor stieg. Erst jetzt erkannte er die Stufen wirklich. Wie ein Ornament, ein zehn Schritt breites Zickzackmuster war es in den Berg getrieben worden. Wären die unzähligen kletternden Menschen in diesem geballten Dunkelgrau nicht gewesen, er hätte geglaubt, einer Halluzination zu verfallen.

»Bitte, bleib bei mir.«, sagte Klee vor ihm.

»Ich versuche es«, antwortete der Prinz.

Die rauen Felsen um sie herum waren mit Leichen übersät. Jedes Stadium der Verwesung war dabei. Es waren die Glücklosen, von der Kraft verlassen. Die Unvorsichtigen, ein falscher Schritt und die Tiefe. Aber auch jene, die von den gnadenlosen *Blutsöldnern* hinabgestoßen wurden, aus welchen Gründen auch immer. Die vollkommene Gleichgültigkeit gegenüber ihrer *Ware* irritierte den Prinzen. Denn jede Seele, die starb, konnte kein Geld mehr einbringen. *Denn darum ging es doch, oder?* Darum ging es immer. Es war, als wäre diesen vermummten Drecksäcken egal, wie viele Menschen es über den Berg schafften.

Was wohl dahinter war? Asha glaubte nicht an Wunder, denn die logische Konsequenz war einfach und klar: Auf der anderen Seite würde jemand auf sie warten. Und er konnte sich wirklich nicht vorstellen, dass dieser Jemand sie mit Bier und einem Lächeln empfangen würde.

Asha drehte sich um. Kattlar schlurfte ein paar Schritt hinter ihm. Der Nordmann wirkte schwer angeschlagen. Endlos schien die Reihe der Leiber zu sein und noch immer strömten neue aus dem Bauch des Schiffes.

Nackte Füße auf nacktem Fels. Im Stillen dankte der Prinz

dem Unbekannten namens Torkil für seine Robustheit. Ein langgezogener Schrei erklang, echote zwischen den Graten und irgendwo, außer Sichtweite, ertönte der grausame Aufprall von Fleisch und Knochen. Klee vor ihm senkte den Kopf, ging weiter. Sie murmelte Gebete, aber er verstand nicht, wen oder was sie genau anflehte, ihr beizustehen.

Der Berg ragte nun bis hinauf zu den Sternen. Asha zog die stinkende Decke enger um seine breiten Schultern, legte den Kopf in den Nacken und ließ die Sehnen seiner Kiefer knirschen. Die Treppe schnitt wie eine Wunde in den Berg, ein mit dem Lot gemeißelter Wahnsinn.

Beinahe senkrecht war die Wand der Götter. Ihre Gipfel waren von grauen Wolken verborgen. Zu beiden Seiten dehnte sich diese Monstrosität aus, driftete in den Horizont wie eine Wand aus Stein, die sich im Nebel der Welt verlor.

Wieder ein Schrei. Asha nahm einen wirbelnden Farbfleck wahr, der trudelnd auf sie zuzustürzen schien. Doch die unglaubliche Verneinung aller Bezugspunkte spielte ihm einen Streich. Der Tote schlug weit neben ihnen auf. Dieses Mal senkte Klee den Kopf nicht. Wie sehr der Schrecken durch Wiederholung doch sein Gift einbüßte.

Dann kamen sie an die Reihe. Die Stufen waren hoch, etwa die vierfache Höhe einer normalen Treppe. Asha hörte das Ächzen, sah die Muskeln der dreckigen Waden und Beine vor sich, vernahm das Patschen bloßer Sohlen auf Stein. Das in Schicksal gegossene Wimmern, das aus den offenen Mündern drang. Ein letzter Blick hinauf, dann hob er das Bein und setzte seinen Fuß auf die erste Stufe der *Schwimmenden Berge.*

Noch weiter fort von Ri.

Die Baumeister, die diese Treppe erdacht hatten – wann hatten sie es getan, wie und wieso? Die Stufen führten empor, genau zehn Schritt, dann musste man sich um einhundertachtzig Grad drehen, um die nächsten zehn Schritte in die Gegenrichtung zu tun. Und zwischen jedem Winkel gähnte ein schmaler Abgrund, durch den der Wind mit seiner scharfen Zunge stieß. Man hatte einfach eine Stufe ausgelassen. Grausame Genialität.

Die Stufenbreite, die dem Berg abgetrotzt worden war, betrug kaum mehr als eine halbe Armlänge. Genug, um Halt darauf zu finden, zu wenig, um sich sicher zu fühlen. Höher und höher ging es. Wenn Asha unter sich blickte, wich das Land in eine stille, verzerrte Entrücktheit. Alles öffnete sich ihm, während es gleichzeitig entschwand. Die Welt nahm immer neue Formen an, doch waren diese fremd und angsteinflößend. Während das eine unter ihm wich und der Fels ganz nah war, floh das andere geradezu von ihm. Asha blieb nur der Takt des Aufsteigens. Das Keuchen, das Zittern, die Beine vor ihm und manchmal die Schreie der armen Seelen, die der Wind fortwehte.

Die Luft wurde dünner, der Atem klebte ihm in der Brust. Die Beine schwer wie der Berg selbst. Der Prinz zählte nicht mehr, wie oft er Klee vor dem Tod bewahrte, indem er ihr an den Hintern fasste und sie vorwärts schob.

Das Einzige, das Asha noch durch den Kopf kreiste, war, das sie irgendwann auch die ganze, verdammte scheiß Dreckstreppe würden wieder hinunter gehen müssen. Durch die Fallwinde, die Steinschläge, die *Blutsöldner*, die ihnen in Abständen folgten und mit ihren Stäben noch mehr zerschmetterte Leichen aufhäuften. Denn das waren sie doch, oder?

Lebende Leichen.

»Ich kann nicht mehr.« Klee kotzte keuchend auf den breiten Felsgrat. Asha klopfte ihr abwesend auf den Rücken und sah dabei eine Welt, die sich in einem weiten, unwirklichen Bogen wölbte. Ein Drama aus Blau und Endlosigkeit. Sie standen auf dem Platau des Gipfels. Tausende Schritte von jeglichem Dasein entfernt. Die Wolken waren so nah, dass er glaubte, sie mit der Hand fassen zu können. Die Haare flatterten ihm in die Augen. Im Osten sollte, nein, musste Quell liegen. Er hatte gehofft, es sehen zu können, mit seinen Gedanken zu berühren, doch das weite Meer lag da wie eine Wüste aus Myriaden von Wellen. Es gab kein Zurück, keinen Prinzen, keine Schwüre.

Er war weder Torkil noch Asha. Und er war weder Asha noch Torkil. Er war gar nichts.

»Wir werden auf diesem Berg verrecken!«, wimmerte Klee. Sie war längst am Ende ihrer Kräfte.

»Nein, wir werden ihn hinuntergehen und alles akzeptieren, was uns dort unten erwartet.«

»Ich war einst eine Gardistin der Goldgarde, sieh, was davon übrig geblieben ist.« Klee spuckte aus, versuchte, das verrückte Gefühl zwischen ihren Ohren zu bändigen, indem sie den Kopf wie ein Tier schüttelte, das an etwas zerrte. Sie begann ungehemmt zu weinen. Asha wollte nichts davon wissen. Der Prinz verschloss sich, stieg die Stufen hinab, dem Schicksal entgegen.

»Was wir einst waren, das zählt nicht mehr«, sagte er.

Der Wind pfiff, jaulte um die Treppe. Zum ersten Mal blickte Asha auf die andere Seite. Hinter die *Schwimmenden Berge*. Das, was einst ein Traum gewesen war, eingeschlossen in dem Gefühl zu Ri, wurde jetzt zu einem Albtraum, der ihn fest an der Kehle gepackt hatte. Es gab kein *hinter ihm* mehr, keine Möglichkeit, das Schicksal zu wenden. Nur ein *weiter* gab es noch. Doch Asha hob innerlich sein Eisschild. Keinen einzigen Moment würde er aufgeben, sich vor jener Macht beugen, die ihn auf diesen Pfad gestoßen hatte.

Klee stolperte, denn der Fels war hier oben rutschig, nass von Nebel und Wolken. Er griff ihr unter den Arm, berührte die kalte Haut, zog mit der anderen die Decke höher über ihre hängenden Schultern. Sie war eine Soldatin aus Quell. Vielleicht sollte er sie hinter sein Schild lassen. Klee war eine Verbindung zu Ri, zu dem Ort, an den er zurückgelangen wollte. *Er durfte die Frau hier nicht sterben lassen. Nein! Er würde von nun an dafür sorgen, dass sie verdammt noch mal überlebte!*

Der Abstieg war gefährlicher, denn nun hatte man jederzeit

den fast senkrechten Abgrund vor Augen. Die *Blutsöldner*, die zwischen ihnen gingen, kannten offenbar keinen Schwindel. Sie bewegten sich sicher wie Bergziegen. Der Prinz fragte sich, wie lange diese Treppe schon existierte, wie oft diese verhüllten Ungeheuer schon darüber hinweg gestiegen waren.

War jede geflüsterte Geschichte über die ***Schwimmenden Berge*** *wahr?* Die düsteren Märchen, über eine geheimnisvolle Insel inmitten der *Zahnklippen*, hatten sich bereits als bittere Realität erwiesen. All die verlorenen Schiffe, die menschenleeren Küstendörfer von einem Tag auf den anderen. *Wenn der Nebel aufzog, kamen dann die* ***Blutsöldner*** *und fuhren ihre grausame Ernte ein? Und für wen war diese Ernte bestimmt?*

Erneut stürzten einige zu Tode, ihre Schreie gellten in der neuen Welt, von der sie kaum mehr sahen, als einen schnell auf sich zurasenden Abgrund. Klee zuckte jedes Mal zusammen, wenn einer dieser Unglücklichen vorher um Gnade flehte, bis seine Finger von der Kante rutschten. Die *Blutsöldner* ließen diese Verluste ungerührt geschehen. Eine natürliche Auslese derer, die es ohnehin nicht wert waren. Asha stand hinter seinem Schild, es war nutzlos, irgendetwas tun zu wollen, dies hatte er längst begriffen. Wenn man solch gnadenloser Kälte gegenüberstand, dann musste man einen Schritt zurücktreten und warten, dass jener Augenblick zu einem kam, der einem sagte: *Jetzt!*

Der Prinz setzte einen Fuß vor den anderen. Es mochte sich anfühlen wie eine Reise in die Unterwelt, doch wenn es sein musste, dann würde er diese eben durchqueren.

Als Klee vor ihm strauchelte und ihre Decke flatternd im Nichts verschwand, sie die Zehen in den feuchten Stein krallte, wild mit den Armen ruderte und er ihre weit aufgerissenen Augen sah, da wusste er, dass das *Leben* manchmal aus *Überleben* bestand. Die Soldatin wollte nicht sterben. Er griff in ihr Haar und riss sie zu sich heran. Am ganzen Leib zitternd presste sie sich an ihn. Er spürte heiße Tränen auf seiner Haut, Ribannas Tränen. Einer der *Blutsöldner*, wenige Stufen unter ihnen, starrte ihn durch den schiefen Maskenhelm an.

»N'gosh tazra!«

Asha fletschte die Zähne zu einem Grinsen.

»Genau das, du Haufen Elchscheiße, wird Euer Untergang sein«, sagte er lachend und warf sich Klee über die Schulter. Er schwang seine Decke über sie beide.

»Von nun an, Gardistin, wirst du den ganzen Weg nach unten nur noch auf meinen Hintern starren, verstanden?« Asha bekam keine Antwort, aber nahm das mal als ein *Ja* hin. Er setzte sich wieder in Bewegung, der *Blutsöldner* glotzte noch immer und der Prinz begann leise zu singen:

Das Blut ist meine Mutter.
Mein Vater der Schnee.
Wir sind die Hüter des Nordens.
Ro'Ar
Unsere Herzen sind Augen der Sterne.
Das ewig brennende Licht.
Wir sind die Hüter des Nordens.

Ro´Ar
Ein Schild aus Eis, der niemals bricht.
Ro´Ar

Die junge Frau schien das zu beruhigen, vielleicht war sie aber auch ohnmächtig geworden. Einerlei.

»Weißt du Klee, ich kenne jemanden, mit dem würde ich dich gern bekanntmachen. Ihr passt zusammen wie Regen und Pfütze. Sein Name ist Moos.«

Die Kaianlage wirkte mehr wie ein Tempel unter freiem Himmel. Sonnenlicht strömte gelblich durch die grauen Wolken, warf schräge, dramatische Lichtsäulen auf die farbigen Obelisken, Mauern und Statuen. Nie zuvor hatte der Prinz solche Darstellungen der *Steinkönige* gesehen. Es überraschte ihn, sie überhaupt hier anzutreffen, denn er hatte damit gerechnet, dass hinter den *Schwimmenden Bergen* eine ganz neue Welt warten würde, ohne Götter und deren finsteren Gesichtern.

Weiblich waren sie oder war es eine bizarre Verschmelzung beider Geschlechter? Seltsam schlank, mit langen Gliedern, die Köpfe verformt und wie Kokons nach hinten gezogen. Aus den Schläfen ragten in sachten Bögen Schlangen oder Tentakel. Auf jeder Seite vier davon, die bis zu den Hüften reichten. Alles an den Figuren war von irritierender Symmetrie, glatt, modelliert – nicht menschlich. Sie schienen nackt zu sein, jedenfalls konnte Asha keine Kleidung erkennen. Lediglich um den Hals trugen die Könige riesige Schmuckstücke aus schwarzem Vulkanglas. Groteske Bilder waren darin eingeritzt. Die Statuen selbst waren mit einer Glasur überzogen, die violett schimmerte und den Eindruck völliger Entrücktheit noch verstärkte.

Die Obelisken dagegen wirkten grob und beinahe drohend. Sie waren mit Stoffen umwickelt, deren gespaltene Enden in der leichten Brise flatterten wie die Flügel von Kolibris. Grellweiß waren die Steine, die Bänder blutrot.

Ohne eine Ordnung standen sie am Fuße des Berges, der in ein Plateau überging und schließlich nahtlos zu einem Kai wurde. Der Prinz bekam das gänzlich fremde Gefühl, an einen Ort gekommen zu sein, der allein durch sein Vorhandensein an den Nerven zog, sie mit Unheil umsponn.

Asha blickte zurück auf die himmelwärts strebenden Felsen und zum ersten Mal war dies kein Berg für ihn, sondern eine Mauer, eine Grenze, mit der man Welten voneinander trennte, die, falls sie einander begegnen würden, nichts als Blut und Zerstörung mit sich führen würden.

Und dann sah er sie. Auf einer Mauer entlang des Kais standen hochgewachsene Krieger von archaischer Anmut. Ihr Erscheinen war eine Mischung aus Rüstung und individueller Kleidung. Rang und Zierde kaum zu deuten. Die Helme waren zähnestarrenden Tierköpfen nachempfunden, die den Kiefer weit aufsperrten, daran lange Hülsen aus Silber befestigt, aus denen wilde Federn verschiedenster Vögel ragten.

Einige standen wie Stachel vom Helm ab, andere waren an Bändern befestigt und wogten im Wind. Schultern und Unterarme wurden von gezackten Platten bedeckt, die in der Sonne blendeten. Die Hände von Bandagen verziert, die voller Zeichen waren und lange Lanzen aus Metall hielten, deren Klingen schwarz gefärbt schienen. Der Schmuck, den sie auf der Brust und den Beinen trugen, die entweder von Stoff umwickelt oder von wild zusammengenähten Fetzen verdeckt wurden, war ebenfalls aus Silber. Gleißendes Metall inmitten gedämpfter Farben mit Mustern, Strichen und Hieroglyphen.

Asha konnte sich beim besten Willen nicht vorstellen, wie man mit all dem Geklimper und Geschmeide anständig kämpfen wollte. Jäh wurden seine Überlegungen unterbrochen, als einer der *Blutsöldner* ihm von hinten den Stab gegen die Beine schlug. Der Prinz wankte kurz, dann fand er die Balance wieder. Der *Blutsöldner* zog die Decke fort und hob Klee an den Haaren den Kopf hoch. Wütend starrten die blutunterlaufenen Augen aus dem Helm. Mit einem Ruck wollte der Mann die Frau von Ashas Rücken ziehen, da riss dem Prinzen für den heutigen Tag endgültig der Geduldsfaden. Mit einer Drehung seines Arms entwand er dem Vermummten Klees Haare, der daraufhin einen hastigen Schritt auf ihn zumachte.

»N´gosh tazra!«, klang es blechern, als Ashas Faust mit voller Wucht auf diese dämliche Fratze donnerte. Wie von einem Hammer getroffen, flog der Kerl nach hinten und prallte scheppernd gegen einen Obelisken.

»Ich kann dieses dämliche Genuschel langsam nicht mehr hören!«, zischte der Prinz.

Der gedemütigte *Blutsöldner* erhob sich mühsam und ehe der Prinz sich versah, waren dessen Fäuste voller gebogener Klingen. Mit einer Hand hielt Asha Klee auf dem Rücken fest, die Füße drehte er in Kampfposition. Doch dazu kam es nicht. Einer der fremden Krieger kam und sagte etwas, worauf der *Blutsöldner* die Messer senkte. Ein edles Gesicht blickte dem Prinzen unter dem Helm entgegen, von dunklem Teint und fast schwarzen Augen. Der Krieger prüfte Klees Puls. »Was ist mit ihr?«, fragte der Mann mit einem nordischen Akzent und Asha blieb einen Moment das Herz stehen.

»Sie war müde, mehr nicht«, antwortete er, nicht allzu frech, so hoffte er. Manche hielten Humor für Hochmut.

»Kann sie kämpfen?«

Asha beschloss, dass er mit der Wahrheit hier einen Punkt sammeln konnte. »Sie ist Soldatin!«

Der Krieger nickte und ohne hinzusehen, fuhr er herum und rammte dem *Blutsöldner* die Lanze in den Bauch, schob sie eine gute Armlänge hindurch und zog sie dann mit Schwung wieder zu sich. Die Messer fielen zu Boden, ein blubbriges Röcheln drang hinter der Maske hervor, schließlich sackte der Mann zusammen und blieb reglos liegen.

Der Krieger winkte zwei andere Vermummte heran, die nun weit weniger bedrohlich wirkten. Sie gingen auf die Knie, senkten die Köpfe. Ashas Retter sagte etwas in diesem Kauderwelsch und hielt die gespreizte Hand hoch, worauf er einen Finger demonstrativ einknickte. Die *Blutsöldner* hielten die Masken noch tiefer, bis sie fast den Boden berührten. Offenbar war hier soeben die Bezahlung gekürzt worden. Der Krieger gab die Leiche frei und die beiden anderen schleiften in gebückter Haltung den Toten Richtung Treppe. Eine von fünf Kisten wurde zurückgenommen. Große Truhen, auf denen Hieroglyphen von knienden Wesen waren, die von einem weiblichen Steinkönig etwas Strahlendes in Empfang nahmen.

»Das hier ist Xinxal«, sagte der Krieger, als er an Asha vorbei schritt. »Alles andere ist Staub!«

Breite, steinerne Piers führten ins Meer, das ungewöhnlich dunkel war. Die Schiffe, die dort ankerten, waren der nächste Beweis für den Eindruck, den der Prinz seit dem Anblick der *Schwimmenden Berge* nicht mehr loswurde. Ein tiefer finsterer Abgrund hatte sich in sein Herz geschlichen und rückte immer näher.

Die Galionsfiguren waren riesige Totenschädel. Das Material schien Glas zu sein, weiß eingefärbt. Die Augenhöhlen und Zähne dagegen waren schwarz. Ein grauenhafter Anblick.

Von nun an wurden sie von den Xinxal-Kriegern bewacht. Ohne jeden Willen schlurften die Sklaven dahin und die wenigsten, wie Asha, hielten sich mit zunehmend schwindender Kraft aufrecht und versuchten noch, sich einen Hauch von Würde und Ungebrochenheit zu bewahren.

Die Schiffe wirkten wie Truppentransporter. Auch sie waren aus gefärbtem Glas, denn das Licht der Sonne brach sich in hunderten von ungleichmäßigen Segmenten, aus denen die hohen Bordwände gemacht waren. Das gefangene Rot darin wie Schlieren von Blut, die in Wasser trieben. Kein Segment glich dem anderen. Sie waren nahtlos ineinander gefügt und an den Fugen erhitzt worden, wo dann schwülstige Erhebungen entstanden waren. Als würde das unheilige Ding von Narben zusammengehalten. In jedem Glasstück waren Zeichen eingebrannt, kryptische Gebilde halb Schrift, halb Bild. Eines dieser Segmente schwang nun zur Seite und eine Planke wurde zum Pier gelegt. Asha sog den salzigen Geruch des Meeres in seine Lungen. *Wer wusste schon, wie lange er dieses Mal kein Sonnenlicht mehr sehen würde.*

Klee lag über seiner Schulter, während er barfuß und nackt über die Planke ging. Ein Teil seines Verstandes begann zu lachen, so durch und durch verrückt erschien es ihm.

Er hob den Kopf. Die Segel wurden bereits von den Rahen gelassen und flappten im Wind. Sie waren von der gleichen Farbe des Glases und ebenfalls mit einem Totenschädel bemalt. Wieder verschwand Asha Eisschild in dem Bauch eines Schiffes. Und jedes Mal wurde die Entfernung zu Ri unüberwindbarer.

Sie wurden zu zweit in eine Art Alkoven gesperrt. Zumindest gab es genug Platz, um sich auszustrecken, sogar ein

Loch für die Notdurft war da und Wasser, das in eine runde Schale tropfte.

Auch diese kleine, halbrunde Höhle war aus Glas gegossen. *Gut sauber zu halten*, dachte Asha. Doch da gab es auch die üblichen Materialien an Bord eines Schiffes: Holz und Eisen. Asha ließ sich auf den Boden sinken und legte Klee vorsichtig neben sich. Ihr Körper war hinter einem Schleier für ihn. Er spürte nicht das geringste Interesse an ihr. Es mochten die Umstände sein, aber eigentlich sah er nur Ri in ihr.

Als sie längst auf See waren, erwachte die Gardistin endlich. Mit der Zunge leckte sie sich die rauen, aufgeplatzten Lippen, schaute verwirrt.

»Wo … wo sind wir?«

»Unterwegs«, murmelte der Prinz, der eben Ris Münze in sein langes Haar flocht.

Sie schüttelte benommen den Kopf. »Was ist das?«, fragte sie, setzte sich auf und zog die Arme vor die Brust.

»Ein Talisman – mein Heimweg!«

»Wo, bei den Göttern, hattest du den versteckt?«

Asha grinste. »Das willst du nicht wissen.«

Die Tage flossen vorüber, wurden zu Wochen. Das Schiff geriet in einen Sturm und sie überlebten ihn. Ihnen wurde zu essen gebracht und sie aßen es. Im Gegensatz zu den *Blutsöldnern* wollte man wohl keinerlei Verluste der *Ware* mehr in Kauf nehmen.

Klee erholte sich langsam, fügte sich in eine ungewisse Zukunft. Asha träumte wieder von der weißen, endlosen Ebene, die er voller Angst durchwanderte. Immer weiter lief er auf den schwarzen Schlund zu. Und eines Nachts, da hörte er seinen Namen. Wie eine Böe schlug er ihm entgegen. Aus der Tiefe schien er zu kommen, aus dem Schlund.

Es war Ris Stimme!

15

Der Winter
ist das Licht der Geduld.

– Spruch des Eisschild-Clans –

Lyria

Der Winter war schweigend gekommen, aber der Schmerz war die ganze Zeit über geblieben. Lyria Starksegel haderte mit der Pein, nicht mit seiner Ursache. Oft stellte sie sich vor, dass Asha der Vater ihres ungeborenen Kindes sei. Gorm war längst zu einer Nacht falscher Entscheidungen heruntergebrannt.

Die Segel ihres Bruders hatten noch nicht die *Wächter von Quell* passiert, da war sie in andere Gemächer umgezogen. Es erschien ihr wie ein schlechtes Omen, ein Kind in der noch fühlbaren Aura Ribanna Tavurins auszutragen. Keines der königlichen Quartiere kam in Frage. So ließ sie sich in einem Flügel nieder, der sonst nur den höchsten Abgesandten vorbehalten war. Eine Kleinigkeit für ein Mädchen, welches sein halbes Leben auf dem Dachboden der Burg Starksegel verbracht hatte, in der Hoffnung der eigene Vater könne sie dort nicht finden und …

Ein fein gesponnenes Netzwerk aus Bediensteten und jenen, die sich jede Möglichkeit offen hielten, versorgte Lyria mit allen wichtigen Informationen.

König Grimmhorn ging es mit jedem Tag ein wenig schlechter. Er bewohnte natürlich die Räume des toten Ardon Tavurin und ein ganzes Heer aus Salbenmixern, Handauflegern und Traumdeutern scharrte sich um ihn, versessen auf das eigene Gewicht in Gold. Dass ein Scheitern den Tod nach sich ziehen würde, sahen die meisten nicht in ihrer Verblendung.

Doch der alte Drecksack wollte nicht sterben. Man munkelte, die Räume stanken nach Tod und Pestilenz und waren nur noch mit parfümierten Tüchern vor dem Mund zu ertragen. Gorm verfaulte so langsam wie eine Jahreszeit. Wie hieß es im hohen Norden noch: *Der Winter sei das Licht der Geduld?*

Lyria konnte warten. In seiner Verfassung konnte der Mann nicht einmal mehr allein die Latrine aufsuchen. So brüllte er vor Schmerzen, ließ Ärzte hinrichten und gab wüste Anweisungen, die niemand verstand. Und jede dieser Anweisungen musste zuerst ihr Zimmer durchqueren.

Aquamarin selbst war viele Wochen lang in eine Art Schockstarre gefallen, dann regte sich erster Widerstand. Der Auslöser war die Flucht der Prinzessin aus der *Seefestung*. Hoffnung keimte unter den Menschen auf. Ein fataler Fehler.

Wer immer diese Rebellion organisierte oder sie anführte, war unerheblich. Es zählte allein die Antwort darauf.

Für jeden toten Nordmann, erstochen in einer Gasse, vergiftet in einer Taverne oder auch nur besoffen ertrunken im Hafenbecken – die gnadenlose Rache, die folgte, war fürchterlich.

Einhundert Krähen ließ man aus dem Norden einschiffen. An einem fahlen Morgen mussten sich die Bewohner der Stadt auf dem Forum versammeln. Eine neue Statue der *Steinkönige* blickte mit finsterer Miene auf die Besiegten hinab. Es dauerte nicht lang, da erschien Vengal Eisenhand auf den Treppen zur Basilika und hielt eine kurze, aber blutige Rede: Für jeden Toten würden einhundert Aquamarinianer büßen. Man ließ die Krähen frei und wo auch immer sie sich auf die Giebel hockten, auf Bäume in Gärten, Mauern und Dächern, aus jedem dieser Häuser wurde ein Mann, eine Frau oder ein Kind exekutiert. Keine Gnade. Freiwillige aber konnten ihre Familie schützen.

Jeglicher Widerstand brach nach dem dritten Krähenflug in sich zusammen.

Die Nachrichten aus dem Norden Quells aber waren vielversprechend. Seit Ribanna Tavurin in einem barbarischen Akt aus Hexerei und Hinterhältigkeit den Prinzen aus Wulan getötet hatte, kochte dessen Vater, König Dawor, vor Zorn. Die Nordmänner ließen ihn gewähren, ein Geschenk an ihn, für den schmerzhaften Verlust seines einzigen Sohnes. So zog der betagte Mann mit seiner ganzen Armee Richtung Castalis.

Der Winter nahte und bevor er seine eisigen Krallen in das Land schlug, wollte man die Stadt einnehmen. Doch erwies sich dieses Vorhaben als verlustreiches Unterfangen. Castalis war eine Festungsstadt und irgendjemandem war es gelungen, nach dem Massaker in der *Halle der Quellen* Botenvögel nach dort zu schicken. Ob es dann doch der Schmerz über den Tod seiner Ehefrau Aurelia war oder stures Festklammern am Königreich Quell durch einen altgedienten Soldaten, war nicht zu klären. Allerdings konnte man die Toten vor den Stadtmauern von Castalis zählen und die waren schwindelerregend. Doch solange Wulan diese enormen Verluste zur Verfügung stellte, lehnte sich der Norden zurück und wartete ab.

Jedoch, die Nachricht vom Fall Castalis kam nicht.

In einer stillen Nacht, leichter Schneefall hatte begonnen die Stadt und den Tafelberg mit einem weißen Hauch zu überziehen, da bat ein Winterkrieger aus dem Haus Starksegel um eine dringende Audienz.

Der Mann namens Taskan war ein Vertrauter und ihr ergeben. Es war Lyria von klein auf wichtig gewesen, einen Gegenpol zu Varriks Gefolgsleuten aufzubauen. Viele waren es nicht, aber auf die wenigen konnte sie sich voll und ganz verlassen. Meist waren es Kinder Ausgestoßener, wenn ein Familienmitglied den Clan gewechselt hatte. Mochte es auch heißen, die Farbe sei frei, so war die Wirklichkeit meist anders. Diese Frauen und Männer waren mit Lyria aufgewachsen. Viele von ihnen hatten auch den Zorn ihres Bruders ertragen müssen. So wie Halden.

Eine verschworene Gemeinschaft.

Taskan sah aus, als wäre er nicht einmal vom Pferd gestiegen. Sie hatte dafür gesorgt, dass der Krieger an der von ihrem Bruder angeordneten Verfolgung der Prinzessin teilnahm. Nun sah sie ein angespanntes, ausgezehrtes Gesicht und wusste, dass der Berg aus Schwierigkeiten noch höher werden würde.

Der Winterkrieger hatte das üblich blutrot gefärbte Haar des Hauses Starksegel. Er trug keinen Fellumhang, denn das, was in Quell als Winter durchging, war für einen Nordmann allenfalls ein Frühlingstag mit Nieselregen. Tauschnee hing in seinem schwarzen Bart, in den Almandine geflochten waren. Die kleinen, roten Steinringe klimperten leise. Die Narbe, die Varrik ihm einst mit der Peitsche auf das schmale Gesicht geprügelt hatte, war für Taskan mittlerweile eine Trophäe. Er war hart im Nehmen und sein *Seelentier* war ein Elchbulle.

»Verzeiht, Herrin, dass ich zu solch später Stunde eintreffe. Doch es gibt … Schwierigkeiten im Süden.«

Lyria versuchte, ihre Schmerzen auszublenden, allein Halden durfte ihre Schwäche sehen. Für alle anderen war es wichtig, dass sie eine starke Frau sahen, die weder eine Schwangerschaft noch sonst etwas aus dem Gleichgewicht brachte. Sie saß in einem thronähnlichen Stuhl. Das Feuer war frisch angeheizt worden und knackte laut vom Harz. Vor den Fenstern fielen lautlos die Schneeflocken.

»Was ist geschehen, Taskan?« Lyria bot dem Winterkrieger Tee an, indem sie auf den Tisch deutete, auf dem dieser stand. Doch der Mann schüttelte den Kopf. »Wir haben großen Abstand zwischen uns und der Prinzessin gelassen, so lautete

Varriks Anweisung. Die Späher fanden eine alte Kaserne in den Hügeln. Die Leute, die Vengal dort vorfand, wurden gefoltert. Es waren Flüchtlinge aus der *Seefestung*. Sie berichteten, dass dort ein Teil der Goldgarde versteckt gewesen war und diese mit der Prinzessin nach Süden gezogen sei.«

Lyria runzelte die Stirn. Das war nicht gut. Sie hatten geglaubt, die berüchtigte Goldgarde sei in den Feuern an jenem blutigen Tag umgekommen.

»Wie viele waren es?«

»Die Flüchtlinge hatten es mit der Mathematik nicht so, Herrin. Sie konnten nur schätzen. Etwa siebzig«, berichtete der Krieger.

Nun, das war eine Zahl, die niemandem großes Kopfzerbrechen bereiten würde, ganz gleich wie legendär der Ruf dieser Garde auch sein mochte. Sie machte eine Geste, damit Taskan fortfuhr.

»Einige Männer wollten daraufhin den Abstand verringern, sogar aufschließen, doch Vengal beharrte auf die Befehle Eures Bruders.«

Jetzt kamen die Schwierigkeiten.

»Die Prinzessin hat die Wüste von Avenduran durchquert.«

»Und?«

»Sie haben alle Markierungen zerstört, Herrin.«

Verfluchtes Miststück! So viel Weitsicht hätte sie dem Gör nicht zugetraut. Das war eindeutig eine taktische Entscheidung gewesen. Es konnte sein, dass der Vorschlag von der Garde gekommen war, doch das wollte Lyria nicht glauben.

Denn dies würde bedeuten, dass man den Norden Quells aufgegeben hatte. Nein, das war keine Tat der Garde gewesen, sondern die einer Königin.

Taskan berichtete weiter: »Vengal war außer sich vor Wut gewesen, denn er hatte einen Fehler gemacht, auch wenn er auf den Befehl Varriks gehandelt hatte. Sie schickten sechs kleine Trupps in das Sandmeer. Niemand kam zurück. Daraufhin prügelte Vengal eine ganze Abteilung in die Dünen. Sie sollten jeden Flecken Treibsand markieren.«

»Lasst mich raten, Taskan. Auch von denen wurde seitdem keiner mehr gesehen, richtig?«

»Ja, Herrin.« Auch wenn es ein Verlust an Leben des eigenen Clans bedeutete, so musste der Winterkrieger doch ein Schmunzeln unterdrücken. Das würde Varrik schwer treffen. Und Vengal könnte in Ungnade fallen. Sie sah die Runen auf seiner Glatze förmlich pulsieren vor Schmach. Das war die Strafe für die Dinge, die er Prinz Asha angetan hatte. Lyria lächelte ebenfalls.

»Was tut er jetzt?«

»Vengal hockt vor den Dünen wie ein wütendes Kind, das man nicht in den Sandkasten lässt.«

»Dann lassen wir ihn dort hocken«, sagte Lyria. »Der Winter kommt und Geduld war nie Vengals Stärke.«

Die Abergläubischen sagten, an diesem Tag sei der Schnee wie Asche aus dem dunklen Himmel gefallen. Der fatale

Missklang eines siechenden Königs schwang darin.

Kartenleger hätten jedes dieser Vorzeichen bestätigt, unabhängig vom Ausgang. Andere meinten, ein Kind im Winter werde stark und kräftig. Und jene, die dem Wind aus dem Norden lauschten, waren der Ansicht, eine Geburt, die nicht in den Wäldern Skargerraks stattfand, müsse ohne den Schutz der Ahnen auskommen und wäre damit ein Spiel mit dem Tod.

Durch die Flure des Ostflügels wehten wimmerndes Stöhnen und abgehackte Schreie. Nur drei Menschen waren in dem Zimmer, das von dutzenden Kerzen die späte Stunde mit wabernden Schatten füllte.

Schweiß rann Lyria Starksegel aus jeder Pore. In heißen Wellen kamen die Schmerzen, die von innen gegen ihre Haut prallten, zurückgeworfen wurden, um dann erneut, mit neuer Kraft, in ihr Innerstes zu greifen.

Halden war neben ihr, tupfte die glühende Stirn mit einem kalten, feuchten Tuch und hielt ihre Hand. Die Kriegerin konnte den ekstatischen Griff mühelos ertragen.

Varun, die Hebamme, hatte schon Lyria auf die Welt gebracht. Damals, als ihr Vater, der alten Frau zufolge bei ihrem Anblick wütend ausgespuckt habe. Danach war er saufen gegangen. Auf die Frage, wer das Haus Starksegel mit seinem Blut vergrößert habe, antwortete er: *Niemand. Es ist nur ein verdammter* ***Spaltenpisser!*** Lyria hatte diese Demütigung niemals vergessen können.

Stunden vergingen bis schließlich das Kind aus ihr kam. Ein

leiser Schrei entwich seiner klebrigen Lunge.

»Ist es eine Tochter, sag?!«, flehte Lyria voller Angst, während die Nabelschnur durchschnitten und eine Decke um es gelegt wurde.

»Es ist ein Sohn, Herrin«, aber Varuns Augen hatten keine Freude in sich. Sie legte das Kind auf Lyrias Brust. Behutsam schob sie die Decke beiseite.

Es war ein schönes Kind, wunderschön.

Es war ein Krüppel.

Weiter oben, ganz nahe am Gipfel des Tafelbergs, röchelte König Grimmhorn in den Gemächern des toten Ardon Tavurin, dem man die Bestattungsriten verwehrt hatte, sein eigenes Leben hinaus. Das Übel aus seiner Beinwunde hatte sich über Jahre durch den ganzen Körper gefressen, nun griff es nach seinem Herzen. Schreckensweit war sein suchender Blick.

Doch die Totenbarke kam nicht, was bedeutete, dass er verdammt war. Niemand hielt seine Hand, keine Seele würde sein Sterben beweinen. Er versuchte zu bereuen, aber in Gorm Grimmhorn gab es solche Gefühle nicht.

In der Stunde, da sein Sohn mit einem Schrei aus den zarten Lungen geboren wurde, floss giftschwarzes Blut in die seinen. Blubbernd waren seine letzten Worte auf dem Weltenrund.

»Blut und Feuer nach mir!«

Tod.

In einer verborgenen Nische lauerte der dunkle Seher. Lange

hatte er warten müssen für diesen einen wundervollen Augenblick. Ein bleiches Grinsen umspielte seine harten Züge.

»So soll es sein«, flüsterte die kalte Stimme.

Tahni

Der Winter kam weiß und still. Eisschollen trieben immer häufiger auf den grauen Wellen der *Weiten See*. Hier, im hohen Norden, kam er schneller, biss härter und duldete keine Fehler.

Die *Steinfluke* war zu einem kalten Gefängnis geworden, dessen Gitter aus Trauer und Verzweiflung geschmiedet waren. Darin eingesperrt ein kleines Mädchen, auf dessen schmalen Schultern plötzlich das ganze Gewicht des Hauses Eisschild drückte. Nie zuvor in ihrem Leben hatte Tahni sich dermaßen verlassen gefühlt. Jedes Kind wäre unter der Last zusammengebrochen, doch sie wollte ihren Bruder nicht enttäuschen.

In der Kajüte lag sie, die Arme über die Augen gelegt und hörte zu, wie der Bug die Wellen teilte. Die Lampe über ihr schwankte im Takt des Meeres und ließ die Schatten von einer Wand zur anderen wandern. Die drei Wölfe lagen nah bei ihr, denn sie wollten ihrem Leittier beistehen. Ein Wuschelfell döste an ihrer Seite, das war Tass. Pendar hatte seine Pfoten auf ihre Beine gelegt, zuckte damit im Schlaf, wackelte mit den Ohren und das große Weibchen, Vina, hatte ihren mächtigen Kopf auf ihren Bauch gelegt und beobachtete sie mit den bernsteinfarbenen Augen, in denen eine Welt schimmerte, die niemand außer einem Wolf je verstehen würde.

Bilder hausten in Tahnis Kopf – sie kratzten und wühlten: Sie sah immer wieder Asha, wie er am Strand zurückblieb. Ohne jede Hilfe. Zum Glück hatte sie seine Augen nicht erkennen können. Doch auch der Zorn über die Ro´Ar war nicht gegangen, er schwelte in ihr. *Ascheherz* hatte sie durch seinen Sprung aus den Wächtern geführt, doch wo waren sie gewesen, als ihr Bruder allein dagestanden hatte. Sie waren verschwunden, wie die Geister als die man sie bezeichnete.

Xar kam immer wieder zu ihr, fragte wie es ihr ginge, ob er ihr etwas bringen könne. *Bring mir meinen Bruder*!, wollte sie ihn anschreien, aber kein Laut kam über ihre Lippen.

Moos war der Einzige, den sie in ihre Nähe ließ. Der Hüne, der ihr ein treuer Freund geworden war und dem die Wölfe die Hände leckten, als wäre er einer von ihnen. Nur er durfte sich auf einen Hocker setzen und beim ewigen Schaukeln des Schiffs leise Geschichten erzählen, die nur noch zur Hälfte ihre Seele erreichten.

»Er ist nicht tot, Herrin«, flüsterte er immer wieder am Ende seiner Geschichte angelangt, die immer wieder den gleichen Wortlaut hatte.

Tahni schwieg, umfasste die Muschel, fühlte die weiche, vom Meer geformte Endgültigkeit darin. *Herrin! War sie das jetzt? Von einem Kind zur Frau geworden und nun eine …*

Sie wusste nicht, wie sie sich zu fühlen hatte, wer konnte es ihr auch zeigen? Der Vater ein Scheusal, die Mutter war in den Tod gesprungen und ihr Bruder, ihr wahrhaft geliebter, warmherziger, Geschichten erzählender Hafen, verschwunden.

Sie weinte, bis ihr Körper nur noch weh tat.

Und da fiel ihr etwas auf.

Die Wölfe! Sie waren auf völlig fremdem Boden, bewegten sich auf Planken, die niemals unter ihre Pfoten gehörten. Doch waren sie da, ertrugen das fremde Revier. Ja, sie wirkten nervös, manchmal sogar ängstlich, blieben aber niemals ohne die Würde ihrer Herkunft.

Vina ertrug einen Sturm, sich kaum auf den vier Beinen haltend. Die anderen folgten ihr, winselnd, aber sie folgten. Und ein jeder von ihnen hob stolz den Kopf, wenn Tahni sie für etwas lobte. Selbst ihre geschwächte Stimme vermochte etwas zu binden, das auseinander fallen müsste. Weil sie ein Rudel waren, eine Familie!

So wie der Clan.

Das Haus Eisschild.

Als die Ruder der *Steinfluke* in den Schwarzfingerfjord eintauchten und die Berge zu beiden Seiten von Schnee bedeckt, lange Schatten warfen, da erschien sie auf dem Deck.

Drei Wölfe neben ihr, ein Hüne und Freund dahinter. Tahni roch das schwarze Wasser des Fjords, das kalte Herz des Winters und wusste, dass sie nie wieder würde wanken dürfen.

Vaka Eisschild wurde in der großen Halle aufgebahrt. Eine Stille von unglaublicher Dichte breitete sich aus. Das Lied des Hauses wurde gesummt, ohne Worte. Fackeln brannten, die Mosaiken zu ihren Füßen blau wie das Eis der Gletscher.

Sie legten ihr Vakas Umhang um, der kleinen Tahni. Sie fühlte wie er auf dem Boden schleifte, als sie nach vorn zwischen die Baumsäulen trat.

»Ich bin Tahni Eisschild. Vom Blut der Inui Eisschild. Schwester von Asha Eisschild.« Sie griff an den Kragen des Umhangs und ließ ihn zu Boden fallen. Stattdessen erschienen die Köpfe der drei Wölfe neben ihr. Sie flüsterte in die Halle: »Ich bin doch nur seine Schwester.«

Sie stockte. Ihr Kopf war plötzlich leer, unendlich leer. Und da fing sie von neuem an: »Ich bin Tahni Eisschild. Vom Blut der Inui Eisschild. Schwester von Asha Eisschild.« Und sie sang:

»Dort wo die Berge die Sterne küssen.
Hinter finstren Wäldern und eisigen Flüssen.
Werden böse Kinder gefressen.
Mit Haut und Haar.
Denn in der Dunkelheit.
Lauern die Ro'Ar.«

Schon nach der ersten Silbe wurden ihre Worte aufgenommen. Es war kein Eid, es war auch kein Kinderlied mehr, sondern der Schwur eines ganzen Clans.

Bringt mir meinen Bruder, schrie Tahni innerlich.

Ashas Zimmer sah aus, als wäre er nur kurz etwas holen gegangen und würde jeden Moment erscheinen und fragen, was sie wolle. Sein Bett war ungemacht, ein Paar Stiefel standen davor, einer davon war umgekippt. Aufgeklappte Bücher lagen herum, so wie es bei ihrer Mutter immer gewesen war. Lesezeichen und Blätter mit Notizen. Der Raum wirkte hohl ohne ihn, so wie ihr Herz. Tahni konnte ihn riechen, beinahe fühlen, den Geist der Vergangenheit. Damals, als die Welt noch nicht aus den … Sie betrachtete die Wandbehänge, auf denen Berge, aufgewühlte Meere und Schnee zu sehen waren. Ihre Finger glitten über eine Stuhllehne, auf der noch ein zerknittertes Hemd von ihm lag. Sie hörte das leise Klacken der Krallen, die Wölfe folgten ihr, hielten jedoch Abstand, denn sie spürten ihre Stimmung. Tiere waren so viel sensibler als Menschen. Tahni wischte eine Träne von ihrer Wange und ging zum Fenster, das wie ein großes rundes Auge einen atemberaubenden Blick auf den Gletscher bot.

Eigentlich wartete sie auf die Wut, den Wunsch nach ungezügelter Rache. Beides fand sie nicht in ihren Gefühlen. Da waren nur Stille und der tiefe Brunnen aus Angst, nicht zu wissen, was man als Nächstes tun sollte.

Das leise Schnaufen von Vina sagte ihr, dass sich jemand näherte. Sie hörte an den Schritten, wer es war und blickte weiter auf den Gletscher hinaus. Es verging einige Zeit, bis Moos den Mut fand, zu sprechen: »Das hast du gut gemacht, Tahni. Alle sind erschüttert von den Dingen, die geschehen sind. Eisschild hat nicht nur Vaka verloren. Ich habe dieses

Lied seit meiner Kindheit nicht mehr gehört. Es tat gut, es wieder einmal zu hören, sich zu erinnern.«

Ja, es ist ein altes Lied. Meine Mutter hat es mir beigebracht, als ich kaum laufen konnte und dabei meine Nase gestupst. Sie hat ihren Gletscher geliebt, so wie ich Asha geliebt habe. Nur ihm konnte ich sagen, wie sehr die Angst mich beherrscht. Nur ihm.

»Was sagen sie?« Tahni hörte kaum selbst ihre Stimme.

»Sie haben Angst. Sie sind wütend. Viele glauben, die Ro`Ar hätten uns helfen müssen. Sie verstehen nicht. Was wird jetzt aus dem Norden, fragen sie sich?«

Ich verstehe es auch nicht. Doch Tahni sprach es nicht laut aus. Mit einer Geste rief sie die Wölfe zu sich, die sofort neben ihr waren. »Der Norden, Moos, ist zerbrochen. Skargerrak war eine Kerze im Schnee, eine Illusion, ein bitterer Traum.« Sie flüsterte den nächsten Satz durch das Fensterglas hinaus auf den eisigen Gletscher. »Womöglich war es das immer schon.«

»Was werden wir jetzt tun?«

Tahni drehte sich um, die Furcht stach sie wie ein vergifteter Dolch:»Wir werden zu den Ro´Ar gehen!«

Es gab Einwände, verhalten zwar, aber sie waren aufrichtig. Xar riet ihr dringend davon ab, nein, er flehte darum, diesen dummen Wahnsinn wenigstens auf den Frühling zu verschieben.

Tahni sagte nichts dazu. Sie besuchte jede Familie, die einen Verlust erlitten hatte. Stundenlang saß sie bei ihnen, hörte zu, schwieg, trank Tee und wurde mit einer Innigkeit belohnt, die ihr so fremd war, dass ihr davon schwindelig wurde. Jede Seele auf der Festung wusste, dass Asha sich geopfert hatte, damit die restliche Eisschildwache davon segeln konnte. Die neue Herrin des Hauses lauschte den Tränen, den Erinnerungen an Männer und Frauen, Brüder und Schwester, Geliebte und Freunde. Nie verschloss sie sich, nahm jedes Wort hin. Sie hielt zitternde Hände, obwohl es ihre eigenen sein mochten. Sie sprach leise und voller Verständnis, weil es auch ihr Schmerz war. Und sie hörte die Stärke der Stimmen, wenn alle Last gefallen war. Den Stolz eines Clans, der den Winter kannte. Bei jedem dieser Treffen lagen ihre drei Begleiter bei ihr. Ein Spitzname begann sich zu formen, ohne ihr Wissen. Ein Begriff, der aus der Anzahl der Reißzähne ihrer Wölfe entstand.

Tahni *Zwölfzahn* nannte man sie.

Der Mond wuchs. Jeden Tag wurde sein Schild heller. Als er ihn endlich vollends in die Sterne hielt, war es Zeit.

Tahni stand bereit am verborgenen Ausgang zum Gletscher. Ihre drei Wölfe würden voraus gehen, denn die Tiere würden jede Spalte, jeden Riss bemerken und anzeigen.

Moos schaute drein wie ein sinkendes Schiff. Die sechs Krieger der Eisschildwache, die sie begleiten würden, wirkten allerdings mehr als entschlossen. Grimmige Gesichter unter dicken Kapuzen. Man konnte das Öl riechen, mit dem die

Schwerter der Kälte trotzen sollten.

Der Aufstieg war eine Tortur. Tahni gefror sogar die Angst, bis diese nur noch ein kleiner Klumpen irgendwo in ihrer Brust war. Die Krieger schirmten den Wind mit ihren Schilden ab. Vina und den anderen Wölfen zerzauste es das Fell, doch sie führten sie um jede Spalte, jeden Riss im Eis.

Wie schneller Nebel fegten die Böen um jeden Schritt und Tahni wollte nicht glauben, dass Asha diesen Weg allein gegangen war. Ihre Beine taten weh, ihre Lunge schrie nach Wärme, jede Zelle in ihr wollte an einem anderen Ort sein.

Der Gipfel war von einer bizarren Schönheit. Tahni ließ die anderen zurück, sie wusste, nur sie allein durfte die Bitte vortragen. Sie stieg durch ddie Eissicheln, die den Eingang zum Reich der Gletschergeister markierten. Ein weites Tal lag dahinter, als würde die ganze Welt in einer einzigen großen Schale ruhen. Bäume waren da, deren Wurzeln Geschichten zu erzählen schienen, Blöcke aus Eis, wie von höheren Mächten liegen gelassen. Der Wind war nicht eingeladen. Kein Zweig regte sich.

»Ich bin Tahni Eisschild«, sagte sie. »Mein Bruder, Asha, ist, war Eure Zunge.«

Stille.

»Ich bin gekommen, um an seiner Statt mit Euch zu sprechen.«

Stille.

»Ihr seid die Geister des hohen Nordens, die Hüter von Eis und Schnee.«

Stille.

»Ihr seid ihm gefolgt bis nach Quell. Nun folgt mir! Der Norden wird sterben, edle Geister. Mein Bruder hat sich für Euch geopfert.«

Stille.

»Verdammt, hört Ihr mir überhaupt zu?«

Stille. Weite, ewige Stille. Kein Laut.

Die Ro´Ar waren fort.

Es war ein grauer Tag im Winter. Der Schnee trieb aus den tief hängenden Wolken, blieb auf den Flanken der Berge hängen, senkte sich sachte auf die Zweige der Fichten, schmolz auf dem schwarzen Finger des Fjords.

Ein Schiff kam, dann zwei und noch eines. Ungewöhnlich waren die Aufbauten, hoch und dunkel, mit hunderten Ruderern auf drei Ebenen. Eines kam bis an das Eis und sandte ein Boot aus. Seltsame Gestalten, drei, stiegen auf das Gebiet des Clans. Tahni schaute durch das Fernrohr und sah etwas, das sie als *Schatten* bezeichnen würde. Vina leckte ihre Hand. Sie streichelte über den Kopf der Wölfin, die Ohren, das weiche, wunderbare Fell.

»Jetzt ist es soweit!«

Es gab eintausend Worte für die Liebe und eintausend mehr für die Dinge dazwischen. Das herrliche Gefühl gefunden worden zu sein, aber nur deswegen, weil ein zweiter Weg den ersten nicht beenden konnte.

»Nein«, sagte Tahni.

In einer lockeren Formation gingen sie hinab.

Was bin ich? Die kleine Schwester meines toten Bruders oder die Herrin eines Clans, der nicht mehr an sich glaubt?

Moos schritt vor ihr, ein Mann, ein Freund, ein gutaussehender Krieger. Sie hatte seinen Bart gezähmt, geflochten. Sie kannte die Steine darin, wie diese klangen, auf diesem Pfad, mitten in die Angst.

Tahni hob trotzig den Kopf. Aus der Nähe betrachtet, waren die Schatten ideale Feinde. Die verzerrten Masken der *Blutsöldner* starrten, waren ohne jedes menschliche Mitleid.

Das Gespräch gestaltete sich recht kurz. Es war nicht einmal eines. Einer der Ankömmlinge lachte unter dem Helm ein: N´gosh tazra. Die Herrin von Eisschild übersetzte dies in gleich mehrere Flüsse, die alle nur eine Mündung hatten: Kniet nieder, verbeugt Euch oder werdet sterben!

Ein Instinkt aber sagte ihr, dass Asha dieselben Worte vernommen hatte. Und ihr Herz sagte ihr, dass es ebenso sinnlos war, den Winter zu fragen, warum er jedes Jahr wiederkehrte.

»Wo ist mein Bruder?«, fragte sie dennoch, denn eine innere Stimme sagte ihr, dass einer dieser *Blutsöldner* ihn gesehen hatte.

»N´gosh tazra!«, war die blecherne Antwort.

Tahni lächelte kalt, trotz all der furchtbaren Hitze in ihr.

»Lasst keinen von ihnen am Leben«, befahl sie schneidend.

Das Gemetzel war kurz, färbte den Schnee rot. Einer floh, doch die Wölfe zerrten ihn nieder, bevor er auch nur die Eiskante erreicht hatte. Sein Schreien hallte über die Wellen.

Die neue Herrin von Eisschild stemmte einen Stiefel auf den sich windenden Leib, dessen Kehlenblut auf *ihr* Land strömte. Sie schaute hinüber zu den drei Schiffen, machte eine huldvolle Verbeugung und rollte den noch zuckenden Mann vom Eis in den schwarzen Fjord.

»Willkommen im Norden! Willkommen vor einem Schild, der niemals bricht!«, rief Tahni.

Sie drehte sich um und ging.

»Das Licht des Winters ist Geduld«, zischte sie. »Und meine ist nun am Ende. Ab heute haben wir Krieg.«

Asha

Der Winter kam mit fremden Augen. Die Sonne blendete ihn, als sie von Bord gebracht wurden. Diese Ewigkeit im roten Zwielicht des Schiffes hatte Asha beinahe sämtliche Farben vergessen lassen. Jetzt brüllten sie ihn an.

Die Luft roch falsch und zum ersten Mal sank in dem Prinzen die Hoffnung, jemals wieder die Heimat zu sehen in schwindelerregende Tiefen. Der Geruch war süßlich und schwer von etwas, das ihn an verbrannte Blüten erinnerte.

Die Hafenanlage war gigantisch. Rote Türme, deren Zinnen wie die Blätter von Blumen geformt und mit gelber Farbe getüncht waren. Überall wehende Banner mit Totenschädeln. In Scharlach, dunklem Violett und reinstem Weiß. Alles jedoch war im Verfall begriffen, strahlte eine Verlassenheit aus oder vielleicht auch Gleichgültigkeit. Asha konnte es nicht benennen. Wie Staub und Spinnweben an alten Möbeln lag eine Schicht fahlen Sandes über den Mauern und Häusern, die stufenähnlich gebaut waren. Türen, die sich nach oben verjüngten, Fenster, die elliptisch ins Leere starrten. Auf diese Weise bekamen selbst Gebäude eine Art Gesicht. So etwas hatte der Prinz noch nicht gesehen.

Sie waren einen Fluss hinauf gesegelt, erkannte er nun. Bis weit ins Landesinnere. Zu beiden Seiten des breiten Stroms nur endlose Ebenen, keine Berge, nichts woran man sich orientieren konnte. Das Einzige, das wie ein Schnitt durch die Natur ging, wenn man staubige, graue Erde als solche bezeichnen wollte, war ein niedriger Wall in der Ferne, von kolossaler Länge.

Klee murmelte etwas vor sich hin und zupfte an ihrem Umhang. Man hatte ihnen Kleidung gegeben. Ein Decke mit einem Loch, durch die man den Kopf stecken konnte. Zumindest hielt es den Wind ein wenig ab.

»Hast du je von einem Königreich Xinxal gehört?«, fragte sie ohne ihn dabei anzusehen.

Sie wurden von Kriegern flankiert, die verdammt wachsam aussahen. Ihre Federn wippten, ihre Lanzen glitzerten, die Rüstungen klirrten.

»Nein«, antwortete Asha. »Aber irgendwie wirkt es, als sähe

man einem noch lebenden Tier bei der Verwesung zu.«

»Du hast wirklich Talent dafür, die Dinge beim Namen zu nennen. Hättest einen guten Geschichtenerzähler abgegeben.« Sie hustete, denn der Qualm wurde dichter und damit der fürchterliche Gestank. »Geschichten allerdings, die einem den Schlaf rauben.« Sie blickte verstohlen zur Seite. »Sieht nach einem alten Handelshafen aus«

Der Prinz beäugte ebenfalls die langen Gebäude zu ihrer Linken. Aus mächtigen Quadern errichtet, ähnelten sie mehr Tempeln als Lagerhallen. Er bezweifelte, dass hinter den geschlossenen Toren irgendetwas von Wert war. Niemand ließ etwas dermaßen verkommen, außer es wurde nicht mehr benötigt. Asha spürte eine verstörende Unruhe, die förmlich aus den grauen Steinen zu strömen schien.

Mittlerweile war der Rauch dicht wie ein Nebel. In Schwaden zog er durch die Gassen zwischen den Häusern. Graue Geister, die ihre Gewänder hinter sich herzogen.

Je weiter sie kamen, desto zerstörter wirkten die Bauwerke. Als habe sich ein Steinfresser vom Land zum Fluss hin bewegt und wäre irgendwann müde geworden. Manches Mauerwerk wirkte regelrecht abgetragen, dann wieder waren seine Wände und Treppen einfach umgefallen. Vielstöckige Häuser hatten hier gestanden, man konnte Straßen erkennen. Es musste eine Stadt gewesen sein, die den Hafen einst umschlossen hatte. Hohe, steil in den Himmel ragende Tempel, deren zerborstene Stufen seit langer Zeit niemand mehr empor gestiegen war.

Seltsame Tierstatuen bewachten die obersten Plattformen,

von den Elementen schwer gezeichnet, waren ihre Gesichter gänzlich ausgelöscht. Trapezförmige Eingänge gähnten offen, nur noch blinde Schwärze dahinter.

Asha versuchte sich vorzustellen, wie all das ausgesehen haben mochte, als noch Leben in dieser Stadt gewesen war. Für einen Moment flammten die verblassten Farben wieder auf, erklang das Lachen von Menschen, Musik und Trubel. Dann entschwand das Bild, sank zurück in den Staub hinab, der darüber lag wie ein fahles Leichentuch.

Ihr Tross gelangte auf eine breite Prozessionsstraße, die von hohen Obelisken gesäumt wurde. Tausende bunte Bänder waren an ihnen befestigt, vielleicht so etwas wie Gebets- oder aber auch Trauerbänder für eine tote Stadt.

Mit jeder Stunde, die sie in die Ebene zogen, erschien dieser Wall am Horizont gewaltiger. Es war keine natürliche Formation, das hatte der Prinz bereits erkannt. Es war eine Mauer. *Doch wer hatte sie erschaffen?* Es schien ihm unmöglich, denn allein die Ausmaße waren unfassbar. In der staubigen Landschaft waren schnurgerade Kanäle gegraben worden. Vermutlich leiteten sie das Wasser vom Fluss hinter diesen Wall.

»Ich glaube, hier hat es sehr lange nicht geregnet«, sagte Asha und das mulmige Gefühl der Unruhe kehrte zurück. »Ich denke, nicht nur die Stadt, sondern das ganze Land ist im Begriff zu verwesen.«

»Wunderbar«, flüsterte Klee. »Ich hoffe, wir sind nicht hier, um irgendeinem *Regengott* unter die Arme zu greifen.«

Es war kein Wall. Es war eine Rampe, gelegt aus tausenden von großen Steinblöcken und ein jeder davon trug das gleiche, tief in die Oberfläche gemeißelte Zeichen – einen schauerlich grinsenden Totenschädel. Gut sechzig Schritt in der Tiefe und wohl zwanzig hoch, konnte Asha kaum glauben, was er da sah und versuchte zu begreifen, wie lange man wohl gebraucht hatte, um dieses gigantische Bauwerk zu erschaffen. Das Monument war ein irdisches Spiegelbild der Götter. Anmaßend, unnütz, eine bizarre Zurschaustellung, die durch Übertreibung ins Groteske gekippt war. Allein die Anzahl der Arbeiter, die dafür ihr Leben gelassen haben mussten, verschwamm in seiner Vorstellung zu einer wimmelnden, unübersichtlichen Masse.

Ein Tor aus Stein öffnete sich und der Zug der Gefangenen trat in die Dunkelheit. Das satte Scheppern der Rüstungen hallte, die Luft war durchdrungen von trockenem Staub. Am Ende gleißte eine Öffnung aus der vage Geräusche drangen, ähnlich dem Summen von Wespen. Klee griff in der Finsternis nach Ashas Hand und drückte sie.

Und dann traten sie ins Licht. Dem Prinzen versagte für einen Moment der Herzschlag. Seine Augen versuchten zu erfassen, was sich ihnen offenbarte, doch sie schafften es nicht. Schließlich versuchte er es sich so einzuprägen, als müsse er Ri davon erzählen und zwar so, dass sie es vor sich sah: *Kraterstadt war das Erste, das mir dazu einfiel. Stell dir vor, Ri, eine Stadt so groß wie Aquamarin und Scale zusammen und jetzt stell dir vor, diese Stadt liegt in der Erde, dreimal so tief wie der Tafelberg von Quell. Du siehst Ebenen, Terrassen, auf denen Bauten stehen, die aus den Felswänden zu ragen scheinen, wie in dem Krater schwebend, gehalten von Ketten, durch deren Glieder ein Schiff segeln könnte. Treppen, Ri, tausende davon. Schräge Treppen senkrecht in den dunklen Fels geschlagen, in dem selben Zickzackmuster, das schon in den* **Schwimmenden Bergen** *zu sehen gewesen war. Hängebrücken, Straßen, Seen, Teiche, Gärten und Tempel. Plätze, größer als jedes Forum. Säulen und Türme, die Stalakmiten gleich aus dem Grund ragen. Und nun stell dir vor, all das in verwaschenen Farben zu sehen. Rot für die Häuser, Gelb die Türme, Weiß für die Treppen. Grün die Gärten, Blau das Wasser der Seen. Ri, diese Stadt im Krater ist von solch berauschender, schrecklicher Schönheit. Ein Labyrinth aus Geometrie. Es ist das weit geöffnete Maul einer fleischfressenden Pflanze – und wir waren die Fliegen!*

Auch hier war der Rauch allgegenwärtig. Er stieg von Tempeln auf, von Gärten und anderen Plätzen, verwirbelte in den auf- und absteigenden Winden und so wirkte es, als würde die Stadt dampfen.

Sie hatten nicht viel Zeit, sich dem Staunen hinzugeben. Schon bald nach dieser gewollten Machtdemonstration wurden sie durch einen Tunnel in die Kraterwand geführt. Die Löcher im Fels erzeugten Lichtgitter und Asha konnte kaum zehn Schritt weit sehen. Der Richtung nach zu urteilen, wurden sie um die westliche Seite der Stadt herumgeführt.

Vermutlich sollte ihr Anblick niemandem den Tag versauen.

Der Tunnel wurde breiter und höher, führte aber auch in die Tiefe. Als sie in ein Gewölbe traten, das jeder Höhle spottete, die der Prinz im Laufe seines Lebens erkundet hatte, wurde ihm bewusst, dass hinter den Kraterwänden eine zweite, eine unsichtbare Stadt lauerte. Eine, die für die dunkle Seite geschaffen worden war. Es wirkte wie eine Kaverne, die einst aus einer Lavablase bestanden hatte. Das Gestein war dunkelgrau bis schwarz, schien wie erstarrt und man konnte noch die Hitze darin spüren, die es geformt hatte. *Lag die Stadt etwa auf dem erloschenen Grund eines Vulkans?* Der Boden unter ihren Füßen war warm und glatt geschliffen. Überall waren Figuren aus dem Bims modelliert worden. Bizarre Gestalten mit halb zerflossenen Gesichtern, Gliedmaßen, die noch zu einem Teil in der Felswand feststeckten und in einer Kraftanstrengung aus ihr heraus zu kriechen versuchten, mit ausgestreckten Armen und Beinen. Es war eine Botschaft: *Du bist gefangen!* Ein Körper war in den nächsten gefügt, sie stiegen übereinander weg, drängten einander zurück in die Wand, während sie selbst untergingen in der Masse von verzweifelter Sinnlosigkeit.

Ein drei Mann hohes Tor wurde geöffnet, gefertigt aus ähnlichen roten Glassegmenten, aus denen das Schiff gebaut war, welches sie am Fuße der *Schwimmenden Berge* abgeholt hatte. An starken Angeln befestigt, schwang es auf. Helligkeit brach über dem Prinzen zusammen.

Die Soldaten blieben stehen, während man ihnen bedeutete,

durch das Tor zu gehen. Eine riesige Schlucht wartete auf sie, zum Himmel hin offen, doch Asha sah sofort, dass Flucht unmöglich sein würde. Die Wände waren nicht senkrecht, sondern mit einem nach innen verlaufenden Gefälle bearbeitet worden. Allenfalls ein Gecko würde dort hinauf kommen, denn zusätzlich umlief ein Sims den Rand.

Es wimmelte von Menschen. Je nach Stand der Sonne war ein Teil der sich windenden Schlucht in tiefe Schatten getaucht. Man hatte aus primitivsten Dingen Unterstände gebaut, Zelte und aus löchrigen Wolldecken so etwas wie Nischen geschaffen.

Dieser Vorhof des Todes war in etwa so groß wie die gesamte Burg Grimmhorn. Wege waren von tausenden Füßen im Laufe vieler Jahre in den Stein getrampelt worden. Flache Rinnen, die sich wie Adern durch das Elend schlangen.

Die Tore hinter ihnen wurden geschlossen.

Kaum einen Atemzug später gab es den ersten Angriff.

Der organisierte Mob stürzte sich auf den geschwächten Pulk der Neuankömmlinge. Wohl kalkuliert, wie Asha begriff. Sie hatten Monate der Entbehrungen, Angst und Anstrengungen hinter sich, waren in eine andere Welt gestoßen worden. Und dies nutzten die *Veteranen* nun aus. Wer seine wenigen Habe nicht freiwillig aushändigte, wurde mit primitiven Steinmessern bedroht. Ganz offensichtlich wollte man niemanden töten, denn die Xinxal würden dies nicht zulassen.

Aber Verletzungen konnten ebenfalls einschüchtern.

»Stell dich vor mich, Klee.«

Sie tat es und er ging hinter ihr in die Knie. An ihrer Schulter vorbei sah er vier Männer auf sie zukommen. Lumpensammler sahen überall gleich aus. Auf dem ganzen Weltenrund lief es so. Ein paar Drecksäcke taten sich zusammen und nahmen sich, was sie kriegen konnten. Nirgendwo trat die gute alte Hackordnung schneller nach vorn, als im Elend. Drei Kerle versperrten Klee den Weg, der vierte, mit einer Augenklappe und dem Gesicht eines Wanderboxers, blieb dahinter und verschränkte die Arme vor der Brust.

»Kannst deine Decke behalten, wenn du unter meine krabbelst«, grinste er zahnlückig und griff sich an die Eier.

»Nein, danke«, erwiderte Klee.

Der Kerl hob seine verbliebene Augenbraue. »Hä?« Er trat vor. Klee wich nicht zurück. »Bist ne´ Quellhure, seh´ ich doch. Kannst dich freun´ meinen wulanischen Schwanz zu lutschen!« Er kam näher, Klee ließ sich fallen und Asha erhob sich wie ein Turm dahinter. Seine zernarbte Faust traf den Mann mitten auf die Nase. Es knirschte fürchterlich. Die drei Anderen stürmten von beiden Seiten los. Dem ersten schlug der Prinz mitten auf den speckigen Schädel. Ein kurzes *Uff*, dann sackte dieser zu Boden. Von links kam ein halbherziger Treffer gegen Ashas Rippen. Er umschlang den Arm des Mannes mit einem geübten Griff und riss ihm das Gelenk aus der Schulterpfanne. Der Letzte rannte davon.

Asha hob den einen vom Boden auf. Mit einem Arm konnte

er den Mann in der Luft halten, der die Hände vor das blutige Gesicht hielt.

»Das nennen wir im hohen Norden *unter-die-Decke-krabbeln.* Möchtest du mehr davon, Wulaner?« Der Kerl schüttelte den Kopf, senkte die Augen. Asha ließ ihn los. Schwankend ging der Mann davon und die übrigen, die die Neuankömmlinge ausplündern wollten, ließen ab, als er sich zu ihnen wandte.

Oben am Rand der Schlucht standen zwei Krieger, ihre reglosen Silhouetten blickten auf sie hinab, nur die Federn bewegten sich im Wind.

Sie sahen Asha an.

Die Nacht hatte tausend glänzende Augen. Auch wenn die Temperatur stark gefallen war, hier zwischen dem Vulkangestein blieb es leidlich warm. Niemand würde erfrieren müssen. Doch selbst der Prinz hätte nun für eine anständige Decke einiges hergegeben. Klee kam zurück und setzte sich neben ihn. Sie war auf einen Rundgang gegangen, weil sie glaubte, nach dem Vorfall am Tor sicher zu sein.

»Ich verstehe das nicht, Torkil. Hier sind mindestens an die zweitausend Menschen versammelt. Ich traf einige Landsleute und jeder hatte eine ähnliche Geschichte zu erzählen. Nach dem Fall von Aquamarin fanden sie sich kurzerhand auf einem Schiff wieder, dann eine Übergabe auf dem Meer, die *Blutsöldnerinsel*, die *Schwimmenden Berge* und nun das hier.«

Sie kaute auf ihrer Unterlippe herum. "Doch andere sind wesentlich länger hier, manche seit Jahren. Aus allen Winkeln der Königreiche. Und dann sind da noch die *Grauen*, wie man sie nennt. Sie stammen von *hier*, Nordmann."

»Halt die Augen offen!«, brummte Asha.

»Was?«

»Ich bin müde, verdammt. Weck mich, wenn etwas ist.«

»Ja, gut.« Sie sah sich um. Ihren Schlafplatz hatten sie sich weit ab vom Tor gesucht, fast am Ende der Schlucht. Gemurmel war aller Orten zu vernehmen. Husten, Keuchen und das Wimmern von Kindern. Ja, es waren auch Kinder hier. Etwas, das Asha schwer im Magen lag.

Der Traum kam wie er es immer tat – mit Furcht. Rechteckig und schmal gähnte der Schlund wie eine verborgene Tür, die in den Keller führte. Als Kind hatte er solche Orte mit kribbligem Herzen auf Burg Grimmhorn erforscht, doch hier war etwas anders. Asha wusste, wenn er dort hineinging, würde er vielleicht nie wieder herausfinden. Vorsichtig streckte er die Hand aus. Feuchter Wind streichelte seine Härchen, kalt und klebrig. Ein plötzlicher Geruch fasste ihn bei der Kehle: Nicht von dieser Welt war er, der Atem der Götter. *Wie konnte etwas nach purer Gnadenlosigkeit riechen?*

Er blickte zurück auf die endlose weiße Ebene. Jetzt war ihm, als zeige sie den Beginn vor dem Beginn. Als die Welt noch leer war, ohne Sinne.

Asha holte tief Luft und ging hinein. Der Boden unter seinen nackten Füßen war seltsam. Stachelig und doch biegsam, leise knirschte es wie gefrorenes Gras unter ihm. Nur wenige Schritte machte er, sah über seine Schulter und erschrak. Der Eingang schloss sich. Er wirbelte herum, rannte, doch anstatt näher zu kommen, wurde der Spalt enger und enger, raste von ihm fort. Ein letzter Lichtstrahl, dann schlug die Finsternis über ihm zusammen wie eine Flutwelle.

In Panik tastete er nach den Wänden, die eben noch neben ihm gewesen waren, doch er fand sie nicht mehr, stocherte blind und hilflos in der Dunkelheit. Sie hatte sich ausgedehnt, hatte sich in ihn gewölbt, durch ihn hindurch. Seine Knie gaben nach, doch auch der Boden schien sich aufgelöst zu haben. Er stand, doch wenn er neben sich griff, war da die Leere.

Asha schrie alle Furcht hinaus. Kein Hall kehrte zu ihm zurück. Er war gefangen im Spiegelbild der weißen Einöde, dem schwarzen Nichts. Schwankend stand er auf. Sah nichts, hörte nichts, fühlte keinen Halt. Mit aller Kraft setzte er einen Fuß vor den anderen, kein Abgrund, aber auch kein Boden. Er ging weiter ohne zu sehen, wohin. *Ging er nach unten, links oder rechts?* Er konnte nicht einmal seine Hand erkennen, die er vor seine Augen hielt, wenn er denn noch Augen hatte oder Hände. Doch die Angst, die spürte er sehr wohl und sie reichte tief bis in seine Seele. Sie begann ihn ganz allmählich zu zermalmen, zu demselben Nichts, indem er herumirrte.

Und dann hörte er es wieder. Seinen Namen! Er wehte durch die Schwärze.

Asha brüllte bis ihm die Lungen schmerzten.

»Riiiiiii! Ri, ich bin hier!« Die Angst fiel von ihm, der

Wunsch zu leben, blähte seine Segel. Und er begann zu rennen, immer weiter in das Dunkel hinein.

»Torkil! Wach auf!«

Asha blinzelte und setzte sich stöhnend auf. Klee starrte ihn an. Es dämmerte bereits. Die Schlucht schlief noch. Am Himmel wichen die Sterne den Farben des nahenden Tages.

»Wer ist Ri?«

»Mhm?«

»Du hast im Schlaf geflüstert. Einen Namen, immer wieder: Ri.« Die Soldatin zog ihre Decke enger um sich.

»Hast du die ganze Nacht Wache gehalten? Du solltest mich doch wecken, damit ich dich ablösen kann.«

Klee zuckte mit den Schultern. »Bin nicht müde. Du hast die ganze Zeit auf mich aufgepasst, da dachte ich, ich könnte das auch einmal für dich tun.«

Das Lager erwachte langsam. Asha war durstig. Das Rennen im Traum hatte ihn ausgelaugt. Er erhob sich, dehnte die verspannten Muskeln mit einem Ächzen.

»Ich hol' Wasser«, sagte er und verschwand.

In etwa der Mitte des Lagers hatte sich eine lange Schlange gebildet. Dort tröpfelte Wasser aus einem Totenkopf. So langsam ging dem Prinzen dieses Symbol auf die Nerven. Als er sich näherte, wichen die Leute vor ihm zurück und machten ihm den vordersten Platz frei. Asha grummelte in seinen Bart und nahm das Geschenk an. Er griff sich eine aus

Blättern gemachte Schale und hielt sie so lange unter, bis sie zum Überlaufen voll war.

Mit Genuss trank er sie leer, grinste die hinter ihm stehende Frau an, die erschrocken zu ihm aufsah. Ihr Gesicht war eher eine schmerzverzerrte Maske als ein Lächeln. An ihrer Hand hing ein etwa siebenjähriger Junge, der ihn ehrfürchtig anglotzte. Asha füllte die Schale erneut, dann ging er zu Klee.

»Hier.«

Sie stürzte sich auf das Wasser, das klar und kalt schmeckte.

»Was wird nun passieren?«, fragte sie.

»Das werden wir bald sehen.«

Am späten Nachmittag, die Sonne wanderte durch die Schlucht, da ertönten Hörner. Langgezogene Klänge vibrierten in der Luft. Ein Raunen lief von den Toren bis zu ihnen.

»Sie kommen!«, riefen einige und suchten eilends Deckung, obwohl es keine gab. Sie warfen Decken über sich, rollten sich zusammen, manche taten gar so, als wären sie tot.

Dann ertönte das wilde Schluchzen von Verzweiflung und das so bekannte Flehen um Gnade. Es gab keine Tumulte oder Widerstand, der war längst gebrochen. Die Menschen hier kannten die Prozedur und wussten, dass es kein Entrinnen gab.

Xinxal-Krieger kamen in ihren rausgeputzten Rüstungen. Die silbernen Tierkopfhelme blinkten in der Sonne. Sklaven hielten Tontöpfe, aus denen dicke Pinsel lugten. Kalte Augen suchten, fanden und die Auserwählten mussten vortreten und bekamen einen Strich Farbe durchs Gesicht. So sollte wohl vermieden werden, dass andere ihren Platz einnehmen konnten. Asha ahnte wofür.

Schließlich blieben sie auch vor ihm und Klee stehen. Der Soldat schmierte aus einem der vielen Töpfe auch ihnen Farbe auf. Dann marschierte er wortlos weiter. Der Prinz wischte die nasse Farbe etwas ab. Rot. Kein gutes Zeichen. Die verdammte Farbe des Starksegel-Clans. Klee sah auf ihre verfärbte Hand, schluckte. »Das sieht aus wie Blut.«

Asha roch daran. »Das ist Blut!«

»Oh, bei den Wolken des Himmels«, stöhnte Klee.

»Komm«, sagte der Prinz. »Wir müssen nach vorn.«

Tatsächlich machte sich jeder, der markiert worden war, auf den Weg zum Tor. Asha fand Kattlar, der mit hängendem Kopf in einer anderen Gruppe vor sich hin schlurfte.

Es wurde geweint, Frauen schluchzten, Männer wollten tapfer sein. Viele Kinder waren unter den Gezeichneten. Ihre Tränen ließen die Farben verwischen, die ihnen bald über die Wangen strömten, während ihre kleinen Hände Finger für Finger aus denen ihrer Mütter glitten.

Etwa Zweihundert waren sie, schätzte Asha. Fünf verschiedene Farben für fünf Gruppen von je Vierzig. Geschlecht und Alter spielten keine Rolle. Doch immer waren einige darunter, die aussahen, als wüssten sie, wie man sich wehrt.

Sie durchquerten die Höhle der im Fels steckenden Figuren, wurden Tunnel entlang begleitet, um schließlich in eine weitere Kaverne geführt zu werden, die nach einem Tor in einer weiteren Schlucht mündete. Nur war diese kleiner, die Wände höher, der Boden aus Sand. In die Wand, dem Tor gegenüber, hatte man einen Totenschädel in den Stein geschlagen, durch dessen Silhouette die Sonne drang und auf jede Seele einen Schatten seines grinsenden Gesichts warf.

Asha drängte sich nach vorn, sah durch den schmalen Spalt eines Zahns. Sie waren auf der Südseite und etwa auf der Höhe der Mitte des Kraters, fast sechzig Schritt über der Stadt. Plötzlich erbebte der Fels, das Dröhnen von Ketten ließ alle erschaudern und zusammenrücken. Der Prinz konnte kaum glauben, was da geschah. Eine gigantische Platte wurde wie eine Zugbrücke hinabgelassen. Gehalten wurde sie von vier haushohen Eisenringen, durch die die dunklen Kettenglieder rasselten wie Donnerschläge. Sie war oval und bestimmt die Länge zweier Schiffe des Eisschild-Clans tief und anderthalb breit. Statuen erschienen, die über den Rängen für das Publikum thronten. Riesige Krieger mit Speeren und Schilden. Ein Boden aus Glas, dessen Mosaiken den Schädel wiedergaben, gelegt aus durchsichtigen Segmenten. *Es ist eine Arena und wir sind das Futter*, dachte Asha.

In den Fels geritzt stand etwas in nordischen Runen geschrieben:

Kämpfe nicht für die Liebe.
Sie lächelt mit blinden Augen.

Kämpfe für das Leben.
Dort schlägt das wahre Herz.

Noch andere schauten durch die Ritzen, prallten von dem Anblick zurück, wehklagten. Panik machte sich breit, die Totenbarke stieg bereits über ihre Köpfe. Asha blickte hoch und der ganze Rand der Schlucht war von Kriegern umstellt. Sie alle hatten Bögen auf sie gerichtet. Wer dort nicht hinausging, der würde hier sterben.

Er wühlte sich zurück zu seiner Gruppe. Klee versuchte die Frauen zu beruhigen, damit sie die Kinder ablenkten. Es war ein einziges Geschrei nach höheren Mächten. Manche lagen auf den Knien und rauften sich die Haare. Jemand aus der *Blauen Gruppe* versuchte tatsächlich die Wand zu erklimmen. Ein Pfeil bohrte sich in seinen Kopf und er fiel zwischen die Leute, die kaum Platz hatten auszuweichen.

Der Sand, in der Mitte der Schlucht, geriet in Bewegung. Eine Wendeltreppe rutschte schabend zwischen ihnen in die Tiefe und fächerte sich Stufe um Stufe auf. Oben am Rand brüllte eine Stimme: »Gelb!«

Jeder, der diese Farbe in seinem Gesicht trug, ging die Stufen hinab. Ihre Köpfe verschwanden im Sand. Stille folgte, endlose, zermürbende Stille. Dann kam das Schreien. Waffengeklirr. Asha hörte Schilde. Er wollte nachsehen, doch er blieb bei seiner Farbe.

Von Gelb kam niemand wieder.

»Grün!«, schallte es. Grün ging und kehrte nicht zurück.

Der Platz leerte sich. Alle waren verstummt.

»Weiß!« Kattlar war dabei. Er warf einen kurzen Blick auf Torkil. Asha sah Hass, grenzenlosen Hass. Der Lärm von Getümmel erklang wieder, jedoch kein Jubel. Nach einer Ewigkeit kam Kattlar zurück, die Kleidung blutgetränkt. Er war der Einzige, taumelte zur Wand, setzte sich und starrte vor sich hin.

Asha besah sich seine Gruppe. Sieben Frauen, Klee zählte er nicht mit, acht Kinder jeden Alters. Mit ihm und der Gardistin blieben fünf Männer.

»Hat jemand von Euch Erfahrung mit Waffen? Kann jemand von Euch kämpfen?« Sie sahen ihn an, als spreche er eine verlorene Sprache. Er wiederholte es in Nordisch, Quell, Karkisisch und Wulanisch. Zwei von den Männern schüttelten die Köpfe. Der eine ein Maler, der andere ein Schreiber. Die beiden Verbliebenen waren auch nicht sehr hilfreich. Schild- und Lanzenträger. Doch immer noch besser, als ganz allein dazustehen. Klee allerdings starrte auf den Boden, die Wangen blass, die Hände zittrig, mit gehetzten Augen.

»Blau!« Blau stieg hinab und tauchte nicht mehr auf.

Jetzt waren sie dran.

»Rot!«

Ah, wäre er doch bei Blau gewesen. Allein das Wort gab ihm Kraft, Zuversicht. Es war die Farbe seines Clans, seiner Mutter, Schwester – seines Blutes.

Asha ging voran. Er stieg die Stufen hinab, folgte dem Kreis des Lebens. Ganz ruhig wurde er.

Sie traten in die Schatten aus einer von Balken gestützten Halle und Rampen. Eine ganze Phalanx der Xinxal wartete auf sie. Auf einem Haufen lagen Schilde, Speere, Schwerter, Äxte, Bolas, Messer, jede Art von Waffe, die jenseits der *Schwimmenden Berge* zu finden war, bis auf echte Distanzwaffen.

Asha verteilte an jede Frau einen Schild und ein Messer. Die beiden, die zu was nütze waren, bekamen ebenfalls Schilde und Speere. Klee drückte er einen Speer in die Hand. Er erzeugte wenigstens die Illusion, den Gegner eine Weile von sich fernhalten zu können. Er selbst nahm ein Schwert und eine Axt.

»Ich muss dir etwas sagen, Torkil«, flüsterte sie, als er sich neben sie beugte.

»Ist kein guter Moment.« Asha schwang das Schwert. Es war tadellos und scharf. Wenigstens versuchte man den Anschein von Fairness zu wahren.

»Die Goldgarde, ich … ich war nie dort!«

Der Prinz hielt inne. *Hatte er sich verhört?*

»Was soll das, Klee?«

»Es tut mir Leid, aber ich gehörte nur zu der … der Zierwache.« Eine Träne kullerte Klee die Wange hinunter. *Er hatte endlose Wochen mit ihr in einer Zelle verbracht und sie hatte ihm das nicht sagen können?*

Das Schaben von Stein auf Stein wallte durch den Fels. Das Tor öffnete sich. Ein schmaler Spalt senkrechten Sonnenlichts durchschnitt die düstere Halle.

»Bei den Raben!«, zischte Asha und ging hinaus.

Was hatte er erwartet? Jubelnde Massen? Das Tosen von Menschen, die sich daran ergötzten, wie ihr Leben in wenigen Augenblicken auf diesem Boden in Fetzen gerissen wurde? Blicke voller Wut und Verachtung?

Nichts dergleichen traf ihn und doch drang es viel tiefer. Denn binnen Momenten verstand der Prinz.

Es war eine Herausforderung für den Verstand auf etwas seinen Fuß zu setzen, das keinen wirklichen Boden hatte. Die Dächer und Türme der Stadt waren unter ihm. Durch das Glas sah er den drohenden Fall und spürte ihn sogar über sein Rückgrat schleichen. Die anderen erschraken, hielten einander fest und hoben die Füße an, als ob das etwas ändern würde.

Asha Eisschild trat ins Abendlicht. Die Tribünen waren voll besetzt und so grausam schweigsam wie ein noch ferner Sturm. Sie saßen da, zu Hunderten, Tausenden – die ganze verdammte Stadt, aufgetakelt wie für ein Theaterstück. Kerzen flackerten auf ihren Rängen. Viele Diener eilten auf den Treppen dazwischen umher und brachten gekühlte Erfrischungen. Die Luft stand, Sand und den Hauch von Nacht in ihrem Atem.

Er schweifte die Tribünen ab. Eine Loge war verdunkelt, hockte wie ein quadratisches Auge in allem. Nichts war zu erkennen, doch fühlte er dahinter ein kaltes Herz.

»Die Kinder in die Mitte«, sagte er. »Die Frauen mit Schilden darum, dann ihr zwei, nein, haltet ihn mit beiden Händen, ja, so! Wie sind Eure Namen? Gut, Ekkas und Trimber, Ihr bleibt an meiner Seite. Speere voraus!« Er lockerte seine

Schultern. »Und nicht nach unten sehen!«

»Und ich?« Klee hob trotzig ihren Speer. »Lass uns tauschen, Du bist Fischer!«

Asha hielt ihr sein Schwert hin.

»Harpunist!«, erwiderte Asha.

»Dann ist es doch genau richtig!«

»Nur kann ich nicht so gut damit umgehen! Und du kannst es auch nicht, oder Klee?« *Aber vielleicht erinnert sich Torkils Körper daran, wie man eine Harpune werfen muss.*

»Nein«, gab sie kleinlaut zu.

»Am besten gibst du mir beides! Nimm du dafür den Schild!«

Sie sah ihn an. Ihre Augen waren Ris Augen, ihre Angst war seine Furcht. Er griff in sein Haar, fühlte die Münze.

»Alles wird gut, Klee! Sag es!«

Ihre Lippen zitterten.

»Sag es, Klee!«

»Alles wird gut«, weinte sie.

»Jede verdammte Seele stellt sich jetzt hinter mich! Ist das klar?«, schrie Asha.

Ich werde gleich sterben, dachte er. *Darf man dem Tod ins Antlitz spucken? Nimmt er einem das übel? Wo ist die Totenbarke? Kann sie diesen Ort nicht finden? Ihr da oben trinkt Wein und ich Blut. Wollt Ihr einmal echtes Blut schmecken? Ihr Götter, was denke ich denn da?*

Es waren zehn Xinxal. Leicht gepanzert, nervös, jung und entbehrlich. Sie hielten ihre rautenförmigen Schilde vor sich wie Gebete. Unter den Tierhelmen rann Schweiß, die Augen waren weit.

Asha nahm den Speer in die Faust, senkte die Spitze auf das Glas. Und wartete. Sein Herz wummerte wild. Er sog die Luft durch die Nase, ließ sie aus seinem Mund. Es gab kein neben ihm mehr, kein hinter ihm. Er sah nur nach vorn. Hinter diesen zehn Schilden war Ribanna.

Lauf hindurch!, rief sein Herz. *Flieh! Lass alles zurück und kehre Heim!*

Es gab immer einen, der anders sein wollte, tapferer, mutiger – dümmer! Der Xinxal löste sich aus der Formation und stürmte auf sie zu. Asha schloss die Finger um den Speer. Der junge Krieger rannte über das Glas, den Abgrund, seine Stadt, seine Arena.

Der Prinz hob den Speer und warf ihn mit aller Wucht und Zorn, die in ihm waren. Die Spitze sauste wie ein Komet in eine mondlose Nacht. Der Schild brach, der Brustpanzer barst und der Mann darin wurde nach hinten geschleudert, seine Klinge wirbelte nutzlos davon, rotes Blut spritzte in die Arena.

Nummer eins!

Töte den Ersten und alle, die ihm folgen müssen, werden zögern! Das hatte Asha aus einem Buch gelernt. Vergilbte Seiten, die sagten, wie man als ein König handeln musste.

»Schilde hoch!«, fauchte der Prinz, nahm die beiden anderen Speere, Klees Schwert und seine Axt und ging auf die letzten neun Xinxal zu.

Die mit Rot Gezeichneten kamen alle zurück!

Torkil blutete, Asha blutete.

Nach dem Spektakel hatte man ihn in eine Zelle gebracht. Über sich hörte er die verbliebene Farbe vergehen: Schwarz. Seine Arme waren zur Decke gestreckt.

»Bist ein zäher Drecksack, Torkil!« Die Stimme wanderte durch sein Herz, durch sein verfluchtes Dasein.

Asha lachte leise. Torkil aber fluchte.

»Bist ja immer noch am Leben«, fügte die Stimme hinzu.

»Scheinbar sind die Götter wankelmütige, Varrik!«, erwiderte Asha und hustete.

Der junge Starksegel lehnte gelassen im Türrahmen. Er sah zufrieden aus. Kein gutes Zeichen.

»Das da draußen eben«, Varrik betrachtete eingehend die Ringe an seinen Fingern, »das hat die Xinxal wirklich auf dem falschen Fuß erwischt. Ich wusste gar nicht, dass ein alter, stinkender Walfänger derart verschlagen zu kämpfen vermag.«

»Manchmal steckt mehr in einem, als man denkt.«

Varrik kam näher und rammte ihm einen Stiefel zwischen die Beine. Greller Schmerz schoss ihm bis in die Kehle. Asha würgte und japste nach Luft.

»Das ist dafür, dass du den Göttern gelästert hast!«, schrie er. Und gleich darauf flüsterte er: »Gut hast du das gemacht. Die Xinxal sind nachdenklich geworden. *Kenne deinen Gegner* ist ihr Kredo. Jetzt haben sie etwas bekommen, worüber sie erst einmal nachdenken müssen.«

»Freut mich, wenn ich behilflich sein konnte.« Ashas Gedanken flogen umher wie Funken aus einem Feuer. *Was hatte*

Varrik hier zu suchen? Waren die Xinxal die Überraschung für den Süden von Quell? Konnte ein Mann so dermaßen blind in seiner Gier sein? Eine fremde Streitmacht in einen Krieg zu schicken, den **er** *begonnen hatte? Und erwartete er tatsächlich diese Macht würde stehenbleiben, wenn er es wollte?*

»Weißt du, dic Xinxal bereiten ihre Krieger gern auf das vor, was sich ihnen entgegen stellen wird. Also habe ich ihnen ein wenig *Ware* zum Üben geschenkt.«

»Du hast deinen Verstand verloren, Starksegel!«, keuchte der Prinz. »Dazu passt auch deine neue Haarfarbe übrigens verdammt gut«

»Danke, Torkil. Wie überaus scharfsinnig von dir. Doch das ist nur vorübergehend. Ich spiele ein wenig Gorms Sohn, weil sein eigener ein Schwächling gewesen ist. Der ehemalige Prinz verfault längst auf der Totenbarke.«

»Ich wäre mir da nicht so sicher. Die schludern manchmal ganz schön herum auf der guten alten Barke.«

»Und du kennst dich damit aus, was Torkil?«

»Sagen wir mal, ich war näher dran als du.«

Varrik winkte ab und drehte sich wie ein Tänzer um sich selbst. »Die Welt ist viel größer als wir dachten«, flüsterte er. »Ich habe den Xinxal die *Blutharpune* geschenkt, nur weil *du* darauf warst!«

Wie wunderbar! Jetzt steckte der Prinz schon in einem anderen Körper und nun hatte Varrik auch mit diesem eine Rechnung offen. Die Götter mussten ihn wahrlich hassen.

Varrik lachte und Asha glaubte sich in einem Fieberwahn.

»Du wolltest den Clan wechseln! *Zum zweiten Mal!*«, brüllte Varrik. »Hat dir meine Warnung nicht gereicht?« Er starrte auf Ashas Hände, die voller Narben waren. »Zurück kriechen wolltest du, zu deinem Vater! Wie ein Wurm! Und glaube ja nicht, ich wüsste nicht, dass du für meine Schwester spioniert hast. Ich kenne jeden ihrer *Freunde*«, spuckte er aus.

»Aha.« Mehr brachte der Prinz nicht zustande.

»Aber ihr werdet schon sehen, *Ihr alle*!", zischte Varrik. »Die Xinxal werden in Quell für mich bluten und um Skargerrak werde ich mich selbst kümmern!«

Asha begriff. »Du willst gegen dein eigenes Volk ziehen?«

»Oh, nur gegen jene, die glauben, sie seien etwas Besseres. Wer nicht für mich ist, ist gegen mich, so einfach ist das, Torkil. Den Eichenfaust-Clan, deinen alten Clan, den werde ich aus den Wäldern treiben und der berühmte Eisschild wird mit den Zoona Bekanntschaft machen.«

»Zoona?« Asha wurde heiß.

»Die Männer, die Euch über die *Schwimmenden Berge* gebracht haben, die grausamen schwarzen *Blutsöldner*. Sie nennen sich selbst Zoona. Ihre Schiffe warten schon darauf, in den Schwarzfingerfjord zu segeln.«

Asha lachte, hustete, lachte erneut. Er konnte nicht damit aufhören. Varriks Miene verzerrte sich.

»N´gosh tazra!«, rief der Prinz aus. »Das werden sie nur einmal sagen können.« Er bekam kaum noch Luft, so sehr grinste der Wahnsinn in ihm. Tahni mochte sich vor Geschichten fürchten, aber sie war mehr wie ihre Mutter, als er es jemals hätte sein können.

»Was?«, brüllte Varrik.

»Blutiger Schnee«, grinste Asha. »Von diesen verfluchten Zoona wird nichts als blutiger Schnee übrig bleiben!« Das war alles, was Asha noch sagte.

Eine Klinge und ein wilder Schrei stachen zwischen seine Rippen.

Und während Varriks irrer Blick vor Ashas Sinnen zu flackern begann, stieg die Totenbarke vor dem Prinzen auf.

Ribanna

Der Winter kam lautlos wie Mondlicht. Im Wald war es still und einsam. Der Schnee fiel leise zwischen den Stämmen zu Boden. Ein friedvoller Anblick.

Ri stand auf einem Felsen, der von Moos bewachsen aus dem fahlen Gras wie ein grüner Rücken ragte, und blickte nach Norden. Die Münze in ihrer Hand war kalt, ihr Herz jedoch brannte.

Asha war irgendwo dort draußen, sie konnte ihn fühlen wie einen dünnen Faden, der an ihrem Herzen befestigt war. Und sie wusste, wenn er riss, dann würde sie fallen, denn er hielt sie aufrecht, ließ sie tun, was getan werden musste.

Ri gab der Münze einen Kuss, so wie sie es jede Nacht tat. Sie nahm den Bogen und stieg hinunter. Der Duft von Erde, die auf den ersten Frost wartete, war ganz nah. Sie ging in die

Hocke, nahm eine Handvoll Laub und roch daran. Doch in allem was sie tat, dachte oder sah, ein Teil davon gehörte Asha, der in Ri wie der letzte Ton eines wunderschönen Liedes nachhallte. Lange noch stand sie unter den Ästen, die im Wind seufzten und beobachtete die Wolken, die durch den hellen Kreis des Mondes zogen.

Das Lager war kaum auszumachen. Nicht nur, dass die Goldgarde ihre Zelte den Bedingungen anpassten, sie waren wie natürlich der Umgebung angepasst. Bäume mit niedrig hängenden Zweigen wurden genutzt, Felsen und Mulden. Am besten konnte man sie daran erkennen, wenn man auf den Wind achtete. Denn jeder Unterschlupf war in die Gegenrichtung ausgerichtet.

Ribanna grüßte mit den Händen, sprach ein paar leise Worte, klopfte anerkennend auf Schultern. Eine Königin musste so sein. Sie wusste das, es hatte in Büchern gestanden und ihre Mutter war so gewesen. Niemals hatte Sidora Tavurin auch nur ein Wort an jemanden gerichtet, das von Zorn, Zweifel oder Unsicherheit gefärbt gewesen war.

Das Gefühl in der Natur zu sein, nicht im Palast, das hatte Ri sich immer gewünscht. Jetzt erschien es ihr wie die Wendung in einer Geschichte, deren Ausgang sie nicht kannte. Sie fühlte eine flirrende Unruhe in sich, unbekannt und fremd. Es kribbelte in ihren Armen, Beinen und vor allem in ihren Schultern. Ständig hatte Ri das Gefühl, sich umdrehen zu müssen, etwas übersehen zu haben.

Tanno hockte vor ihrem Zelt und sein Wuschelkopf wippte

im Schein der Laterne. Er sah auf, grinste.

»Ich habe Pilze gesammelt, Hoheit!« Stolz blickte er auf das Schneidebrett. »Ich werde sie mit dem Saft von Brombeeren würzen.«

»Ich freue mich darauf«, sagte Ri und ging weiter. Wann immer sie geschützt waren, wurde die königliche Anrede benutzt.

Die Garde war nach wie vor aufgeteilt. Sie war auf einem breiten Streifen des Waldes verteilt. Feuer war erlaubt, musste aber abgeschirmt werden. In der Dunkelheit fand sie endlich den Wagen von Koros. Er saß unter der Ladefläche und schnitzte an einem abgefallenen Ast. Die beiden Pferde grasten an Pflöcken. Auch sie hatten keine Trensen mehr.

Ri fühlte, wie der Schnee auf sie fiel, jede Flocke davon. In ihrem Haar blieb er hängen, auf ihrem Umhang, überall.

»Ich möchte, dass du mir ein Schwert machst, Koros«, sagte sie leise.

Schnitzspäne fielen ins Gras. Der Schmied sah auf, kratzte seinen Bart. »Hoheit?«

»Es soll so lang sein wie mein Arm. Zweischneidig, leicht und eine dünne Klinge haben. So wie die …«

»Einer Wald-Elfe aus den Geschichten«, beendete der Mann ihren Satz.

»Ja!«, lächelte Ri. »Genau so.«

Koros krabbelte unter seinem Wagen hervor, stand mit knackenden Knien auf. »Ich habe kein Material dafür.« Er sah sich um, als sollte er aus einem Baum ein Schwert zaubern oder den Wald mit einem Fingerhut voll Wasser löschen, während dieser brannte.

»Dann finden Sie welches«, sagte Ribanna.

Koros neigte den Kopf. »Wie Ihr wünscht.«

»Wir brauchen Futter für die Pferde, haltbare Verpflegung für die Soldaten. Wenn der Winter hart wird und bei den Göttern, meine alten Narben jucken, dann können wir nicht bis Ravari ziehen und uns gleichzeitig vor der Welt verbergen.« Hauptmann Balint stand in ihrem Zelt. Dabba packte bereits alles zusammen, denn sie wollten bei Sonnenaufgang aufbrechen.

»Was wisst Ihr über diese Gegend, Hauptmann?«, fragte Ribanna und warf sich ihren Umhang über.

»Ausgedehntes Waldgebiet, reiche Landgüter. Die Familien dort bauen den Wintermais an. Aber wir werden dort nicht als Garde auftauchen können. Auch wenn es mir nicht schmeckt, aber wir müssen damit rechnen, dass es Menschen gibt, die uns nicht wohlgesonnen sind. Botenvögel könnten nach Ravari gesandt werden und entweder eine Panik auslösen oder aber unseren Feinden die Gelegenheit geben, sich auf unsere Ankunft vorzubereiten.«

»Mir missfällt es, dass ich mein Volk unter Pauschalverdacht stellen muss«, brummte Ri.

»Mir ebenso, Hoheit. Aber wenn bekannt wird, dass die Königin von Quell mit einem kleinen Trupp der Goldgarde durchs Land streift, könnte sich mancher ermutigt fühlen …«

»Um was zu tun, Hauptmann?«, unterbrach Ribanna ihn.

»Es gab immer wieder Ärger südlich von Avenduran, Hoheit. Räuberbanden, Ausgestoßene, Leute, die kein Recht und keine Krone akzeptieren. Euer Vater ging mit harter Hand gegen diese Wilden vor, um den Handel zu schützen. Die würden sich freuen, wenn sie es Ardons Tochter heimzahlen könnten.«

Ri überlegte. Natürlich wusste sie nicht viel über die wahren Angelegenheiten des Reiches. Die Zeremonien, Feiertage und Feste waren nur eine Oberfläche. Darunter brodelte und dampfte die Wirklichkeit. In ihrer kindlichen Vorstellung hatte sie früher geglaubt, Quell sei ein Ort, an dem sich alle unter einem Banner – einem Dach – vereinten und Tee miteinander tranken. Doch das war lange her.

»Es gibt noch ein Problem«, sagte sie. Balint sah sie wartend an. »Einige der reichen Familien von hier dürften in der *Halle der Quellen* gewesen sein. Wir haben keine Ahnung, wer auf den Landgütern jetzt das Sagen hat.«

Der Hauptmann nuschelte ein *Verdammt.*

»Daran habe ich nicht gedacht, Hoheit. Ein Fehler. Danke, dass Ihr mich darauf aufmerksam gemacht habt.« Er verschränkte die Hände hinter dem Rücken und schaute den Soldaten beim Abbauen des Lagers zu.

»Wer weiß, wie viele Botenvögel mit der Nachricht vom Fall der Hauptstadt in den Süden geflattert sind«, überlegte Balint mit düsterem Grummeln.

»Wir bleiben bei unserer Strategie«, entschied Ribanna. »Wir sind Kartographen auf dem Weg nach Ravari. Wir wissen von nichts, haben nichts gehört und warten ab, welche Art von Ärger uns entgegenschlägt.«

Ribanna gab neue Befehle aus: Ab sofort keine Uniformen mehr! Jedes Kleidungsstück, Abzeichen, Orden oder was auch immer auf die Goldgarde hinweisen könne, sollte verschwinden. Sie seien ab dieser Nacht eine Armee des Windes, erst zu erkennen, wenn dieser losschlug.

Die Waffen, Rüstungen und dergleichen konnten aus königlichen Beständen gekauft worden sein. Aus den Satteldecken wurden die Embleme der Garde getilgt. Und Ri war froh, dass die Pferde keine Brandzeichen besaßen. Am Ende war von der Goldgarde nicht mehr viel übrig außer den entschlossenen Gesichtern, die ihr angehörten. Der erste Offizier, Vilas, schwor alle auf die neue Situation ein. Ein Trupp Ehemaliger, die jetzt für eine reiche Familie von Kartographen ritten. Niemand lasse sich auf eine Diskussion ein. Er gab Eckdaten aus, die man häppchenweise erzählen könne, ansonsten würden sie schweigen wie das Meer. Kein Wein, kein Bier, keine lockeren Zungen. Höhere Ränge, außer dem des Hauptmanns, gäbe es nicht mehr. Die simple Bezeichnung *Bruder/Schwester* sei ab nun die offizielle Anrede. Die für die Königin, *Dame Tosk*. Das Königreich hing am seidenen Faden und sie hielten diesen Faden fest.

Ribanna war gerührt, mit welcher Inbrunst Vilas die Gardisten bei der Ehre packte und auch über die Reaktion. Das hier war keine bloße Fußtruppe. Es war die Goldgarde. Und auch wenn sie eine zeitlang dies verbergen mussten, so änderte es nichts an den Herzen der Männer und Frauen.

Als die Sonne hinter grauen Wolken den Tag mit ihrem ersten Licht füllte, brachen sie auf.

Ri und ihre Gruppe ritten nun auf der Route, welche Händler, Reisende und auch die königliche Armee benutzten. Die Straße war gut befestigt, ein breites Band, das den Norden mit dem Süden von Quell verband – dem sogenannten *Königsweg.*

Das Land war von atemberaubender Wildheit, in dem eine magische Ruhe verborgen war. Jetzt, am Anfang des Winters, wirkten die riesigen Stämme der südlichen Wälder wie träumende Wesen, die sich langsam für den Schlaf rüsteten. Die Farben legten ihre bunten Federn ab und tarnten sich für die kalte Zeit. Eigentlich legte der Winter seine weißen Hände ganz behutsam über diesen Teil von Quell, doch in diesem Jahr schien er das ändern zu wollen. Der Wind zerrte an Kleidung und Haaren in kurzen, heftigen Böen und nach jeder Nacht schien die Welt von noch mehr Raureif überzogen zu sein.

Die Garde tarnte ihre Zelte jetzt in Wintermustern: Weiß, Grau und dunkles Braun. Ribanna staunte über die stoische Art der Männer und Frauen, die ihre Aufgaben mit Gelassenheit und Freude verrichteten. Anfangs war der Prinzessin all das noch wie ein geheimes Abenteuer erschienen, ein großer Ausflug. Doch wann immer sie von den Gardisten gegrüßt wurde, erkannte sie den tödlichen Ernst hinter den Gesichtern.

Jeden Abend verließen sie die Straße und schwenkten in die Wälder. Gutes Feuerholz wurde gesammelt, die schneefeuchte Rinde entfernt, damit das Holz trocken war und nicht so qualmte. Die Wachen wurden eingeteilt und dabei Nachrichten mit den anderen Gruppen ausgetauscht.

Im Abstand von drei Tagesreisen waren Gasthöfe entlang der Strecke gebaut worden, die alle gleich aussahen: Quadratische, vierstöckige Häuser aus grauem Stein und Balken, schräge, flache Dächer, damit der Schnee abrutschen konnte, Reitställe und Unterkünfte für Personal. Jedoch waren die ersten beiden verlassen, die Sturmläden vor den Fenstern vernagelt, die Ställe leer ohne Heu, und auch sonst sah der Hof aus, als hätte man ihn nicht in Eile sondern sehr sorgfältig für den Winter präpariert und alles mitgenommen, was von Wert war.

Balint grübelte nicht lang darüber. Diese Gasthäuser waren vom König per Konzession verteilt worden, die Familien reich dadurch geworden. Gut möglich, dass Botenvögel sie gewarnt hatten und sie nun Schutz in Ravari gesucht hatten.

Ri mochte es nicht, in der Nähe dieser Gasthöfe zu übernachten, auch wenn es saubere Ställe gab, Brunnen und ein vernünftiges Dach über dem Kopf. Sie entschied, weiterhin abseits der Straße das Lager zu errichten.

Derweil dachte sie sich eine Biografie für ihre Rolle aus,

damit man sie nicht auf dem falschen Fuß erwischen konnte, wenn sie das erste Landgut erreichten. Sie ließ Tanno fragen, wer sich mit Vogelstimmen auskannte. Eine junge Frau namens Ellin meldete sich. Sie war schlank, einen Kopf kleiner als Ri, mit herben Zügen, die aber nicht grob wirkten. Sie war einer der Späher der Garde. Ribanna sagte ihr, was sie vorhatte und die Gardistin nickte anerkennend. Gemeinsam entwickelten sie einen Weg, Pfeile so zu präparieren, dass diese Töne abgaben, wenn man sie abschoss. Die ersten Versuche klangen, als würde etwas am Himmel qualvoll sterben, am Ende aber schafften sie es. Zunächst beließen sie es bei zwei unterschiedlichen Vogelstimmen: Eine dafür, dass es Schwierigkeiten gab, und eine für das Gegenteil – der Weg ist frei!

Balint runzelte darüber die Stirn, Vilas aber war schier davon begeistert und sann sofort darüber nach, welche Möglichkeiten solche Signalpfeile wohl noch bieten konnten.

Schließlich erreichten sie *Allrante*, das größte Landgut Quells und seit Generationen in Besitz eben dieser Familie, deren Vertreter, so fiel Ri plötzlich auf, sie nicht in der *Halle der Quellen* gesehen hatte. Ein ungutes Gefühl beschlich die Prinzessin. Das letzte Mal, als sie einen Teil der Familie in Aquamarin bei einem Bankett erlebt hatte, war sie dreizehn gewesen. Sie hoffte, man würde sie nicht erkennen ohne die königlichen Kleider, die Perücken und außerdem war sie nun fast sechs Jahre älter, trug das Haar lang und … sie hoffte einfach.

Das Gut war von bewaldeten Hügeln eingerahmt, auf einem

davon ragte ein Turm dunkel in die nahende Dämmerung. Eine Allee aus Himmelsbäumen bildete einen von kahlen Ästen überdachten Weg, der zu ausgedehnten Gärten führte. Dahinter kamen die ersten Gebäude. Schwarze Schieferpfannen lagen auf großen Hallen, die aus Granit gebaut waren. Ställe, Lagerhäuser, alle von einer gewaltigen Mauer geschützt, die einen Wassergraben und eine Zugbrücke besaß. Ri sah das gewaltige Haupthaus, das in mehrere Flügel unterteilt war. Hoch und majestätisch mit Türmen, zwischen denen schmale Brücken verliefen. Graue Statuen blickten über das Land und die Innenhöfe. Runde Fenster mit silbernen Kreuzrahmen, in denen Wolken zogen. Zinnen und Soldaten. Es war ein sehr wehrhaftes Gut.

Als sie näher ritten, bemerkte Ri, dass die Mauern nur spärlich besetzt waren. Das Tor war geschlossen, die Zugbrücke eingezogen. In Eisenkörben flackerten die ersten Feuer für die Nachtwache. Es roch nach Rauch und Winter und verzweifelter Einsamkeit. Irgendetwas stimmte hier nicht.

Balint ritt dicht neben sie. »Was, wenn sie Euch erkennen, Herrin? Was, wenn sie längst von allem wissen? Und schlimmer noch, was, wenn sie sich bereits unterworfen haben?«

»Dugan Allrante? Niemals. Er ist, war, ein enger Freund meines Vaters. Meine Mutter hat die beiden, Dugan und Panoma, damals verkuppelt. Sie würden lieber sterben, als das Königreich zu verraten, glaubt mir.«

»Ich hoffe, Ihr habt recht, Hoheit.«

»Ab jetzt nur noch Dame Tosk, Hauptmann!«

Ein Wachmann beugte sich leicht über die Zinnen, eine Fackel in der Hand.

»Wer seid ihr und was wollt ihr?«, rief er über den Graben. Seine Stimme klang energisch, aber etwas darin machte Ri Sorgen.

»Eweni Tosk, Kartographin aus Aquamarin. Ich erbitte Unterkunft für die Nacht, für mich und mein Gefolge. Wir sind weit gereist, Herr, und die Pferde brauchen Ruhe und gutes Futter!« Ri hatte die Pferde nicht nur mit in ihre Bitte eingeschlossen, sondern sogar hervorgehoben. So sollte der Anschein müder Reisender unterstrichen werden, die alsbald weiter wollten.

»Wartet.« Mehr kam nicht zurück von der Mauer.

Es dauerte lange, bis der Wachmann endlich wiederkam. Er linste kurz zu ihnen hinunter, ob sie noch da waren, schien den Mund zu verziehen,weil dem auch so war, dann wurde die Zugbrücke herunter gelassen.

Die Hufe der Pferde dröhnten auf den schweren Holzbohlen und als Koros Schmiedewagen darüber ratterte, hörte man den Lärm im ganzen Tal. *Nicht gut*, dachte Ri.

Sie ritten durch den kurzen Tortunnel, dahinter standen Soldaten zu beiden Seiten, die sie misstrauisch, ja, feindselig anstarrten. Vielleicht wären die Uniformen der Goldgarde besser gewesen. Die Leute hier hatten scheinbar einiges durchgemacht. Ri ritt voran und sah sich unauffällig dabei um. Ein gewisser Verfall hatte das Gut erfasst, in den Gärten, die dunkel und wenig gepflegt dalagen, erkannte sie frische Gräber.

Nicht erst seit Tagen, aber lange her war es nicht, dass die noch lockere Erde aufgeschüttet worden war.

Bei den Ställen gab Ribanna das Zeichen zum Halt. Sie stieg aus dem Sattel und gab Anweisungen, die ohne Worte umgesetzt wurden. Sie nahm Balint und Dabba mit und überlegte, was hier geschehen sein mochte, dass alle so angespannt waren.

Vor dem Eingang des Haupthauses wartete bereits eine kleine Schar Diener mit müden Blicken. Ri würde ihre Nacht verkürzen und gehörig für Wirbel sorgen, denn jetzt konnten sämtliche Vorbereitungen für den Abend geflissentlich über Bord geworfen werden.

Eine breite Freitreppe führte zu einem von verzierten Säulen getragenen Vordach. Den beiden Männern wollte man ihre Satteltaschen abnehmen, doch sie winkten wortlos ab, ganz so wie Leibwächter es eben tun würden. Ri gab ihre Tasche einem dünnen, blassen Mädchen mit strähnigem Haar und Sommersprossen. Sie hatte dafür gesorgt, dass darin ausschließlich Dinge waren, die durchaus zu einer Kartographin gehören mochten. Nichts Wertvolles, nur Praktisches. Auch wenn sie nicht wissen konnte, ob die Neugier des Mädchens dazu führen würde, in ihr Gepäck zu schauen, so war es doch sicherer, wenn man vorbereitet war.

Drinnen schlug ihnen die wohlige Wärme einer Fußbodenheizung entgegen. Erlesene Kunst aus Schnitzereien, farbenfrohe Wandteppiche, Marmorfliesen in den Mosaiken des Reiches. Als Ri die Delphine sah, musste sie sich zusammenreißen. Man führte sie zu den Zimmern, wobei Ri darauf bestand, dass die ihrer Begleiter in der Nähe waren.

Das Zimmer war sauber, wenn auch länger nicht mehr benutzt, die abgestandene Luft zeugte davon. Aber es gab ein großes Bett und eine schöne Badewanne über der dampfend Wasser aus vergoldeten Hähnen sprudelte. Ri bedankte sich für die Freundlichkeiten des Hauses. Als sie allein war, eine Dienerin, die ihr im Bad behilflich sein wollte, lehnte sie ab, stand sie da und war den Tränen nah. Die Umgebung hier erinnerte sie an den Palast. Die Bilder ihrer Mutter, ihres Vater und ihrer Schwester schwebten plötzlich durch den Dampf. Mit Not und Mühe beherrschte sie sich, denn auch die Wände konnten Ohren haben.

Sie war jetzt eine Königin und Königinnen weinten nicht, sie kannten nur eines: Den Mut und die Stärke sowie den Willen, ein Volk zu führen.

Doch als sie in den Spiegel blickte, da wurde ihr bewusst, dass die Zeit seit dem Verrat in der *Halle der Quellen* sie verändert hatte. Ri hatte nie besonders auf jene Frau geachtet, die ihr da gegenüber stand. Nun aber erkannte sie sich selbst kaum wieder. Das Gesicht war von fremdartiger Schönheit. Ganz wie das ihrer Mutter. Erwachsener war es geworden, so sehr, dass Ri der Anblick befremdete. Die Kindheit war vollends daraus entschwunden und die Jugend hatte eine undefinierbare Patina bekommen. Schwer zu schätzen, welches Alter die Frau dort im Spiegel hatte. Nur wenige Monate hatten gereicht, einen neuen Menschen zu formen. Sie strich mit den

Fingern über ihre Lippen und stellte sich vor, wie Asha hinter sie trat, sie umarmte, seine Hände auf ihren Busen legte, seinen Mund an ihren Hals schmiegte und ihr zuflüsterte, dass nichts sie je würde trennen können, dass sie bald wieder zusammen sein würden.

Ein einsamer Wunsch.

Mit einem wohlwollenden Nicken begrüßte Ribanna ihre beiden Begleiter, die offensichtlich das Angebot, ein Bad zu nehmen ebenfalls in Anspruch genommen hatten. Balint hatte sich zudem rasiert und wirkte mehr denn je wie der Befehlshaber einer Truppe, die eine bedeutende Familie in der Wildnis begleitete. Dabba hatte schon während seiner Ausbildung gelernt mit dem Hintergrund eins zu werden. Er fiel kaum auf.

Sie wurden in einen Saal geführt. Dutzende Kerzen brannten, ein Kamin, in dem ein Pferd hätte stehen können, warf knisternd warme Helligkeit in den düsteren Raum. Ri sah die lange Tafel, die nur für drei Personen gedeckt war und dann stockte ihr der Atem. An der hinteren Wand des Saals stand die Statue eines Steinkönigs. Düster unter seinem hölzernen Gewand, einen Arm ausgestreckt, wie um etwas zu geben oder zu fordern, Ri hatte die Geste nie verstanden. Doch das, was ihr den Magen flau werden ließ, war, dass eine Axtkerbe durch das Gesicht der Figur verlief. Jemand hatte die Statue entweiht und das auf die wohl heftigste Art, die Ri bisher gesehen hatte.

Balint zog die Brauen hoch und grinste verstohlen.

»Ich hoffe, Sie stören sich nicht daran, Dame Tosk, denn in diesem Haus sind die *Steinkönige* nicht unumstritten.« Eine Frau kam die Treppe zum Saal hinab. Die Prinzessin aber erkannte Panoma Allrante kaum wieder. Ri erinnerte sich an eine üppige, lebensfrohe Frau, die gern in wallenden Gewändern getanzt hatte. Diese Panoma gab es nicht mehr. Wesentlich dünner, mit harten Zügen um den Mund und schlichter Kleidung begrüßte sie Ri. Die dargebotene Hand war knochig, der Blick eisig.

»Ich bin nur eine Kartographin, Herrin. Steine und ihre Könige kenne ich nur auf dem Papier«, antwortete Ri endlich, während sie sich elegant verbeugte.

»Eine beinahe königliche Antwort, aber akzeptiert«, sagte die Frau und wartete darauf, dass Ri ihre Begleiter vorstellte. Balint war soldatisch höflich, Dabba blieb an der Tür, denn er war letztendlich auch nur ein Diener.

Das Essen war das seltsamste, das die Prinzessin je erleben musste. Aus der Küche strömten drei Mädchen, trugen die Speisen auf, schenkten Wein nach und wirkten verstört. Panoma starrte den Kelch an, nahm ihn auf, setzte ihn wieder ab. Ri winkte Dabba zu sich heran.

»Geh´ und hole das Geschenk für die Herrin Allrante! Ich habe es bei den Pferden vergessen.« Sie wedelte mit der Hand. »Ach«, hielt sie ihn zurück, »und wenn du schon dabei bist, dann sag diesem Hufschmied, er soll möglichst noch heute mit meinem Auftrag fertig werden.« Ri spürte Balints Blick, doch sie aß ungerührt weiter.

Panoma starrte immer wieder auf den leeren Stuhl zu ihrer Rechten. Anscheinend war Dugan nicht da und ihrem verwirrten Ausdruck nach wollte Ri lieber nicht nachhaken. Die Hausherrin fragte nach der Reise und Balint erklärte, sie sei ruhig gewesen. Der hereinbrechende Winter mache ihnen ein wenig zu schaffen, aber so sei die Natur nun einmal – unberechenbar. Panoma nickte dazu und fragte Ri nach der Familie.

»Allen geht es gut. Die neuen Karten sind noch präziser, vor allem was die südlichen Breiten der *Weiten See* betrifft. Doch neuerdings werden auch Schäden an Brücken, verschüttete Pässe oder andere Besonderheiten in die Karten eingezeichnet. Dies soll dazu dienen, die Reisen planbarer zu machen, als auch den König daran erinnern, dass ein Reich sich von einem Tag auf den anderen zu ändern vermag und man niemals müde werden darf, sich um dieses zu kümmern.«

»Ist das so?«, fragte die Hausherrin.

»Es hilft nichts, nur eine Statue aufzustellen und davor zu beten, man muss die Ärmel hochkrempeln und es anpacken. So jedenfalls hat es mein Vater, die Götter mögen ihn beschützen, mir eingebleut.« Ri trank einen Schluck Wein und spuckte ihn unbemerkt wieder zurück. Ihr Gaumen kribbelte komisch.

»Ja, die Götter …«, murmelte Panoma abwesend. »Es tut mir leid, aber ich fühle mich nicht wohl.« Sie erhob sich und ging. Am Ende der Tafel drehte sie sich noch einmal zu ihren Gästen um.

»Ich will Sie hier nicht«, flüsterte sie. »Reisen Sie morgen ab und kommen Sie nicht wieder!« Damit verschwand sie, von einer Dienerin gestützt, in den Schatten der Treppe.

Als Ri die Stufen in den dritten Stock hinaufging, taten ihre Male weh. Tausend Augen schienen darauf gerichtet.

In der Dunkelheit vor den Fenstern zwitscherte ein Vogel.

Das Klicken kam aus dem Bad und Ri schoss aus dem Bett, nahm die Kerze vom Tisch und zog ihr Messer. Eine der großen, quadratischen Kacheln schwang zur Seite und der Haarschopf von Panoma Allrante erschien.

»Ihre Hand, bitte.« Die Hausherrin hob einen Arm und Ri half ihr auf. Doch kaum stand die Frau, verbeugte sie sich so tief, dass Ri das Blut in den Ohren rauschte. Sie war also erkannt worden.

»Nicht doch«, wehrte Ri ab.

Panoma sah sie an.

»Den Wolken sei Dank, Ihr lebt, Prinzessin!« Panoma schwankte vor Schwäche. Ri führte sie ins Zimmer, wo sich die Frau auf das Bett setzte. Tränen rannen über die faltigen Wangen. »Es ist also wahr. Oh, ich habe gehofft, es sei eine Täuschung, aber nun seid Ihr hier und alles ist wahr«, stammelte sie.

»Was ist hier los, Panoma? Wo ist Euer Mann? Wo ist Dugan?«

Ein Zittern raste durch die Hände der Frau. Ri nahm sie und drückte sie fest.

»Vor vielen Monaten kam Eure Mutter zu uns. Sie bat Dugan, unseren Besuch in der Hauptstadt zum Fest der Könige nicht anzutreten. Dugan verstand nicht, doch er respektierte Sidoras Wunsch. Stattdessen sollten wir alle Lieferungen von Material und Getreide stoppen und an einem sicheren Ort einlagern.«

Ris Magen flirrte. *Ihre Mutter!?*

»Bitte, erzählt weiter«, verlangte Ri.

»Sie blieb nur wenige Stunden hier und war mit einigen Männern der Goldgarde unterwegs. Sie sagte, sie müsse das Reich auf eine düstere Zeit vorbereiten.« Panoma schluckte schwer. »Jetzt ist die Zeit gekommen, nicht wahr?«

»Ja, Panoma«, antwortete Ri bestimmt. »Doch wir werden nicht aufgeben.«

Panoma schluchzte, schlug die Hände vor das Gesicht. »Sie kamen aus dem Nichts. Männer, viele davon. Sie sprachen kaum, doch ich kenne den Akzent der südlichsten Insel. Sie waren von Terra. Lange redeten sie mit meinem Mann, schüchterten jeden hier ein. Sie brachten diese Statue des Steinkönigs mit und verlangten von Dugan, sich zu entscheiden, auf welcher Seite er in Zukunft stehen wolle. Er schlug seine alte Kriegsaxt in das Holz als Antwort. Sie folterten ihn, Ribanna. Immer wieder. Sie verlangten Gehorsam dem neuen Herrscher gegenüber. Es war schrecklich.«

»Wo ist Saliva?«

»Sie haben sie mitgenommen! Oh, Ihr grausamen Götter … Meine geliebte Tochter, was soll nur werden?«

Ri zwang sich klar zu denken. »Wohin sind die Männer verschwunden?«

»Die meisten zogen Richtung Avenduran, ein paar von ihnen nach Westen. Ich glaube, sie haben Schiffe dort.«

»Ich werde Euch mitnehmen, Panoma. Und wir werden Eure Tochter finden, das verspreche ich. Morgen früh reisen wir ab.«

»Es tut mir so leid«, wimmerte die Herrin von Allrante. »Sie waren so herzlos, so brutal. Ich habe Euch sofort erkannt. Aber ich musste Euch doch schützen, Ihr seid die Prinzessin, nicht wahr? Ihr seid die letzte Tavurin.«

»Was meint Ihr damit?«

»Der Wein war vergiftet. Ihr werdet bald schlafen und dann wird alles wieder gut … Es tut mir so leid …«

»Ich habe ihn nicht getrunken, Panoma! Und ich bin nicht allein gekommen.«

Die Frau starrte sie entgeistert an. Irrsinn lag in ihrem Blick. Mit einem Ruck stand sie auf und krächzte winselnd und stotternd: »Sie sagten, der *Kaiser* habe sie geschickt!«

Das Fenster zerbarst. Eisiger Wind und Schnee wirbelten ins Zimmer. Eine dunkle Gestalt stand auf dem Sims. Ri schubste Panoma zur Seite. Da krachte die Tür auf, ein Pfeil schwirrte und der Angreifer stürzte zurück in die Nacht.

»Woher habt Ihr es gewusst, Hoheit?«, fragte Balint und legte den nächsten Pfeil auf die Sehne. Von überall her drangen Rufe und Waffengeklirr zu ihnen.

»Panoma liebte schon immer den Wein, aber sie hat ihn

nicht angerührt. Sie sollte uns verraten, konnte es aber nicht.« Ri nahm ihren Bogen. »Ich hoffe, wir bekommen dieses Mal einen lebend.« Ri hockte sich neben die bewusstlose Panoma. »Dabba, kümmere dich bitte um sie, ja.»

Mit der Aufforderung an Koros, ihren Auftrag noch *heute* zu erfüllen, war eine Kette in Gang gesetzt worden. Das Zwitschern des Nachtvogels hatte die gesamte Garde zum Landgut gerufen. Die Soldaten, die sie in Empfang genommen hatten, die so schweigsam dagestanden hatten, es waren jene Männer gewesen, die schon in Avenduran versucht hatten, Ri zu töten.

Im Saal zog sie Dugans Antwort auf die *Steinkönige* mit den Fingern nach. Die tiefe Kerbe lief quer durch das grimmige Antlitz. *Worauf lief all das hinaus? Wollte jemand einen Glaubenskrieg anzetteln? Oder war der Glaube nur das Vehikel, um jede Grausamkeit damit zu rechtfertigen?*

Es schien erneut ein sehr ungleicher Kampf gewesen zu sein. Die Goldgarde kümmerte sich bereits um die Toten, als Ribanna die Treppe zum Hof hinunter schritt. Ein junger Mann hing wie ein nasser Sack zwischen zwei Gardisten.

»Verluste?«, fragte Ribanna.

»Zwei!«, erwiderte Vilas, der sein Schwert einsteckte. »Die meisten haben wir mit Pfeilen außer Gefecht gesetzt. Doch viele konnten noch Giftkapseln nehmen. Dem da«, er zeigte auf den Krieger, »haben wir sie noch aus den Fingern schlagen können, bevor er sie schlucken konnte.«

Zwei tote Gardisten. Ri schmeckte Galle in der Kehle. Vilas wischte sich Blut aus dem Gesicht.

»Es hätte noch viel schlimmer kommen können, Hoheit.«

»Bringt ihn zum Reden!« Ri verkrampfte sich bei den harten Worten.

Sie schleppten den Angreifer in die Stallungen. Koros brachte seinen Schmiedewagen mit steinerner Miene davor in Stellung. Der Schnee fiel langsam und lautlos. Die Schreie aber gellten schon bald in die Nacht. Ri lief durch den Garten, vorbei an den frischen Gräbern, deren Erde nass und schwarz war. Hinter einem Baum suchte sie Zuflucht, hielt sich die Ohren zu und verfluchte die bittere Tatsache, dass eine Königin Dinge tun musste, die einem die Seele aufschürften.

Ihr Magen rebellierte, doch sie wusste, es war ein Ventil für die vergangenen Monate. Sie hörte die Schreie sogar durch ihre Hände. Ri übergab sich keuchend. Speichelfäden tropften von ihren Lippen. Die kalte Luft drang in ihre Lungen und endlich beruhigte sie sich.

Es war still geworden, wunderbar still.

»Sie sind mit drei Schiffen gekommen, sie ankern vor der Westküste ein Stück den *Weißschaumfluss* hinauf. Wenn der Kerl nicht gelogen hat, dann wartet man dort noch immer auf ihre Rückkehr.« Balint wirkte ganz gelassen. Vermutlich hatte der Hauptmann schon schlimmere Dinge erlebt. Ribanna konzentrierte sich auf die Informationen.

»Saliva?«

Balint zuckte mit den Achseln.

»Ich verstehe das nicht«, grübelte Ri. »Wer ist der *Kaiser*?«

»Irgendjemand hat Dugan ein Angebot gemacht. Allrante ist der Hauptlieferant für die Armee. Vielleicht wollte derjenige seinen Einfluss so weit wie möglich in den Norden Quells ausweiten. Als das nicht geklappt hat, nun, das Ergebnis haben wir heute Nacht erlebt.«

»Das würde bedeuten, dass der Feind uns weit voraus ist. Dass sogar Ravari schon betroffen sein könnte. Allianzen, von denen wir nichts wissen, weil wir hier die ganze Zeit geduckt im Schatten herumlaufen.«

»Seht es einmal so, Hoheit. Die Nordmänner schicken schon vor dem Angriff ihre Leute los, erzählen den Stadthaltern, Aquamarin sei gefallen und ab jetzt hieße es: mit uns oder gegen uns. Auf diese Weise erfahren sie, wer ihre zukünftigen Freunde oder Feinde sind.« Balint starrte die Figur des Steinkönigs an. »Und ganz plötzlich kommen keine Nachrichten mehr aus der Hauptstadt, man hört nichts mehr von den lieben Verwandten und falls doch, dann nur Tod und Verderben. Man schickt eine üble Truppe aus, besetzt Allrante, die Kornkammer der Armee. Ein weiterer Trupp wird in Avenduran platziert, falls irgendeine Seele es schafft, sich durch die Wüste zu wühlen und schon ist das Reich in der Mitte geteilt, abgeschnitten. Niemand weiß mehr, was vor sich geht, wem man trauen oder was man glauben soll.«

Ri dachte darüber nach. *Hatten Varrik und seine Verräter so weit im Voraus geplant?* Doch je näher sie darauf blickte, desto mehr glich die Lage einem unentwirrbaren Knoten.

»Ich brauche zehn Männer, die die Seemannschaft beherrschen oder zumindest ein wenig.«

Balint runzelte die Stirn. Er wollte eben zu einer Frage ansetzen, als Rufe aus dem Hof schallten.

Panoma Allrante stand auf dem Dach ihres Hauses. Ihr Gewand flatterte im Schneewind. Auf erschütternde Weise fühlte Ri sich an Ashas Mutter erinnert und begriff erneut, wie sehr Unglück ein Herz brechen konnte.

Sie rief etwas, doch Panoma sah nur zur Seite, ihre Lippen formten ein letztes Mal *Tut mir leid* und ließ sich in die Nacht fallen. Der dumpf klatschende Aufprall hämmerte sich in Ris Ohren und tiefer.

Sie fanden den Wintermais in dem Turm auf dem Hügel. Es war jener Punkt, zu dem die Herrin von Allrante noch geblickt hatte, bevor sie ihr Leben den Wolken schenkte.

Die Garde belud die Wagen aus den Lagerhallen damit. Pferde waren genug da. Doch nun hatten sie einen Ballast am Hals, der sie langsam machen würde. Ribanna entschied, dass der Mais wichtig war. Sie spaltete die Garde auf. Die eine Hälfte würde so schnell wie möglich nach Ravari ziehen, die andere mit den Wagen folgen, getarnt als Händler.

Balint brachte die zehn Männer zu ihr, die etwas von der Seemannschaft verstanden. Ribanna redete lang mit ihnen und entließ sie dann. Ein Gardist beeindruckte sie besonders, deshalb ernannte sie ihn zum Hauptmann der kleinen Schar. Dorn war sein Name. Er hatte unter ihrem Vater die längste Zeit bei den Seestreitkräften verbracht. Dorn war ein breitschultriger, gedrungener Bär. Er hatte helle blaue Augen, einen klugen Blick und Hände, die unermüdlich zupacken konnten. Ribanna sagte ihm, sie würde ihm ein Siegel mitgeben. Außerdem gab sie Dorn einen Brief, den er auswendig lernen und danach verbrennen sollte.

Als der Morgen graute, begruben sie ihre Kameraden im Wald abseits der Straße. Ihre Rüstung und Waffen wurden ihnen mit in die Gruben gelegt. Ribanna sprach einige Worte, umringt von der gesamten Goldgarde. Es machte ihr nichts aus, dass ihre Stimme wie ein Blatt im Wind klang, dass ihr Tränen die Wangen hinunter rannen. Sie war vielleicht eine Königin, aber sie wollte verflucht sein, wenn sie deshalb aufgab, wer sie in ihrem Innersten war.

Balint und Vilas nickten ihr voller Ehrfurcht danach zu und verbeugten sich.

Als Letztes vor dem Aufbruch begruben sie auch Panoma auf dem Familienfriedhof. Nur der Hauptmann war bei ihr.

»Eure Mutter wäre stolz auf Euch, Hoheit«, brummte der Soldat hervor.

Die Statue des Steinkönigs stand mitten im Hof. Ribanna hatte alle antreten lassen, auch die Dienerinnen des Hauses Allrante, die sie mitnehmen würden. Die jungen Frauen wussten nun, wer sie war und ihre Blicke waren voller Scham und

Demut. Ri beachtete sie nicht.

»Wir waren stets frei«, sagte Ribanna. »Wir haben den Glauben der anderen respektiert, nie haben wir gezweifelt oder gehöhnt. Quell hat mit offenen Armen jede Seele willkommen geheißen. Nun will man uns zwingen, auf die Knie zu sinken. Vor einem Stück Holz! Was die Verräter auch antreibt, sie werden merken, dass Quell immer frei bleiben wird – bis in den Tod! Wer mein Volk bedroht, der bedroht mich – die Königin. Ich bin Ribanna Elektra Tavurin, Tochter des Ardon, Tochter der Sidora. Und ich werde nicht weichen. Vor niemandem!« Damit schüttete sie Lampenöl gegen die Statue, nahm eine Fackel und zündete den Gott an. Flammen fauchten in den grauen Himmel, schwarzer Rauch zog zu den Wolken.

Tanno betrachtete die zwei alten Bücher, die Ri von Allrante mitgenommen hatte. Immer wieder strichen seine dünnen Finger über die Einbände. Seit einer Woche schlich er um die Wälzer wie ein liebeskrankes Eichhörnchen, das eine ganz besondere Nuss entdeckt hatte.

»Was fasziniert dich daran so sehr?«, Ri stellte den Teller auf den Boden.

»Die Magie darin«, hauchte der Junge. »Tausende von Zeichen, die aneinander gereiht, eine Linie bilden und auf dieser Linie reiten Rösser, fallen Sterne und wird Mut belohnt.«

»Glaubst du, dass Mut nur in Geschichten lebt?«

Der Junge sah sie mit großen Augen an. »Aber nein!«,

keuchte er entsetzt. »Der Mut hat ein Haus und dieses Haus ist aus Holz und Eis!«

Ri stutzte. »Warum aus Eis und Holz?«

Tanno hielt das Buch in seinen zarten Händen. Trauer umwölkte ihn.

»Es war das Lied, das Sie gesungen haben, Hoheit. Ich kann es nicht vergessen.«

»Welches Lied?« Ri beugte sich vor.

»Mein Großvater war ein Nordmann, Hoheit. Verzeiht! Wir haben im Moment nicht den besten Ruf. Meine Mutter aber ist aus Quell!«, betonte er wild fuchtelnd. »Aber seit ich denken kann, wollte ich immer eine Farbe haben.«

Er musste das Lied des Eisschild-Clans meinen, das diese bei der Parade gesungen hatten. *Wer war noch vor Asha gegangen, ja, die grünen Männer vom Eichenfaust-Clan. Wie lange war das her? Ein ganzes Leben?*

Ribanna erhob sich. »Und welche Farbe wäre das?«

Tanno strahlte wie der Mond.

»Grün«, antwortete der Junge. »So wie mein Großvater. Er war stark wie eine Eiche im Wald.«

Ri konnte ihr Glück kaum fassen. Sie hatte ihr Siegel gefunden!

»Hat er auch einen Namen?«

»Rural.« Tannos Brust platzte beinahe vor Stolz.

»Dann wünsche ich dir, dass dein Großvater, dass Rural …« Ri sackte zusammen. Die Münze auf ihrer Haut glühte plötzlich wie eine Sonne.

»Was ist mit Euch, Hoheit?« Tanno sprang auf.

»Nichts!«, stöhnte Ri. Eine Klinge schien sich durch ihre Rippen zu bohren, heiß und kalt zugleich.

Und sie glaubte, dabei ein zorniges Lachen zu hören.

»Ihr seht nicht gut aus, Hoheit.« Balint stand in ihrem Zelt, während Ri sich an einem Becher Tee festhielt. Es war Asha gewesen, den diese Klinge getroffen hatte, sie spürte es. Doch die Münze, die sich wieder abgekühlt hatte, zeigte ihr sein Blut, rot und lebendig.

»Bringen Sie Dorn zu mir. Wo stecken die Dienerinnen aus Allrante?«

»Wir haben die Dienerinnen bei den Wagen gelassen, sie sind weit hinter uns. Soll ich eine von ihnen herbringen lassen?«

»Nein. Es ist gut, da wo sie sind. Ich traue ihnen nicht. Bringen Sie mir Dorn und sagen Sie ihm, es ist soweit.«

Tanno stand da, rang mit den Händen und starrte sie an, als wäre all das seine Schuld.

»Ich habe einen Auftrag für dich, Tanno. Wirst du das für mich tun, auch wenn es gefährlich ist?«

Der Junge fiel auf die Knie und vergrub sein Gesicht in dem Baumwollteppich. »Ja, meine Königin.«

Ri musste schmunzeln. Sie mochte den jungen Kerl. Es tat ihr weh, ihn zu verlieren, aber es gab keine andere Möglichkeit. Sie wusste, dass Tanno viel von Ehre hielt, also belohnte sie ihn damit.

»So erhebe dich«, sagte Ribanna würdevoll. »Du bist ab

heute mein *Siegel*, das *Siegel der Königin von Quell.*«

Tanno schaute auf, zitterte und seine Augen glänzten.

»Ehrlich? Ein Siegel, so wie bei einem Ring?«

»*Du* bist der Ring, Tanno.«

Ri zog an den Kordeln den Umhang des Jungen enger und gab Tanno ihre gefütterten Handschuhe. Dorn stand neben ihm und lächelte, die anderen neun Gardisten waren schon im Wald verschwunden. Sie würden zu Fuß gehen auf Wildwechseln und schmalen Wegen, die Pferde würden sie nur aufhalten.

»Und du hast alles verstanden?«, fragte Ri.

Der Junge nickte eifrig. Er war ganz aufgeregt. Sein Gesicht wirkte entschlossen und ängstlich im Schein des Feuers. Noch einmal suchten seine Augen das Lager ab. Endlich fand er den Schmied, der durch die Zelte schritt und ihm dann ohne Worte einen Beutel zusteckte. Die beiden hatten sich angefreundet.

»Danke, Koros«, flüsterte der Junge. Seit er zum *Siegel der Königin* ernannt worden war, flüsterte er nur noch. Alles war ab jetzt geheim und sehr, sehr wichtig.

»Gib auf ihn Acht, Dorn«, brummte Koros und verschwand wieder.

»Gut«, sagte Ri. »Du tust, was der Hauptmann dir sagt, denn du bist das Wichtigste dieser Mission, verstehst du, Tanno?«

Der Junge nickte heftig. Ri küsste ihm die Stirn und Tannos Wangen wurden feuerrot.

Die Prinzessin sah ihm nach, wie er neben dem Gardisten

zwischen die Bäume trat, sich noch einmal umdrehte und wild winkte. Ri winkte zurück, dann verschluckte die Dunkelheit die beiden.

»Ich hoffe, sie erreichen ihr Ziel«, sagte Balint.

»Sie werden es schaffen!«, bestimmte Ribanna. *Sie müssen, sonst werden wir untergehen,* fügte die Prinzessin, die eigentlich eine Königin war, in Gedanken hinzu.

Ravari lag auf samtenen Hügeln und in der Gabelung des *Smaragdflusses*, dessen Wasser so dunkelgrün wie die Nadeln einer Bergtanne war. Es war eine schöne Stadt, ein Juwel von Quell, schimmernd und bis weit über die Stadtmauern reichend. Das quadratische Kastell in seiner Mitte zeugte noch immer davon, dass dort am Anfang ein einfaches Armeelager errichtet worden war. Später waren die Palisaden durch Stein ersetzt worden, der heutige *Kronwall*, und so war die Stadt mit jedem Jahr weiter gewachsen. Ein Markenzeichen von Ravari waren die bunten pastellfarbenen Schindeln auf den Häusern, weshalb man sie auch die Stadt unter dem Regenbogen nannte.

Von Säulen getragene Bogenbrücken führten über die Flussarme. Zwei Häfen gab es, an denen hauptsächlich Frachtkähne anlegten, die entweder aus Nord-Westen kamen oder dem Süden, nahe der berühmten Stufe.

Ri sah durch das Fernrohr keine Anzeichen dafür, dass die Stadt in einem Ausnahmezustand war. Alles schien seinen normalen Gang zu nehmen. Ravari war allerdings auch bekannt dafür, dass seine Bewohner ein gewisses Maß an Gleichmut an den Tag legten. Dafür mitverantwortlich war Rallas Taipan, der Stadthalter Ravaris und ebenfalls ein alter Schulfreund ihres Vaters Ardon. Rallas war berühmt für seine positive Lebenssicht. Nichts konnte den Mann davon überzeugen an einem Abgrund zu stehen. Und wenn doch, dann suchte er eben nach Holz für eine Leiter. Sollte jemand versucht haben, die Stadt durch Intrigen ins Chaos zu stürzen, dürfte das eine ebenso schwierige wie gefährliche Mission gewesen sein, denn Rallas war dem König und vor allem Quell treu ergeben.

Dieser Rallas kannte Ri, so wie er seine Stadt kannte. Oft war er in der Hauptstadt gewesen, ein Mann wie ein Fass Starkbier, mit gewaltigem Schnurrbart und einem dröhnenden Lachen, dass die Vorhänge flatterten. Rallas liebte das Leben in jeder Sekunde. Es war kaum vorstellbar, dass er einfach die Segel strich und klein beigab.

Ri reichte das Fernrohr weiter.

»Sieht friedlich aus«, meinte Balint.

»Hoffen wir, dass der Schein nicht trügt«, sagte Ribanna. »Wir machen es so wie besprochen. Ihr behaltet die Gegend im Auge und ich werde als Kartographin mal nach dem Rechten sehen. Sollte etwas aus dem Ruder laufen, tauchen wir unter und werden dann versuchen Rallas persönlich zu sprechen. Er wird mich sofort erkennen, diese Möglichkeit aber würde ich gern als letzte Karte ausspielen.«

»Seid vorsichtig, Hoheit. Wir wissen nicht, was oder wer

dort unten lauert.«

Und so schlüpfte Ri erneut in die Rolle der Eweni Tosk. Zwanzig Gardisten begleiteten sie, darunter auch Vilas, der verdächtige Anzeichen in den Verteidigungsanlagen ausspähen sollte. Die anderen würden sich unters Volk mischen und plappern wie die Wasserfälle.

Der Wagen rumpelte über die erste Brücke. Die Säulen waren in der Strömung stehende, steinerne Krieger, die auf ihren Schilden die Menschen und Wagen über sich trugen. Schon in den Vierteln vor der eigentlichen Stadt herrschte emsige Betriebsamkeit. Ri fand keine verzweifelten Gesichter, auch kein Misstrauen den Neuankömmlingen gegenüber, man grüßte sie sogar in all dem Trubel. Hastig aber freundlich.

Immer tiefer ging es in das Geflecht aus Straßen und Gassen, die keinem wirklichen Muster folgten. Zwar gab es eine breite, gut gepflasterte Straße, die sich aus dem Königsweg ergab, doch selbst diese wand sich in Schleifen durch die Hügel, passte sich den Gegebenheiten an, wenn es galt, alten Tempeln, mächtigen Kontoren oder den öffentlichen Badehäusern auszuweichen.

Die Stadt war sauber, die Rinnsteine waren nicht verstopft, die vielen Brunnen intakt. Viele Häuser waren aus den Steinbrüchen der *Stufe* erbaut. Der gelbe, von vielen roten Adern durchzogene Sandstein, trotzte tapfer dem grauen Himmel. Der Schnee hatte sich seit ein paar Tagen in die Wolken zurückgezogen. Der Wind war mild und roch nach Stille.

Vilas ritt neben Ri und lachte lauthals, als hätte er einen ganz famosen Witz zu erzählen.

»Seit der Brücke werden wir beobachtet, Herrin.«

Die Prinzessin blickte nicht zur Seite sondern lächelte milde über die vermeintliche Anekdote.

»Lasst Euch nichts anmerken«, flüsterte sie. Bei genauerer Betrachtung waren es gerade jene, die freundlich grüßten, die dabei auch einen intensiven Blick auf ihren kleinen Tross warfen. Soweit sie es erkennen konnte, folgte ihnen niemand, also war die gesamte Hauptstraße mit Spionen gespickt. Ri wusste nicht, was sie davon halten sollte, doch erschien es ihr als ein gutes Omen dafür, dass Rallas seine Stadt im Griff hatte. Sie ritten weiter, vorbei an Webern, Glasbläsern, Tischlern und suchten im Viertel der Handwerker nach einem genügend großen Gasthaus.

Ribanna winkte einen Jungen herbei, der auf dem Bordstein mit seinen Freunden Knöpfe gegen die Hauswand warf. Ohne Angst kam er auf sie zu, wischte sich Rotz am Ärmel ab und grinste die Prinzessin an.

»Kannst du mir vielleicht ein gutes Gasthaus empfehlen, junger Mann?«

Der blasse, schmale Junge sah an den vielen Soldaten entlang und runzelte die glatte Stirn. Sein braunes Haar stand zu allen Seiten ab. »Wo kommen Sie denn her?«, stellte er mutig eine Gegenfrage und seine Kumpane hinter ihm hielten erschrocken die Luft an. Wer mit so vielen Wachen ritt, der war wichtig, auf jeden Fall sehr viel wichtiger als ein einfacher Handwerksjunge.

Ri entschied spontan die Gelegenheit zu nutzen. Der Lümmel würde danach losrennen und binnen einer Stunde wüsste das ganze Viertel, wer da in die Stadt gekommen war.

»Ich bin Kartographin, du Bengel«, tadelte sie ihn milde. »Ich und meine Männer waren fast ein Jahr in den Wäldern und mich verlangt es dringend nach einer Suppe, einem weichen Bett ohne Ungeziefer und einem heißen Bad. Weißt du, wo ich das finden kann oder willst du nur dastehen und die Hände in die Hosen stopfen?«

Flugs holte der Junge eben diese aus seinen Taschen und verbeugte sich linkisch. »Verzeihung, edle Dame. Da kommt für Euch nur das *Grüner Mond* in Frage. Ich könnte Euch führen, wenn Ihr wollt.« Er grinste frech.

»Na, dann mal los, du Späher«, lachte Ri und der Junge flitzte los, während seine Freunde ihm auf dem Bordstein folgten, sich über die Abwechslung freuten und gegenseitig knufften, weil natürlich eine Belohnung drin war.

Der Junge führte sie durch ein hohes, gewölbtes Tor. Ein weiter Hof war dahinter. Es gab Ställe für die Pferde, einen Unterstand für ihren Wagen und neugierige Blicke. Ri stieg ab, befahl dies auch der Wache. Sie warf dem Jungen dankend eine kleine Silbermünze zu. Ungläubig hielt er sie in der Hand, seine Freunde starrten darauf, dann begannen sie alle zu jubeln und rannten davon. Der nächste Laden für Süßwaren würde heute gute Geschäfte machen.

Das *Grüner Mond* war ein imposantes Gebäude. Drei Stockwerke hoch und aus geschälten Stämmen von Tannen gebaut, die man grün gefärbt hatte. Die Zwischenräume waren mit weißem Kalk verfugt, ein Schild hing über einer Freitreppe, auf dem ein runder Mond gezeichnet war, durch den grüne Wolken zogen.

Ein herrlicher Duft erfüllte die Schankstube, der Ris Magen knurren ließ. Es war später Nachmittag. Einige wenige Gäste saßen an den Tischen und tranken Tee zu ihrem Kuchen. Torf brannte in einem Kamin und die Fenster mit Buntglas verströmten weiches Licht.

Ri legte die Satteltaschen auf den polierten Holztresen, fragte den freundlich, aber müde dreinblickenden Wirt, nach einem Zimmer für sie und zwanzig für ihre Männer. Da hellte sich sein rotwangiges Gesicht auf, um sofort in einen jovialen Plauderton zu fallen. Leicht verdientes Geld hatte oft diese Wirkung. Ein Beutel Münzen wechselte den Besitzer und auf die quirligen Fragen des Wirtes hin sagte Ri lachend:

»Erst eine Wanne mit heißem Wasser, dann die Geschichten, guter Mann!«

Das Zimmer war groß und hell mit Blick auf den Fluss. In einem kleinen Nebenraum stand eine kupferne Wanne und schon bald klopfte es und mehrere Frauen brachten einen dampfenden Eimer nach dem anderen sowie Seifen und Handtücher.

Am Abend ging die Prinzessin zum Essen hinunter. Stimmengewirr und der Geruch von Eintopf erfüllten den großen, rechteckigen Raum. Ri setzte sich auf Bitte zu einigen Wollhändlern aus den östlichen Wäldern von Ravari. Und wie erhofft, wusste bereits jeder Mann und jede Frau, wer sie war.

Sie erzählte eine Lügengeschichte nach der anderen, von ihrer langen Reise für den König durch die Wildnis, dem Vermessen und Kartographieren, wobei Ri darauf verzichtete, all zu sehr ins Detail zu gehen, da sie von beidem keine Ahnung hatte.

Man hörte ihr freundlich und wissbegierig zu, doch irgendwann fiel ihr auf, dass die Mienen ernster wurden. Offenbar hatten ihre Tischgenossen darauf gewartet, dass die Kartographin mehr durchblicken ließ, als durch Wälder zu krauchen und sich Dornen aus der Mütze zu pulen.

»Habt Ihr es denn noch nicht gehört, Dame Tosk?«, fragte eine ältere Frau in einem ziemlich bunten Wollmantel.

»Was denn?«, gab Ri unschuldig zurück und schob sich eine von Soße triefende Kartoffel in den Mund.

»Aquamarin wurde angegriffen. Es ist gefallen. Ein paar wenige Botenvögel haben es bis hierher nach Ravari geschafft. Kark, Wulan und Skargerrak haben sich verbündet gegen Quell.« Die Händlerin schaute traurig drein. »Man munkelt, die gesamte Königsfamilie wurde dabei getötet.«

Ri riss die Augen auf. Das gelang ihr ziemlich gut, denn der Schmerz über den Tod ihrer Eltern und ihrer Schwester brach sich immer wieder Bahn in ihr, als wollten sich die Bilder von der Kette losreißen, an die Ri sie gefesselt hatte. Etwas zu hastig nahm sie einen Schluck Tee und schüttelte verwundert den Kopf. »Das wären in der Tat schreckliche Nachrichten. Nur kann das nicht ganz stimmen.«

Alle am Tisch beugten sich vor. Und der Rest in der Schankstube wurde auffallend still. Jetzt galt es den Keim zu säen. Zwanzig Gardisten streiften in diesen Stunden durch jede Taverne oder Lasterhöhle und verbreiteten dasselbe Gerücht. Die Prinzessin hoffte, dass es dafür noch nicht zu spät war.

»Wie kommt es dann, dass ich vor zwei Monaten in den nördlichen Wäldern Prinzessin Ribanna angetroffen habe? Mit vielen Soldaten und sogar einem Teil der Goldgarde?«

Tumult brach aus. Stühle kippten um, sämtliche Gäste standen auf und im Nu war ihr Tisch umringt von Menschen, die tausend Fragen stellten, durcheinander redeten und teils in Jubel, teils in berechtigter Skepsis verharrten. In diesen allgemeinen Wirbel von Diskussionen und wilden Gesten ließ Ri eine blaue Münze auf dem Tisch kreiseln. Sofort starrten alle darauf und als die Münze klappernd zum Ruhen kam, hörte man erstauntes Zischen, Pfeifen und gebannte Starre. Es war eine Königsmünze, so selten wie die Sichtung eines zweiköpfigen Mantarochens. In das blau gefärbte Metall waren drei weiße Delfine geprägt und auf der anderen Seite ein Umriss des Königreichs Quell. Diese Münzen wurden nur Menschen verliehen, die dem Reich einen großen Dienst oder echten Mut bewiesen hatten. Sie gehörte Balint. Ri hatte sie sich ausgeliehen.

»Die soll ich Eurem Stadthalter bringen«, flüsterte Ri. »Quell mag angezählt sein, aber es ist *nicht* gefallen! So sagte es mir die Prinzessin.«

Niemand bemerkte den Fehler in der Logik, nämlich dass

Ri zuerst vorgegeben hatte, von nichts zu wissen.

Tohuwabohu! Viele rannten aus der Schenke, um die Neuigkeit zu verbreiten. Einige blieben da und wollten mehr über die geliebte Prinzessin hören.

Freibier wurde ausgerufen, worauf neuerlicher, frenetischer Jubel aufbrandete. Die Prinzessin versuchte ihr Herz etwas zu beruhigen. Es würde ein langer Abend werden, doch sie musste den Intriganten zuvorkommen, dass alles bereits verloren sei. Denn wenn die Menschen von Ravari erst einmal glaubten, dass es noch nicht zu spät war, dann würde es fast unmöglich sein, sie auf einen anderen Pfad zu locken.

Seltsamerweise blieb es ruhig in der Stadt. Die Sperrstunde wurde eingehalten, die Menschen gingen nach Hause, murmelten, redeten miteinander. In all dem Trubel hatten sie vergessen, dass am Morgen eine Ansprache des Stadthalters geplant war. Nun lagen sie unruhig in ihren Betten, hoffend und betend, bangend und aufgewühlt.

Ri aber träumte von Schwärze. Ihre Hände fühlten Stein, rauen, zernarbten Stein. Modrig roch er, nach einem Ort ohne Namen. Sie lief und lief, stolperte, fing sich, rannte weiter. Immer dem kleinen Lichtpunkt entgegen. Doch so sehr sie sich auch anstrengte, sie kam ihm nicht näher. Da hörte sie Ashas Stimme! Er rief ihren Namen, er suchte sie. Ri wollte den Mund öffnen, ihm antworten, doch ihre Lippen waren miteinander verwachsen, so kam kein Laut aus ihnen. Sie zerrte an der Haut, wollte mit dem Finger hineinstechen. Da sprach der Wind plötzlich zu ihr, faulig und mit kalter

Gier: NIMMERHERZ wisperte er und Ri stürzte schweißgebadet aus dem Traum, Herz und Atem rasend wie ein Kolibri. Erst langsam erkannte sie das Zimmer, wischte sich über die Augen. Als sie den Blick hob, stand da ihre Mutter, mitten im Raum. Das Kleid voller Blut, die Haut wächsern wie ein Geist. Sie lächelte Ri zu.

»Du bist meine Tochter, Ri. Höre auf die Liebe. Und du bist eine Königin, Ribanna. Tue, was immer getan werden muss!«

Die Gestalt spuckte plötzlich Blut, schrie entsetzlich, so laut, dass die Fenster in tausende Scherben zerbarsten.

Ri schreckte erneut hoch, glitt aus dem Traum eines Traumes. Lange lag sie da und weinte.

Der Marktplatz vor der Basilika wimmelte von Menschen. Es war eine kleinere Ausgabe der Basilika von Aquamarin. Eine weite, gebogene Treppe umlief das Gebäude, das zwar von drei Seiten zugänglich, jedoch vorn am beeindruckensten war. Die rötlichen, gigantischen Statuen, die einen überdachten Säulengang stützten, führten zu einem bronzenen Tor, das soeben geöffnet wurde. Die Menge wurde unruhig.

Heraus trat Rallas Taipan, der Stadthalter, flankiert von der Stadtwache, deren Rüstungen bei jedem Schritt schepperten. Die Sonne lugte immer wieder durch die grauen Wolken und tauchte das Glasdach der Basilika in schillernde Farben.

Taipan blieb stehen. Hinter ihm kamen zwei Gestalten, ein hochmütig aussehender Herold, der eine Pergamentrolle unter seinem Arm festhielt und das Wappen des Südens und der Stadt Lurium, einen goldenen, sechsköpfigen Seeadler auf dem schwarzen Gewand trug. Sein dünnes, blondes Haar flatterte im Wind, welches er immer wieder hinter die Ohren zupfen musste. Neben ihm war eine Frau, vermutete Ri. Sie war in einen Umhang gehüllt, das Gesicht verborgen. Die Stille war nun fast zu greifen. Die zwanzig Gardisten, die um Ri herumstanden wie zufällig, lockerten ihre Muskeln.

Rallas trat vor. Seine Miene war steinern. »Liebe Bürger von Ravari und Quell. Heute habe ich eine …«, er brach kurz ab, stockte. »… eine Nachricht zu überbringen, die mir schwer auf dem Herzen lastet.«

Der Gesandte aus Lurim erdolchte Rallas mit den Augen. Doch der Stadthalter fuhr ungerührt davon fort: »Wie viele bereits wissen, ist unsere geliebte Hauptstadt nun in den Händen der Nordmänner und ihrer Verbündeten. Es war ein fairer Kampf und dem Sieger gebührt Ehre und Beute.«

Rallas verschluckte sich fast an diesen Worten. Sein Schnurrbart bebte. Ri glaubte, er würde jeden Augenblick zum Widerstand aufrufen. Das war gut. Es loderte noch Feuer in dem Mann. »Nun jedoch habe ich erfahren, dass alle Kinder des Königs dabei umgekommen sind. Bis auf eines.«

Die Frau zog die Kapuze zurück und Ri hielt den Atem an. Ein Raunen ging durch die Menge.

»Lucille Tavurin.«

Vilas neben ihr keuchte auf.

»Was hat das zu bedeuten, Dame Tosk?«

Ri starrte in das Gesicht ihrer Schwester, die nicht ihre Schwester war. Und dann begann Lucille zu sprechen mit einer Stimme, die nicht Lucille gehörte.

Ribanna nahm den Bogen von ihrer Schulter. Der Köcher war unter ihrem Gewand.

»Auf mein Zeichen werdet ihr eine Mauer um mich bilden, Männer.«

»Was habt Ihr vor, Herrin?«, flüsterte Vilas.

Ribanna sah ihm tief in die Augen. »Meinen Thron zurückerobern«, sagte Ri kalt, legte den Pfeil auf die Sehne und spannte den Bogen.

Weiter geht es mit:
Nimmerherz II – Der lange Weg des Windes

Liebe Leserin, lieber Leser,

wenn Ihnen die Geschichte von Ribanna und Asha gefallen hat und Sie mit dem Buch ein paar schöne Stunden verbracht haben, würde ich mich freuen, wenn Sie auf amazon.de eine Rezension schreiben würden.

Herzliche Grüße
Ihr Erik Kellen

www.erik-kellen.de

WILD WAY BOOKS

23204707R00291

Printed in Poland
by Amazon Fulfillment
Poland Sp. z o.o., Wrocław